[redacted]

LA VIE COMME AVANT

DU MÊME AUTEUR

Aux Éditions Gallimard

La Vie finira bien par commencer (1972)
La Soupe chinoise (1973)
Chronique pour un cochon malade (1974)
N'oubliez pas la lutte des classes (1976)
Les Matins célibataires (1978)
Avec des chœurs acharnés (1978)

Aux Éditions Flammarion

Les Américains sont de grands enfants (1979)

Aux Éditions Denoël

Demain la veille (1981)

Aux Éditions Belfond

Retour à Malaveil (1982)
Un ami de passage (1983)
Chemin de repentance (1984)
Chronique d'un été (1990)

Aux Éditions Albin Michel

Quelque part, tout près du cœur de l'amour (1985)
Avril est un mois cruel (1987)
L'Embellie (1988)
Des fourmis plein le cœur (1989)

Aux Éditions l'Harmattan

Histoire du Point-Mulhouse

Aux Presses de la Cité

Jean des Lointains (1990)

Aux Éditions Mazarine

Une petite maison avec un grand jardin

Claude Courchay

LA VIE COMME AVANT

Roman

PRESSES DE LA CITÉ

ISBN 2-258-03434-5.

Pour Alex Boyer,
Gwendoline Von Sivom,
et pour Bambou, le chien tout-fou.

Et la mer et l'amour ont l'amer pour partage,
Et la mer est amère, et l'amour est amer,
L'on s'abyme en l'amour aussi bien qu'en la mer,
Car la mer et l'amour ne sont point sans orage.

Marbeuf, 1628.

1

Je ne suis pas l'homme de ma vie, c'est sûr. J'ai quand même ouvert les volets. Pas un nuage, pas un souffle. Le ciel se noyait dans son bleu. Déjà septembre, et cela fait cinq bons mois qu'il ne pleut pas. Rien. A ce train, les feuilles tomberont vertes.

Finalement, je suis bien dans la maison du bas. Cette bicoque, je l'ai bâtie pour mon fils. J'ai choisi l'emplacement, trois cents mètres en dessous de la ferme, face à une trouée dans les collines. Le soir, en ce moment, j'ai une heure de jour en plus par rapport à la vieille maison. Je voulais que fiston puisse s'installer avec sa femme sans que l'on soit les uns sur les autres. La proximité, passe encore. La promiscuité, c'est la fin de tout. Et fiston, j'y tenais. C'était mon petit. Naïvement, je m'imaginais que cela marchait dans les deux sens. Tu penses trop.

Je me disais, là, ils seront tranquilles, sa Julie et lui. Le village est à six kilomètres, la route ne va pas plus loin, nous ne sommes pas envahis. Le genre d'endroit que l'on s'offre en fin de parcours, quand on en a les moyens, après en avoir rêvé toute une vie.

Mon pauvre vieux, tu aurais aussi bien fait de cracher dans l'eau... Fiston voulait bien, là ou ailleurs, il n'est pas contrariant. Mais elle... Un laxatif ambulant, cette moukère, pour rester poli. Normal, lui c'est le gros brave. A eux deux, cela finit par faire une moyenne. Et prétentieuse, un régal.

Elle est institutrice. Elle s'imagine détenir le savoir, pourquoi pas? L'ennui, c'est qu'elle en fait profiter les autres. Mademoiselle a conscience de sa dignité. Pas question de s'enterrer chez les parpagnans. Il a fallu qu'elle s'installe à Oraison, à trente bornes, et mon garçon s'est mis à travailler dans un garage.

Fallait bien, madame ne tolère ni la boue, ni les crottes de moutons, ni l'odeur des bêtes. Elle ne supporte rien, en fait. Elle considère la campagne comme une gigantesque cuvette de doublevécés. Si elle pouvait, elle tirerait la chasse d'eau. Et c'est ça qu'il est allé se choisir entre toutes, misère de nous. Bon sang, son père, à elle, il était quoi ? Il faisait le cantonnier, bien content. Et il ne se laissait pas mourir de soif, ça non. Quand il en avait un coup dans l'aile, il empruntait toute la route pour naviguer. Un soir, il s'est attardé à cuver dans un fossé, près de sa brouette. L'automne était bien avancé. La nuit, il a gelé. Au matin, on l'a retrouvé, raide comme un fagot, dans les bras de son engin.

Mon petit, la terre ne lui déplaisait pas. Vous croyez qu'il s'est rebiffé, quand elle l'a poussé vers son garage ? Pas un cil. Bonne pâte, il a marché. Il aurait aussi bien bossé dans une mine de gorgonzola, du moment que madame l'exigeait.

C'était trop bête. Un moment, j'ai pensé m'interposer, pour arrêter le massacre. Seulement, cette fille, il y tenait. J'ai renoncé. Je ne vois toujours pas ce qu'elle a de rare. Après tout, c'est sa vie, au petit, tout le monde a le droit de se détruire. Un peu plus tôt, un peu plus tard, la différence est mince. Je dis ça, mais je le garde en travers.

Je me suis préparé un jus, avec un coup de rhum. Le rhum pour faire passer le goût du café. J'ai beau changer de marque, il garde toujours un arrière-fond acide. Ou alors, cela vient de moi. Peut-être que le caoua est magnifique et mon palais dévarié, allez savoir.

J'étais bien. J'entendais le cri déchirant des martinets. Manger un morceau ? Pas envie. Ou alors avec des collègues. Avant, on déjeunait comme des grands, nous deux fiston, fallait pas nous en promettre... Un quignon de jambon, du fromage, des œufs, ce qui nous faisait envie. De quoi se caler solidement. A présent, sa douce moitié doit lui concocter du thé. Avec des biscottes, je présume.

Je me demande encore ce qu'il lui trouve. Noël approche, il aura son boudin blanc à domicile. Pour la conversation, elle bat son monde. Pas la peine de se fatiguer, tu la fermes, tu écoutes. Son refrain préféré, c'est de critiquer les autres. Elle attaque recta : « Ce qui ne va pas chez toi, vois-tu... »

Ce qui ne va pas chez fiston, c'est elle. Faut croire que cette virago lui convient. J'ai un fils maso. Et il m'a donné un petit-fils pas piqué des hannetons non plus.

Ce bébé, je l'espérais. J'en attendais énormément. Je pensais lui apprendre ce que je sais, qu'au moins tout ne soit pas perdu. Va-t'en voir... Un vrai crève-cœur. Il marche sur ses six ans. Il refuse de mettre les pieds à la ferme. Sa mère l'a bien dressé, tout le dégoûte, lui aussi. D'habitude, les gamins, vous les trouvez toujours près des animaux, les poules, les chèvres, les moutons, les canards. Pour eux, c'est la joie.

Pas Cyril. Cyril, je vous demande un peu... Ils ont pris ça dans *Le Journal de Mickey,* je parie. Ou alors dans un feuilleton. Ma bru adore la télé, surtout les débats. Il y a de quoi. D'abord, ils vous passent un film américain sur le cancer des brocolis ou les clous de girofle, une tranche de vie gratinée. Après, ils en causent pendant deux heures avec toute une brochette de charlots. Cette malheureuse doit rêver de participer à ce genre de foutaises. Elle n'a rien à dire, mais elle peut vous en causer trois heures d'affilée. Certes. Et si tu passais à autre chose ?

Je passe à ce que je veux, ne me bouscule pas. Pour Cyril, chez papi, tout est caca-boudin. Les canards, caca, les moutons aussi, tout sent mauvais. Un peu ça va, puis j'en ai eu ma claque. En galère, le petit-fils, plus la peine de me le mener. C'est moi qui descends à Oraison, quand l'envie m'en prend, quand j'essaie d'oublier le désastre.

Oui. Donc, me voici installé dans la maison neuve. C'est plus clair, facile à chauffer. De la fenêtre du séjour, je vois la Malière, la ferme de mes pauvres parents où j'ai passé pas mal de mon temps, avec ma femme. La ferme où je suis resté seul, sans mon fils.

Nous ne nous sommes pas disputés, même pas. Il mène sa vie. Ou plutôt, on la lui mène, c'est son droit. Quel ? Le droit du veau de se laisser conduire à l'abattoir. Je ne saisis toujours pas comment j'ai pu fabriquer un pareil hurluberlu.

Pourtant, j'étais autoritaire. Les gosses ont besoin de se sentir tenus. Et puis merde...

Autant le dire, ma femme m'a quitté. Elle était de la Javie, ce n'est pas le Pérou, mais elle avait fait ses études à Aix. Elle travaillait comme secrétaire dans une boîte de Digne. Elle n'avait rien contre moi, sauf qu'elle se sentait des aspirations à une vie plus haute, ou plus large. Enfin, à une vraie vie. La plupart des femmes en sont là. Elles rêvent de devenir des dames.

La campagne, c'est joli dans les films. En vrai, pas absolument. Dès qu'il tombe de l'eau sur votre terre, vous obtenez de la boue, ma chérie trouvait cela salissant. Alors, elle se rendait à Manosque, le plus souvent possible. Chez le coiffeur, ou voir d'anciennes copines. C'est ce qu'elle racontait une fois de retour. Elle a dû y rencontrer un artiste, un peintre sur cravates ou un sculpteur de coquilles de moules, j'imagine. Toujours est-il qu'elle a mis les voiles. Elle a vidé la caisse, laissé le petit, autant ça que le contraire. J'ai expliqué au gosse qu'elle voyageait. Il avait quatre ans. Il n'en est pas mort, et moi non plus.

Et à présent, le voilà envolé. Terminé, la vie de famille. Alors je me retrouve à parler seul plus souvent qu'à mon tour. C'est aussi bien que de parler à un mur, même s'il porte une alliance.

Secoue-toi, andouille. Avec ce temps, pas la peine de penser à labourer. La terre, c'est de la brique, il faudrait l'attaquer à la barre à mines. Autant se dégourdir les jambes. Et si tu allais voir ta bergerie ? En avant, soldat du Christ ! Pas trop vite, il fait déjà la douce chaleur. Dans ces débuts d'arrière-saison, le soleil tape quasiment comme en plein été.

J'ai pris le vallon de l'Escoube. La rivière, n'en parlons pas, il reste une coulée de galets. De part et d'autre, de la colline sèche, avec des touffes de thym, d'argéras... Quelques pins s'accrochent avec les dents. Ils sont envahis de poches grisâtres, des nids de chenilles processionnaires. Elles les grignotent, pas moyen de s'en défaire, une vraie teigne.

Tout cet espace m'appartient. A droite, après le premier virage, on tombe sur une maison à un étage, une belle bastide. Je la maintiens en état, surtout le toit, sinon c'est foutu. A la première pluie, les murs s'imbibent, et adieu Berthe.

Cette maison me vient du père Stéphane. Je lui avais pris son domaine en viager. Il préférait ça que d'en faire cadeau à l'Etat. Je lui ai servi sa rente. Il en a profité un moment, tant mieux. A côté, on voit encore des restanques. Avant, les gens se débrouillaient. Avec quatre légumes, deux brins de lavande, ils s'arrangeaient. Ils avaient autant de besoins que de ressources, ils n'étaient pas malheureux. En temps ordinaire, on trouve de l'herbe, c'est du terrain à moutons.

J'aurais pu la vendre deux millions de fois. Ceux de la ville, des endroits de ce genre, ils en rêvent. Ils peuvent toujours saliver. M'en défaire, pas question. Je ne veux voir personne.

Dis donc, ça ne s'arrange pas. Il fait tellement sec que l'argile se contracte, le terrain se crevasse. J'ai pris un bâton, je l'ai collé dans la première fente, la longueur d'un avant-bras. Pas mal... Seulement, ça devient limite. En ce moment, les moutons, je leur porte de quoi boire dans des tonneaux, avec la fourgonnette. Il m'en reste une poignée, les autres sont à l'alpage. J'ai gardé les cassoulets, les mal fichus, ceux incapables de supporter le trajet. Et les chèvres. Quand les autres descendront, comment nous allons faire ?

La bergerie se trouve à quatre kilomètres de la Malière. Juste avant d'arriver, la vallée décrit une courbe, elle s'élargit. La baraque du berger se trouve à l'ombre d'un vieux pin, elle est basse, on la distingue à peine. L'enclos est situé juste devant, un espace de terre noircie limité par des piquets boiteux. Plus loin, l'herbe est grillée, la vraie savane, comme au cinéma. C'est tout blanc. Il manque juste les antilopes.

Tiens, qu'est-ce qui se passe? Les bêtes se trouvent toujours là, têtes à l'ombre des corps. Normalement, Jules aurait dû les emmener paître depuis beau temps. Jules, c'est mon berger, le brave bougre, les genoux cagneux, le caractère aussi. Il est un peu spécial, sinon il ne ferait pas ce métier. Seul, ça passe, il se supporte. Dès qu'il se trouve avec du monde, ça devient un emmerdeur de première. Il s'acharne à vous asticoter. Tant qu'on ne l'a pas envoyé promener, il n'est pas heureux. Après, il va pleurer, le monde ne l'aime pas. Cette blague... Le monde s'en fiche, il vous traite en fonction de ce que vous lui proposez. Un fagot d'épines, personne ne va lui faire le gros câlin. Enfin, c'est Jules.

Je me le garde à demeure, toute l'année, pauvre bougre, sinon il sucerait des cailloux. Il me donne la main. A la limite, je pourrais m'en passer, seulement... Seulement, si je le jetais, j'aurais du mal à me regarder dans une glace. Alors je fais avec. Je l'aime bien, à force. Quant à la réciproque, je ne parie rien.

Il est venu à ma rencontre. Je n'ai rien dit, Dieu garde. Il se trimbale une drôle de touche, avec ses brailles trop larges remontées sous les bras ou presque, sa chemise à carreaux et son gilet de velours vert. Même avec ce temps, il ne s'en défait pas. Il possède plein de poches bourrées d'un tas de saletés, sans parler du béret qui vire au mauve avec l'âge. Jules le porte très en avant, comme une tuile glissée sur le bord du toit. On ne voit pas ses yeux, sauf quand il repousse sa galette. Alors, il vous jette un regard de bête qui s'attend à être battue. Avant d'atterrir au village, il faisait le journalier. Il a traîné un moment chez nous.

J'avais dû me défaire de mon berger, à l'époque. Le loustic virait au mystique, il comptait trop sur la providence, les bêtes dépérissaient sur terre. J'ai pris Jules. Fallait bien. En ville, il décorerait déjà l'asile. Chez nous, il tient sa place. Il m'a lancé :

— Ho, Romain, tu tombes bien, j'allais sortir les bêtes.

— Tout va comme tu veux ?

— Il reste pour ainsi dire plus d'eau.

— J'en monterai ce soir. Il te faut des provisions ?

— J'aime autant de passer au village cet après-midi, du temps qu'elles chômeront.

— Comme ça t'arrange. Tu veux des sous ?

— Une avance, je dirais pas non. Avec cette chaleur, mon ami, la bière se laisse descendre. Après tu n'as plus un poil de sec.

— Essaie le sirop d'orgeat.

Il s'est redressé comme un roquet prêt à mordre :

— Tu m'as pas regardé, patron ! Tu me prends pour une gonzesse ?

— Mais non, Jules. A part ça, les brebis ne souffrent pas trop ?

— Elles ? Elles tondraient des lames de rasoir. Bon, on y va. Allez, Galapiat, au boulot.

Galapiat, c'est son chien, une boule de poils gris, laineux. On ne lui voit pas les yeux. Meilleur gardien, vous ne trouverez pas. Il devine l'ordre avant qu'il tombe. Jules lui parle. Le chien l'adore. Ce sont des compagnons. Ils se partagent le travail et la vie. Un bon couple, en fin de compte.

Un jour, manière de plaisanter, j'ai dit à Jules :

— Il m'aurait fallu une femme comme ton chien.

Tu parles. Un chien, d'accord. Une femme tient trop de place.

J'ai regardé les bêtes. Ça va, elles ne sont pas trop maigres. Sûr, la graisse ne les étouffe pas, mais Jules a raison, elles se défendent. Elles se sont éloignées. J'aime bien le bruit de leurs sonnailles. Je le garde dans l'oreille depuis tout petit, le seul qui nous reste d'avant.

J'aurais quand même dû le secouer, mon phénomène. A quoi bon ? Voici une heure, il faisait aussi chaud. Et si jamais il s'encagne, s'il décide d'aller voir ailleurs ? Tu seras bien avancé. Les bergers, on n'en trouve plus. Qui supporterait encore un train pareil ? Pas besoin d'aller en Amérique pour rencontrer des Indiens. Dans nos collines, il ne reste que ça. Nous sommes les derniers des Mohicans. Une réserve, le statut en moins.

J'ai vérifié la clôture, par acquit de conscience. Les piquets tenaient. Jules, on ne peut pas le lui retirer, c'est un sérieux. Il aurait fait un bon militaire, mais il n'aime pas l'armée. Il n'a même pas eu droit au service, ils l'ont trouvé trop débile. Grave erreur. Il ne reste que les débiles pour prendre leur travail au sérieux.

Arrivé près de la cabane, j'ai entendu du bruit. Il avait laissé son transistor allumé. Je suis tombé sur les infos. Toute la côte brûlait, le Var, les Alpes-Maritimes. Quasiment, on aurait dit la guerre, ils parlaient de fournaise, de lutte... Un Canadair s'était écrasé. Deux pompiers venaient d'y rester, étouffés par la fumée. Ils avaient fait appel à l'armée, villages évacués, visions d'horreur, etc.

Intéressant, mais pas vraiment neuf. Tous les étés c'est pareil. Cela revient avec l'obstination des astuces de l'almanach Vermot. L'étonnant, c'est qu'il reste encore quelque chose à brûler. La chasse au pyromane est ouverte... Ils ont bon dos, les pyros. On trouve toujours son petit malin pour se bricoler un feu de broussailles ou un barbecue. La côte brûlait déjà quand il n'y avait personne, alors, à présent qu'elle est bondée jusqu'aux amygdales...

Ici aussi, ça viendra, j'ai confiance. C'est sec comme un coup de trique. A la première étincelle, nous sommes frais. J'ai éteint la radio. Jules a deux passions, le tour de France à la saison, et Mireille Mathieu en permanence. Il la confond avec Edith Piaf. Il trouve qu'elle chante bien pour son âge.

2

Terminé pour les moutons. J'ai continué. Par le sentier sur la gauche de l'Escoube, en coupant, il me faut vingt minutes pour arriver chez le grand Jacquou. Un brave bougre, il s'arrange comme moi, il se débrouille avec son troupeau, quelques ruches... C'est un solide. Dans le genre fort et bon, vous ne trouverez pas mieux. Son problème, c'est qu'il est suiviste, une redoutable absence de personnalité. Il accepte tout, le dernier qui cause a raison. Généreux avec ça, je pourrais en tirer la lune, il s'est mis en tête que... Enfin, il m'admire un peu, tout le monde peut se tromper.

Pour le décourager, il en faut. Par contre, sa femme, la Mélie, ce n'est pas exactement sœur Sourire. Elle tire sa tronche en permanence, comme si vous veniez juste de lui piquer sa portion de clafoutis. C'est la grosse travailleuse, toujours à briquer, à étendre des lessives. Et chez elle, nickel. Si vous comptez trouver de la poussière, il vous faut l'apporter.

Jacquou prenait le café avec lou Max, un collègue, barbu comme une brosse. Plus gentil, il n'y a pas. Demandez, vous serez servi. Seulement, vous remarquerez, c'est souvent à sens unique. Max manque d'ambition. A force de rendre service, il en oublie ses affaires. Ce n'est pas de cette façon qu'on arrondit sa pelote.

Ce manque d'ambition, c'est une sorte de constante chez nous, comme si on nous avait écrémés. Restent à demeure ceux qui ne veulent plus se battre, ou ne savent pas. Ils enfilent la routine des jours, faute d'imagination. Ailleurs?

Ils seraient manœuvres ou chômeurs, ils ne savent pas évoluer. Ils ne le souhaitent pas non plus. Ça ne leur vient pas à l'idée. Ils disparaîtront sans causer de remous. Si, des bagarres sur des points ponctuels, pour une bricole. Pour le fond de la question, dans nos têtes, c'est déjà liquidé.

Nos deux lascars parlaient chasse. C'est notre passion. Pour nous, il ne s'agit pas de flinguer deux lapins et une grive. J'ai empilé pas mal d'années. Autour de nous, tout s'en va, tout se transforme, tout ce que nous avons connu. Sauf la chasse. C'est notre dernier lien avec les temps anciens. Le reste, l'argent, quelle importance... Si j'avais vraiment voulu en faire, je ne serais plus là. Je reste. Autant crever dans ce coin de vallée où tous les miens ont vécu.

Nous autres, nous chassons le cochon. Le sanglier, si vous préférez. Ils donnent bien, dans nos collines. Nous rencontrons de sacrées bestiasses. Il faut les mériter, elles ne se laissent pas ratiboiser comme ça. Et là, lou Max expliquait que son maïs n'était pas terrible.

Il en a planté un petit champ près du Castelas, exprès pour les cochons. Ils viennent y fourrager en bandes. Quand arrive l'ouverture, suffit d'y lâcher les chiens, la piste est vite trouvée. Je parle en temps ordinaire, parce que s'il continue à faire aussi sec, nos chiens ne sentiront pas grand-chose. Enfin, nous verrons.

Je me suis servi un caoua. Pas avec cette eau tiède que je vais grimper aux rideaux. Mélie m'examinait d'un air méfiant, comme de juste... Je lui ai souri. J'ai dit :

— Extra, ton jus.

Elle a presque eu l'air content. Ne jamais négliger le moral des troupes, matelot. Elle a continué à distribuer ses coups de balai. Si elle s'arrête deux secondes, elle se sent déshonorée. Encore une qui en aura fait des sacrifices, dans sa vie.

Nous avons blagué un moment, des histoires à nous, des souvenirs. Il nous suffit d'un mot pour nous comprendre. A force, nous formons la fine équipe. Puis lou Max a changé de sujet. Il a dit, doucement :

— Mireille est revenue.

Doucement, à cause de Mélie. Et à cause de Mireille aussi, ou plutôt à cause de ce qu'elle faisait. Disons qu'elle nous faisait plaisir. C'est une âme charitable, notre consolatrice des affligés. Quand nous avions un coup de déprime ou besoin d'affection, ou simplement besoin tout court, nous savions où la trouver. Une grande belle fille, solide. A la voir, elle n'a pas l'air de... Enfin, vous m'avez compris. Les autres femmes ne la portent pas vraiment dans leur cœur. Pourtant, elles pourraient lui dire un grand merci ; elle en a aidé plus d'un à tolérer l'intolérable, la Mireille. On devrait la reconnaître d'utilité publique, la subventionner. Ce n'est pas demain la veille.

Un moment qu'elle avait disparu sans crier gare. Pas son genre, pourtant. Spahi, qui se croit drôle, la supposait à Beyrouth ou à Ouarzézète, chez les mécréants. Il ramène toujours sa science. Ce ne serait pas le mauvais cheval, mais quelle grande gueule, Seigneur !

Lou Max a ajouté :

— Elle a une surprise, vous verrez.

Quelle ? Une copine à elle, peut-être, pour mettre un peu de variété ? Faudra que je passe voir... Déjà Mélie s'inquiétait, elle n'aime pas les messes basses. Max a senti le vent. Il a dit :

— Jacquou, tu n'aurais pas un coup de ta vieille poire pour faire descendre le café ?

— Oualou. Vous m'avez séché la dernière bouteille. Faudra attendre que Maki s'y remette.

Maki, c'est une drôle de vedette. Il se prétend maquignon. Et même, il en rajoute. Il s'affuble d'une blouse, se colle des foulards rouges au cou. On le croirait sorti d'un film sur les paysans d'il y a un siècle, il paraît plus vrai que nature. Ça, il ne fait pas dans la dentelle. Il donne dans le flamboyant. Dans le fond, il reste un instable, pas vraiment digne de confiance. Il fera n'importe quoi, sans hésiter à entuber son monde. Attention, pas forcément pour le profit. Le blé, il s'en moque. Il vous montera des coups suicidaires pour l'exploit. Pourtant, il s'en tire, il rebondit toujours.

Sur un autre théâtre, il aurait pu accomplir des actions épiques, allez savoir... Ce n'est pas un simple. Il a besoin à la fois d'un public et de semer la pagaille. A ce train, les amateurs se lassent vite. Sans parler de son penchant pour la ripaille et les putes. Il consomme tout ce qui se présente avec le même appétit. C'est un jouisseur, un goinfre, pas un gourmet. Un prédateur aussi, pas trop avec les copains quand même. Il ne veut pas scier complètement la branche. Enfin, voilà l'artiste.

Question d'acheter des bêtes, il en achète. Il écume les foires, ramasse les lots les plus invraisemblables dont personne ne veut. Il parvient à s'en défaire, avec un aplomb pas pensable et puis, dès qu'il s'est gagné quatre sous, il s'offre un gueuleton, avec les copains.

C'est un spécialiste des coups tordus. Plus d'un ne pleurerait pas si on lui faisait la peau. C'est à la fois la crème des copains et une sale vache. Mieux vaut lui confier votre vie que votre portefeuille.

Pour en revenir à la gnôle, il possède un alambic à roulettes, et à la fin de l'automne, il distille tout ce qui se présente, en franc-tireur. Il joue à cache-cache avec ces messieurs des contributions. Il risque gros, mais ça l'amuse et nous en profitons.

Ne plus pouvoir boire une goutte d'alcool sorti des fruits de sa terre, alors que les grandes surfaces croulent sous les whiskies et autres saletés, c'est une honte. Ne me racontez pas que c'est pour notre santé qu'ils traquent les derniers bouilleurs de cru, j'ai les lèvres gercées.

A force, il finissait par se faire l'heure du pastis. Jacquou est allé prendre la bouteille, les verres, les glaçons. Mélie, la bibine, elle réprouve. Elle est contre le plaisir sous toutes ses formes, liquides ou pas, la sainte femme. Je me demande bien ce que le Grand lui trouve, à part d'être sérieuse. Ça, je ne la vois pas se faire la malle avec un minet, Mélie. Avec un capélan, à la rigueur. L'idée m'a fait rire. Max m'a demandé à quoi je pensais :

— A la mort du Prince impérial.

— Quès aco ?

— Le fiston à Napoléon III. Il est allé se faire tuer en Afrique du Sud.

— Par les cochons ?

— Non, par les Zoulous.

— Pourquoi tu t'intéresses spécialement à ce fifre ?

— Parce que l'autre jour je suis tombé sur une vieille revue, voilà pourquoi.

Lou Max a paru rassuré. Il s'inquiète vite. Il craint toujours que l'on se moque de lui, il n'est pas le seul. Nous n'avons pas inventé le percolateur, c'est vrai, mais nous n'aimons pas qu'on nous prenne pour plus couillons que nous ne sommes.

Nous avons donc bu le pastis, une préparation du Grand. Avant, tout le monde se le fabriquait, son pastis, je vous parle d'un certain temps déjà. Les alambics, on en trouvait dans tous les coins. Et l'extrait pour parfumer l'alcool, on vous le vendait même en pharmacie. On ne buvait pas davantage que maintenant, seulement, cela nous revenait six fois moins cher, et nous savions d'où ça sortait. Ça ne plaisait pas aux grands pastissiers industriels.

L'Etat est intervenu, il a fini par gagner. Les gens achètent dans les surfaces. Ils préfèrent payer que se donner un peu de mal. Ils s'empoisonnent légalement.

Après la deuxième tournée, j'ai salué les collègues, et spécialement Mélie, qu'elle n'aille pas faire de remarques à son homme sur ses grossiers personnages de copains. Celle-là, si jamais elle se retrouve veuve, qu'elle ne compte pas sur moi pour ravauder mes chaussettes.

J'avais encore une bonne trotte, le soleil cognait. Le ciel semblait blanc. J'ai sué mon pastis en rien de temps, je devais embaumer le fenouil. Si ça continue, il faudra s'offrir le casque colonial.

En bas de chez Jacquou, on trouve des pommiers. Cette année, les pommes sont plus grosses que les cerises, mais tout juste. De toute façon, personne ne les ramasse. De bonnes pommes pourtant, seulement elles ont le ver, et allez donc les vendre.

Jacquou y colle ses biques, tout n'est pas perdu.

J'ai rejoint l'allée de peupliers qui mène chez moi, des arbres de toute beauté. Ils ne rajeunissent pas, ils ont un siècle, j'imagine. Cet hiver, j'ai entendu, en pleine nuit, le téléphone tinter un petit coup. Au matin, un peuplier s'étalait en plein mitan du chemin. Il avait coupé les lignes. Un morceau magnifique, le cœur complètement carié. Heureusement, il existe un passage derrière la maison, j'ai pu prévenir les postes.

Au premier coup de vent, les autres vont dégringoler comme des quilles, j'ai peur qu'il s'en trouve un pour ratiboiser ma grange. Il penche juste du mauvais côté. Enfin, nous verrons.

Arrivé chez moi, j'ai pris une douche. Je me suis changé, j'ai sorti la ratatouille du frigo. Je m'en prépare toujours un gros poêlon, ça me tient trois jours. Le premier restaurant doit se trouver à trente kilomètres. En plus, j'aime manger au calme.

Je me suis mis une portion à réchauffer. J'ai essayé, tout au moins. Ma bouteille de gaz était à plat. Allons bon... Je l'ai calée dans le coffre de ma vieille 4 L, et en voiture Simone.

Cette chignole, un vrai bijou. Elle roule tranquille, jamais aucun problème. A force de passer dans des endroits pas possibles, je l'ai un peu cabossée. On la confond difficilement avec une Ferrari. A présent, les gens possèdent tous de grosses bagnoles, avec des traites juteuses à la clef. Ça les regarde. Eux, c'est ma Simone qu'ils regardent, à croire qu'elle les gêne. Je n'invente rien. L'autre jour, après la réunion du conseil municipal, le deuxième adjoint m'a lancé :

— Dis-moi, Romain, cette 4 L, tu la conserves pourquoi au juste ? Par snobisme ?

Il m'a tué. Je n'ai rien répondu. Il faut économiser son mépris.

J'ai filé jusqu'au village. Le gaz, c'est Polin qui le tient dans des casiers, sur la terrasse de son bistrot. Un brave gars aussi, Polin, pas bête. Il sait y faire avec le pauvre monde. Bistrot, le métier lui convient vu qu'il est plutôt grande gueule, toujours en représentation. Un inquiet, dans le fond, cela se sent. Il joue son rôle trois tons au-dessus. Ses convictions vous ont plus de volume que de profondeur. Mais on peut plaisanter avec lui, et je ne crache pas dessus.

Il ne s'appelle pas Polin, en vrai, c'est un coup de Spahi. Il s'appelle Henri, alors Spahi trouvait drôle de lancer de l'Henri-Polin à tout bout de champ. Pour finir, nous avons gardé Polin.

J'ai déboulé en plein pastis, c'était encore l'heure. Il m'a fallu m'y remettre, le devoir c'est le devoir. J'aime bien ce bar, on y trouve encore un comptoir en zinc et des tables à dessus de marbre, bientôt ils vont le classer monument historique. Je suis tombé sur mes bras cassés professionnels, des collègues de chasse. Nous restons en bons termes.

Il y avait le vieux Mirebel. Il n'y voit plus grand-chose, mais pas question qu'il décroche. Bientôt, son fusil, il faudra le peindre en blanc. Les autres l'appellent Miro, évidemment. Il fait partie des meubles. On le prend encore dans nos battues, on ne peut pas ne pas. La chasse le prolonge.

J'ai salué Calu, un costaud, pas finaud de reste, l'ahuri de service. Un beau morceau d'homme ma foi, grand fort et brave, avec une énorme puissance d'étonnement. On peut lui faire avaler n'importe quoi, il en redemande. J'ai même dû empêcher Maki de le plumer, on ne tire pas sur une ambulance.

Et, comme de bien entendu, j'ai eu droit à une bourrade de Spahi. Lui, il a fait l'Algérie. La guerre, il en connaît un rayon. On se demande même comment on a pu perdre, avec un pareil tranche-montagnes. Sacré Spahi ! Un Ancien Combattant professionnel, grande gueule dans les grandes largeurs. Les djebels restent sa période de choix, à l'entendre. Il en parle toujours par allusions, du genre : « On y allait, à la manœuvre... On s'en est payé, vingt dieux ! »

Un jour, tout à fait par hasard, j'ai appris par un gus d'un autre village que mon Spahi, l'Algérie, il se l'était tapée, oui. Mais cinq étages sous terre, affecté aux Transmissions. Premier Bataillon de Cloportes. Je l'ai gardé pour moi.

Ça reste un chasseur acharné, comme si la chasse lui permettait de vivre pour de vrai sa guerre fantôme. Il s'est installé chez nous par les petites annonces du *Chasseur français,* justement. Sa fonctionnaire de femme, il ne l'affiche pas des masses. Tout ce qu'il demande, c'est qu'on l'accepte.

Ils étaient en train de blaguer. De quoi au juste, difficile à dire. Il y a des moments où leurs palabres dégagent plus de bruit que de clarté. Sans compter une bande de jeunes en train de s'acharner sur le baby-foot en gueulant comme des ânes rouges. Rien à voir avec un film muet.

Le baby, je tolère, ça ressemble à quelque chose. Mais j'ai prévenu Polin que si jamais il installe un flipper, il ne me revoit plus. Nous ne sommes pas des martiens. Juste comme il allait remplir le pichet pour une autre tournée, notre bistrotier a explosé. Plus d'eau :

— Bon sang de sort ! Ils viennent encore de me la couper sans prévenir !

Spahi a demandé si c'était douloureux. Il s'est pris le broc en pleine poitrine, il a réussi à le bloquer. Miro s'est inquiété. J'ai dit :

— C'est rien, c'est le régime sec.

Ça n'a pas plu à Polin. Il m'a invectivé, comme quoi j'étais premier adjoint, la mairie ne faisait rien de rien, c'était une honte, et qu'est-ce que j'avais à répondre ? Facile :

— T'inquiète surtout pas pour moi, j'habite en contrebas. Ils peuvent couper tant qu'ils veulent, j'ai six kilomètres de canalisations avant d'être à sec.

Il est devenu rouge, il frisait l'attaque. Il m'a traité de gros égoïste :

— Tu t'en fous bien pas mal, des autres !

— Tant que tu veux. Seulement, je te ferai remarquer que c'est toute l'installation qui est à revoir. Si on vous augmente vos impôts locaux, vous allez hurler qu'on vous égorge. Faudrait savoir ce que vous voulez.

— De l'eau ! Il me faut de l'eau, pas des discours.

— Attends la mousson.

Il s'est calmé. Il garde plein de cartons de Vittel en réserve. S'engueuler un bon coup, ce n'est pas à dédaigner. Ça vous détend son homme.

Ils se sont mis à parler de Mireille, l'événement du jour. Pourvu que ça ne devienne pas le feuilleton de la saison...

Polin la trouvait changée :

— Tenez, tout à l'heure, je l'ai vue passer, j'ai failli ne pas la reconnaître tellement elle a une autre allure.

Ils se sont lancés dans des commentaires à n'en plus finir. Je laissais dire. Mireille a toujours eu de l'allure. Elle a débarqué chez nous voici dix ans, en provenance d'Alès. Son mari venait de mourir à la mine. Une tante lui avait laissé une baraque en héritage chez nous, alors elle changeait de décor.

Ici, le travail, si tu n'as pas ta terre à toi, il ne faut guère y compter. On ne sait pas au juste comment ça s'est produit. Il a dû y avoir un amateur, il a fait passer le mot. Enfin, bref, au bout de trois mois, Mireille s'est retrouvée avec une solide clientèle d'habitués. L'information circule. Elle prenait qui elle voulait, pas question d'accepter les malappris. A portée, peut-être, mais pas à disposition. Fallait y mettre les formes. Si tu lui manquais, tu faisais tintin. Tout le monde y trouvait son compte, elle la première. Et les clients gardaient l'impression qu'elle leur consentait une faveur.

Tout de même, nous en avons profité. C'est quelqu'un, Mireille, largement mieux que la moyenne. Avec elle, tu peux discuter, elle s'intéresse à tout. Et puis propre, bien arrangée, ça compte. Le linge aussi, très important le linge. Ça permet de remonter son petit vélo. Il n'y a guère que dans la chansonnette que les bergères restent légères. En vrai, elles font peur aux boucs. Ce n'est pas un reproche, tout juste une constatation.

Oui, nous en avons profité. Pour payer, on s'arrangeait toujours, pas forcément avec de l'argent. Mireille se retrouvait fournie en viande, en bois, en vin... Nous n'étions pas perdants. Chez nous, question fanfreluches et gouzi-gouzi, nous n'avons guère le choix. Dès qu'une fille est un tant soit peu jolie, elle part travailler à dache, dans un salon de coiffure ou un hôpital. Ou alors elle épouse un gendarme. En fin de parcours, il nous reste les instruments aratoires. Alors, Mireille, nous l'avons reçue comme un don du ciel.

Plus d'un aurait rêvé de se l'approprier. Tarare. Elle n'est pas folle. Elle laissait jouer la concurrence, et elle avait bien raison.

Au fait, la fameuse surprise ? Elle s'était fait tatouer une main de Fatma sur la fesse gauche ? J'ai demandé à Polin. Il était en train de servir. Il en est resté le bras en l'air, beau comme une statue. Il s'est exclamé :

— Comment ! Tu n'es pas au courant ? D'où tu débarques ? Mireille, elle a amené sa fille, une drôle de belle petite, c'est moi qui te le dis.

3

Manquait que ça... J'ai chargé mon Butagaz, puis je suis passé voir le boucher. Lui, c'est la porte de blockhaus, en plus blindé. Il faudrait un chalumeau pour le faire sourire. Sa femme, au contraire, est bien plaisante, elle garde un mot gentil pour tout le monde. Une chance, c'était encore ouvert. Ici, l'heure, c'est l'heure, on ferme tout à midi pile, il ne leur viendrait pas à l'idée qu'un magasin c'est fait pour arranger le client. Ils sont souples comme des indicateurs de chemins de fer, nos commerçants.

J'ai acheté de la belle viande, de la charcuterie, des olives, et en route. J'ai filé chez Mireille. Je voulais voir de quoi il retournait. En plus, mes galavars étaient occupés, autant en profiter.

Elle demeure à l'écart, sur la route de Saint-Julien, une vieille bâtisse bien conservée. Devant, une double haie de cyprès et de lauriers protège les abords des regards. Un chemin permet de garer sa voiture derrière, si on préfère. Je l'ai laissée devant.

Juste avant d'arriver, j'ai croisé une demoiselle à bicyclette, en robe légère. Bien gracieuse, ma foi, dans les quinze ans... Sans doute une estivante. J'ai pris mes provisions. Mireille a ouvert.

— Tiens, c'est toi ? Tu viens de rater ma fille.

Je n'en revenais pas.

— C'était elle, sur ce vélo ? Mais elle a quel âge ?

— Bientôt douze ans.

— C'est pas vrai ! Bonjour quand même. Je nous ai porté de quoi manger, tu m'invites ?

— Entre.

J'ai mis le couvert pendant qu'elle préparait les grillades. C'est vrai, elle avait quelque chose de changé. Comment dire ? Comme si elle se tenait à distance... Ou plutôt, comme si... Enfin, toujours est-il que le courant ne passait plus. C'était elle et ce n'était plus elle.

Elle gardait du rosé au frais. J'ai rempli deux verres. Elle ne me facilitait pas les choses, plantée là, à étaler du pâté sur son pain. Je me suis jeté à l'eau :

— Dis-moi, pourquoi tu m'avais caché cette gamine ?

Elle m'a fixé. Elle ne souriait pas.

— Romain, j'ai de l'estime pour toi. Ecoute bien, ma fille n'est ni de vous, ni à vous. C'est mon affaire, tu comprends ?

Je me suis levé :

— Mille excuses. Merci pour tout, je m'en vais.

Elle a fini par sourire :

— Assieds-toi, grosse bête, je veux juste que les choses soient claires. Pour moi, mon commerce avec vous autres, appelle ça comme tu voudras, c'est terminé. Je suis une femme qui élève sa fille. Si tu viens en ami, je te recevrai toujours. Autrement non, tu as compris ?

— Tout à fait.

Et la petite, elle était au courant de... Du commerce ? Je n'ai pas osé le demander. Ma parole, j'étais intimidé. Elle s'est penchée, a posé sa main sur mon bras :

— Ne fais pas cette tête. Vous en trouverez une autre, va. Mais comprends, avec ma fille, ce n'est plus pensable.

Je comprenais. J'en connaissais plus d'un qui allait drôlement se trouver déçu. On aurait dit qu'elle suivait mes pensées. Elle a dit :

— Rends-moi service. Préviens tes camarades, ça m'évitera d'avoir à le faire.

J'ai dit oui. Eux, je m'en foutais bien. Cela me faisait peine de tout voir s'arrêter d'un coup, bêtement. Je me suis senti un gros vide. Comme une angoisse. J'ai essayé de protester :

— Enfin, Mireille, quoi, il n'y avait pas que ça entre nous. Il m'est arrivé de venir, nous avons juste causé, entre copains.

— Monsieur est trop bon. Je te l'ai dit, tu passes quand tu veux. Mais si tu cherches un paillasson, il faudra voir ailleurs. J'ai déjà donné.

J'ai demandé, bêtement :

— C'est vraiment à cause de ta fille ?

— A cause des mouches. Je n'ai pas d'explications à te fournir. Mon Dieu, la viande !

Elle est allée chercher les grillades. Oh, j'avais saisi, tout à fait. C'est vrai que si elle continuait, il ne lui restait qu'à monter une entreprise familiale, avec sa gamine. Drôle d'idée de revenir dans ces conditions. Cela risquait de ne pas être facile, pour la gosse. Là encore Mireille a mis les choses au point :

— Ma fille est au courant. Elle ne me juge pas, elle accepte. Elle a été d'accord pour que nous revenions ici. Tu sais, les gosses d'à présent n'ont plus rien à voir avec nous. La bibliothèque rose, terminé. Puis je suis assez grande pour me faire respecter.

Je n'ai pas fait de commentaires. Je suis allé à l'essentiel :

— Tu comptes te débrouiller comment ?

— Germaine prend sa retraite le mois prochain, je vais la remplacer. Tu n'es pas au courant ?

La vieille Germaine, c'est notre secrétaire de mairie. Ce n'est pas un cadeau, on a plus tôt fait de se taper le boulot soi-même que de le lui expliquer. Seulement, tout le monde a le droit de vivre. Ce que je ne comprends pas, c'est qu'Albert, le maire, ne m'ait pas prévenu. Je suis tout de même premier adjoint. J'ai approuvé :

— C'est bien, je te félicite. Albert ne m'a rien dit.

— Il préfère attendre le dernier moment.

Elle peut se préparer à un joli raffut. Il est fou, Albert. Les épouses outragées vont bramer comme un poulailler en folie. En galère. Elles s'y feront. Ou elles voteront contre nous, aux prochaines élections. De toute façon, une fois la première émotion passée, il faudra qu'elles acceptent. Tout le monde garde un cadavre dans un placard.

Je restais sur ma soif. Après la dînette, pas question d'autre chose, d'une petite sieste des familles. Dommage... C'était trop bête. J'ai soupiré.

Mireille s'est levée. Elle est passée derrière moi, a mis ses mains sur mes épaules.

— Ne fais donc pas cette tête, Romain, tu as vraiment l'air d'un bébé qui a perdu sa sucette. Si tu avais voulu...

J'ai pris ses poignets, essayé de l'attirer contre moi. Elle s'est dégagée :

— N'insiste pas, je t'en prie. Après tout les filles ne manquent pas, dans la vallée.

Parlons-en. Il reste bien une pincée de putes, aux alentours. Mais nous manquons de femmes, de vraies.

J'ai dit :

— Je vais préparer le café. Tu le veux fort ?

— Oui. Ça te réveillera.

Hilarant. Cérémonial du café. Cela m'a rappelé d'autres repas, ici même. Allons, elle n'allait pas me faire avaler qu'une petite séance... Tu y tiens tellement ? Même pas. Il ne s'agit pas de la chose en elle-même. C'est pire, je me sens abandonné. Elle comptait pour moi, Mireille. Elle faisait partie de ma vie. Son métier ne te dérangeait pas ? Si. Seulement, les choses qui dérangent, à force, on s'en arrange. Si tu la voulais vraiment, il fallait te décider. Seulement, même de cette façon, ce n'était pas si mal. Je ne pouvais pas prévoir. Surtout, je ne tenais pas à me compliquer l'existence.

Attends, mon beau. Un balancier ne navigue pas que d'un seul côté. Tout n'est pas dit. Peut-être... Mais à mon âge, je ne peux pas espérer cent sept ans.

Le café était prêt. J'ai retrouvé Mireille. Tout de même, une question m'intriguait :

— Pourquoi retourner ici, tu peux me dire ? Il y a d'autres endroits pas si mal, et nous ne sommes pas des cadeaux.

— Très juste, vous m'avez payée pour le savoir. Seulement, vous, je vous connais, à force. Ailleurs, il faudrait reprendre le dressage à zéro. Rien que l'idée me fatigue.

— Ta fille ne risque pas de s'ennuyer ?

— Elle ira au lycée à Manosque. Ne te fais pas de soucis pour elle. C'est tout ?

Oh non. En fait, j'aurais voulu tout connaître. De Mireille, cette fille si proche qui dérivait à présent. Si j'avais pu savoir, nous n'en serions pas là... J'ai dit oui. C'est tout. Nous avons parlé de choses et d'autres. Le cœur n'y était pas, le mien du moins. Parce que tu as un cœur, à présent? Bonne nouvelle... Oh, ça va. Je ne me sentais pas follement à l'aise, mais pas question d'écourter la séance. Je tenais à sauver la face. Au moins ça.

Bon. Mieux vaut te reconvertir. Je te conseille l'élevage des visons. De petites bêtes affectueuses, paraît-il. Elles te passent leurs peaux, tu en fais une doudoune, et avec, tu te ramasses une créature de rêves, pas de problèmes. Mireille s'est inquiétée :

— Tu ne m'écoutes pas. A quoi penses-tu?

— Aux visons.

Elle a ri :

— Votre genre, c'est plutôt les sangliers.

— Les gens changent. Tu m'excuses, j'ai du travail.

Faux. Mais je ne supportais plus. Nous nous sommes fait la bise, comme deux vieux amis, et adieu Berthe.

C'est fou, cette rencontre m'a complètement perturbé. Mireille... Je croyais la page tournée. Puis non. Avec elle, je n'avais jamais voulu tirer les choses au clair. Pourtant, je ne suis pas le genre à me raconter des histoires.

J'ai arrêté Simone un peu avant d'arriver chez moi. Voyons voir... Et si tu partais du commencement? Difficile. Un début, ça se trouve. Seulement l'histoire reste tordue. Mireille, j'aurais dû m'en contrebalancer. Pas du tout. Je la trouvais trop bien pour moi. Et le fait qu'elle soit accessible aux autres ne te gênait pas? Oui et non. Cela me permettait de la mépriser, donc de la tenir à l'écart.

Et la voici revenue. Je ne souhaite qu'une chose, c'est qu'elle se jette à mon cou, mais je ne ferai jamais le premier pas. Un peu boiteux, comme démarche, non? D'un bord, tu lui fais trop d'honneur, de l'autre c'est elle. Je ne sais plus sur quel pied danser. A elle de jouer. Si elle veut.

C'est tout? Je n'en sais rien. Je ne tiens pas à approfondir, pour ne pas me remettre en question. La solitude ne me fait pas peur, c'est mon pain quotidien, c'est ma force, je n'ai besoin de personne. Et c'est aussi ma faiblesse. Je me retrouve coupé des autres, renvoyé à mon propre vide... Dis donc, tu es une grande fille toute simple. Et comment! Seulement, me voici bloqué.

Si tu essayais de la comprendre, elle ? Oh, elle devait adorer son défunt mari, j'imagine. Au point de devenir pute ? Oui. Ça devait être ça ou le suicide. Une façon de n'être à personne en étant à tous. Tu crois vraiment ? Quelle importance ? En fait, elle me faisait peur. Pour la garder, il aurait fallu payer le prix, chambouler ma vie. Je n'ai jamais pu me décider. Elle et moi, nous en étions au même point. Elle se prêtait aux autres, elle se gardait pour elle. Tu te gardes pour toi.

Joli, mais un peu court pour aller loin. Mireille... Si seulement nos rapports pouvaient changer. Je vois mal comment. Ce serait quoi, un comportement normal, avec elle ? Aucune idée. Je me suis senti très petit garçon, tout à l'heure, en sa présence. Quelque part entre la nostalgie et les réticences.

Tu te vois descendre le cours, avec elle à ton bras ? N'importe qui pourrait se dire : « Tiens, Romain, les restes, il ne crache pas dessus... » A chaque guignol croisé, tu te demanderais si tu n'as pas affaire à un ancien client. Alors tu préfères tout laisser à cause de l'opinion de quatre chiens pelés ? Les autres, je m'en moque. Je suis fatigué. La vie ne m'intéresse pas assez pour que je me la complique.

J'ai remis le contact. Je vais te dire, Simone, j'ai l'impression que nous vieillirons ensemble.

4

Mélans, notre village, atteint les cinq cents habitants. En comptant les fils de pute, parce que ceux-là, si tu les retires, tu tombes à zéro. Au conseil municipal, nous sommes douze. J'y figure, Albert me l'a demandé. Il prétend que j'ai du caractère. Lui, c'est le gros diplomate, il essaie toujours de mettre d'accord chèvre et chou..

Albert, pour vous le situer, c'est le petit notable. Le genre cultivé, un rien anachronique, avec un gilet et une montre à gousset. C'est tout sauf un chef. Il ne s'impose pas. Il n'ose pas s'affirmer.

A cause de cette mollesse, il convient à tout le monde. Une sorte de terrain neutre... Il rêve de grandes choses, j'en suis sûr. Il voudrait mener un village idéal. Le pire, c'est qu'il ne s'aperçoit pas que c'est le cas, que ce village est foutrement beau. Lui préférerait du moderne. C'est l'anti-Polin, il joue deux tons au-dessous.

Quant à ses administrés, à part les collègues, je les adore mais ils me font braire. Jamais contents, les bougres. Juste bons à râler. Comme moi.

La manie d'Albert, c'est d'épargner les sous du citoyen. Moins nous dépensons, plus il est heureux. Si je lui demande de s'expliquer, il répond que c'est en cas. De quoi ? De malheur, bien sûr. Il a connu l'exode tout petit. A la radio, il a entendu que les méchants Allemands arrivaient, alors, il est parti, comme ça, droit devant. Il a bien fait six ou sept kilomètres avant qu'on le rattrape. Il n'avait pas dix ans, mais déjà de bons réflexes.

Finalement, son côté inquiet séduit nos populations. Elles se disent qu'avec lui, au moins, nous ne ferons pas de folies. Sans doute. Total, tu te retrouves avec des chemins caffis de nids-de-poule. L'école aurait besoin d'un grand carénage. Sans parler du problème de l'eau. Albert persiste à ne rien entreprendre. Avec lui, il est toujours urgent d'attendre.

Les gens protestent, certes. Seulement, au fond, ils sont satisfaits. Ce qui était bon pour leurs pères reste bon pour eux. J'adore ce genre de raisonnement. Pousse-le jusqu'au bout, et tu obtiens un retour simple pour l'âge des cavernes.

Oh, j'admets. Je suis comme eux. Leur progrès, nous en sommes revenus. Avant, tu épargnais trente ans pour pouvoir acheter une pièce de terre. A présent, avec leurs crédits, agricoles ou pas, en trois saisons tu es lessivé.

La marotte d'Albert, c'est les étrangers. Il rêve d'en implanter une colonie juteuse qui paierait des taxes conséquentes, dévaliserait notre épicerie et mettrait de l'animation dans le paysage. Il rêve. Nos rares implantés vont faire leurs courses chez Montlaur. Le jour où ils dépenseront un centime chez nous, on pourra le faire encadrer. Côté animation, ils clôturent. Le barbelé pullule, ils transforment les chemins publics en voies privées, ils foutent le feu aux broussailles en grillant quatre feuilles mortes. Des cadeaux pareils, on s'en passerait, mais Albert n'a pas encore compris.

Ah oui, j'allais oublier leurs chiens. Eux ne nous oublient pas. En général, ce sont des aberrations. Ils ne sont pas prévus pour rendre service, ils sont là pour faire joli et pour emmerder le monde.

Les Marseillais du mas Bertrand, par exemple, ont une espèce de danois, un roquefort à ressort. Cela va faire trois fois qu'il essaie de manger le facteur. Il devrait y parvenir, c'est un pugnace. Le facteur en est déjà de quelques pantalons et d'un bout de mollet. Il trouve ça dur. Depuis, il leur balance le courrier avec un lance-pierres. Il est d'ici, il ne veut pas demander sa mutation, mais comme il dit, je ne suis pas dompteur. C'est bien l'avis du clébard.

Au conseil, je siège avec quelques collègues chasseurs, le Grand Jacques, lou Max, Spahi aussi. Pourtant, c'est un anarchiste, pas un type positif. Le genre à être contre par principe. J'allais oublier Maki. Ça m'étonne qu'il soit là. C'est sans doute pour se tenir au courant d'une éventuelle combine. Ce n'est pas son genre de se défoncer pour la communauté.

Nous étions réunis ce soir en tant que conseil municipal légalement constitué en fonction. L'ordre du jour? Les questions pendantes. Le fusil du monument aux morts. Et le problème de Mireille.

Elle était là, parfaitement digne, à l'aise, habillée simplement, robe claire et veste beige en toile. Albert nous l'a présentée, comme si nous ne la connaissions pas. Les collègues se sont montrés corrects. Ils paraissaient plus gênés qu'elle. Braves petits... Ils ne faisaient plus les fanfarons. Ils essayaient de se montrer sous leur meilleur jour, responsables et tout.

Nous avons débattu. Le toit de l'école pour les tout-petits est revenu sur le tapis. Ce toit, il devient chauve. La maîtresse prétend qu'aux premières pluies, les gosses vont être douchés. Ça nous économiserait les douches, et d'une. Et de deux, la pluie, ça fait un moment qu'on n'en voit pas la queue d'une goutte. Mais enfin, nous nous sommes décidés à débloquer des crédits pour un cent de tuiles. Valentin, l'homme de peine, en placera quelques-unes, et faï tira.

Les chemins? Valentin les rebouche comme il peut, avec des cailloux et des morceaux de briques. Seulement, comme les gens s'obstinent à les utiliser, c'est toujours à refaire. Les goudronner? C'est du gros investissement, le département devrait payer sa quote-part. Vite dit, mais alors là, tu tombes en pleine nébuleuse, les tractations avec des puissances lointaines et opaques. Le trou noir. Autant faire avec les trous actuels, au moins on les connaît.

L'eau? Albert a soupiré :

— Nous ne sommes pas la source Perrier, nous ne la fabriquons pas! Il faut attendre qu'elle revienne.

J'ai fait part de l'impatience de Polin. Maki a suggéré qu'il colle de la bière dans son pastis. On appellerait ça un polin, il passerait à la postérité. Après tout, c'est peut-être buvable?

Trêve de plaisanteries. Là encore, nous restons bloqués par les crédits. Difficile de tondre un œuf. Nos gens, nous n'en tirons pas des fortunes, d'ailleurs ils ne se laisseraient pas faire. Leurs fils, ils te les abandonnent pour toutes les guerres que tu veux. Mais leurs picaillons, pas touche. Et reprendre le réseau de canalisation, ça va chercher... Au juste, personne n'en sait rien. Enfin, ça va chercher. Nous demanderions à l'entreprise Rossi de nous établir un devis. Nous aurions au moins ça à opposer aux rouspéteurs. Maki, encore lui, a lancé :

— Et un devis bien frais, un !

Ça n'a fait rire personne. Nous sommes passés au point suivant, le fusil.

Notre monument aux morts s'orne d'un poilu imberbe taillé dans un bloc de pierre. Pas terrible, la pierre, elle a tendance à s'effriter. Le poilu se tient légèrement penché en arrière, une main, la gauche, sur le cœur. Et là, nous trouvons deux écoles, ceux qui prétendent qu'il a pris une bastos et qu'il retient son dernier souffle. Et ceux qui disent, pas du tout, il se prépare à chanter *la Paimpolaise*.

Là n'est pas la question. De la main droite, il brandit un Lebel. Ce bel instrument venait d'être cassé, un gamin ayant lancé une pierre sur un merle perché sur le canon de l'ustensile. Le merle avait filé, mais notre héros ne brandissait plus qu'une crosse.

Ce problème semblerait secondaire à des âmes légères. Seulement, tout se tient. Si on commence à laisser désarmer son poilu, où s'arrêtera la débandade ? Comme Jacquou l'a remarqué, ce fusil, c'était la goutte d'eau, la fameuse qui fait déborder. Nous avons convenu de demander à l'entreprise Bugeaud, marbre et monuments funéraires, de procéder à sa restauration. Ça coûterait ce que ça coûterait.

Lou Max a suggéré un fusil en métal. Il nous ferait plus de profit. Oui, mais le bronze se corrode et bave, et bientôt des traînées verdâtres maculeraient notre bonhomme. Pas de métal. Nous investirons dans la pierre.

Nous sommes passés au cas de la secrétaire. Albert a évoqué en termes émouvants la carrière de Mlle Germaine, ce modèle de dévouement bureaucratique. Il a même prévu de faire une cérémonie d'adieux, avec remise de cadeaux et vin d'honneur, mais Germaine a refusé net. Elle nous avait assez vus pendant trente-cinq ans, et au lieu de dépenser de l'argent bêtement, mieux vaudrait lui accorder une prime.

Nous l'avons donc votée. Puis Albert s'est lancé :

— J'ai le plaisir et l'avantage de vous présenter Mme Bialot, qui veut bien remplacer Mlle Germaine, si du moins vous n'y voyez pas d'inconvénients.

Mireille nous a offert son beau sourire. Nous avons applaudi. Albert a proposé d'élever son traitement, vu que celui de Germaine était resté bloqué depuis... Eh bien, depuis beau temps. Elle n'avait jamais réclamé, donc elle était satisfaite. Mais il n'était que justice de...

Il parle bien, notre Albert. Je le soupçonne d'être maire pour ça. Chez lui, justement, il n'a pas la parole. Mme Albert y veille.

Voilà, c'était fait. Nous avons tout de même eu droit à la petite fête. Valentin a installé des piles de gobelets et d'assiettes en carton. Il a sorti du frigo canapés, rillettes, pastis et Martini. C'était Byzance. Nous avons félicité Mireille. Tout le monde étant au courant de son changement de statut, il n'y a pas eu d'impair. Max, toujours sentimental, a proféré que nous restions une grande famille. Je ne m'étais jamais senti aussi orphelin.

Je me faisais des réflexions. Tu es dans ta vie. Tu penses que ce qui t'entoure est acquis, comme une ligne d'horizon. Puis le bulldozer du temps s'active, et ton horizon en prend un coup. Rien n'est acquis. Rien. Pas même ton cul, tu ignores si demain tu seras encore assis dessus.

Je ne sais pas. Je ne suis pas moins con qu'un autre. J'ai pas mal lu. Je garde ce goût de tout petit. A des moments, je me suis inscrit à des clubs du livre. La bru a laissé une armoire bourrée de bouquins, et chez nous, les soirées d'hiver s'étirent à n'en plus finir.

Où je veux en venir ? Je ne sais plus, dès que j'ouvre une incidente, je perds le fil. Ah si... Je reconnais, je préfère observer les événements. Ça me fatigue de m'agiter. Certes. Mais ne viens pas te plaindre.

Tu t'activerais, cela changerait quoi ? Napoléon s'est pas mal démené. Il s'est quand même pointé à temps à Waterloo.

Je pensais la séance finie. Pas du tout. Mireille a levé la main. Elle avait une proposition à soumettre, offrir un arbre de Noël aux anciens. On ne dit plus les vieux, à présent.

Un arbre, l'école en organise un pour les gosses. Les

collègues n'étaient pas emballés. Mireille a soutenu son idée. Les vieux n'avaient pas tous une famille, cela leur ferait plaisir de se retrouver entre eux, d'être fêtés, pour une fois. Je veux bien, mais pour se retrouver, ils n'avaient pas à courir, notre taupinière n'est pas si grande. Les autres ont accepté. Il suffirait de récupérer le sapin des gosses, après la sortie des classes. De recenser les ancêtres, et prévoir des cadeaux, genre écharpes, chocolats, papillottes...

Question chocolat et le reste, Albert connaît le manitou de Montlaur. Il nous consentirait des prix. Le délicat restait de fixer l'âge de l'ayant droit. A vingt ans, tout le monde est d'accord pour admettre qu'un type de quarante, c'est un vénérable vieillard. A quarante, tu repousserais plutôt le cochonnet vers les soixante et dix, et à suivre. Alors, où placer la barre ? Il s'est tourné vers Mireille :

— Ecoutez, madame Bialot, nous sommes de tout cœur avec vous, mais puisque vous avez soulevé ce lièvre, nous vous laissons le soin de le...

Là, il a hésité un moment. Le lièvre, convenait-il de le plumer ou de le passer à la moulinette ? Il s'est dérobé. Il a conclu :

— A vous de voir.

Cette fois, terminé. Les soiffards ont encore éclusé un petit coup. Nous avons levé la séance. Je ne me suis pas attardé, je me suis débiné sans demander mon reste. Je me sentais confus, mal à l'aise. Bref, je m'en voulais. Ce n'est pas si nouveau, vivre ne m'a jamais paru évident. En général, je m'en tire avec le travail, au besoin j'en invente. Quand tu chevauches ton tracteur, tes états d'âme, tu les mets en veilleuse. Mais avec la sécheresse, les chevauchées se trouvaient remises à plus tard.

Remarque, si tu veux t'occuper, tu as le choix. Par exemple, ta cheminée, la hotte n'est pas profonde, au premier coup de vent, la fumée refoule. Deux mois de feu et tu vas emboucaner le jambon fumé. Il te faudrait la reprendre. Admettons. Je n'ai pas envie de m'occuper pour m'occuper.

Voilà, je me sens coincé. Je voudrais changer de vie sans trop toucher à celle-là. En quelque sorte, transvaser le blanc et le jaune dans une coquille carrée sans casser l'œuf ? En quelque sorte, oui.

Comme je me dirigeais vers le parking, j'ai entendu courir derrière moi. Une seconde, l'espoir m'a soulevé. Mireille... Je me suis retourné. C'était Maki. Il m'a lancé :

— Ho, collègue, te sauve pas comme un voleur. Amène-toi, on va en prendre un.

— Je n'y tiens pas, j'ai mon compte.

— Il t'en faut guère. Tu en tires une tête ! On t'a fait quelque chose ?

Surtout, pas d'explications. J'ai cédé. Nous nous sommes retrouvés chez Polin. Maki avait envie de s'épancher.

— Tu sais, à moi, ça m'a bien plu, cette séance. La Mireille, c'est quelqu'un, dis donc, j'aurais jamais cru. Ecoute, le vrai problème, il est pas là. C'est dommage que jamais personne en parle... Dis, ça t'intéresse ce que je raconte ?

— Continue. Change pas de main.

— Voilà, c'est simple, il nous faudrait un bordel, il faut voir les choses en face. Et c'est pas si difficile à organiser, avec un peu de bonne volonté. Parce qu'en fin de compte, ça nécessite quoi ? Quatre murs et autant de mignonnes, voilà ! Tu es bien d'accord ?

Je l'ai laissé délirer. Je le voyais tout à fait en tenancier, il possédait des dispositions. Il nous rameuterait tout un choix de cassoulets de première, avec un million de kilomètres au compteur. Il assurerait la rotation du stock, je parie. Et ça, question de nous attirer du monde, ça nous en attirerait, sûr et certain. Davantage qu'une foire aux agnelles.

J'ai dit :

— Tu en as parlé à Albert ?

— Lui ? Tu plaisantes ! Pour ce que ça doit l'intéresser, le radada. Ma tête à couper que s'il s'occupait un peu plus de sa grosse, elle gueulerait moins.

— Et si tu t'en chargeais ?

— Quoi ? Faut quand même pas demander l'impossible, tu l'as regardée ?

Polin s'en est mêlé, avec quelques artistes qui glandaient encore au comptoir. Très vite, le ton a monté. Pas le niveau. Cela soulage de s'épancher.

Quand j'ai quitté le bar, je tenais du plomb dans les superstructures, je reconnais. Mais je me sentais plus léger. La vie est un tissu de contradictions. La voiture m'a ramené sans bavures. Brave Simone... A force, elle connaît le chemin.

5

Comme je l'ai dit, ma bru — que le ciel la confonde ! — a laissé une palanquée de bouquins. Je me suis demandé pourquoi. Ce sont des ouvrages honnêtes, sérieux, avec des forêts de symboles et tout. Sa collection va de Buck (Pearl) à Zola (l'Emile), en passant par Nanos (Hubert) et Troyat. Voyez le genre. Ce n'est pas folichon, mais ma bru a trop conscience de sa valeur pour se dilapider en lectures futiles, voire graveleuses. Elle évitait de se souiller avec des San Antonio, SAS et autres séries glauques. Alors, à quoi rimait de laisser toutes ces bonnes choses ?

En allant chez mon fils, j'ai compris. Elle a investi dans ces bibliothèques en faux acajou, avec portes de verre coulissantes, qui s'empilent comme des parpaings. Et là-dedans, attention les yeux, rien que de la belle reliure. Elle a trouvé un artisan boat-people qui lui fabrique ces merveilles à prix doux. Et elle se ruine en livres d'art, vous savez, ces machins archi-lourds, qui se feuillettent en deux minutes et vous encombrent toute une vie. Sans compter les cinquante centimètres de Pléiade réglementaires. Normal, c'est le standing. Avant, on se contentait de la collection Nelson.

Finalement, ces bouquins m'ont ramené à mon fils et à tout ce gâchis, je veux dire ma vie. Que ma femme soit partie, parfait, je m'étais marié par inertie, ça s'est terminé de même. Mais mon fils... Je ne supporte pas. Et les autres, ils se dépatouillent comment ?

Quels autres ? Je m'en moque. Il s'agit de mon petit, bon sang ! A partir du moment où tu ne travailles plus pour ton gosse, ta vie n'a plus de sens. Le pognon ? Ça signifie quoi ? Mon petit, j'aurais tant voulu qu'il continue, après moi. En refusant, il m'a refusé. Oh, je me suis interrogé, j'ai cherché à... Je ne comprends pas, je lui ai foutu la paix, je l'ai laissé respirer.

C'est au lycée que tout s'est joué. Il a pris honte de son père, comme on attrape la vérole. Pour les minets d'aujourd'hui, je ne suis pas présentable, sûr. Pas mode. Puis il a dû m'en vouloir du départ de sa mère, les absents ont toujours raison. Comment savoir, nous n'en avons pas parlé. J'aurais dû essayer, au moins... A quoi bon ?

Et mon petit-fils, c'est le désastre, je ne le considère même pas comme venant de moi, ce bâtard. Passé un seuil, il vaut mieux couper. Disons que c'est une autre race. Leur laisser mes biens ? Ça me casse les pattes d'y penser. Et à qui d'autre ?

Ne nous égarons pas. Tout ça pour dire que ma bru, ses anciens bouquins ne sont plus assez bons pour elle, comme le reste. Donc, elle les laisse aux cochons. Merci pour eux.

J'ai souvent pensé à y mettre un semblant d'ordre, à les classer. L'idée qu'ils venaient d'elle m'en empêchait. Cette fois, je m'y suis collé.

Le plus simple, c'est de les virer et de les ranger en les étalant sur la table. Je n'y étais pas depuis cinq minutes que j'ai eu l'illumination. J'ai commencé un tri rapide. J'ai choisi les meilleurs, je les ai placés dans un couffin et j'ai pris Simone, direction Mireille. Ça pouvait intéresser sa fille.

J'avais mis dans le mille. Mireille m'a bien reçu. Anne s'est jetée sur les livres. Par chance, elle n'en avait pas lu la plupart. Elle poussait des exclamations de contentement. Je la regardais. Vrai, cela me faisait plaisir. Elle tient de sa mère, mais avec quelque chose d'autre, un mélange d'innocence, d'insouciance et de sérieux en même temps. Elle est venue me faire la bise. Mireille m'a demandé si j'avais mangé.

— Pourquoi, il est quelle heure ?

— Presque trois heures.

Ah bon... J'ai dit que oui. Si je voulais un café ? Volontiers. Anne est allée me le préparer. Elle m'a servi avec sa grâce de jeune femme, cette allure intacte... Je veux dire qu'elle n'a pas encore été laminée par le genre de vie que nous menons, nous autres, toujours au cul de nos bêtes ou sur le siège de nos machines. Nous allons peut-être vers notre fin, mais pas les bras croisés. Ne t'inquiète pas pour elle. Cette fille n'épousera pas un paysan.

Elle a filé dans sa chambre, explorer ses bouquins. Je me suis retrouvé seul avec Mireille. En tête à tête... Vide, la tête. Une main énorme me broyait le cœur. La nostalgie. Tu vois, tu pourrais être chez toi, ici même, avec ta femme et ta fille. Et tu n'es là que de passage, en porte-à-faux, tout juste toléré. Je sais. Dans une autre vie, ces livres, tu aurais pu en parler avec Anne. Mireille a remarqué :

— Tu n'es pas très bavard.

— Excuse-moi, un coup de fatigue. J'ai mal dormi.

Cette fois, elle a ri :

— Chaque fois que je te vois, tu es fatigué.

— Tiens... Je ne me suis pas rendu compte.

— Tu cherches à te faire plaindre, pas vrai ?

— Quelle idée ! Nous autres, à la Légion, nous savons sauter sans parachute.

— Oui, et après ?

Bonne question. Après, je me sentais terriblement jaloux. Quelqu'un viendrait, forcément. Pas avec trois douzaines de livres fourbus. Quelqu'un de plus jeune, de plus beau, de plus marrant. Ça doit pouvoir se trouver. De plus riche aussi. Pas de problèmes. Et avec une plus belle voiture, pas vrai Simone ? Alors là, même à la casse, tu dois pouvoir trouver. Mireille et sa fille partiront. Tu resteras comme le rat que tu es. Longue vie aux rats.

J'avais juste envie de tuer. Une bouffée de rage m'a envahi. J'ai senti un coup de froid dans la main droite, un picotement m'a remonté le bras. J'ai souri. Un vrai sourire.

— Après ? Tu sais, les vieux soldats ne meurent pas. Les paysans, c'est pareil. S'il n'y avait que nous, les pissenlits s'ennuieraient.

Nous avons plaisanté un moment. Je pensais à Anne. Avoir une fille pareille... A quoi bon, on te la prendrait, bientôt. Oui, mais ça resterait ta fille, et un jour elle te donnerait des petits-enfants. Tu deviens gâteux, merde. Si tu voulais pouponner, il fallait t'y prendre avant.

De plus, je te signale que tu es pourvu. Nom de Dieu, ne me m'en parle pas.

J'ai demandé à Mireille :

— Dis-moi, ta fille, elle compte faire quoi, plus tard ?

— Des études.

— J'entends bien, mais de quoi ?

Je n'aurais pas dû insister. Elle m'a envoyé paître.

— En quoi ça te concerne ? De toute façon, elle ne va pas s'incruster avec des demeurés dans votre genre.

Je n'ai pas aimé. Je ne l'agressais pas. J'ai répondu, doucement :

— Tu étais bien contente de les trouver, tes demeurés, il fut un temps.

— Et encore plus de m'en débarrasser, crois-moi. Vous volez bas, mon pauvre Romain, toi le premier.

Là, je ne me suis pas retenu.

— Pourquoi donc ? Les autres ont des ailes à la queue ?

— Non, mais puisqu'on en parle, pour les autres, comme tu dis, nous ne sommes pas seulement des trous. Tu es bien comme tes collègues. Vous ne décollerez jamais de votre fumier.

Elle me regardait. Un regard froid. Je n'avais pas mérité ça. Quoi d'autre, mon canard ? Tu voulais un bon point ? Un gros poutou-poutou ? Je me suis levé. Je suis parti, en plein brouillard. Une fois chez moi, j'ai ramassé un vieux sac vide, dans la grange. Engrais azotés. Je l'ai pris, j'ai entassé toutes ces saletés de bouquins. Hop, on brade, encore une bonne chose de réglée. Le classement, terminé. Je suis allé larguer mon chargement près des poubelles.

Bon débarras. La culture, parlons-en. L'ennui, avec les mots, c'est qu'ils n'ont jamais le même sens pour personne.

6

Question sécheresse, cela ne s'arrange pas. Le Sahel à domicile, mon joli. Pas question de poser des pompes, c'est déjà fait. Nous sommes équipés comme des grands, à part que tout s'en mêle. Avant, l'hiver, il y avait la neige, cette grande éponge blanche qui nous redonnait de l'eau tout le printemps. Voici deux ans qu'elle est aux abonnés absents. Nous sommes vraiment le dos au mur, et qui s'en soucie? Nous ne sommes plus nécessaires, nous autres paysans. Le problème n'est plus de produire, vous plaisantez. Il est de se débarrasser des excédents. Le problème, c'est que nous voilà en trop. Des fossiles de notre vivant, on n'arrête pas le progrès. Il faut arriver à penser l'impensable. Je ne peux pas. Autant se foutre en l'air tout de suite.

J'ai décidé de ramasser du bois. Neige ou pas, les hivers restent froids, nous perchons tout de même à huit cents mètres. J'ai réquisitionné Jules, les bêtes se passeront de lui un moment. J'ai pris le tracteur, la remorque, deux tronçonneuses, et en piste.

Je possède trois cents hectares de collines plantées en chênes rabougris. Tu attaques d'un bout, du temps que tu arrives à l'autre, le début a repoussé. Pas évident, comme terrain, du calcaire blanc écorché, coupé de ravins, semé de caillasses. Les chênes ne sont pas gourmands, ils s'accrochent. Chez nous, les gens continuent à se chauffer au bois. Ça ne pue pas comme le fuel, et c'est moins cher. Sauf qu'un jour ils vont inventer une combine extra, j'ai confiance. Tes arbres, tu pourras en faire des cure-dents.

J'ai pris Jules pour le bouger un peu. A force, allez savoir qui garde qui, un beau matin, je vais le retrouver au milieu de ses moutons, une clochette au cou.

La tronçonneuse, il connaît, il m'a déjà donné la main. En s'appliquant, il arrive à débiter des morceaux de la même taille, il ne faut pas désespérer. A deux, cela va tout de même plus vite pour balancer les troncs sur le sentier.

Nous avons bossé deux bonnes heures. Je laissais à Jules les arbres les plus dégagés. Nous avions presque notre compte. Et puis j'ai entendu son engin tourner à vide. J'ai regardé. Il se tenait là, bouche ouverte, sa main gauche crispée sur son col. Le bras droit pendait. Au bout, c'était rouge et ça pissait. Encore gagné.

J'y suis allé. J'ai stoppé la mécanique, pas la peine de coller le feu à la colline. Dis donc, il s'est salement viandé, le camarade. L'avant-bras, à l'intérieur, au-dessus du poignet. Un abonnement, il lui manque déjà l'index de la main gauche... J'ai arraché ma chemise, bricolé un garrot avec une manche, entortillé le reste comme j'ai pu, entraîné mon Jules. J'ai décroché la remorque pour aller plus vite.

Une fois à la ferme, nous avons sauté dans la voiture, direction l'hôpital. J'avais pris une bouteille de rhum, je l'ai passée à ma vedette. Autant qu'il ne me claque pas entre les doigts. Bon sang, je pensais qu'il pouvait... Il ne faut pas penser. Jules, tu lui demandes de tronçonner, il tronçonne. Lui compris. Pigé ? En galère.

J'ai dit :

— Tu tiens le coup ?

— Drôlement. L'est bon, ton rhum.

Tu parles. Il en avait descendu la moitié. Il a ricané. Il était pâle, l'animal. Il crânait encore. J'ai repris la bouteille. Le volant a suivi le mouvement, j'ai vu le moment où le fossé nous rentrait dedans. On se calme. Tu vois, tu cherchais à t'occuper, tu t'occupes.

Je fonçais sur Digne, c'est le plus prêt. L'hôpital se trouve à l'entrée, à main gauche avant le pont sur la Bléone. J'ai pilé sur le parking, empoigné mon blessé sous l'aileron. Pour le faire admettre, autre barcarolle. La niasse des Entrées voulait son numéro de Sécu. Je n'en avais aucune idée, Jules encore moins. La Sécu, il n'y est probablement pas. Elle insistait, la vache. J'ai dit :

— Vous attendez quoi ? Qu'il saigne à blanc ? Occupez-vous de lui, son numéro je vous le téléphone une fois rentré.

— Mais enfin...

J'ai passé le bras par l'espèce de guichet. Je voulais juste l'étrangler, pas plus. Elle a reculé. Elle a dit :

— Bon, d'accord.

Des infirmiers sont arrivés avec une planche à roulettes. Ils ont installé mon berger dessus, et en avant. Il riait comme un fou, l'oiseau. Il m'a salué de son bras sanglant. Un rien l'amuse.

Ouf... J'ai rejoint le parking. Je ressentais le contrecoup, je me suis écroulé dans la voiture. Quelle salope, quand même, cette salope, avec son inscription... Sacré vieux Jules. Son index gauche, c'était avec un marteau, je ne sais même plus ce qu'il bricolait. Ah oui, il écrasait des amandes. Il ne s'est pas raté. Le doigt complètement écrabouillé. Il l'avait coupé à l'Opinel, s'était nettoyé à l'alcool, tout seul, collé un emplâtre. Ça s'était cicatrisé. Il m'avait montré le moignon, fièrement.

Et bon, pour les papiers, tu as une idée ? Jules, je l'emploie pour qu'il puisse manger. Je ne l'ai pas déclaré, à tous les coups ils vont m'empailler. Comment nous faisons ? J'ai envie de tout, sauf de discuter. Attends, tu verras. Il en a au moins pour deux semaines.

En attendant, j'ai gardé. Ça occupe son homme. Les bêtes, pour économiser un peu de fourrage, il faut en avaler, de la colline. Je m'entends bien avec Galapiat. Je partais tôt le matin, avant le lever du jour. Dans les creux, les bestioles trouvaient encore leur pitance, des graminées, des chardons. Je leur montais deux ou trois bottes de foin pour compléter. Je portais un livre, je ne l'ouvrais même pas. Je couvais une sorte de béatitude, j'étais bien. A partir du moment où tu t'en balances, la vie s'allège.

Le temps se ralentissait, se resserrait, comme à l'intérieur d'un puits. J'allais finir par y tomber de moi-même. Ces moutons, ces rochers, ce ciel et ce temps immobile... Moins tu t'agites, moins tu en ressens la nécessité. J'en arrivais à me diluer, à ne plus penser. Juste ruminer. L'extase en circuit fermé. Autrement dit, l'imbécile heureux.

Ça aurait pu durer. Ça a traîné une semaine. Le huitième jour, au soir, comme je finissais mon repas, un bout de fromage et une canette, Galapiat s'est mis à japper. J'ai vu débouler le Jules, bras en écharpe, guilleret. J'ai dit :

— Ils t'ont relâché ?

— Rien du tout. Je m'ennuyais, je suis parti.

— Comment ça ? Et les papiers ?

Il a fait un geste du bras valide :

— M'en fouti !

— Enfin, quoi, ils t'ont bien demandé ton nom ?

— Sûr. Jules, je leur ai dit. Je m'appelle Jules. Mon nom, je m'en sers jamais, pas vrai ? Ils ont insisté, je leur ai raconté qu'en vrai je m'appelais Dégun. Alors ils l'ont écrit. Jules Dégun.

— Et l'adresse ?

— Pareil, ils commençaient à me courir. Je leur demandais rien, moi. J'ai répondu : Volonne. Pourquoi c'est de là que ma pauvre mère elle venait.

Jules Dégun, de Volonne. Galapiat lui faisait fête. Il lui a gratté le crâne. Le chien gémissait de plaisir. J'ai insisté.

— Ils t'ont laissé filer sans rien dire ?

— Qu'est-ce que tu crois ? J'ai attendu la fin des visites, je m'étais mis propre, je suis parti avec les autres, pardi.

— Tu es rentré comment ?

— Au premier poste d'essence, j'ai demandé à un camion. Il m'a laissé au croisement.

— Ton bras, ça va ?

— Bien. Je me suis coupé des tendons, les doigts du bout. Le toubib a dit que comme je suis pas pianiste, c'est pas grave. Ce pansement, je suis censé le garder encore une semaine.

J'ai voulu le ramener à l'hôpital. Pas question :

— Si tu fais ça, je saute de la voiture, je te préviens !

— Mais pourquoi, Jules, enfin !

— Pourquoi ils parlent de moi comme si j'étais une chaise, j'aime pas. Je préfère rester avec mes bêtes.

— Ecoute, sois raisonnable.

— Si tu m'embêtes, j'arrache mon pansement.

Il l'aurait fait. Je n'ai pas insisté, je lui ai cédé le terrain. Il s'est installé, tout content. Son expédition l'avait secoué. Les terres inconnues, il n'apprécie pas. Je lui ai recommandé de ne pas heurter son bras blessé. S'il a mal, qu'il me prévienne, surtout. Il ne s'est jamais plaint.

Une semaine plus tard, j'ai retiré le pansement. Une brave plaie, ma foi, bien nette, bien propre. Vingt points de suture. J'avais acheté des bandes propres, j'ai refait le pansement.

La fois d'après, le Dr Hippolyte a retiré les points. De lui, Jules pouvait accepter, il le connaît. Qui ne le connaît pas, chez nous ? C'est un vieux monsieur. Notre village, il l'a repeuplé quasiment, je veux dire, il a accouché toutes les mémés, puis quelques-unes de leurs filles, celles qui ne se rendaient pas en ville. L'accouchement à domicile n'est plus guère de mode.

M. Hippolyte a passé sa vie à retaper nos pattes cassées, nos foies pastissés. Les sous, si tu en avais, parfait. Sinon, parfait aussi. Il jouait même les vétérinaires à l'occasion. Il aimait bien de dire :

— Au fond, entre un homme et un cochon, la différence est mince. Le cochon serait tout de même plus reconnaissant...

Puis il riait. Il se souvenait des gens à travers leurs maladies :

— Tu sais que tu m'as fait une coqueluche de toute beauté, petit.

Nous lui sommes tous passés entre les mains, peu que peu. Pour mon artiste, il n'a pas posé de questions, il en a vu d'autres. Pas de questions, pas de mensonges. Quant à Jules Dégun, de Volonne, l'hôpital a dû le placer aux profits et pertes, côté pertes.

La rééducation ? Cette enclume ne voulait pas en entendre parler. Il s'agissait de l'annulaire et de l'auriculaire, les deux doigts restaient morts. Il pouvait se débrouiller sans. Avec le pouce et l'index, il pinçait ce qu'il voulait. Surtout, ça ne le gênait pas pour garder.

J'ai objecté :

— Pour garder, peut-être, mais il s'agit de ta main droite. Déjà que tu n'as plus d'index à l'autre...

— Ce serait mon pied gauche, c'est pareil. Je veux pas y

retourner dans leur hôpital. J'ai pas envie qu'on me... Qu'on me...

— Qu'on te quoi, Jules ?

— Qu'on me trombine !

— Personne ne te trombinera.

— Et puis j'ai pas de temps à perdre.

A mon sens, c'était le contraire, Jules possède l'éternité, et au-delà. Mais je le comprenais. Sans lui, ses moutons piqueraient un coup de stress, c'est ce qu'il avait besoin de croire. Je n'allais pas me mettre en travers. Je n'ai pas insisté. Savoir foutre la paix au pauvre monde, c'est le commencement de la sagesse.

7

En parlant de moutons, il était temps d'aller voir les autres, le grand troupeau, mes huit cents bêtes à l'alpage du col des Lauzes. Là, je n'ai pas à m'inquiéter. Je dispose d'un berger extra, Chloé. Joli nom pour un berger. Un grand diable, beau comme une image, plus pâtre que nature, avec une longue tignasse et un bâton terminé par une crosse métallique. Il m'avait été recommandé par Albert, il avait déjà fait deux ou trois saisons en plaine.

Ce Chloé, la crème. Il adore les bêtes. Je lui avais installé sa cabane proprement, avec tout un stock de conserves et un réchaud à gaz. Une vieille jeep aussi, pour les courses et les coups durs. Une radio ? Il n'y tenait pas. Des livres, par contre, si. Je lui en avais collé deux cartons, de tout un peu.

Pour l'installation, nous avions rejoint l'alpage un après-midi fin juin. Le troupeau venait tout juste de débarquer du camion que Chloé prenait ses cliques et ses claques. Il filait comme une chèvre au train des bêtes, accompagné de Milou, le meilleur de mes chiens. Des fois, on l'appelle aussi Filou, pour changer.

Je remontais le voir de loin en loin, pour le ravitailler, voir où ça en était... Ça va, les bêtes profitaient, mon berger aussi. Il me racontait ce qui s'était passé dans l'intervalle. Le paysage était envahi de marmottes. Elles sifflaient comme des voyous. Le chien en tuait à l'occasion.

— Tu en as mangé ?

— J'ai essayé de me faire une daube, la graisse garde un goût fort, je trouve.

Et puis c'était pentu, très. Parfois une pierre déboulait en faisant des bonds prodigieux. Les moutons esquivaient toujours. Un rocher s'était décroché sous lui. Il avait cru qu'il y passait, mais non. Il s'était retrouvé le cul dans l'herbe, ébaudi, vingt mètres plus bas. Et la foudre qui vous tombait à rien, sans préavis. Une bergère avait été tuée, voici un mois, grillée dans une cabane en planches où elle s'était réfugiée. Un autre monde, pas facile, mais il adorait ça. Il avait repéré un couple d'aigles. Il se sentait le maître, dans son coin de planète. Il faisait plaisir à voir.

Cette fois, il descendait comme j'arrivais, en rabattant ses bêtes devant lui. Elles se rassemblaient aux passages difficiles, comme une poche d'eau, et s'écoulaient au coup par coup, ruissellement laineux de grosses gouttes grises.

Je suis parti à sa rencontre.

— Alors ?

— Il m'en manque deux, une qui traînait la patte, et une avec le ventre gonflé. Je n'arrive pas à les trouver.

— Les corbeaux s'en occuperont.

Nous avons guidé le troupeau vers le parc. J'avais ménagé un couloir étroit, avec des piquets et du fil de fer, de façon à pouvoir trier. Chloé a empoigné une bestiole à bras le corps, l'a poussée dans le corridor. Les autres ont suivi. Je repérais les malades, je les expédiais dans un petit enclos, sur ma gauche. Les saines filaient droit dans le parc. En même temps, je les comptais. Chloé aussi. Nous sommes tombés sur le même chiffre.

Il a pris sa sacoche, il m'a rejoint du côté des éclopées. Nous avons soigné. Toujours la même vérole, les vers dans les sabots... Il renversait la brebis, je l'aidais à la coincer. Il s'emparait du pied atteint, grattait la fourche, faisait tomber les vers. Un jet de pommade. Et au suivant...

J'avais coupé la queue des bêtes, avant qu'elles montent. Je m'y étais sans doute pris un peu tard. Plusieurs cicatrisaient mal. Là encore, les vers s'étaient mis. Couteau, on râcle un coup, antiseptique, pommade... Bon, il y avait l'odeur, faut aimer.

Les brebis restaient calmes, sans broncher, sans crier. A croire qu'elles ne ressentaient rien. Et puis les abcès à crever, à presser. Celles qui avaient eu des pertes ou des fausses couches, avec leur pauvre fondement sanguinolent... Ben oui. Je reconnais, ce n'est pas vraiment Disneyland. Il fallait nettoyer, coller de l'onguent, marquer les bêtes au fur et à mesure d'un coup de feutre bleu ou rouge, selon, pour tâcher de les repérer dans le tas, lors d'un prochain tri.

Du temps, Filou s'était allongé, langue pendante. Je lui ai lancé un grain de sucre. J'en garde toujours dans la poche, en cas. Une fois l'infirmerie terminée, nous avons relâché nos malades. Ah oui, tant que j'y pense... Maki m'avait chargé d'une commission, une lettre pour Philippe, le berger voisin. J'ai pris la jeep. Chloé m'a accompagné.

Ce Philippe était en charge de douze cents bêtes, dans la vallée d'à côté. Il fallait reprendre le chemin, emprunter la route puis un sentier, un bon moment. C'était là, une vaste cabane au toit d'ardoises, avec un banc devant. Notre zouave n'avait pas encore emmené le troupeau, bravo, il ne s'affole pas. Ses chiens surveillaient. Le bonhomme est sorti au bruit du moteur. Le type massif, pas commode. Nous nous sommes salués. Je lui ai tendu sa lettre. Il l'a fourrée dans une poche :

— Je vois ce que c'est. Entrez, vous boirez bien un coup.

Vaste, sa cabane, une belle pièce. Tiens, aux poutres, il avait accroché toute une collections de clarines, avec un chiffre sur la panse. Il a vu mon regard :

— C'est pour les touristes. Plus minables elles sont, plus ils en raffolent, je te jure.

Des touristes, nous en avions croisé un paquet sur le chemin, en montant. Du vacancier en short, avec bobs, T-shirts et mioches. Ils observaient les moutons comme s'il s'agissait d'une espèce exotique. Ils les prenaient en photo, à la caméra. Nous y avions eu droit aussi. Souvenirs des vallées perdues...

Philippe nous a servi un pastis bien tassé. Chloé s'est inquiété :

— Ils viennent glander quoi, par ici ?

— C'est à cause de la source, du Bramafan, pardi. Ils ont collé ça dans un guide. Alors, comme ces jobastres s'enquiquinent, ils viennent la chercher.

Il a éclusé son verre d'une lampée, s'est essuyé la bouche :

— Seulement, des sources, tu dois en rencontrer mille dans le cirque, facile, et autant d'abrutis pour me demander laquelle est la bonne. Je leur en désigne une au diable, le plus loin possible, pour qu'ils dégagent.

J'ai dit :

— Ça te fait de la distraction, plains-toi.

Il a haussé les épaules :

— Je m'en passerais. Encore, eux, c'est rien, mais c'est leurs chiens. Leurs saletés de clébards viennent me foutre la panique dans le troupeau. Tu crois qu'ils les retiendraient ? Ça les fait rire, oui. Un de ces jours, je vais en cartonner un, tu vas voir. Enfin, je me retiens.

Chloé a reconnu :

— C'est pas des cadeaux.

— Tu parles ! Et leurs questions, je te jure, j'ai l'impression d'être l'homme des neiges. Et qu'est-ce que je fais, et patin couffin... Pas plus tard qu'hier, un âne bleu m'a demandé ce que je mangeais. J'ai dit des fourmis farcies... Ils s'imaginent quoi ?

On a cogné. Un touriste est entré, modèle standard, short Afrika Korps, bob US Navy, T-shirt No Future. Tout un programme... Il a demandé la source. En même temps, il lorgnait sur les clarines. Philippe a répondu :

— Elle passe juste sous la baraque.

L'autre s'est enquis du prix des clochettes :

— C'est écrit dessus.

Il a dit qu'il repasserait, il a filé. Philippe a fait un bras d'honneur :

— Z'avez vu le travail ? Pas bonjour ni salut ni quoi ni qu'est-ce. Ça leur écorcherait la gargamelle, faut croire.

J'ai dit :

— T'excite pas, il va revenir. Il te l'achètera, ta clochette.

— Tu parles ! Il va en prendre une à 26,50 F dans une boutique de souvenirs, à la station. Grand genre-petits moyens, je les connais, va, ils sont tous taillés dans la même écorce. Leur saleté de source, ils auraient pu la coller ailleurs.

Je l'ai laissé fulminer. Nous avons repris une tournée. J'ai regardé l'heure :

— C'est pas que je m'ennuie, mais il me reste encore de la route. Tu as une réponse, pour Maki ?

— Il viendra se la chercher. Au prix qu'il m'en offre, des bêtes, je peux aussi bien en faire de l'engrais.

En fait, il possède une partie du troupeau et garde le reste pour le compte d'autres propriétaires. Nous sommes redescendus. Les touristes nous ont mitraillés à nouveau. Je reconnais, Chloé valait le coup. Le roi des alpages... Il saluait ses admirateurs de la main. Autant le prendre comme ça. Il y avait foule. Pas possible, un club de vacances a dû coller la vallée dans un safari.

J'ai raccompagné mon berger. Je lui ai laissé de quoi, vin, salade, viande fraîche. Ça le changera de ses marmottes. Et des bouquins. Il ne recule devant rien, il lit même les prix littéraires, l'animal. Ça, ce serait plutôt son versant mouton.

— Il ne te faut rien de spécial, pour la prochaine fois ?

— Rien. Du moment que je suis ici, tout va bien.

Le ciel l'entende. Tu imagines Jules, à sa place ? Il se serait déjà empaillé avec les envahisseurs. On trouverait quelques tertres avec une croix, par-ci par-là.

Par chance, notre alpage n'est pas touristique. Pas encore. Nous n'avons affaire qu'à une pincée de randonneurs, pour le moment. Pourvu que ça dure...

Brave Chloé, j'aimerais lui faire plaisir. Il est trop beau. On sent que les moutons, c'est sa vie. Les moutons et la montagne. Dans son troupeau, il se dilate. Une drôle de chance pour moi, parce qu'avec un mauvais berger, tu cours au massacre. Les accidents, les maladies, je ne te dis pas.

Je me demande bien ce qu'il va faire, à la fin de la saison, quand les bêtes vont redescendre. Il m'a vaguement parlé d'un projet de voyage dans les Andes. Il adore la flûte indienne. Je le vois mal à l'aventure. Je le vois surtout mal dans la foule, andine ou pas. En plus, il ne parle pas une broque d'espagnol ou d'anglais. Lui proposer de rester ? J'en fais quoi ? En bas, j'ai déjà Jules sur les bras.

A part ça, s'ils continuent à importer de l'ovin d'outre monde, nous n'en avons plus pour longtemps. Et les Chloé, ils vont devenir quoi ? Ils garderont les nuages ? Je ne sais pas. Plus on s'approche du bout, plus on préfère ne pas y penser. Exactement comme une maladie incurable. Allons, allons, on se secoue. Tiens, je vais aller porter sa réponse à Maki, nous en profiterons pour bouffonner un peu.

8

Au village, nous n'avons pas eu d'insurrection du côté des mémés, apparemment, elles encaissaient l'affaire Mireille. Elles n'avaient guère le choix. Et surtout, cette fille, elles en auraient besoin pour les paperasses et tout. Les fourches sont restées au ratelier.

Oh, je me doute qu'elles gardent leur rancune au chaud, je ne me fais pas d'illusions. Sur le front domestique, Jules se débrouillait avec son restant de doigts. Que demande le peuple ?

A force, la saison de la chasse est revenue, avec l'hiver. Elle revient toujours. Nous l'attendons année après année avec la même impatience. C'est tout ce qui nous reste de liberté. Si vous nous la retirez, autant fermer boutique. Le bâton sans la carotte, merci.

Nous avons des bois et à n'en plus finir, sans parler des terrains pourris. Là-dedans, les cochons sont les rois. Ces bêtes, pour les choper, ce n'est pas la mince affaire. Inutile d'essayer de leur coller au train. Ou alors, il faudrait un miracle, mais ce n'est pas notre rayon. Alors, nous nous organisons. C'est même une des rares combines sur laquelle nous arrivons à tomber d'accord.

Il n'existe pas trente-six moyens, il faut des battues. On s'y colle à une vingtaine, on encercle un territoire. A la base, vous trouvez forcément une route, et autour des chemins plus ou moins merdiques qui permettent de se déplacer en 4 × 4 et à pied. On s'y met, tôt le matin. Quand tout le monde est à poste, on lâche les chiens, et vogue.

Ce n'est pas joué. Il arrive que nos toutous partent sur la piste d'un renard, filent dans la vallée voisine. Alors, tchao belle, le temps qu'ils reviennent, tu m'as compris. Il arrive aussi qu'un gus ne soit pas où il devrait, les cochons se débinent par la faille. Il arrive qu'il peut arriver n'importe quoi pardi, ce n'est pas du cinéma. Les sangliers sont malins, on dirait qu'ils ont un radar, qu'ils repèrent notre dispositif. Enfin, c'est comme ça. Si ma tante avait des roues, ce serait un semi-remorque.

Donc, nous nous arrangeons. Nous en débattons à l'aise, entre collègues, chez Polin ou ailleurs. Puis nous nous donnons rendez-vous à tel endroit, suivant le territoire. Depuis le temps, nous sommes rodés. Chacun connaît son emplacement, ça dépend de son véhicule, de sa condition physique. Par exemple, le vieux Miro et sa vue basse, on le plante dans un endroit dégagé, en espérant que les bestioles auront la bonne idée de l'éviter.

Nous notons les présents sur un cahier. Autant de présents, autant de parts, au moment du partage. Et à la grâce de Dieu. En général, nous chassons le samedi et le dimanche, pour que tout le monde soit libre. Au départ, nous y allons mollo. S'agit pas de tout massacrer en début de saison. Ton plaisir, il faut savoir le faire durer.

Ce samedi, pour notre premier jour, nous nous trouvions à Fabrègous, une bonne vingtaine, tous les mordus. J'ai crapahuté un moment pour atteindre mon poste. J'avais croisé Maki et Spahi, déjà installés de pied ferme. J'étais content.

Quand ils ont lâché les chiens, je n'avais pas rejoint. Presque aussitôt, j'ai entendu tirer. Deux coups séparés, puis plusieurs, presque en rafale. Difficile à dire d'où cela venait, avec l'écho. Dis donc, ils ne s'endorment pas.

Cette fois, j'y suis. Pour rien, les bêtes ont dû se défiler, les chiens semblaient perdus. Ils se démenaient comme un diable dans une friteuse, ils allaient, revenaient, un vrai pastis. Puis j'ai entendu encore tirer, pas trop loin, il m'a semblé. Comme je regardais, il y a eu ce bruit, juste en dessous de moi. Une énorme bête filait. Uu cochon gris foncé, le dos marqué d'une coulée blanche. Je n'ai pas eu le temps de viser. J'ai tiré en catastrophe, au jugé. Je l'ai vu s'écrouler. Il s'est ramassé, a disparu dans les taillis. Je suis allé me rendre compte. Rien, pas trace de sang. Pourtant, je n'ai pas rêvé. Je ne suis pas manchot non plus. Je pensais bien l'avoir aligné.

J'ai entendu une cavalcade, Jacquou venait à ma rencontre. Il brandissait son fusil, excité comme une chevrette. Tout un troupeau venait de lui défiler sous le nez.

— Au moins une vingtaine, mon ami, je ne savais plus comment viser, j'ai tiré dans le tas. Tu aurais vu ! Une avalanche !

Nous y sommes retournés. Du sang, pas mal... Il se perdait dans les feuilles mortes. Le Grand prétendait qu'une grosse bestiasse avait boulé cul par-dessus tête. Possible. Regarde, cette tache grise à vingt mètres. Un petit cochon, une douzaine de kilos. Le genre de coup à éviter, les gardes n'apprécient pas.

J'ai dit :

— Le voilà, ton fauve. Il a rétréci.

— Te fous pas de moi. Celui que je te parle, il faisait au moins quatre-vingts kilos.

Nous avons exploré la ravine en dessous. Rien. Dommage. Une bête amochée, c'est souvent une bête morte. Enfin, c'est la guerre.

Nous avons récupéré notre porcelet, rejoint les autres. Ça va ? Ils en avaient tué deux moyens, cinquante et soixante... Correct. Le petit père Miro s'était offert le plus gros. Il jubilait :

— Ça remuait, il m'a semblé, alors j'ai lâché ma cartouche.

Spahi râlait comme un Papou.

— Toi tu marches comme un fou pendant des heures, et lui, il se tire son petit coup, tranquilou.

Maki a remarqué :

— Encore heureux. Si nous n'avions pas des aveugles avec nous, nous serions jolis, avec des fifres de votre calibre.

Ils ont commencé à s'empailler. Bref, c'était tout de même la bonne matinée, nous avons connu pire. La chasse, c'est ça. Ce n'est ni la plus fine gâchette, ni le meilleur marcheur, ni le plus malin. C'est celui qui se trouve face à la bête au bon moment, et basta. Et encore heureux. Sans le hasard, fini le plaisir.

J'ai repensé à mon monstre à l'échine claire. Personne n'en a parlé. Je n'ai rien dit. Pas de quoi se vanter. Les éléphants blancs, ce n'est pas mon style.

Terminé pour la matinée. Tu parles, il n'était pas loin de deux heures. Nous sommes repartis en procession chez Jacquou. La Mélie a mis de l'eau à bouillir. Du temps, nous avons cassé une solide croûte, puis nous nous y sommes collés.

Ça, nous avons le pli. Spahi et Maki ont balancé un pèlerin dans l'auge. Jacquou l'a ébouillanté à pleins seaux. L'eau a viré au marron. Il avait salement besoin d'un shampooing, le frère. Nous l'avons retourné avec une corde double passée sous son corps. A trois ou quatre, nous lui avons raclé la couenne. Le poil se détachait comme en rêve.

Une fois le cochon tout nu, nous l'avons placé contre une échelle, tête en bas. Maki l'a éventré, a recueilli une pleine brouette de tripes que le Grand est allé vider sur le fumier. Les chiens de Maki gémissaient. Il les avait bouclés dans sa fourgonnette, ils sentaient l'odeur de ces bonnes choses fumantes. Mieux valait ne pas les avoir dans les pattes. A la hache, le Grand a fendu la carcasse en deux. Il coupait ça comme de la brioche. Restait à découper les parts, autant que de présents, plus un morceau supplémentaire pour les propriétaires des chiens. On a fourré les portions dans des sacs de plastique, on les a tirées au sort. Comme ça, pas de jaloux.

Spahi s'est débrouillé pour pastisser la figure de Maki avec du sang. L'autre aime bien la plaisanterie, mais pas quand c'est lui le rigolo de l'histoire. Il s'est fâché. Il avait un peu forcé sur la gnôle, d'accord, c'est une chose. Le couteau qu'il tenait à la main, ça pouvait faire vilain. Je lui ai balancé une peau de cochon sur la tête. Ça l'a coiffé. Du coup, il s'est ressaisi. Bref, on s'amusait comme des petits fous, mais attention les dégâts. Ils sont vifs, nos enfants de chœur.

Le dimanche, nous n'avons pas chassé, plusieurs collègues avaient des obligations. Et le lundi soir, nous nous sommes réunis pour le repas, chez Jacquou.

Sa femme, ce n'est pas le mauvais cheval Question râler,

elle s'en donne, d'accord, mais tu la trouves toujours d'attaque. Nous étions toute la raille. Chacun avait porté quelque chose, qui une bonne bouteille, qui des bocaux de sanguins, de quoi faire le vrai festin. La Mélie avait préparé la daube de sanglier, des tomates à la provençale avec une salade, et deux énormes tartes aux pommes. De quoi se caler.

D'un temps, ce genre de réunion s'est tenu chez Mireille. Peut-être que nous aurions pu recommencer. Tu rêves. C'est madame le secrétaire de mairie, maintenant. Faut pas confondre.

Enfin, une fois installés, la Mélie est partie voir sa nièce, ou sa cousine, ou le chien de Philippe. Ça reste une timide, dans son genre. Elle se trouve bête, avec seulement des hommes. Maki l'a plaisantée :

— Tu as peur qu'on te fasse la cour ou quoi ?

— J'ai peur des bêtises que vous allez lâcher. Je préfère ne rien entendre.

Il a fait semblant de s'étrangler :

— Nous ! Tu plaisantes ! Plus sérieux, tu risques pas de trouver.

— Vaï, je vous connais, pas un pour racheter l'autre. Mais question de parler, ça oui, vous êtes les rois.

Nous nous sommes retrouvés entre nous, entre fines lames. Une chose qui m'a toujours épaté, c'est la conversation, les énormités que ces fifres arrivent à déballer. En général, il ne faut pas chercher midi au diable, la plupart des sujets arrivent tout frais pondus de la télé ou du journal. Parfois non, il reste des surprises. Et là, ils se sont excités comme des hyènes sur les pétroliers qui dégazent en mer. Pourtant, le dernier désastre remonte à l'an Jésus. Bien honnêtement, qu'est-ce que ça pouvait leur faire ? Les huîtres, chez nous, on en trouve plein les collines. Elles ont juste trente millions d'années, à huit jours près. Nous nageons dans les fossiles. Je leur ai demandé ce qu'ils en avaient à cirer. C'était la question à ne pas poser. Ils se sentaient la tripe écologique. Spahi a brandi une fourchette garnie :

— Tu la vois cette tomate. Et si je la faisais analyser, on y trouverait quoi, hein ?

Il a eu droit à des réponses variées, dont la plupart d'un goût contestable. Maki a précisé que si lui, Spahi, on le faisait analyser, ce serait pire :

— Parce qu'à l'armée, vous savez à quoi vous servez, à part promener votre ombre? Vous servez de cobayes, parfaitement. Toutes les saletés qu'ils n'oseraient pas essayer sur des chiens bâtards, c'est sur vous qu'ils les testent. Pas étonnant que tu sois dévarié !

Spahi l'a mal pris. Une fois encore, nous étions à un doigt de l'empoignade. Mes lascars sont drôlement chatouilleux, une fois imbibés. Et nous ne sommes que début septembre, la chasse commence à peine. Cela promet. Le père Miro les a rabibochés. Tout vieux qu'il était, il venait de leur en faire voir.

Il en avait un petit coup dans l'aile.

— Des rigolos, voilà ce que vous êtes, mes petits. Il n'y a pas que là que je pourrais vous en remontrer, hé hé... Vous autres, jeunes, vous vous croyez, mais suffit pas de causer, faut tenir.

Une fois sur ce terrain, la conversation a dérivé sur Mireille, comme de juste. Chez mes braves, l'étonnement prévalait. Qu'on puisse changer à ce point les sidérait. Maki a résumé l'état de l'opinion :

— En somme, elle s'est retrouvée une vertu.

Jacquou a joué les innocents :

— Parce que ça repousse, ces bidules ?

— Sûr, c'est comme les pissenlits, tu as beau les tondre, il en revient toujours. La vertu, c'est un métier.

Belle formule. Spahi s'est lancé dans une anecdote scabreuse, des souvenirs de bousbir. Ils ont ri. Dès que nous nous retrouvons entre nous, le niveau dégringole régulièrement au-dessous de la ceinture et s'y maintient. On ne peut parler que de ça. Comme si les bonnes femmes étaient une sorte d'engeance nécessaire, certes, mais... comment dire... dont il convient de se méfier. Maki a conclu :

— Et en plus, je vais vous dire. Si les femmes étaient des hommes, ça se saurait.

Pour une première journée, il n'y avait pas à se plaindre. Jules m'a étonné. Il a dit :

— Il nous faudrait un gros cochon pour le réveillon.

Curieux de l'entendre s'inquiéter à si longue échéance. Les autres partageaient cette opinion. Ils se sont demandés si on pourrait faire un méchoui, avec du sanglier. Avis variés. D'après certains, la chair est trop grasse, elle se détacherait. Pour d'autres, c'était jouable. La preuve, on met bien de petits cochons de lait à la broche.

Je ne les écoutais plus. J'en avais à ma bête à dos blanc. Plus j'y pensais, plus elle me semblait énorme. Personne ne l'avait encore aperçue, jusqu'ici. Elle venait peut-être du Haut-Var, d'un de ces endroits ravagés par le feu. Quelque chose me disait que je la reverrais.

Les collègues en étaient aux tartes. Ils les arrosaient franchement, tant à la gnôle qu'au café. Maki a entonné *Le Petit Vin blanc,* signe indubitable d'euphorie. Nous restions là, entre nous, dans notre bauge. La bonne bande de joyeux m'enfoutistes, hein ? Laissez-moi ricaner. Pour nous aussi, la chasse était ouverte, et ça ne datait pas d'hier. Et il n'y avait pas de saison.

9

Puis il m'est tombé de l'argent. J'avais vendu une parcelle, l'acquéreur me réglait en espèces, en plusieurs fois. Oh, un terrain à l'écart. Il m'encombrait plus qu'autre chose. Ces sous, c'était pain béni. Je suis allé faire les magasins, à Manosque. Je voulais un cadeau pour Anne. Une idée comme ça. Il me semblait que cette fille n'avait pas dû être follement gâtée, toutes ces années. Je me trompe peut-être. Je sais que rien ne se regagne, jamais. Et après ?

Après, j'ai trouvé un magnétophone. Il m'a semblé joli. C'est petit, pas encombrant, tu poses ta cassette, et en avant la musique. Justement, quelle ? J'ai ramassé au petit bonheur, les choses qui plaisent aux gosses. La vendeuse m'a indiqué ce qui se consomme de nos jours. Si ça ne lui plaît pas, elle n'aura qu'à retourner les changer.

Le problème va être de faire accepter l'engin à Mireille. Enfin, nous verrons.

Avec les collègues, nous sommes retournés chasser, dans le ravin de Valescure cette fois. Ils se sont moins affolés, j'ai eu le temps de gagner mon emplacement. C'est touffu cet endroit, mon ami, tu ne verrais pas un buffle à trois pas. Naturellement, ça a tiraillé de l'autre bord. J'aimerais bien que les cochons se pointent dans mon secteur de temps en temps, sans vouloir en faire une question d'habitude.

Nous faisons quoi ? On n'entendait plus les chiens. C'est fini ou pas ? Attends. J'ai entendu farfouiller, sur ma gauche. J'ai préparé mon fusil. Juste à dix pas, j'ai vu filer une énorme bête, une masse grise marquée de blanc. Pas eu le temps de l'ajuster. Tu crois que c'est le même? Ma main à couper.

Tu entends ce raffut? Un chien s'expliquait avec un renard, je les ai vus passer à la volée. Pas moyen de tirer, ils se trouvaient trop proches l'un de l'autre.

Bon Dieu, ta bête, c'est un mastard. Oui, et rien à faire, elle t'a eu par surprise. Si elle t'avait foncé dessus, tu partais bouler. En deux.

Alors, il est toujours là, ce monstre... Pourquoi veux-tu qu'il change? C'est un territoire correct, pas de raisons qu'il n'y prenne pas ses habitudes. Qu'il prenne. J'espère que nous nous retrouverons. J'espère surtout que personne ne s'en occupera avant moi.

Finalement, Maki avait dégommé une bestiole, pas mal ma foi, dans les quatre-vingts. Il n'en était pas peu fier. Il a tellement soûlé les autres qu'ils ont encore manqué se rentrer dedans. Ma parole, ils deviennent enragés. Nous avons levé le camp en catastrophe alors que rien ne pressait. Ils se trouvaient à sept ou huit 4 × 4 sur un terre-plein, avec plein de place pour tourner. Fallait juste un peu de patience. Ils ont préféré reculer dans le chemin.

Ça n'a pas raté, ils se sont payé les ornières, un d'un côté, un de l'autre. Hop, couchés sur la tranche. Plus de peur que de mal, ça les a fait rire, un rien les amuse. Je les ai laissés se débrouiller, j'ai récupéré mon magnétophone, j'ai filé chez Mireille.

Je l'ai trouvée, bien bravette dans une petite robe grise avec de la dentelle blanche au col. On aurait juré une veuve de guerre dans un film d'avant. D'avant-guerre. Elle s'occupait de paperasses, faut dire qu'à la mairie, à part elle, personne ne touche sa bille. Je l'ai saluée, digne. J'ai posé mon paquet sur la table. J'ai annoncé :

— Le Noël de ta fille.

— En quel honneur?

— En l'honneur de ce que c'est bientôt Noël, pardi.

— Il n'en est pas question.

— Oh que si. Parce que je vais te dire, ça me fait beaucoup plaisir. Il ne s'agit pas de toi, pas du tout. Probable que ça fera plaisir à ta petite aussi. Alors, tu vois, tu es en minorité.

Elle m'a étonné. Elle n'a pas discuté. J'étais tout content. J'avais déjà les poings faits, je me préparais à une scène. Et là, rien. J'ai approuvé :

— Bravo. Tu es sur la bonne voie. Je me sauve.

Frapper comme l'éclair et disparaître, c'est ça la guérilla. Je lui ai juste fait une bise, j'ai filé.

J'ai retrouvé la bande chez Maki. Ce phénomène squattérise plus ou moins un vaste domaine aux Fauchons, il est en bisbille avec le propriétaire, ils s'envoient des wagons de papier bleu. Assez pour coincer la situation. Maki a tout son temps, vu qu'il occupe le terrain. Pour l'heure, les collègues dépiautaient la bête. Naturellement, ils parlaient encore de radada. Ils en ont plein la bouche, pas étonnant qu'ils aient soif, à la longue.

Je les regardais faire. Inutile de m'y mettre, ils étaient bien lancés. Même Jules s'en donnait. Le sujet s'est porté sur la grève de Mireille. Je parle de ses anciennes attributions, bien sûr. Parce que, pour finir, ils se retrouvaient le bec dans l'eau. Et ils n'étaient pas tous mariés.

Le Grand commençait à l'avoir mauvaise. Son épouse n'est pas un prix de beauté, mais il n'apprécie pas qu'on dévalue sa camelote, même en causant en général. On se gratte où ça démange. Maki l'a senti, il s'est tourné vers Jules :

— Finalement, ce Julot, regardez-le, il est mignon. Une fois bien débarbouillé, avec une petite nuisette, je cracherais pas dessus. Et puis on est des copains, il nous ferait un prix...

Jules tenait un couteau. Il l'a balancé. Un de ces couteaux à désosser, petite lame gros manche. Il a pivoté. Maki a pris le manche en pleine gorge. Ses foulards ont amorti le choc, mais ça lui a coupé le sifflet. Du coup, les autres se sont refroidis. Ils ont traité Jules de sauvage. Ils parlaient de le lyncher. Mon Jules a attrapé une hache. Allons bon, c'était reparti.

J'ai dit à l'artiste :

— Pose ça, l'ami. Si tu as de l'énergie de reste, on te fournira du bois. Enfin, quoi, c'est pas possible, vous vous rendez compte ?

Le coup de folie était passé. Maki est allé chercher du café. Spahi a dit que tout ça venait du fait que la sève leur montait au cerveau. Ils n'étaient pas des bêtes, ils avaient besoin d'un peu de sentiment. Justement, on lui avait signalé une bonne affaire, un relais routier, en tirant sur Banon. Les serveuses montaient. De jolis lots. Fallait s'amener dans l'après-midi, après le coup de feu. Tu choisissais ton casse-croûte, et direction le plumard. Paraît que ça valait le dérangement.

Maki connaissait une autre adresse. Un bar dignois, à côté de la pizzeria, dans la rue piétonne. Il suffisait de te pointer au moment de la fermeture. Tu consommais d'abord ta pizza, puis tu passais à côté, prendre le dessert avec la patronne.

— C'est pas beau comme menu ?

De fait... Le vrai paradis d'Allah. Tu as encore la bouche pleine que tu te retrouves le cœur noyé dans la félicité. Jules en restait tout ébahi :

— Où c'est que vous les dégotez, vos fiancées ? Moi, personne ne me dit jamais rien.

Spahi n'a pas raté l'occasion :

— Faut sortir, Jules, faut pas rester tout le temps au cul de tes brebis. Quoique, il paraît qu'elles sont pas si mal. Il paraît même que...

J'ai stoppé le massacre dans l'œuf :

— Ça suffit. J'ai pas envie de ramener quelqu'un à l'hosto. Et si on se cassait plutôt une petite graine ?

Ce n'était pas de refus. La bestiole était parée, il restait à tailler les parts, l'affaire d'un moment. Maki nous a offert un pâté truffé, une merveille. Comment se l'était-il procuré ?

— Sûr que si vous me demandez la facture, j'aurais du mal. Mais dans ce pâté, c'est pas la facture le meilleur, c'est la truffe. Goûtez-moi un peu ça !

Nous avons goûté et regoûté. Ensuite, jambon cru et omelette aux champignons. Tout ça bien arrosé, autant ne pas se laisser mourir de soif. Je les sentais plus détendus. Ce qui m'inquiète, c'est cette agressivité à fleur de peau qu'ils se trimbalent. L'accident n'est jamais loin. Si le couteau n'avait pas pivoté...

Maki s'est excusé, il lui restait des biscuits secs, question dessert.

— Moi, la tarte, c'est pas mon fort. Mais j'ai une de ces mirabelles, on va en causer.

Il a posé deux bouteilles sur la table. De fait, c'était du fruit liquide, ça vous embaumait le cœur. Nous l'avons complimenté comme il se doit. Il a repréparé du café.

Du temps, Jules a commencé à découper les parts. Il cherchait à se racheter. Il n'a pas insisté longtemps. Il s'est exclamé :

— Ça alors !

— Qu'est-ce qui se passe, Jules ?

— Venez voir.

L'animal avait été blessé, auparavant. On a retrouvé une balle dans une cuisse. Autour, la chair était noire, pas franche. Maki a protesté :

— Pourtant, vous l'auriez vu détaler...

Le grand Jacques a remarqué :

— C'est comme pour nous, c'est pas les plus sains qui courent le mieux.

Personne n'a relevé. Il ne restait qu'à jeter la carcasse, inutile de prendre des risques. Maki s'est résigné :

— C'est la faute à pas-de-chance. On se rattrapera la prochaine fois, pas vrai ? Qui c'est qui me donne un coup de main ?

Jules l'a aidé. Ils ont chargé la dépouille dans une brouette Jules a pris les mancherons. Il s'est arrêté. Il a lancé :

— Cette année, ça sera l'année du cochon pourri.

10

Pour finir, j'ai accompli mon devoir de pépé en titre, Noël oblige. Je suis passé chez mon fils. J'avais préparé les cadeaux, des livres pour tout le monde. Premièrement, cela ne tient pas tant de place. Et surtout, supposez que vous portiez un vélo pour le petit. Quand ce n'est pas la couleur qui ne va pas, c'est la taille, il n'y a pas assez de plateaux, ou alors le modèle n'est plus à la mode. Et ça va vite. Il leur faut des engins américains, à présent. Tu grimpes les montagnes avec, comme si tu étais à pied. Le chic, c'est de se défoncer sans effort.

Un livre peut toujours servir. Vous pouvez faire sécher des fleurs dedans, ou caler un pied de table. En galère, s'ils ne leur plaisent pas, ils en feront des mille-feuilles.

J'ai donc vu mon brave fils. Il s'embourgeoise. Il se promène avec un brave petit ventre en avant, bien rond, se laisse pousser de grosses moustaches. Il porte des gilets à fleurs. On le dirait sorti d'un film historique à petit budget.

Nous nous sommes serrés la main. Pour un mécano, il a des pattes drôlement blanches. Je lui en ai fait la réflexion. Il a souri :

— C'est fini, la voiture, papa, je me suis lancé dans l'immobilier.

— Ah bon... Ça consiste en quoi ?

— Je trouve des maisons, je vends, j'achète, je loue... Viens voir.

Au rez-de-chaussée, il avait abattu la façade pour installer une vitrine. Incroyable, je viens de passer juste là, voici cinq minutes, et je n'ai rien remarqué. On ne voit pas les choses, coco, on les reconnaît. Tu trouvais plein d'affichettes, garnies de photos de villas au Polaroïd. Et au mitan, une araire, une ancienne, tronc d'arbre et soc en fer. Pourquoi cette charrue ? Pour ouvrir l'appétit du client, voyons ! A l'intérieur, dans un ancien salon, un bureau avec téléphone, classeurs, des meubles pour ranger. Ça semblait plus vrai que nature. Ma foi, si c'était son idée... J'ai dit :

— Ça marche ?

— Ça ne se fait pas en un jour, mais ça démarre.

— Et ton garage ?

— Aucun intérêt, il y en a plein.

Bon, bien sûr, je ne suis qu'un ignorant à l'écart de tout et du reste. Pourtant, j'ai entendu dire que, question transactions immobilières, l'époque n'est pas vraiment propice. Il y a un projet d'autoroute en gestation. Pour le moment, le dernier tronçon fait la sieste du côté d'Aix. Ensuite, il devrait redémarrer comme un fou et pousser vers Manosque, Digne ou Sisteron, on n'en sait trop rien, mais assez pour geler les transactions. Parce que si on t'indemnise ton champ de Blédine au prix fort, cocagne. Mais si tu te retrouves avec quatre bandes de goudron dans tes asperges, sous ton balcon, c'est une autre paire de baskets.

J'ai dit au petit :

— Le tracé de l'autoroute, tu en as entendu parler ?

— Justement, c'est maintenant qu'il faut être placé.

— Parce que tu crois que...

— Un peu, mon neveu ! Il faut désenclaver la région, tout le monde est d'accord.

Alors, si tout le monde est d'accord... Il m'a tapé sur l'épaule :

— Toujours pessimiste, papa. Tu ne changeras jamais. Il faut voir grand, prendre des risques, sinon, tu n'arriveras à rien.

Trois minutes plus tard, il m'empruntait quatre briques. C'est ça, les risques. Il lui restait des traites à payer pour l'aménagement de son bureau, pour sa voiture... Ça, la voiture, je l'avais remarquée. Un dernier modèle, une belle bête. Il la lui fallait :

— Tu comprends, la clientèle, elle a l'œil. Pour la mettre en confiance, elle doit te sentir à l'aise.

Je lui ai fait son chèque. Heureusement, il me restait ces quatre sous. A lui l'aventure, à moi l'addition. Nous avons rejoint ma bru. Toujours coquette, tout dans l'emballage, rien dans le citron. Elle tiendrait l'agence, s'occuperait du secrétariat pendant que Tarzan arpenterait le paysage. Parfait. Quant au niston, il jouait avec son chien, un épagneul. Lui aussi se mettait bien. Encore une page de mode. A son âge, je donnais déjà la main à l'occasion, et les occasions ne manquaient pas. Ben oui, c'est ça, la préhistoire. Pas la peine de remonter au déluge, sa propre enfance suffit.

Nous sommes passés à table. Bru s'était arrachée, un hors-d'œuvre extra, avec des morceaux de pamplemousse, de la mayonnaise et des trucs colorés que je n'ai pas osé identifier. J'ai dit que c'était délicieux, et le gamin a réclamé du saucisson. Brave petit, tu vois, il n'est pas tout à fait perdu.

Sa mère a refusé. Il a chouiné, cassé une assiette. Personnellement, j'aurais marqué le coup, histoire de montrer qui est qui. Ils ont laissé faire, je n'allais pas m'en mêler. Qu'il casse, cela fait marcher le commerce. Après, il y a eu un truc assez compliqué, des lambeaux de poisson, je crois bien, avec du fromage et des cure-dents plantés dans la masse. Pas mauvais, les cure-dents. Et surtout, pourquoi faire simple, hein ? Bru m'a demandé ce que j'en pensais. J'ai risqué :

— C'est goûteux.

Le gosse faisait la grève de la faim. Son père lui a dit de filer. Il est reparti, avec son épagneul taré. Ses parents parlaient entre eux. Des gens du village, de la nécessité de se mettre bien avec eux. Et surtout des possibilités de voir s'épanouir des résidences secondaires...

Alors là, ils rêvent. Les gens veulent quoi ? La neige l'hiver, et à ce moment-là, tu te débrouilles pour te trouver ton nid d'amour près des pistes. Ou la mer l'été. Même chanson. Pour eux, la neige, la plage, c'est pareil. Nous restions juste entre les deux, le coin des familles où l'on vient aérer les enfants. Faut pas rêver. Ça aussi, c'est du passé, l'époque où les gens croyaient à l'oxygène.

En plus, nos quatre collines n'ont rien pour attirer les masses. Pas de gorges du Verdon. Pas de rivières navigables. Pas de sites vertigineux. Rien. Si, un ciel fantastique, mais de toute façon, nos pingouins chaussent des lunettes de soleil, alors le ciel pourrait être orange, ce serait pareil.

Je n'ai pas pipé. Mieux vaut jouer les abrutis que les rabat-joie. Et puis parler, c'est joli, mais à quel titre ? Je vivais noyé dans mes bois, tout juste bon à chasser quatre cochons à la saison avec une bande de traîne-patins sans moyen ni ambitions. Sans être la disgrâce du département, nous n'en étions pas non plus le plus bel ornement.

En général, quand une voiture s'égare de notre côté, ses passagers constatent vite qu'ils ont collé leur truffe sur le bout du monde. S'ils ont soif, ils vont vider une canette chez Polin. Ils découvrent qu'il y a des mouches. C'est exact, des tas. Même avec leur content de réglisses de moutons, elles aiment bien déguster les touristes.

Nos visiteurs chassent les mouches. Enfin, ils essaient. Ils s'aperçoivent qu'il n'y a rien à voir, à part la partie de boules. Elle, disons qu'on l'entend de loin. Alors, ils repartent, pas précisément foudroyés. Valentin ne va pas dire à Gwendoline : « Ecoute, Gwendo, c'est la terre promise. Il faut absolument que nous jetions l'ancre dans cet endroit divin. »

Non. Ils tentent de se débarrasser des mouches installées dans leur cockpit.

Et bon, nous en étions au café. Mon pauvre fils était en train de se fourvoyer, mais alors de première, et je n'y pouvais strictement rien. Il rêvait tout éveillé. Il rêvait même sur un grand pied. Qu'il rêve, j'épongerai.

J'ai refusé une deuxième tasse. J'ai dit au revoir et merci, j'ai repris la route. Sans faire la bise au petit-fils, il avait disparu diable sait où avec son chien. Bon vent. Je n'avais pas le moral. Merde, ils sont en plein mensonge. De la frime, leur agence. Alors, à quoi bon laisser un chèque ? Parce que quand il se plantera, il ne pourra pas dire que c'est de ta faute, que tu as refusé de l'aider. Tu crois ça ? Ce sera de ta faute de toute façon, chèque ou pas.

Oh, arrête ! J'avais besoin de me changer les idées. Besoin de voir quelqu'un. Pas pour parler, pour sentir une présence, quelqu'un de vivant contre soi. Même les moutons y ont droit. Et si tu essayais ce bar fantôme, celui à côté de la pizzeria ? Pourquoi pas ? La pizza, très peu pour moi. Le reste, on pouvait voir. Tu n'as pas peur d'être vu ? Ben non Je rentre dans un troquet, ça n'a rien de rare. Ce que je consomme ne regarde que moi.

J'ai garé. C'était calme, l'heure des matches de foot ou des feuilletons. Voilà ta pizza. Le bar, faut viser juste, c'est un placard. Je suis entré. Dis donc, c'est à peine éclairé. Musique douce. Et une créature de rêve, en montre derrière le comptoir. Avec en prime une souillon qui fourbissait quatre verres.

Marrante, la fille, elle faisait tout à fait poupée Barbie. Pas déplaisante, un genre de dessert vertical. Un peu trop parfumée à mon goût, mais bah... J'ai commandé une bière.

— Vous la prenez ici ou à côté ?

— A côté.

Nous sommes passés derrière une tenture. Grand divan bas, toujours aussi peu de lumière. Nous avons fait notre affaire. Elle s'était rasée sous les bras, je lui ai demandé pourquoi. Elle a ri :

— Tu les préfères touffues ?

— C'est naturel, non ?

— Ça dépend. J'en ai connu, je te parle d'étrangers, si tu n'es pas rasée, ils n'y arrivent pas.

— Comment ça ?

— Ben oui, ils doivent avoir l'impression d'être au zoo, avec un macaque. Ça leur coupe la chique, promis.

Sale époque, ils refusent tout. J'étais bien. J'ai eu envie de poser des questions, savoir comment elle s'en sortait, pourquoi elle se trouvait là. Maman, le scoop ! Tu dévisses ou quoi ? C'est son affaire. Si elle a envie d'en parler, elle en parlera, ne la bassine pas.

Ce qui m'a gêné, c'est cette histoire de préservatif. Elle m'en avait offert un. Avec ce truc, je n'ai vraiment pas l'impression de faire l'amour. Mireille s'en passait. Justement, j'ai pensé à elle quand... Bon, j'y suis arrivé, mais ça tenait plus de la compétition que du nuage rose.

Pourtant, je ne me trouvais pas si mal dans sa bonbonnière. Ça aurait pu être une copine, après nous serions sortis, faire un tour en voiture, porter des fleurs à sa vieille mère.

Là, pas question de traîner, elle s'est préparée. Fallait qu'elle se replace en devanture. Je suppose qu'elle devait arroser les flics.

Nous avons rejoint le bar. J'ai repris une bière. Je me suis demandé ce que je foutais là. Pas de quoi s'exciter. Je n'arrivais pas à me défaire de l'idée de Mireille. Rien qu'à y penser, je ressens une sorte de manque. Et tu trouvais normal de l'avoir à disposition, tu t'es contenté de consommer à la petite semaine. Exact. Je ne me posais pas de questions. Ça t'arrangeait, toi, mais elle, tu y as pensé ? Merde, je ne l'ai pas forcée. En plus, on n'épouse pas toutes les filles avec lesquelles... Bravo. Mais elle, c'était autre chose, tu n'as pas voulu le voir, ne viens pas pleurer.

Barbie m'a appelé mon chou. C'est elle qui offrait la bière, et est-ce qu'on se reverrait ? J'ai dit oui, bien sûr. Quand elle aura des poils, mais ça, je n'ai pas précisé. Marrant, elle paraît creuse. Gentille et creuse. Tu as envie de l'ouvrir pour voir s'il y a vraiment quelque chose à l'intérieur. Plus tard, tu veux ?

Oh, je la reverrai. Ça ou autre chose... Je me suis vu chez Mireille. J'ai senti une odeur de soupe aux légumes, et à côté, sous la lampe, il y avait Anne.

Quelqu'un est entré, un inconnu. J'ai fini ma bière, vidé les lieux. Au suivant. C'était mieux qu'un coup de pied dans les gencives. Tu espères quoi, pour ce prix ? Nada. Un peu de tiédeur, pas davantage. C'est dur la solitude. S'enliser avec quelqu'un, c'est pire. Tu as le bonjour de Barbie.

11

Nous sommes retournés chasser. Ce n'est toujours pas le grand safari dans les Afriques, pauvres de nous. Par force, nous bricolons sur les mêmes cinq ou six coins, les plus faciles à boucler, sur notre territoire. Il est vaste, nous trouvons de quoi faire. En automne, c'est plus beau à cause des couleurs des feuilles. Plus tard, il ne reste que les chênes rouvres, ça devient plus tristounet. Mais nous n'allons pas dans les collines pour peindre des aquarelles, pas vrai ?

A propos de cochons, cela coince en ce moment. Voilà, il nous arrive de conserver un souvenir. Nous clouons les pattes des bestioles sur les portes des granges, et les oreilles. En hauteur, sinon les chiens les décanilleraient. Avec le temps, les os blanchissent, les peaux se dessèchent. Les étrangers qui découvrent ce foutoir, la première fois, ont un choc. Ils trouvent le spectacle macabre. Pas nous. La chose s'est toujours pratiquée, un genre de cartes postales, n'allez pas chercher plus loin. Mais cela finit par donner un drôle d'album.

Jusqu'ici, pas de problème. Les estivants prenaient des photos, ils sont là pour. Il est arrivé à ce calu de Jules de poser devant une porte garnie, son tromblon à la main. Enfin, rien de méchant. Sauf que l'autre soir, au conseil municipal, Mireille a mis l'affaire sur le tapis. Paraîtrait que ces trophées donnaient une image négative de notre mentalité. Nous paraissions attardés et sanguinaires. Des barbares...

Les copains en sont restés bleus, ils ne voyaient pas si loin.

Cette coutume ne se pratique plus guère, tout simplement parce qu'il ne reste plus assez de place, mais nous n'avons rien contre. Elle nous évoque de bons moments. Point.

Naturellement, l'Albert s'est rangé du côté de Mireille. A croire qu'il s'agissait d'une vieille idée à lui.

— En effet, ce serait plus propre de retirer ces saletés, puis, tant qu'à faire, de donner un coup de peinture. Tout le monde est d'accord ?

Hou là ! Il avait perdu une bonne occasion de s'écraser, l'Albert. Max a pris feu le premier. Pourtant, sa grange n'est même pas dans le village, et il ne cloue rien dessus. A part une vieille pub pour le cirque Amar qui doit dater de kalakala. Mais là, il a dit que c'était intolérable, nous n'étions pas des nistons, et pourquoi pas nous obliger à enfiler des blouses, tant qu'on y était, avec un matricule ? Hein ?

Les autres l'ont applaudi. Nous restons chatouilleux question honneur. Le Grand a remarqué que cette pratique ne datait pas d'hier. Elle venait sans doute du temps où les fusils n'étaient pas tant bons. Parfois, ils t'explosaient au visage, tu risquais de te retrouver défiguré, avec un cochon en train de te farfouiller dans les côtelettes. Tu voulais montrer que tes risques, tu avais su les prendre. Comme les médailles pour les militaires. A part qu'eux, c'est plutôt le contraire. Le moins ils en font, le plus ils en ont.

Lui aussi a eu sa part de bravos. Les beaux discours, nous savons les apprécier. Je regardais Mireille. Le calme revenu, elle a dit qu'il y avait malentendu. Il ne s'agissait pas de les dénigrer. Personne ne les accusait d'être de mauvais chasseurs ou de manquer de courage. Pas du tout. Simplement, il fallait voir un peu plus loin et savoir ce qu'on voulait. Nos produits se vendaient mal, tant le mouton que la sauge ou la lavande, ils étaient bien d'accord ?

Max a grogné qu'il ne voyait pas le rapport.

— J'y viens. Il s'agit de trouver d'autres sources de revenus, c'est-à-dire de l'argent du dehors.

Et en avant. Elle nous a proposé l'image d'un village fleuri, agréable, coquet. Les gens s'y arrêteraient volontiers. Ils loueraient des maisons, ils s'installeraient, feraient des transformations, des achats. Ils recevraient des amis, qui à leur tour... Ce genre de choses fait vite boule de neige. Bref, la ritournelle chère à l'ami Albert. Ils s'étaient bien trouvés, ces deux-là.

Elle a continué :

— Si, par un jour gris, vous arrivez dans un endroit inconnu, et la première douceur que vous découvrez, c'est une porte remplie d'oreilles et de pattes, vous avez froid dans le dos.

Soit. Elle était convaincante. Jacquou a demandé :

— Alors, vous comptez faire quoi ?

Il n'était pas question de tout bazarder, elle a dit. On pouvait installer un musée de la chasse, par exemple, avec ces fameuses portes, de vieux fusils, des tableaux qui montreraient des scènes de battues... Il suffisait d'un peu d'imagination et d'une grange désaffectée.

Là, Maki a coupé court :

— Je vous vois venir. Après, ils voudront chasser avec nous, vos étrangers. Alors, ça, n'y comptez pas. Nous n'en voulons pas. Qu'ils restent chez eux. Et le premier qui me parle encore d'un musée, je le cloue sur ma porte. Dites, je ne suis pas un phénomène, vous ne m'avez pas regardé.

Il s'est dressé. Il a renversé sa chaise dans le mouvement. Eh bien si, avec son torse puissant, ses foulards, son allure dépoitraillée, il avait tout du détrousseur de diligences. A lui seul, il valait le voyage. Albert lui a demandé de s'asseoir :

— Messieurs, calmons-nous, voyons. Il suffit de voter. Ceux qui sont pour l'idée, je dis bien l'idée, je ne vais pas plus loin, d'un musée, qu'ils lèvent la main.

Mireille s'est exécutée. Elle était seule. Bon, je la comprenais. Pourtant, sur ce coup, je me sentais d'accord avec les collègues. Merde, ils finiront par nous coller dans des enclos, un jour, c'est certain. Les derniers des Bas-Alpins. Les enfants des villes viendront en procession nous jeter des cacahuètes. Qu'ils ne comptent pas sur nous pour faire le beau.

Mireille s'est levée, elle a quitté la salle. Spahi a lancé :

— Je croyais qu'elle était secrétaire. De quoi elle se mêle, celle-là ?

Albert a pris sa défense :

— Faut pas lui en vouloir, elle a eu des malheurs. Elle croit bien faire. Nous ne sommes pas riches, alors elle essaie...

— Qu'elle essaie de se tenir à sa place. On n'a pas besoin de shérif.

L'affaire s'est arrêtée là. Mireille a assisté aux autres séances, sans intervenir. Il y a quand même eu un détail comique. Spahi, naturellement, se devait de posséder une des plus belles collections sur sa grange. Il faut reconnaître aussi qu'elle est bien située, face au lavoir. On ne voit qu'elle. Toujours est-il qu'une semaine après l'algarade, au mitan des souvenirs poilus, on a pu admirer en montre un soutien-machins et une jolie petite culotte rose, translucide. Tout le village s'est estrassé. A la terrasse de Polin, les collègues en faisaient des gorges chaudes. Lou Max a lancé :

— Les cochons, ça ne lui suffit plus, il lui faut des cochonnes à présent !

Quand Spahi s'est amené, l'air buté, il a eu droit à une ovation. Tonin a lancé :

— Attention, planquez les femmes !

Je craignais le pire. Mais non, l'oiseau l'a bien pris. Au fond, ça le flattait. Il a laissé ces trophées. Une mère de famille, la Berthe Malaval, les a retirés. Ça risquait de donner des idées à ses petits. Tu parles... Les idées, les chérubins les ont avant la naissance, à présent.

Enfin, tout ça typique de la façon dont nous n'arrêtons pas d'avancer à reculons. Du coup, j'ai espacé mes visites chez la belle Mireille. Nous n'étions pas sur la même longueur d'ondes. Son coup du musée, je trouvais ça douceâtre, le genre à vous coller le diabète sucré.

Nous sommes donc retournés à la chasse. J'avoue, j'avais du mal. Au démarrage, je veux dire. Je ne sais pas ce que j'ai, le matin, pour me tirer des toiles, ça devient dur. Après, une fois en piste, je fonctionne. Je me sens moins dans le coup, je reconnais. Je n'ai plus cette espèce d'excitation qui me nouait les tripes. Je suis toujours partant, mais j'ai déjà vu le film, voilà.

Et ce matin, nous étions postés vers le col de Mounis au-dessus du Castelas. Une ligne de collègues tenait la crête, tout au fond. De l'autre côté, ça change de commune, pas la peine de rabattre les bestioles chez nos voisins. Une autre bande gardait les abords du col. Le restant bordait le sentier qui va vers le village. Les chiens, nous les avons lâchés dans ce lot de maïs planté exprès par l'ami Max. Les traces ne manquaient pas, plants renversés, épis rongés, quelques belles crottes. Les chiens ont filé comme des fous, mon ami, ils gueulaient à pleine gorge.

A partir de là, tout s'est compliqué. Normalement, les cochons auraient dû tirer au large, et se jeter sur une de nos lignes. Pas du tout. Il se passait quelque chose de pas banal, une sorte de mêlée, en plein bois. Et puis le gros des chiens a filé en hurlant. Ils sont passés comme des diables aux trousses d'un renard, l'éternelle plaisanterie.

Tout s'est joué du côté de Spahi. Il s'était placé à côté du vieux Miro, on ne le laisse jamais seul. A un moment, c'est Miro qui raconte, il a vu sortir un cochon, un moyen, talonné par deux chiens. La bête fonçait sur lui. Il a tiré. La balle a traversé le cochon et atteint un des chiens, un de Maki, son meilleur. Le fauve venait de bouler. Miro en était encore à recharger son flingue. Spahi s'est dirigé vers le chien blessé, lorsqu'une énorme bête est sortie des fourrés, s'est jetée sur lui, l'a renversé, s'est acharnée. Miro ne pouvait pas tirer, de crainte d'atteindre le collègue. Puis le monstre a rompu le contact. Quand le vieux a rejoint notre ami, c'était trop tard. Tripes à l'air, thorax ouvert, il ne bougeait plus.

J'étais sur place un des premiers. Je ne sais pas, l'intuition. Drôle de carnage. Spahi en boule, couvert de sang et de terre. Le vieux qui se lamentait. Un chien mort, un cochon mort, un autre chien terrorisé qui couinait, queue entre les jambes. Pas mal...

J'ai commencé par jeter ma veste sur la dépouille du collègue, première des choses. J'ai pris ma gourde, j'ai donné à boire à Miro, un coup de blanche, pas le moment qu'il disjoncte. Les camarades sont arrivés, ils ne comprenaient pas. Enfin, ce n'était pas possible, Spahi c'était un bon, un chasseur confirmé. Il n'avait jamais raté son coup. Suffit d'une fois... Miro essayait d'expliquer :

— Il s'est pas méfié, il voulait s'occuper du chien.

— Et l'autre cochon, tu ne l'as pas vu venir ?

— Je ne saurais pas mieux dire, il nous est tombé dessus comme le diable.

Les collègues tiraient une drôle de tête. Nous ne nous

sommes pas éternisés. Nous avons ramassé Spahi, nous l'avons installé à l'arrière d'un 4 × 4. Quelqu'un a dit :

— Oh, et le cochon ?

C'est vrai. Nous n'avions guère l'esprit à faire la bamboula. On en ferait cadeau aux vieillards de l'hospice. Il fallait s'occuper du chien, aussi. Et en avant. A l'arrivée, le clébard était froid. Par acquit de conscience, j'ai demandé à Miro :

— Il était comment, ton tueur ?

— Pour ce que j'en ai vu, plutôt gris. Mais tu sais...

Il a hoché la tête. Je n'ai pas insisté. Pas la peine. Je savais.

Chez nous, les gendarmes sont de braves bougres, en poste depuis beau temps. Nous les estimons bien. Ils ont pris la déposition. Le brigadier a prévenu le médecin légiste, pour l'autopsie.

Jacques, ça ne lui a pas plu :

— Quelle autopsie ? Ça ne se voit pas qu'il est en charpie ?

— Ça se voit parfaitement, mais il s'agit de mort violente, c'est la règle.

— Alors, il va chercher quoi, votre légiste, une balle ?

— Il fera son métier.

J'ai entraîné le Grand. Chacun son boulot. Moi aussi, ce coup de l'autopsie me paraissait de trop. Il est vrai qu'un bon accident de chasse restera toujours plus rapide qu'un procès. Mais tout de même...

Nous nous sommes retrouvés chez Polin. Au fait, Spahi, sa famille ? Nous avons chargé Mireille de prévenir sa femme. Et voilà. Terminé.

Maki râlait pour son chien. Il ne faut pas croire, des toutous de ce calibre, vous n'en trouverez pas dans vos Prisu. Ça en représente des croisements et des croisements de bêtes qui ne vivent que pour le cochon, qui ne connaissent que ça. Rien qu'à les écouter sur le terrain, on sait où ils en sont, le moment où ils ont levé l'animal, et puis quand ils le coursent. Ils changent de voix. Et quand le sanglier finit par faire face, acculé, il suffit de tendre l'oreille. On voit le film devant soi.

Justement, celui-là, Tripoux, c'était son meilleur, un chien fabuleux, increvable. Il s'était déjà fait éventrer trois fois, il en redemandait. Maki en aurait pleuré, pour un peu.

Nous nous attardions, nous avions du mal à nous séparer.

Maki commençait à me chauffer les oreilles avec son super-Médor. J'ai dit :

— Ça lui fait une belle oraison funèbre, à Spahi.

Polin a hoché la tête :

— C'est vrai, on ne le connaissait pas plus que ça, ce fifre, pourtant...

Pourtant, cela faisait bien six ou sept ans qu'il vivait parmi nous. Il avait fait ses quinze ans d'armée, je crois, une paye, puis il avait repris une exploitation, il bricolait. Il s'en tirait tout juste, comme les autres. Sa pension lui permettait de ne pas rester le bec dans l'eau, en cas de besoin. Sans parler du traitement de sa moukère. Deux parachutes, c'est mieux que rien.

Nous ne le pratiquions guère que par la chasse. Il en voulait, avec sa façon d'y aller comme on va au casse-pipes. Parfois, ça m'a gêné, cette sensation qu'il se croyait toujours dans ses djebels imaginaires, en train de courser l'hérétique. C'était quand même un bon type.

Il ne laissait personne, à part sa veuve, quelques oreilles et quelques pattes desséchées, sur une porte en plein vent. Voilà. C'est fou ce que nous restons seuls à force de vivre ensemble.

12

Et puis l'hiver... Un bel hiver, si on veut. Plus d'étoiles au ciel que de neige sur terre. On ne peut pas tout avoir. Rien à signaler, je suis resté en boule, dans ma bauge.

Un matin, nous étions en mai, la Germaine est passée. Elle m'a dit que je risquais d'avoir un nouveau client pour mon bois.

— Ce n'est pas un bien grand risque. Quel genre ?

— Un jeune. Il s'est installé chez l'Emilie, tu sais, la veuve du Justin.

— Je vois.

Encore une langue de pute de première. Remarque, je leur tire mon chapeau, à nos rombières. Comme il ne se produit quasiment rien, il leur en faut, de l'imagination, pour arriver à fournir leur moulin. J'ai demandé :

— Il joue à quoi, ce bel astre ?

— Il ferait des recherches sur le pays, il paraît, je ne saurais pas t'en dire davantage.

— Quel genre ? Il cherche du pétrole ?

— Non, il étudie les gens, leurs façons, tout ça... Attends, ça porte un nom. Un so... Un sioço...

— Un sociologue ?

— C'est ça même.

Li sian... Alors là, la boucle est bouclée. Son bois, il ira se le chercher à dache, celui-là. Cela lui fera toujours deux bonnes pages. Un sociologue, hein ? Attends, ne nous emballons pas.

— Il est comment, Germaine, cet explorateur ?

— Comme toi et moi, comment veux-tu que je te dise. Ça paraît le brave petit pour ce que j'en ai vu. Il essaie de se mettre bien avec son monde, pardi.

Pardi. Si c'est ce genre, j'en connais plus d'un qui va se faire arroser. Les collègues n'y regardent pas de si près. Eux, la vergogne, ce n'est pas leur rayon. Buvez frais, pissez tiède ou le contraire, comme il vous plaira, ils ne sont pas contrariants, du moment que c'est gratuit. Eh bien, nous tâcherons de voir l'oiseau rare, avant de le jeter aux chiens.

La Germaine voulait du bois. Nous avons convenu d'une date. Elle, au moins, elle n'attend pas le gel pour penser à son poêle.

Quant à l'autre socio, l'étranger, il n'est pas si mal tombé, chez l'Emilie. C'est une bête à bon Dieu, une malfaisante, toujours en train d'habiller son monde. Mais le pays, elle le connaît. Ce qu'elle ne sait pas sur nous autres doit tenir à l'aise au fond d'un dé à coudre. Tu penses que ça existe encore ? Au musée, peut-être. Ils jettent tout à présent, les vieux au mouroir et les chaussettes à la poubelle, et je suis parti chez Polin, voir d'où soufflait le vent.

Je l'aurais parié. Elle était là et bien là, l'autre saucisse sociologue, installée au comptoir, tranquille, avec mes bras cassés préférés. Ne manquait que ce pauvre Spahi.

Socio, pas moyen de le rater. Jeune, propret, bien rasé, le sourire épinglé en permanence. A force, tu dois avoir la crampe. On aurait dit un haricot mange-tout, pas le genre à vous rester en travers. Les collègues avaient saisi le joint. Ils éclusaient, pardi.

Polin rayonnait, les affaires tournaient. Un mercanti et des profiteurs, beau sujet d'étude, ma foi. Je me suis installé au bout de la brochette, sans faire de vagues. Avec l'ennemi, c'est simple, il faut voir sans être vu. A part ça, il a l'air de quoi, ce saugrenu ? Sympa, je reconnais. Des jeans, une chemise à carreaux, une petite laine sur les épaules. Ce n'est pas tant l'air, c'est la manière. Il arrosait et il laissait causer. Les fifres y allaient, à la manœuvre. Ils lui en donnaient pour son pognon.

L'autre, magnifique. Il buvait leurs fariboles, mon ami, comme du pastis. Pas de carnet de notes, rien, et l'air intéressé d'une pie qui vient de trouver son premier décapsuleur.

A première vue, un Marseillais, genre type malin toujours prêt à vous renvoyer une vanne. A part que ses vannes, il se les réservait. Je me suis dit, celui-là, c'est un redoutable, sous sa croûte meringuée. Il va drôlement nous habiller. Ce qu'il aurait fallu faire ? Le foutre dehors, fissa, hop. Qu'il aille socioliser le Panier ou Menpenti, il y a de quoi. Mais voilà, au prix où le pastis plafonne, les tournées chez nous ne tournent plus guère. Et pour arroser, il arrosait.

Il se présentait franc jeu. Pas du tout le sournois qui vous relève votre chemise de nuit par derrière et par surprise. Polin m'a pris à part, mine de rien, en essuyant deux verres, histoire de me mettre au courant. Tout à fait régulier, le monsieur. Il devait faire ce qu'il appelait une étude de communauté, un travail sérieux. J'ai demandé :

— Pourquoi nous, spécialement ?

— Il paraît que dans la région, nous sommes un des rares villages à nous maintenir, le taux des naissances, les revenus, enfin, tu vois. Il a tout bien expliqué. Nous sommes un genre de phare.

Ah bon... Bravo pour les lumières. Le taux des naissances ? Moi, à part le taux de connerie, je vois mal ce qui nous distingue. Et encore, sur le coup, tu divagues. La connerie, elle se répartit parfaitement. Pas de jaloux.

J'ai écouté. Du cousu main. Il les laissait s'exciter à fond sur une piste, peu importe. Il les maintenait, les relançait, les amenait à se contredire. A celui qui sortirait la plus grosse bourde, pardi. Ça y allait. Mes bougres déballaient n'importe quoi et le reste pour se faire mousser.

En même temps, mon bonhomme gardait le ton juste. Pas de lèche, le genre bon voisin, le type débarqué du village à côté. Ni grands mots ni gargarismes, un professionnel. Il causait même un peu patois, il a employé une expression de chez nous, en demandant s'il ne se trompait pas. Sûr que non, il le savait parfaitement. Mais les autres andouilles, toutes contentes de ramener leur science, ont juré que c'était parfait. Il a même parlé de pendre la crémaillère dès qu'il aurait trouvé un endroit potable.

Et des antennes, avec ça. Il a dû me sentir, dans mon coin,

comme un glaçon qui ne fond pas. Il a fait signe à Polin de remplir mon verre.

Alors là, te voilà coincé. Tu fais quoi ? Un estrambord, je passe pour un grossier. Je lui ai adressé un signe de tête, j'ai dit merci et que la prochaine serait pour moi. Tu vas la sentir passer, il y a tous les boit-sans-soif du canton. Déjà Maki te déshabille. Il explique que tu es un peu renfermé, le bon couillon quand même, serviable comme pas deux. Si Socio a besoin d'un service, qu'il n'hésite pas, je ne refuse jamais.

L'histoire me plaît de moins en moins. Puisque c'est commencé, je reste beau joueur. C'est vrai, je reconnais, je ne suis pas très ouvert. J'en profite pour lui demander s'il compte rester longtemps :

— Attention, n'allez pas vous méprendre. Je vous pose cette question parce que je me demande si vous allez vraiment trouver de quoi...

Là, j'hésite. Maki me coupe :

— De quoi quoi ? Sûr qu'il va trouver. Avec nous, il trouvera tout ce qu'il veut, et même son bonheur si ça se trouve. Va, vous ne pouviez pas mieux tomber.

Voilà qu'il parle de l'emmener aux champignons et à la chasse. Il est fou ! A la chasse ? Il ne le connaît pas, il ne nous a pas consultés. Ma parole, ce type les a drogués ou quoi ?

L'autre acquiesce. La chasse, pourquoi pas ? On trouve quel genre de gibier par ici ? Du lièvre ? Maki s'étrangle de joie :

— Un peu maï. Des cochons, on trouve, et je ne vous parle pas de mes collègues, je parle des sangliers. Nulle part dans la région vous n'en verrez de pareils.

C'est reparti. Ils ressortent tout en vrac, leur palmarès, avec en prime la mort de ce pauvre Spahi.

— Pourtant, c'était un redoutable. Il avait été aux fellaghas et tout.

Ravi, l'étranger. Des santons, du sanglier, du sang. La belle crèche, tudieu ! Je le sens frétiller, il a vraiment bien ciblé. Maki n'en rate pas une. Il veut l'emmener au fameux relais montant, approfondir sa vision locale j'imagine. Le Grand Jacques envoie le cochonnet encore plus loin :

— Faudra lui présenter Mireille.

Là, je sens le courant passer. L'étranger tombe dans le

panneau. On lui offre du pas banal, de la veuve de mineur extra, méritante, belle fille, qui a choisi de s'enterrer parmi nous alors que c'est un astre. C'est elle qui pourrait lui causer de nous, elle nous connaît...

Ils se sont compris, les camarades. Surtout, ne pas lui dire que c'était une pute, la Mireille, pour voir qui attrapera qui. Je les retrouve. Mine de rien, Polin me prend à part, il astique toujours le même verre, à force il va l'user :

— Tu vois pas qu'ils se marient, Mireille et ce type ? Alors là je sers la messe.

Il va un peu vite, je trouve. Mais ce genre de plaisanterie colossale les excite. Le chasseur chassé. J'ai réglé ma tournée. Polin en offre une. Les collègues ne sont plus très nets. Socio dégagera le premier. Il doit lui falloir engranger son miel pendant qu'il est frais. Ma foi, trois jours comme ça, et il remplit sa biasse. J'en fais la remarque à Polin. Il prétend que non, c'est autrement compliqué :

— Il nous a raconté, il lui faut voir les structures, tu comprends.

— Quelles ?

— Qui est parent avec qui, comment les gens se marient, tout ce fourbi arabe.

— Il y a le registre d'état civil.

— Moi, ce que je t'en dis... C'est pas tout, attends voir. Il doit regarder aussi la propriété, la façon de la transmettre. Ça paraît simple, mais il souhaite tout décortiquer, compter les points aux coccinelles. Tu vois le style. En tout cas, s'il doit rester, il ne me gêne pas. Au moins, il est aimable. Ce n'est pas comme certains.

Une pierre de plus. J'encaisse. J'ai décidé d'être patient. La merveille a levé le camp. J'écoute. Tous mes zouaves lui tressent des couronnes, au petit chéri. Leur cri de ralliement, c'est qu'il n'est pas fier. Alors là je remarque :

— Faire des études, il n'y a pas de quoi se vanter. Il faut en avoir les moyens et basta.

Le père Miro me contre :

— Toi, tu es rien qu'un gros jaloux.

— Explique.

— Parfaitement, tu as peur qu'il tourne autour de ta Mireille, voilà ce qui te travaille.

— Qu'il tourne. Il peut même prendre un hélico si ça lui chante. Vous m'excuserez, j'ai du travail.

Je me fais huer. Ça leur passera. De toute façon, il va raconter quoi, l'autre finaud ? Que nous menons une vie de bêtes, avec une fiesta de loin en loin ? Le beau mystère... Sûr que nous n'avons pas inventé le moule à gaufres. Qu'il nous étudie, après tout, il faut bien que chacun gagne sa vie. Récolter ces foutaises ou du cresson dans les pissotières...

Non. Je renâcle. Ce type, sa présence ne m'enchante pas. Son amabilité encore moins. A quelque temps de là, je tombe sur Albert. Lui aussi entonne le Kyrie. Il me sent réticent.

— Ecoute, Romain, je t'affirme que c'est plutôt une bonne chose, la venue de ce monsieur.

— Ah bon ?

— Il s'est présenté à la mairie, bien correct. Mireille l'a trouvé parfait.

Tiens donc... Albert continue :

— Ce qu'il veut exactement, c'est écrire une thèse sur la vie rurale actuelle. Naturellement, il lui faut une base concrète. C'est plutôt flatteur pour nous qu'il nous ait choisis.

Comment donc. Les cobayes remerciant le labo, tableau de genre. De quoi saliver. Je remarque :

— Si je te suis bien, il nous fait trop d'honneur.

— Ne le prends pas comme ça. Tu lui reproches quoi ?

A part d'exister, rien. Je me garde ma réflexion pour moi. Je donne le change. Enfin, j'essaie :

— C'est très bien. J'espère seulement que nous n'aurons pas de surprises.

— Romain, plus méfiant que toi, ça n'existe pas.

Si je me fais avoir, au moins je ne l'aurai pas cherché. Parce que la vaseline, sauf erreur, ce n'est pas prévu pour les tartines. Suffit.

J'ai eu à traîner au village, du matériel à récupérer. Puis la curiosité aussi, autant le reconnaître. Question matériel, les gens se dérangent pour te l'emprunter. Quant à le revoir, il faut chanter vêpres. Et c'est marrant, le petit monsieur me cherchait. Les autres, il les tenait tous à roucouler dans le creux de la main. C'était moi la plume pour son chapeau. Du plus loin qu'il m'apercevait, il me tombait dessus. Je laissais faire. J'acceptais de boire le coup. Je jouais les ours au naturel, pas méchant, de la bonne volonté, un peu borné. Je ne lui racontais que ce qu'il connaissait par cœur.

Il est fin, le bougre, il ne s'est pas laissé prendre. Plus je résistais, plus il s'excitait. Moi, impavide. Vraiment la brute épaisse, pur néolithique. Ah, il en voulait ? Il en a eu. J'ai passé mon temps à lui débiter des platitudes, histoire de lui faire perdre le sien. Mieux encore, pour ne pas rester court, je lui récitais les programmes de télé.

Chez nous, à cause du relief et des mouches, nous ne captons que les trois premières chaînes. Pour les autres, il faudrait des antennes paraboliques. Une fois, donc, au bar, je lui ai raconté en long et en large *La Nièce du pistachier,* une de ces saletés bricolées exprès pour le petit écran. De la sous-pagnolade au kilomètre, imbécile à pleurer. Le pire, les gens adorent, plus on les prend pour des débilous, plus ils en redemandent.

Je le voyais pâlir. Il n'osait pas m'interrompre. J'y suis allé bon temps bon argent. Il se résignait, il faut laisser causer l'indigène amical. Il risque toujours d'y avoir une perle dans la bouillie. Là, il a eu sa ration, je ne lui ai pas épargné un cigalon, pardon !

Polin n'en pouvait plus. De joie, il a cassé trois tasses. Quand Socio est parti, il m'a dit :

— Tu es tout de même un joli saligaud. Pourquoi tu lui montes des coups pareils ?

— Je ne l'ai pas sonné.

— Mon ami, à un moment, j'ai cru qu'il allait avoir l'attaque. Il est devenu vert, il s'est cramponné au comptoir. J'ai failli lui filer un coup de siphon.

— Ce sont les risques du métier, mon beau. Je n'ai pas été aux grandes écoles, moi. Je cause de ce que je peux causer.

— A d'autres. Tu l'as dégoûté du cinéma pour un moment.

Pas du tout. Plus je résistais, plus il s'enferrait. Il pouvait y venir, je suis cabochard. Je tenais tous les films qu'il voulait à sa disposition. J'ai réussi à le décrocher, mais il m'a fallu mettre le paquet.

C'était la bonne attitude, je pense. Toujours est-il qu'à

force de parler pellicule, notre zouave a fait une fleur à Polin. Il s'est débrouillé pour lui installer les chaînes manquantes. Ravi, Polin, comme vous pensez :

— Tu peux critiquer, Romain, ce type, il est peut-être sociologue, mais l'électronique, il en tâte. Et Canal Plus, je te dis pas, c'est plein de films de cul. Si le cœur t'en dit...

Maman ! Le stupre dans les collines. C'était exactement ça. Dès qu'il se présentait une bande un rien gratinée, tard le soir, mon Polin organisait des séances à guichet fermé, avec la crème des collègues et l'étranger. J'y suis allé une fois, pour voir. J'ai vu...

Naturellement, après, les types ont déballé leurs fonds de slips, si j'ose dire. L'Autre n'avait qu'à tendre son épuisette. Il y est allé de sa petite caleçonnade aussi, pas fier. Après tout, nous restions entre hommes.

Je reconnais, il est fort, plus que je ne pensais. Sa méthode, finalement, c'est de nager avec le poisson, même dans les endroits vaseux. Ça nous promettait un livre plein de saveurs variées, plutôt fortes... Apparemment, il ne venait pas à l'idée aux camarades qu'à force de cracher contre le vent, ils finiraient par en prendre plein la gueule.

Il est donc arrivé en mai. Fin juin, ça y était, ils les avait tous dans sa poche. Mes lascars ne juraient que par lui. Ils avaient oublié qu'ils n'étaient que des cochons d'Inde, tellement il les faisait se sentir de rudes lapins.

Je pensais, ce n'est pas possible, ils vont se réveiller. Ce type les manipule, gros comme une maison... Tu parles. Il avait trouvé l'angle d'attaque, ils n'en finissaient pas de se déboutonner. Bon, avant, ce n'étaient pas des prix de pudeur. Mais enfin, il reste des choses que l'on se doit de garder pour soi, quand on se respecte. Et là, on aurait juré un troupeau de rosières en folie, pressées de jouer les majorettes. C'était à qui déballerait son nombril et le reste.

J'ai essayé de mieux comprendre encore le fonctionnement de la combine. Quelque chose m'échappait. Je veux dire, en détail, ses petits trucs, je les épinglais un par un, ce n'était pas la mer à boire. En gros, il se produisait comme une réaction chimique, l'ensemble prenait des proportions surprenantes. Comme le coup de l'eau, tu la mets à refroidir, ça reste de l'eau, jusqu'au moment où tu as un bloc de glace. Et pourtant, il n'y a qu'une fraction de degré d'écart. Là, même chose. C'était cette fraction qui m'échappait.

Ah, au fait, il s'appelle Alain, notre faiseur de pluies. Difficile de l'ignorer, on n'entend plus que ce nom dans le paysage. Alain le magicien...

13

Au reste, nous eûmes un problème autrement sérieux, la sécheresse. Elle était de retour. Elle nous annonçait un bel été bien calciné, avec les récoltes qui grésillent sur place, les sources asséchées, les nappes taries. Nous n'en étions pas sortis, à peine un répit.

Dès juillet, il était visible que les arbres souffraient. J'ai fait un tour vers le col de Fontbelle. L'épais tapis de mousse, au pied des fayards, ressemblait à de l'étoupe. Les talus de terre s'éboulaient. Les massifs de framboisiers viraient au grisâtre, se racornissaient. Les jeunes pousses crevaient sur pied. Voilà... Cette forêt, je l'avais toujours connue saine, fraîche. Eh bien, tu pourras changer de disque.

J'avais semé un peu de prairie. Garde tes larmes pour l'arroser. Quant au reste, inutile de s'y mettre dans ces conditions. Voir du maïs se parcheminer à peine levé, à quoi bon ? Je continuerai à couper du bois. Encore une chance, les hivers restent froids. A force de vivre de sursis en sursis, nous finirons bien par toucher le fond de l'impasse.

Je me suis donc mis à la tronçonneuse, autant ne pas s'y coller en catastrophe. J'ai vu mon monde, fait mes livraisons. Je leur raconte que les prix sont forcément au plus bas, en ce moment. Eux, en leur parlant de rabais, tu peux leur vendre des figues molles. Alors, je livre. Ça permet de voir les collègues.

Le Grand, sa ritournelle, c'est que nous devons exiger des subventions du gouvernement, et solides. En juillet ? Il rêve. Tout le monde est en congé. Puis nous ne représentons plus rien, à peine une poignée de députés réacs. Sûr que si ça continue, ils passeront quatre images à leur télé, avec de pauvres vaches, la langue bien pendante. Cela nous fera la belle jambe. Et ils alloueront un milliard. Réparti entre nous, tous tant que nous sommes, nous pourrons acheter un carambar chacun. Si nous comptons sur les autres, nous sommes foutus. Non, il faut patienter jusqu'au retour des pluies. Et en attendant, penser à se faire quelques raies de patates ou de légumes, de quoi faire bouillir la soupe. Comme au temps d'avant. Avant qu'ils se soient mis à nous imposer des cultures rentables.

J'en ai parlé avec l'Albert. Il est d'accord, le contraire m'aurait surpris. Il est même d'accord avec son ombre, jamais ils ne prendront des directions opposées, elle et lui.

Blague à part, il ne verrait pas un quelconque travail d'intérêt public, nous permettant de travailler pour le département, par exemple ? Il n'existe pas un plan dans un fond de carton ? Il lui semble que oui. D'un temps, c'était à la mode, les travaux. Ils zébraient le paysage dans tous les sens avec des barrages. Faudra qu'il demande à Mireille d'éplucher les archives.

D'un coup, il se rejette le béret en arrière, signe d'activité intellectuelle intense. Le message :

— Mireille te fait dire de passer, pour son bois.

Je passerai. J'aurais dû le faire de moi-même, mais... Bon, allons-y. Justement, j'étais avec mon tracteur. Je venais de laisser une remorque toute chargée devant chez le Joffre, en espérant que ce charlot ne tardera pas trop pour la ramener.

La belle Mireille, un moment que je ne l'avais pas vue. Ça, c'est tout toi. Cette fille te plaît. Donc, il est urgent qu'elle se précipite dans ta direction à quatre pattes et en guêpière, en bramant d'amour. Monsieur ne bougera pas une phalange. Monsieur trouverait ça humiliant, pas vrai ?

Tout juste. Moi, la parade nuptiale chez le dindon des Nouvelles Hébrides, rien à faire. Et elle, à supposer que... Tu crois que ça l'amuserait de faire les premiers pas vers ton gourbi ? Je ne crois rien. Qui l'oblige ? Je vais te dire, seul, j'arrive à me supporter. Je ne vois pas l'intérêt de faire des ronds de jambes pour modifier une situation qui me convient.

Tu parles... Tu restes comme un rat mort. Vivent les rats. Quand la pomme sera mûre, elle tombera. Si elle veut. Je me suis propulsé jusque chez elle. L'avantage du tracteur, c'est que tu domines le paysage. Les coccinelles, tu les vois venir de loin. On t'entend arriver, pas la peine d'adapter une crécelle.

On t'a peut-être entendu, mais la porte est restée close. Je suis allé cogner. Mireille m'a ouvert :

— Ah, c'est toi...

— Difficile de te cacher quelque chose.

— Qu'est-ce qu'il te faut ?

Elle est bonne, celle-là !

— A moi, rien. A toi, du bois, d'après l'Albert.

— C'est vrai, entre.

Entrons. J'aime bien l'odeur de son séjour, une odeur de propre, plus son parfum à elle. Cela me donne chaque fois un léger vertige, pas désagréable. Une volée sonore m'a sonné les tympans. C'est quoi ce ramdam ? Anne et l'étranger, installés devant une sorte de piano dont il ne resterait que le dentier. Ils semblaient s'en payer. Sur un plateau, du thé, du cake...

Nous voyagerons dans le temps, mon brave. Tu sors des *Misérables* pour arriver aux rivages des *Petites Filles modèles*. Anne est venue me faire la bise. Elle tenait des couleurs magnifiques, tout excitée.

— Alain m'apprend à jouer. C'est facile, tu n'as pas idée. Tu veux essayer ?

De faire un nœud papillon à l'autre artiste avec cet engin, pourquoi pas ? J'ai dit non, je passe juste prendre commande. J'ai jeté un coup d'œil au bûcher, avec Mireille, voir ce qui restait. Deux bonnes remorques, ça irait.

— Je te livre quand ?

— Tu es toujours le bienvenu. Dis-moi, tu te fais rare.

— Nous autres, modestes agriculteurs, nous travaillons.

Elle m'a attrapé par les revers :

— Ne te moque pas de moi, modeste rigolo. Si tu pouvais admettre une bonne fois que les autres ont droit à une vie personnelle !

— Je ne vois pas à quoi tu fais allusion.

— Tu le vois parfaitement. J'aurais le malheur de te

recevoir, je ne te donne pas deux jours pour faire fuir tout le monde. Dis-moi que ce n'est pas vrai, si tu oses !

Au diable. J'ai reconnu :

— Je déteste la promiscuité.

— Moi aussi. J'ai juste envie de recevoir qui je veux, quand je veux, sans avoir de comptes à rendre. Personne n'appartient à personne.

Bien dit. Un point de vue vertical, ça, madame. Je ne voulais ni discuter ni tremper mon doigt dans une tasse de thé en regardant l'autre emmanché faire des ronds de jambes. Je ne me sens pas de taille. Maintenant, à la tronçonneuse, je le prends quand il veut. Voyons, voyons, s'attaquer à du jambon blanc, ce n'est pas sportif.

Je n'ai rien dit. Ce sont encore mes silences que je réussis le mieux. J'ai même fait un beau sourire. Tu progresses. Mireille s'est dressée sur la pointe des pieds. Elle a posé ses lèvres sur les miennes, c'était doux. Mes bras ne se sont pas refermés sur elle. Je suis resté figé. Pourtant, c'était le moment, j'avais tout ce que j'attendais. Non, je sentais toujours ce bloc de glace entre nous. Je n'ai pas bronché. Pas maintenant. Pas tant que l'Autre tricoterait cette musique imbécile.

J'ai dit :

— Deux remorques, hein ?

J'ai tourné les talons, qu'ils aillent au diable. Je ne savais plus où j'en étais. Si, sur ton tracteur, je te signale. Il marche. Il a raison. Je lui ai lâché les rênes.

J'ai entendu crier. La route fait un coude, elle passe son temps à ça, et mon engin venait de couper un virage. Je me trouvais en plein dans un potager, avec des tomates et des haricots grimpants. Amusant. Qui donc déchirait l'air de ses clameurs ? La Germaine... J'ai mis au point mort, je suis descendu à sa rencontre :

— Alors, Germaine, tout va comme tu veux ? Je vois que ça pousse drôlement, tes petites plantations. C'est bien ça. Dis-moi, où as-tu donc trouvé de l'eau, grosse coquine ?

J'ai cru qu'elle allait m'arracher les yeux :

— Te fous pas de moi ! L'eau, je m'arrache les bras à la charrier avec des arrosoirs, tout ça pour que tu viennes tout me massacrer. Tu deviens fou ou quoi ?

— Fou de toi, ma belle. Tu sais que c'est la nouvelle lune ? Ça me met dans des états pas possibles, je ne me retiens plus. Laissons tout, Germaine, ne pensons plus qu'à nous.

Je me suis avancé vers elle, bras écartés, comme si je jouais à colin-maillard. Elle a battu en retraite à toute allure. Elle se signait précipitamment. Je me suis arrêté :

— Allons, Germaine, je plaisantais. Ecoute, on ne va pas se fâcher pour quatre tomates, pas vrai ? Je vais te porter deux tubes de coulis, nous serons quittes. Allez, fais-moi un petit sourire, montre que tu n'es pas fâchée.

Elle s'est emparée d'une manche de pioche :

— Surtout, n'approche pas. On me l'avait pourtant dit que tu étais dévarié, je ne voulais pas le croire. Aussi, ça m'étonne pas. Avec la vie de patachon que tu mènes !

Alors là, les abattis m'en sont tombés :

— Quelle vie ? Tu rigoles ! A côté de moi, un chartreux, c'est un puits de fornication. Devine depuis combien de temps je ne me suis pas approché d'une créature de ton sexe ? Devine un peu...

— Disparais, obsédé, ou je crie. J'ameute le quartier.

— Ah, Germaine, le destin nous sépare. Mais ce n'est qu'un au revoir, je te promets. En attendant, tu ne vas pas me refuser une goutte de café ?

Elle m'a intimé de reprendre mon chemin en termes dépourvus de civilité. J'ai escaladé mon tracteur. Faire marche arrière ? Au diable l'avarice, j'ai foncé tout droit. Elle paiera pour les autres. J'ai emporté une portion de barrière. L'avenir est à la cavalerie motorisée, je sens ça. Je me suis retourné sur mon siège, j'ai lancé à Germaine :

— Ça te fera un raccourci, profite !

Elle sautillait sur place, son bâton toujours en main. Ça m'a rappelé ces danses africaines que l'on voit dans des documentaires aussi chiants que la pluie, et généralement destinées à la provoquer. Les danses, pas les docus. J'ai apprécié.

Question pluie, la Germaine a fait un four. Manque d'entraînement, sans doute, la météo, c'est un métier. Je suis rentré chez moi, assez satisfait. Je venais de repousser les assauts de deux créatures passablement véhémentes et probablement lubriques. Bien joué. L'homme qui n'admet pas la compromission reste maître de son destin.

En ce moment, ton destin ne représente rien de rare, surtout question bouffe. Un quignon de pain pas frais, une boîte de macédoine de légumes, et un bout de pâté frappé par la limite d'âge. Pas d'œufs ? Ben non... Ah oui, de vieux fromages de chèvre, avec la consistance du caillou, plus la saveur de la savonnette rance. Ils moussent moins bien, dommage... Une chance, il me reste de quoi boire, quelque chose comme deux cents litres, mis en bouteilles et en prévision.

Bon. J'ai pris deux litres, trois fromages, j'ai fait un saut chez le Grand. Ça sert à ça, les collègues. Des oasis en plein cœur du goulag.

Comme j'arrivais, devinez qui sortait... L'étranger. Pas possible, ils sont plusieurs ! Au moins un quarteron, comme les Dalton. Il m'a salué. J'ai levé la main, style sioux.

Jacquou m'a reçu comme un frère :

— Tu tombes bien, il reste un gros morceau d'omelette, si le cœur t'en dit.

L'estomac, oui. Le cœur, pas des masses. Me goinfrer des restes de l'autre olibrius ne m'enchantait pas. Il a filé.

Enfin seuls ! J'ai demandé :

— Ta veuve va bien ?

— L'est allée voir une copine sur le point d'accoucher.

— Tant mieux. L'autre socio pourra dresser une fiche de plus.

— Ne reste pas planté, entre.

Bonne, l'omelette. Le Grand a pris un verre pour me tenir compagnie. Du vin de Pierrefeu, il se laissait boire. J'avais faim, les émotions... L'avantage d'avoir la bouche pleine, c'est que l'on peut laisser son partenaire déblatérer en toute sérénité. Cela m'a valu d'entendre encore un concert en faveur de Socio. Ce type comprenait tout, et à demi-mot, en plus. Il semblait davantage du pays que n'importe quel parpagnan de souche. Il s'entendait bien avec tout son monde. Les gens se comprenaient mieux depuis qu'il était là. Bref, un Greuze...

Je mastiquais furieusement. Pourtant, c'est un raisonnable, Jacques. Comment ose-t-il proférer de la sorte ? Je me suis gardé de l'interrompre, on va encore te taxer de jalousie.

Merde, tout le monde l'avalait par tous les bouts, l'autre pingouin. Pur cas d'hallucination collective.

Pourtant, je les connais, mes concitoyens. Ce sont des teigneux, on ne les entortille pas si facilement. Ce n'est pas à eux que vous fourguerez des actions pour les mines de yaourt du Bas-Zambèze. Et là, ce petit joueur de pipeau les avait tous mis en branle. Pour le moment, il se contentait de les faire danser sur place. Ensuite, à lui de jouer. S'il veut, il peut même entreprendre une carrière politique. Ou une escroquerie financière, c'est pareil.

Allons, l'ami, tu rêves. Bon, il semble avoir possédé Jacques, Albert, Mireille, d'autres sans doute. Mais l'ensemble du troupeau a probablement échappé à l'épidémie... Faut pas dramatiser. J'ai replié mon Opinel, refusé le café. Je n'en pouvais plus, je craignais d'exploser. J'ai remercié le collègue d'une tape assez chaleureuse pour lui démettre l'épaule. Il en a bégayé :

— Oh, Ro... Romain, tu te sauves déjà ?

— Je t'expliquerai. Merci pour tout.

Hop, j'ai filé chez Polin en priant le Seigneur de ne pas tomber encore une fois sur qui-vous-savez.

Non, c'était calme. J'ai trouvé juste Maki et lou Max. Ils deviennent inséparables comme des comiques, ces deux-là. Devinez de quoi ils parlaient ? De notre magicien. Ils se gargarisaient de termes nouveaux que l'autre avait laissé tomber de sa musette. Paraît que nous étions un isolat... Ils trouvaient ça joli. Je t'en foutrai ! L'habitat rural aussi, ça leur plaisait bien, mais pour des raisons moins urbaines. Ma foi, ils se trouvaient flattés de se trouver frottés à cette science en carton. Ils ne voient donc pas qu'il nous observe comme si nous étions des Jivaros, l'autre Indien ? Certes. Et ça leur plaît ? Pas qu'un peu. Ils en reveulent. Polin se demandait si l'on se reconnaîtrait, dans ce futur livre. Le baiser de la postérité. On sentait que pour lui, ce serait une promotion, la gloire du bistrot... Quelle misère.

Maki pensait que oui. Ça s'était déjà vu. Par exemple, dans le Vaucluse, ce village où il y a de l'ocre et des tapées de Parisiens, le haut du gratin, à présent. Il était venu un Américain, juste après la Libération. Et ça, question de les habiller, il les avait habillés. Du coup, on venait les voir de la

France entière, livre en mains, pour vérifier. Un peu comme Lourdes.

Maki a remarqué :

— Ce genre de truc, c'est drôlement bon pour les affaires, si tu sais comment manager.

Je lui faisais confiance. Je le voyais déjà transformer un lot de cassoulets boiteux en brochettes.

Il est passé l'Albert. Lui aussi ondulait dans le sens du vent. L'Histoire se préparait à les serrer sur sa multiple mamelle. Et voilà le travail, je les retrouvais tous à ramper plus bas que terre pour un peu de pub. Malgré ma consigne de calme, j'ai bondi :

— Mais, têtes d'ânes, vous êtes naturellement plus cons que la moyenne, ou vous faites un effort ? Il va exhiber quoi, votre joli monsieur ? Mais tout, bon Dieu, il va tout sortir, depuis votre façon de vous moucher dans vos doigts sales jusqu'à vos slips merdiques que vous gardez un mois plein. Et vos petites saloperies avec vos petites cousines et vos petites sœurs, vous pensez qu'il fera l'impasse ? Et vos magouilles minables pour gagner quatre sous, les bornages que vous déplacez, l'eau que vous collez dans le lait, le foin que vous mouillez avant de le vendre, et pareil pour les bestioles que vous forcez à boire avant la pesée... Vous vous êtes déboutonnés pour la science, hein ? Vous lui avez montré votre cul, vous croyez qu'il va poser un tutu par-dessus ? Vous rigolez ! Tout ce que je peux espérer pour vous, c'est qu'il écrive tellement mal que son livre, personne n'en veuille. Sinon, vous n'aurez pas assez de vos yeux pour pleurer, pauvres innocents !

De fait, je les ai refroidis. Maki tirait la gueule.

— Tu n'as peut-être pas tort, Romain. Nous nous sommes un peu laissés aller, faut admettre. C'est vrai qu'il y a deux ou trois trucs que j'aimerais pas bien voir étaler, et je parle pas de mes slips, j'en porte pas, ça me serre.

Jacquou était du même avis, slips à part. Ce n'est pas tant qu'ils seraient des girouettes, les collègues, c'est qu'au fond, passé le premier emportement, ils devaient se trouver de mon avis. Seulement, de temps en temps, ça délasse de se laisser gamberger. On en oublie presque sa vieille méfiance. Le tout, c'est de les inquiéter à temps.

Albert a suggéré de lui parler, à l'oiseau rare, le moment venu. Pour demander à lire son manuscrit avant parution.

Du coup, ils devenaient rêveurs. J'ai haussé les épaules :

— Vous êtes trop beaux. C'est comme si vous proposiez à un gus qui vient de tomber sur une mine d'or de la reboucher et de jeter les plans. Il ne voudra jamais.

Alors là, Maki s'est réveillé. Il a tapé du poing sur le comptoir. Il a dit :

— Doucement, nous ne sommes pas des bêtes. Nous avons droit à la parole ; je veux !

Là, c'est devenu confus. Maki parlait de casser le portrait de l'intrus. Pour Albert, mieux valait se montrer sympa. Le plus tôt il aurait fini, le plus tôt il décanillerait.

Le Grand a protesté :

— Justement, c'est là où ça ne colle pas. Il partira pour imprimer ses foutaises, et nous on l'aura dans l'os.

J'ai mis mon grain de sel :

— Ecoutez, le mieux, c'est qu'il reste, et de lui raconter des histoires comme si de rien n'était. Mais cette fois, dans l'autre sens, vous comprenez ? Pour qu'il en vienne à douter du sérieux de son boulot. Parce que s'il sent qu'on l'a pris pour une bille, il n'osera jamais publier un travail pas fiable. Vu ?

Maki, enchanté. L'idée l'amusait. Bourrer le mou, c'est sa première nature. Jacques approuvait. Seul ce bon Samaritain d'Albert se demandait si c'était bien honnête. Alors là, j'ai gueulé :

— Se faufiler dans notre confiance comme une fouine, c'est honnête, peut-être ? Hein ? Et nous piquer tout ce que nous avons de plus secret ? Tu plaisantes, Albert !

Les copains m'ont soutenu. Ma proposition paraissait la meilleure solution. D'abord, ils l'avaient informé, l'artiste. A présent, ils allaient le désinformer. Une maille à l'endroit, une maille à l'envers, le dieu des sociologues reconnaîtrait les siens. Tout ça en toute amitié bien sûr.

Polin a dit :

— D'autant que j'aurais du mal à lui en vouloir, il arrose toujours de première. Lui, son budget, la sécheresse connaît pas !

Il nous a fait rire. Tout le monde paraissait soulagé. Maki a lancé :

— Vrai, je me sentais une sorte d'inquiétude, et c'est pas mon genre. Je me demandais si on n'était pas en train de déjanter dans les plates-bandes.

Voilà... Il allait falloir prévenir les autres. Et lui monter des coups fourrés, au chasseur de têtes. Doucement, tout en souplesse, pour qu'il ne se méfie pas.

C'est bien. C'est comme si nous avions été dépossédés de notre terrain de jeu par un garnement plus malin. Pour le coup, la partie reprenait. Cette fois, ce serait selon nos règles.

J'ai offert une tournée pour sceller notre accord. Je ne m'étais pas senti aussi bien depuis longtremps. La vengeance, il n'y a que ça pour vous tenir en appétit.

14

Fin juillet, le ciel a tourné au supplice chinois. Il nous est enfin tombé trois gouttes, de quoi faire sortir deux brins de luzerne et rincer les abreuvoirs. Merci, petit Jésus. Reste que les sources continuent de tarir, cette rincette ne les a pas ressuscitées. Les vieux ne se souviennent pas d'avoir vu ça dans leur chienne de vie. Les incendies se sont rapprochés.

L'autre matin, en descendant vers les Thumins, j'ai aperçu une magnifique colonne de fumée, de l'autre côté de la nationale. On pouvait voir la noria des Canadair en action. Oh, assez loin, mais c'est signe que nous entrons dans le collimateur... Et puis en trafiquant vers le col de Mounis, j'ai vu que ça cramait dans la direction de Lure. C'est grand, la montagne de Lure, et par chance, il n'y avait pas de vent ce soir-là. Sinon...

La dernière, notre étranger fait le tour des mémés. Il recueille les contes, les chansons, tout ce fourbi. C'est sympa, seulement, comme elles sont imbibées de radio, il ne s'agit pas forcément de terroir grand cru. Radio-Paris ment, polka d'époque. Enfin, ça le regarde.

Avec le Grand Jacquou, Maki et lou Max, nous sommes passés à l'offensive. Socio, nous l'avons invité à déjeuner chez Polin. Il en tâte, l'ami Polin, question cuisine. De temps en temps, il caresse l'idée d'ouvrir une gargote. Rien de chinois, disons un bon plat du jour aux petits légumes, avec fromage et dessert, naturellement. Nous avons déjà un restaurant, mais il bat de l'aile, et même des deux. Quand ça marche, ça ne dure jamais. Tantôt c'est le patron qui met les voiles avec la serveuse, tantôt l'inverse, je veux dire la patronne et le cuistot. Pourtant, dans la casserole, le plus important ce n'est pas la queue.

Nous avons procédé comme si de rien n'était. Le motif : liquider les restes d'un gros repas de la veille, une quelconque fête de bidocheurs. L'étranger a marché. Le contact avec l'indigène amical, il en redemande.

Nous nous sommes attablés en braves collègues. Polin a offert des kirs. Maki l'a chambré :

— Pour ce que ça te coûte, deux sous de vin blanc éventé et du sirop de jujubes, tu peux jouer les généreux !

Polin est entré dans le jeu. Il a gémi sur l'ingratitude de cet arnaqueur public. C'était bien dosé, je reconnais. J'avais peur que les camarades en fassent trop. Pas du tout.

Jacques s'est chargé de faire picoler l'intrus, avec un vin d'Algérie meurtrier, dans les quinze degrés. Un vrai casse-pattes, du Sidi Boulaouane, naturalisé dans des bouteilles de Gigondas. Et en avant. Il en voulait, nous lui en avons donné, à l'artiste.

Maki s'est surpassé. Il s'est lancé dans des histoires de maquignons à faire hurler, des combines pas pensables. Quoique avec lui, on ne sait jamais. Il brode, mais question d'empaffer, il empaffe.

Il a raconté le coup du petit pépé désireux de changer son cheval, un gentil bourrin à crinière claire, un peu maigrichon, pas bien vaillant. Si Maki lui en trouve un autre, il paiera la différence. En attendant, il peut toujours embarquer la bête. Topé. Maki embarque le canasson. Un mois plus tard, il revient trouver son paysan, flanqué d'un cheval. Il lui dit :

— Admire un peu cette merveille. Et cette crinière, regarde si elle est noire, si elle brille ! Vise-moi s'il est dodu, l'animal ! Il pète les flammes.

De fait... Il lui avait collé un picotin arrosé de gnôle. La bestiole jetait un sacré jus. Bref, une affaire... Ils discutent du prix, Maki obtient un maximum. Il dit :

— Je te préviens, il est vif, ne le laisse pas trop à la pluie, mieux vaut qu'il ne prenne pas un coup de froid.

Le paysan va pour mener la bête à l'écurie. Pas la peine, elle s'y rend d'elle-même. Le bougre n'en revenait pas. Maki de dire :

— Hein, tu as remarqué l'intelligence? Il devine tout. Tu viens de faire l'affaire du siècle, crois-moi. Avec un cheval pareil, l'autre, tu n'es pas près de le regretter.

— Comment je l'appelle?

— Appelle-le Bijou, comme l'ancien. Je lui ai donné l'habitude. C'est plus simple, pas vrai?

Il a fallu huit jours au malheureux pour se réveiller, le temps de la première averse. Bijou a retrouvé sa blondeur naturelle.

L'étranger avalait ça, et les paupiettes de Polin. Maki continuait sur sa lancée. Chez lui, la prolixité l'emporte sur la clarté. Il s'est lancé dans des histoires de cassoulets achetés par pleins troupeaux, refourgués dans des conditions pharamineuses. De vrais moutons à cinq pattes.

Notre invité commençait à nager, un peu le vin, un peu les salades... Qu'il nage. Une fois bien installés dans l'ambiance, nous nous sommes attaqués au travail sérieux, aux structures. La généalogie, la pierre angulaire. Nous l'avons reconstruit, l'arbre généalogique du village, bien bien.

Polin s'en est mêlé. Les filiations élémentaires ont volé en éclats. Avec Jacques et lou Max, ils se sont contredit à fond la caisse. Impossible de savoir qui tirait de qui. Parce que bien sûr, jamais les gens ne reconnaîtraient les faits en face, question de vergogne. Bref, notre communauté vivait en totale imposture, et ce bien avant l'invention de l'état civil.

L'étranger, ça l'a touché dans ses œuvres vives, nous l'avons vu vaciller. Il a dit :

— Mais alors... Mais alors... A qui se fier?

Maki a répondu :

— Au pif. C'est comme pour les moutons, on reconnaît la race pas forcément au poil ou à l'ossature, mais des fois à une façon de brouter une certaine fleur...

Et poète, en plus, ce farceur. J'ai vu nos populations alignées devant des pots, toute une série de pots, en train de mastiquer du pétunia. Notre artiste en avait les quatre sueurs. Il a protesté :

— Ce n'est pas possible! Ça ne se peut pas!

Lou Max a rivé le clou. Il est d'autant plus redoutable qu'il paraît plus gentil. Il a asséné, doucement :

— Hélas, oui, ça se peut. Tenez, prenez les Navion. Bon.

Le père a commencé par avoir une affaire avec une fille d'auberge, une certaine Sophie, du côté de Vitrolles. Ils ont eu une nistonne. Cette Sophie, voilà-t'y pas qu'un jour son fils la rencontre, je veux dire le fils Navion. Ce sont des choses qui arrivent, pas vrai? A leur tour, ils ont semé la graine, ça vient plus vite que de gagner au tiercé. Cette fois, ils se sont mariés, bien comme il faut, vous me suivez. D'autant qu'ils attendaient une héritière qu'ils ont appelée Lorraine. Entre-temps, le temps a passé, et c'est là que la malchance s'en mêle, parce que le père Navion, il était resté bien vert, pour son âge, fallait pas lui en promettre. Et un jour, il rencontre la Lorraine...

L'étranger aussi en restait vert. Nous nagions en pleine ratatouille. Ce n'était plus de l'inceste, ça n'avait plus de nom. Le carrefour des lamentations... Il a gémi :

— Comment je vais faire? On ne peut pas raconter des horreurs pareilles.

Lou Max a suggéré :

— Suffit de changer les noms, pardi.

Polin a remarqué :

— Tu crois ça... Tu penses bien que changés ou pas, ils se reconnaîtront. Le père Navion, il a le coup de fusil facile, pour son âge. Je ne sais pas si vous vous souvenez de cet accident de chasse, vers Fabrégous, voici dix ou douze ans. On n'a jamais su ce qui s'était passé. A part que le bonhomme qu'on a retrouvé mort, il lui avait manqué, au Navion. Ça, c'est sûr.

Jacques a constaté :

— Et lui l'a pas manqué.

Pas ravi, l'étranger. Il s'est pris la tête entre les mains, il a lâché :

— Je deviens quoi, dans tout ça?

J'ai dit :

— Il vous faut accomplir votre devoir, vous n'avez pas à hésiter. Les risques, ça va avec le métier.

Maki n'a pas laissé tomber :

— Et encore, vous ne savez pas tout, on ne fait que commencer à débroussailler un peu. Faudra que vous reveniez avec de quoi écrire, pour bien poser les choses noir sur blanc. Sinon, vous risquez de vous embrouiller.

Polin a dit :

— S'il risquait que ça...

L'artiste a voulu savoir de quoi il retournait. Polin n'a rien précisé :

— C'est juste une remarque en passant. Elles ne sont pas extra, mes paupiettes ? Vous en reprendrez bien un petit chouïa, pas vrai ?

L'étranger a déclaré forfait. Je reconnais, à sa place, je nagerais en plein schwartz. Il allait lui falloir un sérieux travail de recoupement et de mise au point. Je le croyais coulé, lessivé. Quand il nous a eu quittés, carrément assommé, j'ai dit aux collègues :

— Bravo les gars, je vous félicite. Si sur ce coup il ne fait pas sa valise, c'est qu'il a plus d'estomac qu'une autruche en fer forgé. Ou qu'il est maso.

Lou Max a hoché la tête :

— Je ne prends pas le pari, vois-tu. Il en a mis quelques-uns dans sa poche, il est fin, le bougre. Passé le premier affolement, il comprendra qu'on a essayé de l'enfifrer.

De fait... Huit jours plus tard, Socio traînait toujours dans les parages. Polin m'a raconté qu'il tenait ses distances. Il boycottait le bar.

— Dommage, c'était la bonne pratique. Avec vos histoires de couillons, je perds un client de première !

— Tu étais partant, non ?

Je lui ai rappelé la recette des omelettes, celle aux œufs cassés, tout ça. Il n'a pas aimé. Il s'est montré grossier, je dois admettre. J'ai décroché.

Il me fallait en avoir le cœur net. J'ai donc chargé une remorque de bois, je suis allé livrer Mireille. Vous parlez d'une excuse... Plutôt frais, l'accueil. Elle m'a reçu les poings fermés, l'œil noir. J'ai dit, aimablement :

— C'est vrai qu'on t'appelait sœur Sourire, au pensionnat ?

— Oh, ça va ! Si vous vous croyez malins, toi et ta bande d'ahuris !

— L'insulte n'a jamais été un argument, ma belle.

— Ah non ? A quoi cela vous avance d'avoir raconté toutes ces sornettes à ce pauvre Alain ? En plus, vous l'avez soûlé, dégoûtants que vous êtes ! Pourquoi lui avoir sorti toutes ces saletés, hein ?

J'ai protesté :

— Doucement, Mireille. On ne demande pas à une histoire d'être vraie, on lui demande d'abord d'être belle. L'homme est un animal des lointains, je te ferai remarquer. De temps en temps, il rêve d'échapper à sa niche. Il en a le droit, tu ne crois pas ?

J'ai cru qu'elle allait me frapper.

— Et tu oses ! Ça, pour être belles, elles étaient propres, vos chansons ! Le père Navion qui engrosse sa propre petite-fille, qui par ailleurs était sa fille !

— C'est biblique.

— Je t'en collerai, des bibles ! Ce garçon tâche d'accomplir un travail sérieux. Je ne vous demande pas de l'aider, vous pourriez au moins le laisser tranquille, si vous aviez un peu de cœur.

Tout de suite les grands mots... La passion l'égare. J'ai remarqué :

— Voyons, Mireille, ce garçon, comme tu dis, se vante de comprendre l'indigène. Eh bien, il aura au moins compris qu'il nous arrive d'être d'humeur folâtre. Comme ça, il n'a pas vu qu'on lui servait des blagues ? Alors là, il me déçoit. Même un babouin s'en serait aperçu. A part ça, ton bois ?

S'agissait bien de bois. J'ai eu droit à une volée d'appellations variées, dont certaines assez techniques. Total, j'ai largué le chargement devant sa porte. Ça empiétait sur la chaussée. J'ai regagné mon tracteur dignement :

— Demande à ton artiste de te le ranger. Ça lui fera des travaux pratiques !

En rentrant, je remâchais encore ses inepties. Elle m'avait raconté quoi ? Il savait se tenir, il avait fait du bien à sa gosse, il expliquait tout merveilleusement, avec une patience de sablier... Et les écrouelles, il les touche, les écrouelles ? Ça, elle m'avait lâché mon paquet, tudieu ! Quand j'avais voulu protester, lui dire que nous n'étions pas si mal, nous, les peigne-cul du coin, il avait ricané :

— Vous ? Vous êtes des buffles. Vous ne voyez pas plus loin que l'anneau que vous avez dans votre stupide museau.

Je jure, elle a dit ça. Des buffles ! Tout ça à cause de cette perle rare... Merde, l'autre jour, on le tenait dans le creux de la main, chez Polin, bourré comme un cent de grives. On aurait pu lui offrir un petit accident, ni vu ni connu. Une trappe ouverte, quelqu'un qui se pourfend un étage en dessous, c'est triste mais enfin ça s'est eu vu.

J'étais furieux. Des buffles, vraiment... Nous fonçions comme les tarés que nous étions, alors que lui au moins savait analyser le paysage... Ça signifie quoi? Je t'en foutrais, de l'analyse. S'il fallait vraiment qu'il le travaille, le paysage, au lieu de bavasser dessus, c'est sa douleur qu'il comprendrait. Le chien!

Calme-toi, petit camarade. Nous réglerons nos comptes. Je ne sais ni quand ni comment, mais le moment viendra. Ah, il veut rester? Qu'il reste. Nous ajouterons les intérêts. Au fait, tu ne t'es pas fait payer ton bois. Pas grave. Je reste en compte avec Mireille aussi.

Je vais te dire, cet envahisseur, il est fort, plus que tu ne penses, et pas seulement parce qu'il a des alliés. Il nous comprend mieux que nous nous ne le comprenons. Tu croyais le désincruster, c'est raté pour ce coup. Il va falloir jouer un autre jeu.

15

Quand j'ai besoin de me changer les idées, le plus sûr c'est encore de filer à l'alpage. D'autant que ma dernière visite remontait à plus d'un mois. Tudieu, le temps passe... Je ne sais pas comment je vis. Il devait lui falloir de la lecture, des sous, du ravitaillement, des médicaments, à mon berger.

Parfois, je me dis que je suis bien bête. Cet alpage, je devrais m'y installer, à la belle saison. Chloé ne me gênerait guère. Il peut marcher des heures, il irait jouer de la flûte aux nuages... Tu te vois rester seul, là-haut, entre trois rochers et le vide ? Oui. Il me semble qu'ici je me disperse. Je suis en fuite sur place. Une poignée de ciel pourrait me rassembler une bonne fois, qui sait... Tu rêves. Mais au moins, ce rêve, je l'ai à portée. Je peux toujours aller voir. Soit. Et n'oublie pas la pâtée pour Filou.

C'est fou ce qu'il se livre peu, Chloé. Il m'avait quitté à l'automne, une fois les bêtes redescendues, pour se pointer à la fin du printemps, comme de juste. Et sa ballade latine ? Pas un mot. Tu aurais dû lui en parler. Mieux vaut pas.

Pourtant, il avait à présent une drôle de petite guitare. Le ventre, enfin la caisse, c'était une carapace de bestiole. J'étais tombé en arrêt sur cet engin, à mon dernier passage. J'avais gratté deux notes. Je l'ai vu rayonner.

— C'est quoi cette merveille, Chloé ?

— Mon charango.

— Et la coquille ?

— Un tatou. J'ai eu du mal, c'est interdit.

Il n'en a pas lâché plus. Il a saisi son instrument, a joué un air connu. *Guantanamera.* C'est qu'il en tâte... Je n'ai pas insisté.

J'ai fait mes préparatifs. Chloé, c'est un chic gars, j'ai envie de le gâter. Je lui ai trouvé une belle cape, bien chaude. L'autre, les cailloux se sont fait les dents dessus, à force. Les cailloux et les ronces.

Ah, les bouquins ! Il y a un tout petit os, tu as largué les meilleurs chez Mireille. Où est le problème ? Tu n'as qu'à passer en récupérer quelques-uns.

Ce que j'ai fait. J'ai été poli, je me suis essuyé les pieds et tout. Mireille, correcte. On aurait juré une visite. Anne était là. Ce qu'elle est gracieuse... Quand elle a su que je venais pour le berger, elle a fait le tri des meilleurs. Puis elle s'est arrêtée, d'un coup, à genoux, penchée sur le tas de bouquins :

— Dis, maman, si j'y allais ?

Là, Mireille a été bien. Elle n'a pas protesté : « Tu es folle, ma fille. Pense un peu, les loups, les avalanches... » Elle a juste dit :

— Ça te ferait plaisir ?

— Oh oui. Cela fait longtemps que j'en ai envie.

— Alors c'est d'accord.

J'espérais que cette visite ne perturberait pas mon berger. Si un type choisit les moutons, c'est... Nous verrons.

J'ai dit :

— Prévois de gros souliers, un gros pull et une parka.

— Au mois d'août ?

— Il gèle, la nuit, en altitude.

— Tu pars à quelle heure ?

— Cinq heures, pour arriver avec le jour. Je passerai te prendre.

— Tu peux me donner un coup de fil avant ?

— Pas de problème.

Mireille s'est inquiétée :

— Vous rentrez quand ?

— Ça dépendra du travail, de l'emplacement des bêtes... Si on peut finir pour demain après-midi, on redescendra le soir. Sinon on passe la nuit.

— Comment savoir ?

— On te téléphonera de la station.

Anne sautillait de joie :
— Pourvu que les bêtes soient très loin !
J'ai ri :
— Tu as envie de passer une nuit à la cabane ? Ce n'est pas vraiment le confort.
— Si tu savais ce que je m'en moque.
On a fait comme ça. Le lendemain, j'ai envoyé mon coup de fil. A cinq heures, la petite m'attendait devant chez elle, emmitouflée comme un Eskimo. Je m'étais dit : « Tu vas voir, on va se ramasser la mamma, en prime... » Puis non. Mireille nous a juste fait coucou, depuis le seuil. Et en avant, soldats du Christ ! Le froid pinçait. On n'y voyait pas grand-chose, à part une lueur blafarde à l'horizon.
J'avais une Thermos de café bien chaud. J'en ai proposé à la gamine. Elle a bu.
— Ça fait du bien, Romain. Tu es le roi.
— V'là aut' chose. En quel honneur ?
— Parce que tu es une vraie tête de cochon, tu n'es jamais d'accord avec personne, j'aime ça.
— Ce n'est pas forcément intelligent de ne pas être d'accord, non ?
— Peut-être, mais les gens intelligents commencent à me fatiguer.
Et chtok... Intéressant. Puis elle a voulu chanter. Nous avons fini par nous mettre d'accord sur un programme passe-partout, *Plaine, ma plaine, Aux marches du palais,* etc.
J'ai remarqué :
— Ce n'est pas tout à fait ta génération, ma belle.
— Oui, mais maman les chante.
Beau titre pour une tartine sociologique, ça. Eh, oh, si pour une fois tu pensais à autre chose... Nous chantions. De temps en temps elle lançait :
— Et celle-là, tu la connais ?
Quand je ne connaissais pas, je faisais l'accompagnement, la la la la la... J'étais heureux. C'était comme un rêve, me retrouver avec ma fille, la fille que j'aurais voulu avoir, et rouler ensemble, vers le soleil levant justement, comme dans la chanson.
Il a fini par apparaître. Un mince trait de clarté. Puis une barre de feu, et ce globe qui sort du gris comme un œuf du

ventre de la nuit. Nous étions à la sortie des gorges de Vaumelle. Anne m'a dit :

— Arrête-toi un moment.

Elle avait raison. La vie reprenait. Il n'y avait que nous, le ciel, la forêt, le bruit de l'eau, loin en dessous, et ce mince ruban de goudron pour n'importe où. Elle a dit :

— C'est beau.

Elle m'a serré la main, un moment. J'ai remis le contact. Je n'avais pas prévenu Chloé, il n'a pas le téléphone, et je ne passe jamais à dates fixes, ce n'est guère possible.

Nous y étions. Nous avons pris la piste. Au bout d'un moment, j'ai vu la cabane. Et le troupeau? Les brebis restaient perchées sur les crêtes, comme un semis de flocons d'étoupe. Chloé a reconnu le véhicule, il nous a fait de grands signes. Il a commencé à rassembler son monde pour la descente.

Nous avons grimpé à sa rencontre. Anne manquait de souffle. Manque d'habitude. C'est haut, et sa saleté de mère la laisse fumer, si c'était ma fille... Un peu partout, des marmottes sifflaient. Anne jubilait.

— Pas trop dur, petite ?

— Pas assez.

— Ah bon... Tu vois, si ça ne tenait qu'à moi, je ne redescendrais pas d'ici.

— Ça tient à qui ?

— A moi.

Nous avons ri. J'ai dit :

— Tu verras, c'est spécial. Une heure, un jour, deux, ça va. Puis il arrive un moment, si tu n'es pas bien accroché...

— J'imagine. Tu es resté seul, ici ?

— Non, je me méfie. J'ai besoin de garde-fous.

— Et Chloé ?

— Lui, c'est un pure race, un vrai berger. On n'en fait plus des comme ça.

Le pure racc était à portée, surveillant le flot gris des bestioles. Filou trottait sur les arrières. Si une bête prenait la tangeante, Chloé jetait un appel. Le chien la rabattait. Il a une sacrée allure, mon pâtre, il se tient bien droit. Aucune ostentation, c'est son angle d'attaque, ce n'est pas une pose.

Nous avons convoyé le troupeau vers le parc, pour les

soins. Alors ? Ah... D'abord j'ai présenté Anne. Chloé a demandé :

— Vous avez fait l'école de bergers ?

— Pas encore, mais j'y pense.

Première nouvelle. Nous sommes passés aux choses sérieuses. Une brebis était restée en bas, avec une patte cassée. Il lui avait posé une attelle. Deux agneaux avaient disparu, à un moment où les bêtes s'étaient dispersées sur un versant. Chloé se demandait si ce n'étaient pas les aigles. Le chien avait aboyé comme un perdu. Il s'était précipité, rien. Il a dit :

— Si c'est un aigle, il a pu se défiler en se laissant glisser vers le ravin. S'il avait grimpé en plein ciel, je l'aurais forcément aperçu.

— Ils sont peut-être tombés dans une crevasse.

— En général, les mères restent à côté, à pleurer.

Un grincement s'est élevé. Les cabines des télésièges qui grimpent jusqu'au glacier. Elles partent de la station. De temps en temps, ils les font marcher à vide, pour tester le matériel, j'imagine. C'était ahurissant de voir ces œufs métalliques colorés défiler quatre cents mètres plus loin, au large de la cabane. Anne s'est mise à rire :

— Pour un coin perdu, c'est réussi.

Chloé a haussé les épaules :

— Les cabines, on s'habitue. Le pire, c'est les promeneurs. Ils voient ma baraque quand je ne suis pas là, ils s'imaginent qu'ils vont pouvoir s'installer, ou alors que c'est une pissoire.

Anne n'en revenait pas :

— Tu ne fermes pas ?

— Au début, non. Après, j'en ai eu marre, il a bien fallu.

Elle s'est intéressée à la vie qu'il menait. Elle le laissait parler. Il lui a expliqué la façon d'utiliser le terrain, de varier les pâturages. Le comportement des bêtes :

— Si elles peuvent, le soir, elles se rassemblent toujours sur une hauteur, pour voir qui vient.

— Elles ne se ressemblent pas toutes, même pour toi ?

— Oh non... Elles ont leur caractère. Ce sont toujours les mêmes qui vous jouent des tours, ou qui ont des accidents. Vous savez, on finit par s'y reconnaître.

Bon, les soins. Anne a tenu le choc, comme un petit soldat. L'éternelle histoire, les vers, les abcès, et cette totale confiance des brebis. Une fois terminé, nous sommes partis manger à la cabane. J'avais monté des pieds-paquets en pot, de la salade, de bons fromages. Nous étions bien.

J'ai demandé s'il resterait assez d'eau pour terminer la saison. Chloé pensait que oui. Ce n'était pas l'abondance, mais les sources tiendraient. C'était une bonne montagne, finalement. Un peu limite, on pouvait difficilement y placer plus de bêtes.

Nous discutions métier. Anne avait découvert un tardon, au parc, un petit mouton tout juste né. Elle lui donnait à boire au biberon. Pourrait-elle le descendre ? Bien sûr. J'ai tout de même objecté :

— Si tu t'occupes de lui, il va te suivre comme un toutou.

— Tant mieux.

— Et ta maman ?

— Je m'arrangerai.

Pourquoi pas ? Si ça ne marche pas, il rejoindra les autres, voilà tout.

Nous avons bu le café. Chloé feuilletait ses livres, ravi. Finalement, il n'était pas si tard, inutile de s'installer pour la nuit. Je préférais, le baby-sitting ce n'est pas mon rayon. Anne a insisté pour rester. Je n'ai pas cédé. Une autre fois, alors ? D'accord. Nous avons repris le chemin. Elle portait le tardon sur ses épaules. Le grand air avait avivé son teint. Ce qu'elle était belle... Elle avait cet éclat des très jeunes filles, l'éclat de l'enfance encore proche. Elle ne touchait pas terre. Nous avons croisé des promeneurs. Ils se retournaient pour la regarder.

Voilà. C'était une bonne journée. Nous avions laissé Chloé sur le seuil de sa cabane. Filou nous a escortés un moment. J'étais avec cette gamine merveilleuse. Nous allions retrouver son adorable maman. C'était beau comme pas permis, non ? Non. Pas pour moi.

A l'arrivée, il y aura l'autre machine à décortiquer. Il allait passer l'expérience d'Anne à la moulinette, il la collerait dans des cadres, il en tirerait des déductions, le tout très intelligent et absolument pas nécessaire. Avec la bénédiction de Mireille. Je ressentais comme une impression de... Il n'avait pas le droit de poser ses pattes sur mes images. Je veux dire, une fois qu'il nous a secoués avec son tamis, il ne reste rien de vivant, de réel. Rien que des pulsions et des obligations. La vie n'est pas une planche anatomique. Et merde... A quoi bon les mots. Tu comprends ?

Pas vraiment. Ça me semble excessif. Tu dérailles, camarade. Ce type fait son boulot, ça le regarde. Tu veux que je te dise ? Tu réagis comme un gros con, excuse-moi. Tu étais le petit coq, sur son fumier, content de lui, la merveille de la basse-cour. Puis brusquement il s'en amène un autre, avec des plumes différentes, alors monsieur boude. Il prétend que le monde est méchant.

Rien n'a changé, coco, sauf l'idée que tu te faisais de toi-même. Tu te croyais le roi, au milieu de tes quatre pelés. D'un coup, ton univers s'est mis à fondre comme un morceau de sucre dans de la camomille. Parce qu'un autre oiseau a un plus beau ramage. Et c'est vrai. Impressionner les masses, c'est un métier. Ce n'est pas le tien, alors calme-toi. D'accord, ce type te fait mesurer l'écart entre ce que tu rêverais d'être et ce que tu es en vrai. C'est plutôt positif, non ?

Non. Il me dérange. Cet espace m'appartient, j'y suis depuis toujours, et il prétend l'occuper. Je n'ai pas à le tolérer. Il n'est pas chez lui. Nous ne sommes pas des étudiants, nous n'avons rien à apprendre, de personne. Et même si nous sommes à côté de la plaque, ça nous regarde, et seulement nous.

D'accord, il est plus jeune. D'accord, sa petite mécanique fonctionne. D'accord, il attrape les mouches. D'accord, il sait tout et le reste. Mais moi je sais qu'il est de trop. D'accord ? Ici, ce n'est pas le vide. Il n'y a rien à combler. Rien à comprendre. Compris ?

Je crois. Ce n'est pas vraiment la main tendue, camarade, mais ça paraît clair. Monsieur veut conserver son territoire.

Joli, mais quoi, je débarque au saloon le provoquer en duel ? Trouve-moi un autre scénario. Difficile, nous ne planons pas sur la même orbite. Je gratte en vrai, et lui dans ses bouquins. Alors, si tu souhaites vraiment le neutraliser, il te faut commencer par l'intégrer, je ne vois pas d'autre solution.

Je suis resté saisi. Nom de Dieu... Enfin, tu y es! Tu y a mis le temps, mais ça paraît l'évidence. Qui donc parlait de le faire chasser avec nous? Ce n'est pas encore la saison, mais c'est la bonne direction. Plus nous l'engluerons dans notre vie courante, plus nous l'aurons à notre main. Soit. Mais l'idée de la chasse, c'est un peu gros à avaler.

Dis-moi, une chose très simple. Ce type, pourquoi lui en veux-tu à ce point? Parce que c'est un corps mort, un angle mort, tu saisis? Quand il est dans l'image, il la détruit, rien n'est plus pareil. Il m'exclut. Voilà : un de nous deux est de trop. Et ne me ramène pas ces histoires de jalousie, ça va bien au-delà. J'insiste, dès qu'il est là, je ne suis plus moi.

Contente-toi de ça. Plus j'y pense, moins j'y vois clair.

J'en oubliais presque ce que je faisais. Arrivés à Barême, j'ai failli rater l'embranchement. Secoue-toi, coco. J'ai négocié le virage en catastrophe. Anne s'est réveillée. Elle a dit :

— Ça va, Romain?

— Tout bien.

— Nous sommes encore loin?

— Un petit mois, pas plus.

— Non, sérieux?

— Demi-heure, si tu préfères.

— Nous remonterons bientôt?

— Chloé te manque déjà?

— Il faudrait qu'il se lave. Tu as senti son odeur?

J'ai ri. Tu vois, tu en es aux sentiments, et elle a la blancheur Persil. Génération de vipères... J'ai dit :

— Tu sais, nous, les odeurs...

Puis à quoi bon. Nous avons continué en silence.

16

Dis donc... Alors là, salut bien. Pendant que je fulminais sur mon nuage, l'autre vedette ne s'endormait pas. Le vendredi suivant, j'ai vu l'Albert. Il a parlé à l'adjoint que je suis. Il voulait me prévenir, avant le conseil, de ne pas faire d'estrambord. J'ai dit :

— Accouche, monsieur le maire. Il s'agit de quoi, nous passons au socialisme ? C'est le goulag ?

— Ne plaisante pas, Romain, il s'agit du POS.

Plan d'Occupation des Sols. Ça veut dire que si tu souhaites construire ta baraque en parpaings améliorés, avant tu pouvais. A présent, tu peux toujours, mais il faut commencer par tourner deux ou trois lois qui sont faites pour ça, comme toutes les lois, mon beau.

Il me chantait quel air, avec son POS ? Le nôtre était très bon, très simple : interdit de construire. Sinon, tu n'as plus un village, tu tombes dans la zone. J'explique : interdit de construire pour les étrangers. Entre nous, on s'arrange. Il ne s'agit que de hangars ou de bricoles plus ou moins provisoires, nous avons nos maisons de toute éternité.

Je ne comprenais pas. J'ai dit :

— Si c'est pour un port franc, je te signale que la mer, ce n'est pas la porte à côté.

Il m'a demandé d'arrêter mes plaisanteries.

— Ce dont il s'agit, vois-tu, c'est toujours pareil. Il nous faut des rentrées si nous voulons nous équiper. Alors, la solution, ce serait d'aménager des gîtes ruraux, dans le secteur des Lombards, par exemple.

J'ai sifflé. En plein dans le mille! Les Lombards, ce coin entre tous! Un magnifique terrain, à l'entrée du village. De là, tu vois l'ensemble que nous faisons, avec l'église et l'épaule de la colline qui masque le cimetière. Quand je pense au village, je vois d'abord cette vue. Des cabanes à lapins aux Lombards! J'ai dit :

— Albert, fais-toi soigner, tu m'inquiètes.

— Ne le prends pas comme ça, Romain.

— Comment veux-tu le prendre ? Tu as une idée de ce que c'est, un village ? Tu sais que ça reste un miracle que le nôtre soit encore en l'état ? Tu n'as pas vu les décharges que ça devient, les autres communes, avec leurs villas, leurs résidences et leurs ensembles ? Il faut que tu t'y mettes ? Je te préviens, ne compte pas sur moi.

Je l'ai planté là. Le conseil se tenait le lendemain. Je m'y suis présenté. J'ai regardé mes bougres, voir s'ils étaient au courant. Ils devaient l'être, ils n'ont pas réagi. Mireille non plus. Pardi. Une bonne odeur de coup fourré...

J'ai encaissé patiemment l'argumentaire d'Albert, l'argent neuf et le sang frais et la nécessité de se développer, sinon... Sinon quoi ?

Puis Albert nous a laissé la parole. Sa proposition, les autres n'avaient rien contre. Ils s'inquiétaient surtout de la ventilation du futur pactole. Maki souhaitait un poids public, la balance que nous avons commence à se faire vieille. Et le Grand voulait qu'on goudronne chez lui, il en a marre de s'enfanguer à la première pluie. A part ça, il aurait fallu revoir le toit de l'église, mais vu qu'elle ne sert pratiquement plus, ce n'est pas une urgence urgente. Lou Max a rétorqué :

— Ça reviendra moins cher d'offrir un parapluie au capélan, si jamais il s'en présente un.

Bref, de la politique de haut vol. En gros, leur idée, c'est que si on collait les étrangers entre eux, dans des gîtes, nous ne les aurions pas dans nos pattes, et ce serait plus commode pour les tondre. Maki m'a interpelé :

— Oh, Romain, tu ne dis rien, mon mignon.

— Je n'ai rien à dire.

Albert a cru devoir insister :

— Tu as bien un point de vue ?

— En effet. Je vous préviens, dès que vous toucherez aux Lombards, je prends mon tracteur et le fusil, j'y serai.

— De quel droit ?

Bonne question.

— C'est un terrain communal. C'est tout.

Ils ont commencé à protester. Comme quoi ce n'étaient pas des façons, j'étais un sauvage... D'accord. Je suis sorti, j'ai claqué la porte. Pas de discours, jamais, si tu commences, tu es fichu. Des arguments simples, calibre 12. Parce que leurs gîtes, ils se contentent d'en rêver, ils ne les ont pas encore pratiqués. Quand notre paysage sera foutu et qu'ils en auront le cœur gros, leurs gîtes ne vont pas se mettre à fondre comme un pan de brouillard.

Ce qu'ils ne voient pas, ce qu'ils ne veulent pas imaginer, c'est tout le reste, les clôtures, les crépis dégueu, les radios et les télés qui braillent. La pouillerie. L'invasion... Qu'il reste où il est, leur sang d'occasion. Plus ça va, plus je deviens végétarien.

Oh, je les connais. Après, ils auront une réaction de refus, ils pleurnicheront qu'ils ne l'ont pas voulu !

Mais si, les petits, vous l'avez voulu, vous l'avez. Bien planté. Et c'est trop tard.

Seulement, prévenir ne suffit pas, il faut se mettre en travers. J'étais décidé. Le POS, les gîtes ne sont que des mots. Derrière les mots, c'est notre vie qui va s'effondrer, cette chance énorme de rester entre soi, avec tout son espace. Et cette beauté aussi, cet équilibre, ce miracle... Les salauds !

Il s'est passé trois jours. J'ai bricolé dans mon coin. Je les ai laissé mijoter, j'attendais. Le matin du quatrième, j'ai vu venir mon Jacquou, tout fiérot, enfin presque, flanqué du Max. Avec la bonne bouteille à la main et la bouche en cœur. Si je les invitais à déjeuner ?

— Volontiers. Je n'ai rien. Entrez, ne restez pas en devanture.

Lou Max a dit :

— T'en fais pas, j'ai ma biasse.

Il avait porté une pleine musette de charcuterie, avec des tripes à réchauffer. Va pour... Nous avons mis les tripes en train, nous nous sommes attablés. Je les attendais au tournant. Tout faraud, le Grand. Il venait de louer ses bois à des étrangers, pour la chasse. Un bon prix, pardon.

— Mes bois, tu les connais. Vu comment ils sont placés, loin des collines, c'est bien rare que les sangliers s'y mettent. Mais ceux qui m'ont loué sont pas obligés d'être au courant. Et tu sais quoi ? Ils porteront leur gibier avec eux, du faisan, du lièvre, du perdreau, de tout. Ils vont en lâcher à tour de bras.

J'ai demandé :

— D'où ils sortent, ces bienfaiteurs ?

— De Toulon. Là-bas, ça fait un moment que leur paysage est parti en fumée. Ils sont prêts à payer n'importe quoi pour se redonner l'illusion.

Qu'ils payent... Lou Max en rajoutait :

— En plus, tu penses bien, le gibier ne va pas rester à les attendre. Nous récupérerons le restant, nous autres. Ça arrangera l'ordinaire.

J'ai dit :

— Ils sont barjots à ce point, vos Toulonnais ?

— Oh, ils s'en foutent. Le pognon, ils ne savent plus dans quoi le mettre. Tu verrais les engins qu'ils ont, des Toyota 4 × 4, mon ami, de vrais tanks. Ça grimpe aux murs sur une roue. Ils viendront surtout pour s'en payer une tranche loin de bobonne, si j'ai bien compris.

Je voyais.

— Tant qu'ils ne se tireront pas dessus...

Lou Jacques a remarqué :

— Avec ce genre de tueurs de mouches, ça arrive. Ils s'y croient. La première feuille qui bouge, ils plombent. Tant pis pour qui est derrière.

Charmant. Nous allons avoir une vieillesse problématique. J'ai dit :

— Tu fais bien de prévenir. Je me tiendrai au large.

Qu'ils plombent. Nous étions bien, avec un chouette rosé. L'amitié coulait comme du petit lait. J'attendais le message, on ne me la fait pas. Il est venu.

Nous en étions au café. A la gnôle, Jacques s'est décidé :

— Mon idée, tu en penses quoi ? Ce n'est pas la mauvaise solution, pas vrai ?

En plus, il voulait ma bénédiction. J'ai dit :

— C'est une idée pourrie, comme toutes vos idées en ce moment. Et ça restera pourri tant que vous ne vous sortirez pas cette pourriture de fric de la tête. Voilà ce que j'en pense.

Il a pâli. Il a protesté :

— Je t'en demande pas tant ! Alors là, tu m'excuseras, mais tu exagères. Ils ne feront que passer. Ils n'auront aucun droit, sauf de payer et de dégager à la fermeture. Enfin quoi !

— Enfin quoi, pauvre abruti, colle un renard dans ton poulailler, et après va lui dire de partir. Il partira, mais il n'aura qu'une idée, c'est de revenir brouter des poulettes. Tes gus, c'est pareil, le coin va leur plaire, ils se débrouilleront pour s'incruster. S'ils ne trouvent plus chez toi, ils feront affaire avec une mémé, une brave vieille qui leur laissera son bout de terrain et son corset en prime dès qu'ils lui lâcheront deux cacahuètes. Vous êtes en train de scier la branche.

Jacques s'est fermé. Lou Max a demandé, ahuri :

— Quelle branche ?

— Celle sur laquelle vous faites la sieste, pauvre jobastres. Vous allez vous retrouver le cul par terre. Vous avez la chance d'être bien parce que vous restez à l'écart, uniquement. Vous n'avez rien fait pour, vous ne le méritez pas. Personne ne pense à construire une autoroute dans vos collines, ou une centrale atomique. Alors comme les emmerdements ne viennent pas, vous allez les chercher, pardi ! Vous pouvez crever, je m'en fous. Seulement, je suis dans la même galère et je le regrette bien.

— Tu n'exagères pas un peu ?

— Rien du tout. Attends que des étrangers s'installent vraiment, et tu comprendras ta douleur. Tu sais ce qu'ils commencent par faire ?

— Ils pendent la crémaillère.

— Comptes-y. Ils clôturent, bon sang de bois, vous le savez ! Tous les chemins publics deviennent privés. Si ça ne te va pas, tu peux toujours entamer des procès, ils adorent, ça les occupe. Et puis ils te plantent des haies. Oh, pas pour arrêter le vent, pour bloquer la vue, avec des sortes de cyprès bleus ou oranges, des espèces rares. Ils amènent des chiens, des invités, le maximum de bagnoles, le maximum de bruit...

Vous aurez intérêt à vous pousser du mitan, ils vous montreront qui est chez qui.

Le Grand a soupiré :

— Ça recommence, tu dramatises.

— Il vaut mieux dramatiser avant. Et n'oubliez pas les barbecues, ça fait partie de la panoplie. Si nos bois n'ont pas encore brûlé, ce n'est pas parce qu'ils sont en amiante, c'est parce qu'il n'y a pas cinquante feux en permanence, prêts à tout ravager au premier coup de mistral.

Lou Max commençait à réaliser :

— Il y a du vrai. Je vois chez mes cousins, à Ventabren... Et pas que chez eux. Dans le secteur de Bouc-Bel-Air aussi...

Le voilà qui se met à entonner ma sérénade. Comme quoi dès que tu commences à avoir du lotissement, l'incendie suit dans la foulée. Comme la chaude-lance et le bas clergé. Je n'aurais pas mieux fait. Innocemment, je pose une question, la seule qui m'importe. La réponse, je m'en doute, gros comme un blockhaus. Je demande :

— Cette idée de modification du POS, elle sort d'où, quelqu'un peut me le dire ?

Jacquou a lâché le morceau :

— Ben, c'est pas vraiment Albert. C'est l'autre, Alain. Il en a discuté avec Mireille, ils pensent que c'est pour notre bien. Si tu les écoutes, ça se tient. C'est vrai que du pognon, il en faut des montagnes, si tu commences à vouloir un peu équiper la commune.

Comment donc... J'ai expliqué, doucement :

— Après, une fois que tu l'as eu dépensé, ton pognon, et que tu as tout foutu en l'air, tu pars en courant chercher ailleurs si tu peux la retrouver, ta tranquillité perdue. Sauf que tu n'as plus le rond et qu'il n'y a plus d'ailleurs. Tu constates que c'est partout pareil, tout est salopé. Vous vous réveillez, oui ?

Ils m'ont regardé. J'ai cru apercevoir comme une vague lueur de compréhension dans leur regard. Faut pas désespérer. Maxou a dit :

— Tu es toujours aussi optimiste, vé. Mais il se pourrait que tu n'aies pas tort, en fin de course. Il se pourrait que nous soyons, comment tu dis ? en train de scier la branche.

J'y suis allé d'une nouvelle resucée.

— Ravi de t'entendre, collègue. Vous voyez, l'argent, c'est super, sauf que ça ne sert à rien. C'est utile comme un panier percé. Ta tirelire, impossible de la remplir. Plus il t'en vient, plus tu dépenses et plus il t'en faut. Alors, le mieux c'est de s'en passer. Il faut faire sans. Comment ils se débrouillaient, nos vieux, avant l'invention du papier-cul ? Ils découpaient le journal en petits carrés, comme ça, ils le relisaient deux fois, ça leur faisait du profit et ils n'en sont pas morts. Enfin, pas de ça... Le problème, ce n'est pas ce putain d'argent, c'est qu'après, si tu le places avant tout, toi tu n'es plus rien. Tu ne décides plus. Tu finis par avoir honte de toi, de comment tu es, de comment tu parles, de comment tu t'habilles, de ta façon de manger... Et ça va vite.

Jacques m'a interrompu :

— D'où tu le sais ?

— Pas besoin de cours du soir. Je suis en plein dedans. J'ai vu mon fils, c'était le brave petit, croyez-moi. Maintenant, il a honte de son père. Et mon petit-fils, c'est pire. Quand pépé débarque, ses petits copains, il ne risque pas de les inviter. Quand tu en arrives là dans ta propre famille, tu n'as pas envie en plus que des étrangers viennent cracher dans ton potage à domicile.

Et merde. Je me suis essuyé les yeux d'un revers de main. Max m'a tapé sur l'épaule :

— Excuse-nous, gari, on pouvait pas deviner. On va réfléchir.

Jacques était d'accord :

— Aussi, c'est de la faute d'Albert. Il a autant de caractère qu'une pattemouille. Le dernier qui a parlé a raison. Je vais lui secouer les puces.

Nous en sommes venus aux choses sérieuses. Comment nous allions procéder pour les moissons, vu que la saison approchait. Je veux dire, la rotation, pour la moissonneuse, par où on commence, les chauffeurs qu'on embauche, le tarif, enfin, ce genre de détails.

J'ai refait du café. Nous avons repris une petite lichette de gnôle. Le Grand s'est décidé :

— Mes Toulonnais, je vais leur raconter qu'il y a la myxomatose. Après tout, ils n'ont pas encore payé, ils iront chercher ailleurs.

J'ai dit :

— Surtout, ne le fais pas pour moi.

Il a ri :

— Pour qui tu te prends ? Non, mais je ne serais pas tranquille, toujours à me demander si mes bois ne vont pas cramer, tout ça pour quatre sous. Je comptais changer le tracteur. Je ferai durer, et voilà.

Nous avons parlé chasse. Lou Max avait vu des compagnies de jeunes perdreaux, dans les blés, en tirant vers la Croix-Martin. Et du lièvre aussi. La saison s'annonçait belle. Il a dit :

— Ce serait quand même dommage que des étrangers en profitent, après tout.

Le Grand est parti à rire :

— C'est vrai qu'on doit avoir l'air de la bande de gros égoïstes. Seulement, quand nous n'aurons plus rien, qui donc viendra nous inviter ? Vous pouvez me le dire ?

J'ai approuvé :

— Tu as mis la truffe dessus. Nous sommes des sauvages, autant en profiter tant que ça a encore du bon. J'espère qu'on s'est compris, cette fois.

Ils ont dit que oui. J'ai quand même rivé le clou, j'aurais fait un bon pédagogue. J'ai insisté :

— Enfin, vous le savez autant que moi. Il suffit de trois nistons avec une Mobylette chacun sur le cours, et tu te retrouves en enfer.

Nous étions bien d'accord. L'argent, ça ne reste pas longtemps abstrait. Ça se change en objets à faire du bruit, à occuper l'espace. L'argent, tu crois le posséder, mais c'est lui qui te nique la gueule, en fin de parcours. J'ai encore dit :

— Nous sommes juste parvenus à un point d'équilibre, je ne sais pas si vous le réalisez. Nous sommes suffisamment équipés. Presque trop, je dirais. La voiture, la télé, le confort… En même temps, nous restons tranquilles. C'est comme une espèce de barrière, si nous allons au-delà, tout va s'inverser. La paix, ce sera fini, et nous ne pourrons pas revenir en arrière.

On n'allait pas passer la journée dessus. On a convenu de travailler les autres membres du conseil, en douceur. De laisser pisser. Ce qui fait prendre la mayonnaise, c'est cet étranger, avec sa tchatche empoisonnée. Une fois qu'il aura décanillé, Albert s'obsédera moins avec le progrès. Nous le reprendrons en main, gentiment. J'ai reconnu mes torts.

— C'est vrai, je ne suis pas tellement diplomate, mais arrive un moment où il faut savoir dire non.

Ils ont dit oui. La bouteille de gnôle en avait pris un vieux coup. Pas grave. Nous étions contents de nous être retrouvés. C'est important, les copains. Plus important que tout, il ne reste que ça. Et vrai, nous étions la fine équipe. Ce n'est pas ce sociologue de rien qui en viendra à bout.

Nous avons bavassé. Maxou avait replanté du maïs, pour les cochons, en trois endroits. Il se demandait si nous allions revoir le fauve de ce pauvre Spahi. Jacques a remarqué :

— C'est vrai, Spahi, on n'en parle plus, pourtant, c'est un brave collègue, et ça ne fait pas cent sept ans qu'il est mort. Il nous aura fait rire quelques bons coups. C'est ça qui est terrible, à peine tu as disparu, plus personne ne te connaît.

Max a protesté :

— Faut rien exagérer, il reste ta femme, tes nistons, ceux qui t'ont connu, enfin...

— Parlons-en. Tu es encore tiède qu'ils commencent à se disputer pour tes sous, tes gosses. Ta femme, elle n'attend pas que tes pantoufles soient froides pour leur trouver un locataire.

Alors là, j'ai ri :

— Et vous me trouvez pessimiste ? J'y pense, à Spahi, croyez-moi. Ça m'arrive tous les jours ou presque. Seulement, je ne l'affiche pas. Il m'arrive de l'entendre, je veux dire, il me vient une réflexion qu'il se serait faite. Tant que c'est comme ça, pour moi, il n'est pas mort. C'est pour lui aussi que je souhaite voir les choses rester en l'état. Vous croyez que ça lui aurait plu, un village salopé ?

Nous étions d'accord. Spahi ne venait pas de chez nous, n'empêche, il se serait fait massacrer pour nous. Il ne cherchait pas à profiter. Il avait fini par faire partie de notre bande. Il vivait comme nous, il chassait comme nous. Il n'avait pas honte de nous. Il ne s'en croyait pas, il ne voulait toucher à rien.

Jacques a constaté :

— A force d'en parler, je finis par comprendre. C'est vrai,

leur progrès, ce n'est pas la solution miracle. Tu prends une chaise avec des pieds normaux, tu arrives à t'asseoir. Mais si tu lui colles des pieds de quatre mètres, alors il faut pousser le toit. Le voilà, le progrès. En fin de compte, ce sont des choses qui ne peuvent pas cadrer entre elles.

— Un peu, mon neveu, bien dit.

D'où ça vient, la source de ces coups tordus ? Du fait que les gens qui décident sont habitués à torcher des rapports en trafiquant des catégories. Pour eux, nous sommes de l'agro-alimentaire. En aval, mon caporal. Le concret, ils n'ont jamais eu affaire avec. Et ce sont eux qui te goupillent l'avenir. Chapeau.

Je suis allé chercher une autre bouteille de gnôle.

17

Et puis la période bénie est revenue, l'ouverture. Je ne dis pas que nous ne vivons que pour ça, tout dépend de ce qu'on appelle vivre. Simplement, nos meilleurs moments, ce sont ces rêves éveillés, dans les collines, quand les chiens sont lâchés.

Jules, il est comme il est, mais il a l'œil. La veille du grand jour, il est passé me prévenir.

— Ecoute, Romain, je viens de voir des voitures monter en code vers le col de Mounis. Je me demande quel pèlerinage ça pourrait être...

Tiens donc. Je lui ai donné deux bouteilles de rouge pour le remercier, et j'ai battu le rappel. On s'est retrouvés chez moi, lou Max, le Grand et Maki. Nous nous sommes posés devant un verre. La situation paraissait claire : des envahisseurs, marseillais probablement. Ils allaient camoufler leurs véhicules. Demain, très tôt, ils seraient dans le paysage, et va courir derrière. En plus, tu risques de te faire flinguer.

Quant à les intercepter maintenant, est-ce un délit de dormir dans sa voiture ? On a le droit d'avoir des problèmes mécaniques et d'attendre le jour. Va prouver le contraire... Non, il fallait les coincer pied à terre, les armes à la main. En flagrant délit.

Maki a demandé :

— Selon vous, à quelle heure ils vont se mettre en branle ?

Selon Max, pas avant le lever du jour. Valait mieux se pointer là-bas un peu avant, disons vers cinq heures.

Jacques voulait prévenir Eugène, le garde. J'ai protesté :

— Laisse tomber, on se débrouillera sans lui. Moins on le voit, mieux ça vaut.

Nous n'avons pas dormi des masses. Les copains se sont installés sur un stock de paillasses et blague que tu blagues. Ça me rappelait l'armée. Vers trois heures, nous n'avions pas encore fermé l'œil. Autant y aller plus tôt. Je leur ai préparé un jus corsé, un solide déjeuner, jambon, omelette et rillettes. Il faut des calories, le matin, ça pince. Et en avant la musique.

Nous n'avions pas pris les chiens, pas la peine de donner l'alarme. Nous avons garé près de la cabane des cantonniers, sur le terre-plein, loin de notre cible. Même motif, un moteur, ça porte, la nuit. Ça nous laissait environ trois bornes à pied, selon où ils seraient.

Nous étions en avance, heureusement, parce que nous les avons entendus, un peu avant le grand virage en épingle. De là, on descend sur le col et la bergerie, en contrebas, à gauche. Ils se réchauffaient du café sur un camping-gaz. On distinguait la flamme bleue, la masse de trois véhicules, les silhouettes des bonshommes. Dis donc, ils sont bien une douzaine.

Nous nous tenions accroupis derrière des rochers. Le Grand m'a donné un coup de coude. Il a tendu le doigt. Effectivement, un des zouaves avait déjà son fusil sous le bras. Nous pouvions y aller.

Exécution. Nous nous sommes avancés, arme parée, une forte torche à la main droite. Nous les avons éblouis. Ils sont restés figés comme une portée de cailles. Maki leur a lancé :

— Société de chasse de Mélans. Vous êtes sur notre territoire. Identifiez-vous.

Ils ne pavoisaient pas. Ils ont bafouillé qu'ils n'étaient pas d'ici. On s'en serait douté. Un gros, leur chef sans doute, a dit :

— Nous ne faisons que passer.

Maki a ricané :

— Le fusil à la main, le jour de l'ouverture ? Vous rigolez.

Un autre fifre a tenté de parlementer, un maigre. Il a pleurniché :

— Ecoutez, soyez braves, chez nous, tout a brûlé, alors on a bien le droit...

J'ai cru que Maki allait s'étrangler :

— Le droit ? C'est quoi, cette denrée, ça se mange en vinaigrette ? Vous avez le droit d'aller vous faire voir ailleurs, et fissa.

Là, j'ai senti comme une tension. On risquait le mauvais coup. Maki ne s'est pas ému. Il m'a jeté :

— Romain, va chercher les autres. Du temps je les aligne.

Il a relevé son fusil, histoire de les calmer. Max l'a imité. Une mauvaise réaction est vite partie. Je me suis reculé. Je suis resté à portée, hors de vue. C'est un chef, Maki. Il leur a fait déposer leurs arbalètes une par une, à ses pieds. Ça donnait un joli fagot. Plus les cartouchières, les couteaux, tout le fourbi. Puis il leur a intimé de reculer. Le Grand et Max ont récupéré le butin. Maki a pris un ton paternel :

— C'est bien, les petits. Pour cette fois, on ne se fâche pas. Dans deux jours, vous passerez à la mairie. Vous vous expliquerez avec le garde, il aime les belles histoires. En attendant, finissez de déjeuner tranquille. Et profitez bien du bon air, tant que vous y êtes. Tchao.

Il les a salués en levant sa carabine. Nous nous sommes repliés, chargés comme des bourriques. Diable, nous n'étions pas rendus. Le Grand a pris la précaution de semer de grosses pointes de tapissier, trois cents mètres plus loin. Ça n'a pas raté. Deux minutes plus tard, leur premier véhicule s'est planté dessus. Nous les entendions hurler de rage et jurer qu'ils nous feraient la peau. Ils se défoulaient, grand bien leur fasse.

Nous avons déposé tout le bazar chez moi, et filé rejoindre notre battue. Juste à temps. Elle se tenait dans un quartier à l'opposé, au-dessus de Narras. Les collègues commençaient à s'impatienter. Nous n'avons pas pipé. Nous étions sur les rotules. Avec une bonne Thermos de café, ça s'est arrangé.

Nous avons occupé nos places. Par chance, nous n'étions pas les plus loin, un peu ça va, je commençais à en avoir plein les bottes. Ça ne me laissait guère de sommeil, depuis deux jours. On entendait les chiens gronder, dans le maïs. Bon, on y va ?

Juste au moment où Calu se préparait à les lâcher, une bagnole s'est pointée. D'où j'étais placé, je pouvais voir. Il en est descendu Mireille, Albert et l'étranger. Ah, bravo.

Mireille, ça m'étonne, elle ne chasse pas. Mais son Alain tenait un fusil. De quel droit ? Du droit que cette bonne pâte d'Albert a dû lui passer le sien, pardi. Et tu ne réagis pas ? On se calme. D'une, si ça se trouve, il est en règle. De deux, tu as décidé de jouer ça en douceur, non ? Et puis, il s'intéresse à nous, il est donc normal et légitime qu'il promène ses petits petons dans notre kindergarten. N'oublie pas, tu ne demandes que ça. Et merde...

Calu a laissé courir. Les chiens sont partis comme un feu de broussailles. Ça hurlait dans tous les sens. Qu'est-ce qui se passe ? Une bande de cochons égaillés, allez savoir..

J'ai entendu tirer, juste au-dessus de moi. C'était Maki. Il m'a rejoint en courant, il a hurlé :

— Ho, Romain, viens un peu voir. Je viens d'en plomber un, un vrai monstre. Je me demande si ce n'est pas celui de ce pauvre Spahi. Des mastards comme ça, j'en ai jamais vu.

Je l'ai rejoint. De fait, il y avait du sang. Mais un cochon, c'est comme un bonhomme, ça peut saigner tant et plus et ça ne s'en porte pas plus mal.

Nous avons repris l'affût. Cette fois, ils ont tiraillé de l'autre bord. Un troupeau se faisait écharper. D'un coup, Maki m'a balancé un coup de coude. Il finira par me coller des bleus, l'animal. Il a dit :

— J'ai une idée grandiose !

Bigre... Le grandiose, je me méfie.

— Raconte toujours.

— Nous sommes samedi. Demain, normalement, on se rend du côté de Fontbelle. Ce soir, tu me donnes la main, j'ai un cassoulet de première, une vieille brebis que même à la casse ils refusent de me la prendre. On la déguise en cochon, et...

— Et c'est Socio qui se la paye.

Le collègue a rugi de joie :

— Tu m'as compris, tu m'as. Le carton de sa vie !

— Tes idées, elles sont extra, sauf que je ne suis pas Rambo, moi, je commence à être crevé.

— Doucement, tu as l'éternité pour te reposer. Et puis même Rambo, il oserait pas entreprendre des couillonnades pareilles. Allez, passe à la maison vers huit heures. Ça nous laissera le temps de casser une petite graine.

La chasse s'est poursuivie. A treize heures, nous avons rejoint les camarades. Trois cochons moyens, dans les soixante, soixante et dix. L'étranger n'avait rien pris. Dieu existe, qu'Il soit loué! Mireille n'était plus là. M. Alain s'imbibait de couleur locale comme une grive de pastis. Les copains y allaient bon train. Leurs vieilles plaisanteries usées depuis kala-kala, leurs astuces salées, tout y passait. Je me demandais même ce que l'autre artiste pouvait grappiller, ça restait largement à usage interne. J'entendais cliqueter ses petits rouages. Je me suis fendu d'une bourrade amicale :

— Alors, rien pris ce coup-ci?

— Nada.

— Ça marchera mieux demain, pas vrai, Maki? Dans ce genre de sport, il faut la patience.

L'autre fondu a approuvé :

— Gzactement. La chasse, c'est comme la loterie, au plus ton billet il tarde à sortir, au plus tu es sûr de te farcir le gros lot.

Jacquou a confirmé :

— En général, c'est le premier siècle le plus long. Après, cocagne, le pli est pris.

Voilà de sages paroles. Ils ont nettoyé les bestioles chez moi, c'était mon tour. Sauf que j'en avais ma claque, je les ai laissés se dépatouiller. Je suis passé voir Polin, histoire de prendre un jus et les nouvelles. Justement, elles m'attendaient. Je suis tombé sur le garde en personne, chaussé de sa plus belle vareuse, celle avec des cors brodés aux revers. Une merveille... Lui, c'est le pisse-froid, en plus constipé. Je le verrais assez avec une section de Voltaïques, en train de nettoyer des tranchées, pour vous le situer. En tout cas, pour le dégivrer, personne ne connaît la recette. A tous les coups il ferait sauter le compteur.

J'ai joué le type ravi :

— Tiens, l'ami Eugène, toujours sur la brèche? On défend la biche et le marcassin? Plaisir de te voir, tu prends quelque chose? Polin, deux pastis, et un troisième pour toi.

Il n'a pas refusé. Il a envoyé la couleur :

— Tu faisais quoi, ce matin?

— Quelle question! La battue, pardi, j'en viens. Tu n'as

pas entendu tirer ? Tu veux des témoins, je te fais la liste par ordre alphabétique, à commencer par Albert.

— Et avant ça ?

— Je dormais.

— Tu n'étais pas au col de Mounis, disons vers quatre, cinq heures ?

— Bougre non, pourquoi ? Il y avait un Son et Lumière ?

— Fous-toi de moi ! Une bande de Marseillais vient de se faire agresser par des rigolos dans ton genre.

— Alors là, doucement, Eugène. Nous sortons du domaine de la supputation pour entrer dans celui de la diffamation. On leur a fait quoi, à tes chérubins ?

— On leur a piqué leurs armes.

— Quelles armes ?

— Arrête un peu. Leurs fusils, pardi.

— Si je comprends bien, c'étaient des chasseurs ? Et ils faisaient partie de notre société ?

— Tu sais très bien que non.

— Un peu que je le sais. Les Marseillais, nous n'en voulons pas. Qu'est-ce qu'ils foutaient là, tes agressés, tu peux me le dire ? Ils allaient aux asperges ?

— Apparemment, ils se préparaient à commettre une infraction.

— Voyez-moi ça... Et ils l'ont commise ?

— Ils n'ont pas pu.

— Alors, ton cœur de fidèle serviteur de la loi, des eaux et des forêts devrait se réjouir. Polin, remets-nous ça. Tu les as verbalisés, j'espère ?

— Non, pour moi, ce n'est que du camping sauvage. Le corps du délit a disparu.

— Arrête-moi si je me trompe. Ils sont prêts à échanger les corps, comme tu dis, contre un PV ?

— On peut résumer ça comme ça.

— Pourquoi tu m'en parles à moi ? Tu as un témoignage ?

Il a haussé les épaules :

— Ils se sont pris des lampes-torches dans la gueule. Ils ont vaguement distingué un gros, un maigre, un moyen...

— Dis donc, mais ça devient intéressant, ça vaut presque un film de Laurel et Hardy. Et quel rôle je suis censé jouer, le moyen ?

— Ah, il y en avait un qui s'appelait Romain...

— De mieux en mieux. C'est interdit ?

Il s'est penché sur son verre :

— Ces fusils, tu veux les rendre ?

— Promis. Si jamais je les trouve.

Il a grommelé qu'il ne s'attendait pas à autre chose. Polin a trouvé que ça leur faisait les pieds, aux Marseillais. Braconner, ils ne s'en privaient pas. Je me suis excusé, les collègues m'attendaient.

Arrivé chez moi, j'ai pris les flingues dans la grange. Les autres n'ont rien vu. Hop, à l'arrière de la fourgonnette, et roule. A cinq minutes de la ferme, je possède un vieux puits. Des fois il y a de l'eau, le plus souvent il n'y a rien. Ce n'est pas exactement une décharge, mais il arrive que des bestioles tombent dedans et n'en sortent pas.

J'ai balancé l'artillerie. Dès que j'aurai une brebis morte, je l'ajouterai au lot, pour la bonne bouche. Il fait bien trente mètres, ce puits. Eugène, tout peau de vache qu'il est, je le vois mal jouer les spéléos dans toutes les fissures du secteur. Une bonne chose de réglée... J'ai rejoint la base. Les copains avaient presque fini. Ensuite, repas, nouba, etc. Après, j'ai ramené Jules à la bergerie. Il m'a demandé comment ça s'était passé, avec les étrangers. Je lui ai tendu deux billets de cent francs :

— Jules, entends-moi bien. Soyons clairs. Tu n'as vu personne et il ne s'est rien passé. Si Eugène te pose des questions, tu lui parles de Jeanne.

Il en est resté transi :

— Aquéou Jeanne ?

— D'Arc. Tu sais, la bergère avec le transistor, la pure vierge en laine. Excuse-moi, je commence à être fatigué. Bon, s'il insiste, tu lui dis que tu aperçois une moukère derrière ta cabane, à environ trois mètres du sol, de temps en temps.

— Par exemple ! Et j'en fais quoi ?

— Rien, malheureux, c'est elle. Elle te dit d'aller à Colombey. Tu t'en souviendras ?

— Parfaitement. La moukère, Colombey, Eugène.

— Jules, tu es le plus beau. Attends quand même qu'il t'interroge pour le lui dire.

— Et s'il me pose d'autres questions ?

— Tu ne décolles pas de ta moukère, c'est pas compliqué. Bois un coup et tiens bon la rampe.

Excellent. Sauf que l'heure avait filé. Il serait temps d'aller retrouver Maki. Je ne sais plus, à force. Vingt dieux, je me sens crevé... C'était chez lui ou chez moi, le rendez-vous ? Chez lui, forcément, puisqu'il a le matériel. A part qu'ils sont tous encore chez toi, en ce moment.

Erreur. Ils avaient filé, après avoir tout bien arrangé. Ils m'avaient laissé ma part, un chouette morceau. J'avais comme un petit creux, je me suis tapé un bol de rouge, avec du fromage de tête et des câpres. Extra, les câpres... Et allons-y.

Il faisait nuit, encore un coup. Maki avait déjà sorti son cassoulet, une brebis tellement maigre qu'on aurait juré une bécane d'occasion. Elle se tenait là, au mitan de la cuisine, un pur désastre à elle seule. Dis donc, transformer cette ruine en fauve, ce n'est pas joué.

Mon camarade avait préparé un petit en-cas, jambon, fromages, fruits secs, avec un vin pétillant. Merci, Seigneur... J'ai dit :

— Tu n'aurais pas un peu de café, plutôt ?

— Sers-toi, c'est sur le feu.

— Ton tigre, comment tu comptes le camoufler ?

— Espère. Y a pas le feu.

Nous avons pris le café, puis le pousse, puis le pousse-pousse. Si ça continue, au point où j'en suis, je vais chanter *Nuit de Chine...* Maki a défait un ballot, il en a tiré une peau de sanglier, avec la tête réglementaire. Mal tannée, on en prenait plein les nasoles. Elle emboucanait comme un régiment de pompiers après l'exercice. Il avait fixé des sangles, de façon à pouvoir la nouer sous le ventre et le cou de l'autre bestiasse.

— Aide-moi.

Nous nous sommes activés. Une fois terminé, c'est vrai, c'était à s'y méprendre. Oubliée la carne, nous avions un gros cochon en train de gigoter, à part la voix qui déraillait. Disons un cochon doué pour les langues. Maki a constaté :

— Tu vois, il peut respirer. Il est bien reposé. Je vais lui donner à boire, puis nous l'installerons juste où il faut, fais-moi confiance.

Il m'a expliqué le topo. Notre système d'encerclement, nous le connaissons par avance. Il s'arrangerait pour poster Socio tout au début. Cinq cents mètres en face, Cassoulet attendrait, à l'attache. Nous autres, avec le Grand et le Jules, nous serions de part et d'autre de l'artiste. Dès qu'un chien plus calu que la moyenne irait se jeter dans les pattes du mouton-cochon, notre vedette partirait en flèche et défalquerait le prodige.

— Alors, Romain, tu en penses quoi ?

— Ça devrait marcher. Pourvu qu'il vienne...

— L'autre brèle ? Tu peux y compter. Il doit rêver de se voir en photo, le pied sur la tête d'un cochon descendu de ses propres mains, je te promets.

Va bene. Il a fait boire le cassoulet. L'avait soif, pauvre bête. L'uniforme tient chaud. Nous l'avons mené à pied d'œuvre. Si jamais Eugène nous tombe sur le poil, que vas-tu lui raconter ? Que nous améliorons l'espèce, cette blague...

Maki avait repéré l'endroit propice, un coin touffu, où la brebis s'est laissé amarrer. Le tout, c'est qu'elle garde sa peau. Pour plus de sûreté, nous lui avons entravé les membres postérieurs. Ma foi, elle fait illusion.

Je suis allé me répandre. Rude journée, mon gars. J'avais mis le réveil. J'étais sur place dans les premiers. Les collègues se sont pointés. Ils ont occupé le terrain. Au fur et à mesure qu'il s'en présentait, on les ventilait un peu plus loin. Et puis Socio soi-même a débarqué. En progrès, avec des guêtres, je le jure, des futals kakis et une veste camouflée. Il était beau comme une galaxie. Pas de Mireille.

Albert avait relevé le nom des présents. Zèph retenait les chiens. Et c'est parti. Ils ont piétiné comme des excités dans le maïs, puis ils ont disparu en trombe. Régulier. Sauf que s'ils ne se débrouillaient pas pour débusquer Cassoulet, nous allions nous retrouver marrons.

Heureusement, restait Galapiat, une brave bête, un chasseur de première. Comme a déjà été éventré trois ou quatre fois, il ne s'en ressent plus de monter en première ligne. Il se tenait près de nous, à écouter ses collègues s'égosiller. Un peu plus tard, nous avons entendu tirer. Diable... Fallait se réveiller.

Maki a fait signe à Galapiat, discrètement. Il lui a donné à flairer un lambeau de peau, tiré de sa poche. Le chien a pris l'air intéressé. Il a filé dans la bonne direction, a commencé à glapir comme un perdu. L'arrêt de la vaillante levrette devant le dragon.

Grimpé sur un rocher, je ne bronchais pas. Les collègues non plus. Socio est parti en flèche. Il avait reconnu l'appel ancestral, lui. Il fonçait. Alors, nous avons suivi. Je suis arrivé à temps pour l'assaut...

Du grandiose. On distinguait la masse grisâtre de Galapiat, arrimé au jambon de sa proie, en train de tirer comme un perdu. Socio a lâché son coup, au jugé. Les bandes son se sont mélangées, le chien s'est mis à couiner, plombé de frais. En même temps, le malheureux cassoulet bêlait tout ce qu'il savait.

Interloqué, Socio s'est approché du carnage. Notre hybride achevait de ramer, pattes en l'air. Il paraissait avoir deux têtes, une énorme, sombre, et une plus menue, tristounette. Galapiat tournait en rond. Les collègues retenaient mal une formidable envie de rigoler.

Maki a demandé :

— C'est quoi, cette tarasque ?

Le Grand a expliqué :

— Je me suis laissé dire que parfois, ici, ça se passerait comme en Corse. Des bestioles domestiques se laisseraient engrosser par des cochons sauvages.

Socio était resté saisi, bouche ouverte, comme un boxeur sonné. Il s'est repris :

— Ça va, n'en rajoutez pas, j'ai compris. Bien joué...

Il gardait le sourire. Chapeau. J'en connais plus d'un qui l'aurait mal pris. Ce type sait se dominer. Ce n'est pas ce genre d'amuse-gueule qui le fera dégager, mon lapin...

Naturellement, nous avons proclamé notre innocence. Selon Jacquou ce devait être un coup des Marseillais, ils sont capables de tout. Puis nous avons retrouvé les autres. Ils venaient de tuer deux bestiasses, dans les quatre-vingts. Ils s'en sont payé un bon coup, devant notre cassoulet. Ils jouaient les innocents au naturel, vu qu'ils n'y étaient pour rien. Zèph a accusé Polin, allez savoir pourquoi.

Avec Maki et Jacques, nous nous sommes débinés. Le temps de larguer Galapiat chez le véto, et on revenait, parole. Une fois dans notre véhicule, le Grand a lancé :

— Alors ? Pas mal, hein ? Faut reconnaître qu'il est beau perdant, le petit monsieur.

Maki a protesté :

— Quand même, il a bocké. Tout le pays va se payer sa fiole.

Pas d'accord, Jacquou :

— Ça risque plutôt de se retourner en sa faveur. On essaye de le prendre pour un couillon, et il réagit comme un prince, avec le sourire.

J'ai dit :

— Tu as raison, ça va apporter de l'eau à son moulin. En plus, il va s'imaginer être tombé sur la vieille coutume locale, vous savez, genre charivari. Total, il nous pondra un chapitre de plus.

Maki a résumé :

— Si je comprends bien, on a beau faire, tout finit par lui profiter à ce mange-merde.

J'en avais bien peur. J'ai dit :

— Si ça se trouve, il va prendre ça comme un signal amical, la preuve que nous l'acceptons.

Jacques a demandé :

— Alors, on fait quoi ?

— Rien. On attend. Faut être plus patient que lui.

Maki a constaté :

— Ça va faire un an et demi qu'il est là... Il faut tant de temps pour écrire trois conneries sur quatre tordus ?

Nous n'en savions rien. Nous n'étions pas vraiment sociologues. Nous avions dû tomber sur un spécimen spécialement affectueux, plus collant qu'une roulette de queue. Tant pis...

Après tout, nous tenons quarante siècles d'avance. Nous pouvions attendre.

18

La tradition, c'est l'arête du poisson. Retire-la, tu tombes sur une méduse, une vacherie toute molle, entre deux eaux, prête à t'empoisonner.

Voilà que je me retrouvais, médusé, dans ma propre famille, parce que c'était le jour de Noël et que je n'avais pas osé me défiler. Joyeux Noël... J'avais porté les cadeaux. Je regardais l'arbre clignoter. Nous nous étions frotté le museau. Ils m'ont raconté comment ça allait. Tout bien sur l'ensemble des fronts. Fleur-des-pois, mon petit-fils, travaillait correctement en classe. Tant mieux, ça nous fera un chômeur de première.

Après le repas, il a défait ses paquets. J'avais acheté une saleté de voiture téléguidée. Tous les gosses veulent ça, alors... Paraîtrait que celles de ses copains sont plus belles. Ben voyons.

Javais apporté des livres aussi, des contes, le genre d'histoires qui me plaisaient quand j'étais niston. Je m'étais encore planté. Il voulait des aventures comme dans les cartoons japonais, à la télé. Personnellement, ça me fait gerber. Je les trouve violents, vulgaires et fabuleusement laids.

— On ne peut pas gagner à tous les coups, pas vrai ?

Je m'amusais autant qu'un âne mort. Et ce n'est rien, l'après-midi commence à peine il reste à savourer le temps mort jusqu'à la dînette du soir. Des coups à vous faire regretter de ne pas être gardien de phare.

Je me sentais à l'aise comme une bouse sur une carpette.

Tu peux toujours aller chanter *Douce nuit* devant la poubelle, elle comprendra. Elle en a vu d'autres.

Tiens, une idée... Je porte une montre-réveil. Tu la trafiques, elle te sort un piaulement de souris cardiaque. J'ai déclenché mon engin devant bru.

Elle a sursauté :

— C'est quoi ?

— Une urgence, le poste des pompiers. Faut que j'aille voir. Ne les dérange pas, ils regardent la télé. A plus tard, hein ?

J'ai foncé. Encore une année de gagnée. J'ai fait la bise à ma montre, et j'ai rejoint mon destin.

Chez Polin, le désert. Il m'a interpellé :

— Oh, fifre ! C'est maintenant que tu fais surface ? Ils sont tous à l'arbre de Noël, à la salle des fêtes.

Quès aco ? Ça m'est revenu, d'un coup. La combine de la belle Mireille. Elle a persuadé Albert qu'il fallait offrir un colis de douceurs à nos anciens. Albert, pas contrariant, a opiné. Le conseil s'en tapait dans les grandes largeurs. Je ne sais qui s'est chargé des achats, toujours est-il qu'on pouvait reluquer une trentaine de paquets, répandus au pied du sapin, avec j'imagine du nougat anti-plombages, et assez de chocolat pour saborder les foies de nos troizièmâges.

L'arbre trônait bien au centre, une belle bête avec un beau poil vert et des kilomètres de guirlandes. C'était joli-joli, sauf que l'ensemble paraissait drôle. Je m'explique, normalement, un plumeau de ce genre, c'est pour les bambini. Là, on se serait cru en pleine guerre des Etoiles, quand la fusée a pris cinq siècles de retard.

Les vieux, on leur colle quoi, d'habitude ? Un goûter avec du vin chaud ou du chocolat, j'imagine. Mais pas chez nous. Nous nous débrouillons encore, la famille tient toujours. Et puis, même accomplies avec de bonnes intentions, ces distributions de masse, cela nous choque. Elles relèvent de la charité. Pour les papés, ça reste plus humiliant qu'autre chose. Nous n'en sommes pas là.

Seulement, le chiendent, c'est que personne n'a voulu contrarier Mireille. En face d'elle, nous restons en porte à faux, rapport à son ancien bizness, j'imagine. Qu'elle ne puisse surtout pas dire qu'on lui refuse parce que...

Alors, c'est le contraire, nous acceptons tout. Le genre de racisme à l'envers où tout le monde se laisse prendre. Voilà pourquoi l'affaire tournait à la Bérézina. Du côté officiel, somptueux. Il y avait le maire, la mairesse, tout le conseil sur son trente et un, plus des badauds à tout-va. Mais les héros de la fête, les ancêtres, oualou. Sauf quatre vieilles, plus Miro, notre brave Miro qui n'en a jamais ramé une. Il est né fatigué, il mourra crevé. Et mon propre Jules sans vergogne, bien décidé à faire main basse sur un colis. D'ailleurs, il tenait son paquet. Il a demandé à Mireille :

— Z'êtes sûre qu'il y a une bouteille dedans ? Sinon je préfère de le changer.

Il l'a secoué pour se faire une opinion. Il en tenait déjà un bon coup dans les ailerons. Il a gémi :

— Si c'est pas malheureux ! Vous allez voir qu'il viendra dégun. Pourquoi on se les partage pas entre nous, ces paquets, pas vrai ?

Il a commencé par en empiler sur ses bras tendus, comme autant de bûches. Lou Max et Jacquou devaient croire à un intermède comique, ils se marraient bien. Mais pas Mireille. Sa tentative lui claquait entre les doigts. Puis il y a eu un éclair. L'autre artiste prenait le tableau au flash. Décidément... J'ai renfoncé mon envie de meurtre. J'ai intercepté Jules, je lui ai dit :

— Pose ça. Viens, Polin veut te parler.

Nous avons filé au bar. Je l'ai installé au comptoir. J'ai demandé à Polin de lui aligner des pastis, autant qu'il en tiendrait. Je suis retourné en première ligne. Ça devenait intéressant, une bonne femme apostrophait Mireille :

— Où vous vous croyez ? Peut-être qu'ils n'ont pas beaucoup de sous comme certains, nos vieux, mais ils ont leur dignité. Leur argent, ils se le sont gagné honnêtement. Et nous, nous n'allons pas vous laisser les rabaisser, non mais !

Nous y étions... Mireille écoutait, digne, son beau masque figé. Allons bon. C'est quoi, l'autre virago ? La légitime du Zèph. Et Zèph ? Pas là. J'ai dit à Maki :

— Amène-toi, fils.

Nous avons encadré la ramenarde :

— Venez donc, madame, votre mari vous demande.

Elle ne paraissait pas vraiment convaincue. Pas grave. Nous l'avons aidée. Ses pieds ne touchaient pas terre, ils avaient plutôt tendance à jouer au tambour dans nos tibias, mais bah... Nous l'avons remisée chez Polin. Jules lui tiendrait compagnie, d'autant qu'elle a une bonne dalle, bien en pente.

Nous y sommes retournés. Ça causait encore de dignité, mais un ton en dessous. Socio expliquait que sur ce type de coup, il y a tout un travail de préparation à faire. Là, il n'avait pas été entrepris. Ce genre de remarque ne mange pas de pain.

Une autre punaise accusait Albert de vouloir capter les voix à coups de démagogie. Pauvre Albert... Il ne capte rien, il se retrouve maire régulièrement parce qu'il n'ose pas dire non. Cela lui procure plus de tintouin que de satisfactions.

Bref, la fiesta tournait en eau de boudin. Les gens se sont défilés. Les cadeaux sont restés en vrac. Il n'y aurait qu'à les envoyer aux petits Biafrais, ou aux bébés phoques, c'est tout un. L'artiste a pris encore quelques clichés. Chapitre XVIII : « Crise dans la communauté. »

Pour finir, nous nous sommes retrouvés chez Albert, dans son appartement, au-dessus de la mairie. C'est coquet chez lui, propre, ciré... Mme Albert nous a proposé de la camomille. Elle aurait mieux fait de nous offrir du Valium, vu que l'empoignade a continué. Mireille s'en est prise à moi, et aux collègues, bien entendu. Nous étions des sauvages. Nous voulions que rien ne change... J'ai dit :

— Pschitt orange...

Elle n'a pas saisi. Je fais quoi ? Je la beigne un bon coup et on reprend à zéro ? Je suis allé me passer la tête sous le robinet, dans la cuisine. Cette fille me fatigue.

Je suis revenu. J'ai attendu une pause dans son discours, puis j'ai dit :

— Concrètement, tu cherches quoi ? Tu l'as voulu, ton arbre, tu l'as eu. Tu attends quoi d'autre ?

Elle m'a regardé :

— Pour toi, je suis juste une hystérique qui pique des caprices. C'est ça ?

— C'est toi qui le dis, ma belle. On se calme. Ecoute, il

vaudrait mieux que les gens souhaitent la même chose au même moment, tu vois, sinon...

— Sinon quoi ?

Je n'ai rien répondu. Albert m'a approuvé, pour une fois, avec madame et les collègues. Tiens, l'artiste n'était pas là. Tant mieux. Mireille s'est assise. Elle respirait violemment, elle semblait secouée. Pas de quoi se mettre dans des états pareils... Puis elle s'est calmée.

Voilà. Elle l'aimait, ce village. Il restait beaucoup de choses à régler, des tas de détails, parce qu'en apparence, tout marche bien. En vrai, tu peux crever dans ton coin, personne ne t'en empêchera.

Là, j'ai protesté :

— Pardon ! Si je me trouve deux jours sans nouvelles des amis, je m'inquiète. Et eux c'est pareil.

— Oui, entre vous. Mais les gens seuls, qui s'en occupe ? Seulement, vous vous en moquez, ça ne vous intéresse pas.

Je nous suis vus, les camarades et moi, chapeau de boy-scout sur le crâne, avec le foulard et le bâton, en train d'effectuer la tournée des gourbis. Merde, c'est pas ça la vie. Qu'elle laisse donc les gens tranquilles, elle n'a rien compris. Tout ce qu'ils souhaitent, c'est crever en paix. Si elle s'ennuie à ce point, qu'elle fasse des confitures. En plus, c'est bon.

Elle continuait. Elle parlait de projets, d'aménagements. Des mots... Elle m'a pris à témoin, en me demandant de faire preuve de bonne volonté... Je ne fais que ça. Autant caresser l'animal dans le sens du poil. J'ai convenu qu'elle avait raison. Nous serions plus vigilants. Elle pouvait ouvrir un bureau où les naufragés viendraient s'exprimer, et même une boîte aux lettres pour les vergogneux. Albert a remarqué :

— Normalement, ça existe. Mlle Bugeaud, l'assistante sociale, monte deux fois par semaine.

Mme Albert est intervenue :

— Parlons-en, faut voir comment elle traite son monde ! Une fois leur suffit, ils ne risquent pas d'y remettre les pieds.

Ah bon ? Terminé, la Bugeaud. Mireille jouerait les assistantes permanentes. Elle en pensait quoi ? C'était bien, mais pas suffisant. Ainsi, nous n'avions toujours pas de pharmacie au village.

Là, Maki s'est rebiffé :

— Les pharmaciens, ils existent pour faire des sous, pas vrai ? C'est un pays libre, ici. On ne va pas en prendre un au lasso pour vous faire plaisir.

L'idée nous a fait rire. Pas Mireille. Elle m'a reproché ma mauvaise volonté, je devais utiliser mon influence. Quelle ? Je rêve...

— Tu t'imagines quoi ? Nous nous débrouillons à la grâce de Dieu, nous ne sommes pas des faiseurs de miracles, faut pas croire. Si tu y tiens à ta croix verte, mets une annonce dans le journal.

C'était ma semaine de bonté. J'ai précisé :

— Voilà, le mieux, tu poses tes idées noir sur blanc, et en regard les ressources de la commune. Comme ça, on pourra démêler ce qui est souhaitable de ce qui est possible.

Ce sera vite vu... Surtout, ça l'occupera. C'est chiant les gens qui veulent le bonheur des autres.

Il se faisait tard, Albert se ramollissait debout. Nous avons levé le camp. J'ai raccompagné Mireille. Autre chanson, elle tenait à me remercier. Elle m'a proposé d'entrer. Je me sens toujours mal à l'aise depuis cette fois où elle m'a repoussé. Rien de tel pour vous couper les élans.

Je me suis laissé faire. Elle nous a préparé une tisane. Elle suivait son idée, ce besoin de plus de gentillesse, de rendre la vie plus facile, de changer l'attitude des gens...

Je la laissais dire. Tant qu'à faire, pourquoi ne pas changer le sens des rivières ? J'ai bu mon tilleul. Qu'est-ce qu'elle a donc dans la tête ? Une crise mystique ? Les premiers contreforts de la ménopause ? Pourtant, ce qu'elle est belle, je lui parlerais bien d'autre chose. Mais depuis qu'elle s'est plongée dans le secourisme, c'est devenu un pur esprit, apparemment.

Nous avions dû faire du bruit, la porte s'est ouverte. Anne est apparue, en chemise légère. J'en ai eu la gorge serrée. J'ai plongé le nez dans ma tisane, faut pas abuser. Elle est venue me faire la bise. J'ai senti son odeur de jeune animal encore tiède de sommeil, j'en avais le vertige. Heureusement, elle est sortie presque aussitôt.

Mireille ne s'était rendu compte de rien. Elle m'a offert des biscuits secs. Manquait que ça... Elle avait arrêté sa sérénade. J'entendais le tic-tac de la pendule. Je vais te dire, c'est signe que tu n'es pas sourd, fils.

Sourd, non. Mais pire. Je me sentais laid, juste bon à croupir dans ma solitude. Et je vais encore te dire : une femme, j'arriverais à en trouver une. Sûr que pour ce produit, dans le coin, ce n'est pas Montlaur, le rayon ne croule pas. Mais il en reste toujours à traîner, sans entrer dans le détail. Ce porc de Maki dirait : les mal-baisées. Bah, nous en sommes tous plus ou moins là.

Et même Mireille, si je consentais à enfiler son solo de mandoline, il y aurait de l'espoir. Mais je vais te préciser une bonne fois, je me sens bien, seul. Au fond des fonds, les gens m'ennuient, ils sont autant de miroirs qui me renvoient à moi-même. Je me suis assez vu. Dis donc, ça se soigne.

Qu'est-ce qui te prend? Rien. Tu vois, ou bien je suis engagé dans une action, je chasse, je bricole, je galèje avec les copains. Ou alors je me trouve bon à ramasser à la louche. Ce n'est pas nouveau. C'est devenu plus apparent avec le retour de Mireille, et aussi la présence de l'autre artiste. Ça ne me plaît guère de le voir tourner autour d'elle et d'Anne. Il me semble qu'il s'en prend à mon bien, j'ai juste envie de tuer. Nous savons, change de cassette.

Voilà, fin de message. J'ai souri à Mireille, je lui ai tapoté la main. Je lui ai dit qu'elle était la meilleure. En même temps, je me sentais étreint par un énorme sentiment de haine et de refus. Je ne demande rien à personne, et surtout pas de m'accepter. Je revendique le droit à... En galère. Mais si, accouche. A ne pas plaire, et basta.

Seulement, ça, vous ne le verrez pas, personne n'en saura rien. Je continuerai à tenir mon rôle de brave type, un peu largué quand même. La vie, c'est ce qui reste quand on a tout bousillé. Et si tu essayais de t'en sortir? Tu m'amuses. Comme si ça dépendait de moi.

J'ai filé. Je me sentais crevé. Ne commence pas à me dire que tout se passe dans la tête et que la fatigue n'existe pas. Faudrait arriver à pouvoir s'en foutre... Le drôle, c'est que je dois manquer de magnésium, pas plus.

Je ne sais pas. Il reste le travail, pour finir. L'avenir est aux camps de travail, le bonheur en rangs par quatre... Tu sais que tu deviens amusant? N'exagérons rien.

Arrivé chez moi, j'ai entendu la chouette, celle qui niche dans le noyer mort. Un noyer mort, monsieur fait bien les choses. C'est triste, une chouette. Tu préférerais une petite hulotte pour l'été ? Exact. J'ai envie de soleil et d'espace et d'action. Tu peux toujours commencer à reconquérir l'Algérie. Dommage, Spahi n'est plus là. Arrête, ça fera le compte pour ce soir. Va dormir, va.

19

La chasse prend fin en janvier. Cette année, en début de mois, il nous est tombé des paquets de neige sur le poil. De la teigneuse. Elle fondait à moitié le jour, dans les surfaces exposées au soleil, puis elle regelait la nuit. Au matin, tu dérapais sur la glace, la joie. Les vieux ont dégusté. Les cols du fémur cassaient comme du bois sec.

Pour nous autres, chasseurs, la catastrophe. Impossible d'aller au cochon avec un pareil temps. Et même, quand la neige est fraîche, il est interdit de suivre l'animal à la trace. Le génie qui a pondu cette loi aurait dû essayer. Ton cochon peut trotter vingt heures d'affilée, à dix à l'heure. Faites le compte et accrochez-vous.

Une fois, nous avons essayé, avec cet animal de Spahi. Nous avions vu passer un vieux mâle, un mastard, derrière chez le Grand. A l'époque, il en élevait. Je veux dire des porcs. L'autre a dû être attiré, j'imagine. Je ne l'affirmerais pas, l'odeur est tellement forte, elle repousserait plutôt.

Toujours est-il que nous l'avons pisté dans la neige. Ça, il nous a fait voir du terrain. Si nous n'avions pas stoppé, nous y serions encore. Question de netteté, les traces étaient parfaites, et pour cause. Mais nous n'avons plus revu le bout de sa queue.

Drôle d'hiver... D'ordinaire, avec la neige, le froid, du soleil et un ciel bleu, c'est magnifique. Là, nous avons reçu sur le râble un petit vent glacé, qui charriait plein ciel des paquets d'étoupe. La fin du monde... Je ne me savais pas aussi sensible au temps. Faut reconnaître qu'il est rarement pourri à ce point.

J'ai reçu une carte, une carte toute bête, une maison sous la neige, la cheminée qui fume, le bambi de service, vous voyez le genre. Il y avait écrit au verso, en lettres-bâtons :

AU SEUIL DE CETTE ANNÉE NOUVELLE
JE TE SOUHAITE
TOUT LE BONHEUR DU MONDE.

J'en avais besoin. Pas tant, mais une petite tranche, pourquoi pas ? L'année qui s'annonçait ne m'inspirait guère, avec tout ce passif... L'attitude de Mireille, la mort de Spahi, la présence de l'autre artiste.

Attends... Tu as dit la mort de Spahi... Je ne me souviens plus de quand ça s'est produit, au juste. Je n'ai pas la mémoire du passé, je situe mal. C'est comme si c'était d'hier, ou alors il y a très longtemps. Pauvre Spahi... Je n'ai pourtant pas l'impression qu'il soit mort. Nous en parlons peu, avec les collègues.

Je triturais ma carte. D'où venait ce signal ? De n'importe qui, un de la bande, pour s'amuser. Pour que je me casse la tête à chercher, j'imagine. En attendant, comme nous avions eu un coup de redoux, ma baraque se trouvait les pieds dans l'eau. J'étais descendu à la cave chercher du vin. Pas moyen, une mare. J'ai dû mettre des bottes.

Et si tu arrêtais deux secondes de râler ? C'est chouette, le froid, rien de plus sain. La neige et l'eau, parfait. Tu pourras planter du maïs, les cours dégringoleront, on le donnera aux cochons. Et les cours du cochon feront pareil, on enverra nos stocks de côtelettes aux Cosaques. Faut bien qu'ils servent à quelque chose, ceux-là.

En attendant, je virais comme un satellite. D'ordinaire, je m'occupe, je tourne la page, je vois les collègues. Une année nouvelle, c'est sympa, on fait des projets, on a l'impression que tout va repartir du bon pied, comme en 40. On se rend visite, c'est comme si on venait de réussir un examen de passage. Là, je me retrouvais comme un rat à fond de cale. Si tu en profitais pour comprendre ?

Vite vu, pas la peine d'aller chercher la lune. Ce retour de

Mireille, je l'avais encaissé dans les gencives. Pourtant, la solitude, je fais avec. Je suis taillé pour. Là, ça coinçait. Je n'étais ni plus jeune ni plus riche, et presque aussi beau qu'une vieille valise, rien de bien neuf. Mais je me sentais en travers de moi-même. On a compris...

Tu t'y es mal pris. Mireille, ton attachement, il fallait le lui montrer. Tu parles... Je ne tenais même pas à me l'avouer. Ce n'était pas digne du paladin de la pampa, celui qui n'a besoin de rien ni de personne. A condition que maman ne soit pas trop loin.

Justement, elle se trouvait là, maman, bien pratique, suffisait de payer. Puis elle est partie. Et elle est revenue, avec un beau cadenas, et tu n'as pas la clef.

Ben oui. J'aurais dû l'installer chez moi, Mireille, admettre que j'avais besoin d'elle. En tirer les conséquences. Il n'en était pas question. Et je me retrouve dans ma bauge, des bottes froides aux pieds, des bouteilles plein les mains. Pose-les sur la table.

Je vais même te dire : l'heure est passée. Si à présent tu lui proposais de revenir, à la belle, elle t'enverrait braire. Et elle aurait raison.

Je me suis préparé un vin chaud, bien sucré. Je n'avais pas de cannelle, je m'en suis passé. La cannelle, on s'en fout, mon canard. J'aurais mieux fait de me faire un grog, je suis en train de me bloquer une crève dans les grandes largeurs... Qui t'empêche ? J'en ai concocté un, tassé, avec du citron. Ça oui, ça ressemble à quelque chose, je commence à me sentir bien. J'ai pris deux aspirines, j'ai bu, tranquille. Dieu ne veut pas la mort du pêcheur, Dieu est Un... Ne pas oublier la majuscule.

On a frappé. Dieu, probablement. J'ai ouvert, c'était Maki. J'ai dit :

— Entre toujours, ça me fait plaisir de vous voir.

Grog pour toute l'escadrille, garçon. Finalement, il ne nous reste que ça, l'indépendance, entre hommes. A coups de collègues, on peut tenir. On se garde ses quatre manies. Surtout, on respire tranquillement, entre soi. Parce que je vais encore te dire, une femme, une fois qu'elle a déposé son paillasson sur toi, tu es foutu. Elle te rongera le foie jusqu'aux amygdales. Elle te reprochera de ne pas assez t'occuper d'elle. Elle se trouvera entre la vie et toi, bien opaque. Les femmes sont des remords vivants. Ta nostalgie, colle-la en sachets, mais ne me gonfle plus avec, mon frère. J'ai dit :

— Pas vrai, Maki ?

Il m'a regardé, parfaitement ahuri. C'est vrai, je n'avais pas explicité. A quoi bon, c'est tellement évident... J'ai tout de même précisé :

— Tout ça finira mal, j'ai confiance.

Ce fifre me rétorque :

— Ça a même commencé.

— Explique voir.

Simple. Il venait de se lancer dans une de ces combines lumineuses qui jalonnent sa carrière de petit truand. Il avait acheté tout un lot de cassoulets chez un type de Mézel, sans les payer. Oh, juste signé un bout de papier. Ces bêtes, il les avait revendues aussi sec à un boucher en gros, comptant. Mon Maki s'était offert une bringue de première, avec des inconnus rencontrés à Luz-la-Croix-Haute. Trois jours sans dégivrer, du grandiose.

— Ecoute ça, Romain, on s'en est payé une tranche. Y avait même du caviar. Attention, collègue, des œufs de caviar ! Et du champagne, je te dis pas... Et puis des copines, mais alors, la classe. Tu aurais vu ce linge, mon ami...

Il s'en est baisé le bout des doigts. Quand il avait refait surface, l'auberge était vide, la note salée. Il ne lui restait plus un carambar.

— Je me suis esbigné en catastrophe. Ils me recherchent pour... Attends, ça a un drôle de nom, un nom d'oiseau... Grivèlerie. Il n'y a pas de quoi rire. Sans compter l'autre charlot avec son bout de papier qui me colle les archers au train.

J'ai remarqué :

— Il n'y a plus de moralité. Le principal, c'est la santé, collègue, si on réfléchit. Un autre grog ?

Sûr. Et en plus, si je pouvais l'héberger, le temps que la vague retombe, il ne serait pas contre. J'ai dit :

— Maki, tu m'insultes, pas la peine de demander. Tu es chez toi. Tu attendras tant qu'il faudra.

Oh, il ne s'en faisait pas. A la prochaine foire, il comptait se remplumer, acheter des bestioles, désintéresser les chasseurs de têtes. Il paraissait éberlué :

— Tu imagines ça, Romain, ces types, pour quatre ronds, ils n'hésitent pas à t'envoyer au placard !

— Pas pensable, ce sont tous des chiens. Tu n'aurais pas comme un petit creux ?

— Maintenant que tu en parles, si.

J'ai retrouvé un os avec du jambon autour, j'ai retiré ce que j'ai pu, j'ai fait une omelette monstre. Le moral est remonté. Le moral, finalement, ça roule avec l'estomac. Nous en étions à la gnôle quand on a frappé. Je lui ai fait signe de se carapater dans la chambre. Il m'a montré les assiettes. Au diable ! J'ai bien le droit de manger dans deux, si ça me botte. Il a disparu. J'ai ouvert. C'était le Grand. Il a demandé :

— Tu es seul ?

— Comme tu vois.

Il a lorgné la table :

— Tu te fous de moi ou quoi ?

— On peut te cacher quelque chose, mais c'est difficile.

Maki s'est montré. Le Grand a levé les bras :

— Content de te voir. Les gendarmes te cherchent. Tu as de la chance, ils sont occupés.

— A quoi ? A chasser le dahut ?

— Presque.

Il nous a sorti l'histoire. Voilà, ses chasseurs, ceux qui voulaient louer ses terres, il avait fini par les accepter. Il s'en est presque excusé :

— Qu'est-ce que vous voulez, avec les traites, je suis pris à la gorge, c'est pas compliqué. Mais eux, je regrette pas, ce sont de drôles de gabarits. Des redoutables. Je les voyais monter de pleins véhicules de bouffe et de caisses de faisans, de tout. Je croyais qu'ils les lâchaient la veille, comme ça, ils ont eu le temps de se défriper un peu, pas vrai ? Bon, que je vous raconte... Il fait soif, vous ne trouvez pas ?

Très juste. Je lui ai servi sa rasade de gnôle. Il a bu un coup, s'est éclairci la gorge :

— Ce matin, Mireille est passée me voir avec sa fille, prendre des pommes de terre. Justement, mes terreurs s'amenaient. Ils ont fait des ronds de jambes, ils nous ont invités à manger avec eux. Mireille, sauvage comme elle est, elle a refusé. Et insiste que tu insistes... Nous y sommes donc passés pour le café. Ça valait. Imaginez un peu, ils ne sont pas partis chasser au diable, non. Pour ça, ils ne se cassent pas la tête. Ils se tenaient contre la ferme, sur l'aire, avec une montagne de caisses. Un des zigotos en ouvre une, la bête part, floup ! L'autre, à trois mètres, épaule et lâche son coup. Chlak, un faisan tombe en flammes, ou une perdrix. Il y en a même qui explosaient, les plumes volaient, le sang giclait de partout. Les chiens étaient complètement affolés. Le carnage complet... J'oubliais, il y avait même l'autre chéri, le Socio. Celui-là, il est sur tous les bons coups. Vous vous rendez compte ?

Sans problème. Maki en est resté la bouche ouverte. Il a remarqué :

— Moi, ça me déplairait pas.

Jacquou a poursuivi :

— Ça a tiraillé un moment. Ils n'étaient pas peu fiers, les galavars. Et va-z'y que je te plombe... Trafalgar, mon ami. Ils s'imaginaient de nous impressionner.

D'un coup, Mireille a explosé. Elle a foncé dans le tas sans prévenir, j'ai cru qu'elle allait se faire allumer. Elle les a traités d'assassins, pas moins. Les autres n'ont pas bien compris. Un maigre, une gueule d'empeigne, n'arrêtait pas de répéter : « Ben quoi, c'est du bole-trope, on fait de mal à personne... Et puis c'est le dernier jour, quoi ! »

Mireille ne voyait pas la différence. Son Socio a tenté de lui expliquer. Ces types venaient de payer des parts, chérot. Certains n'avaient pas touché une bille, alors, fallait bien qu'ils cartonnent. De toute façon, ces faisans ne seraient pas morts de vieillesse. Tu ne peux pas les relâcher, ils sont incapables de survivre, dans le décor. Les renards les liquideraient en deux coups, les gros.

C'est vrai. Mais cette fille, tu causerais à un mur, ce serait pareil. Elle a filé avec sa petite. Moi, j'ai essayé d'arranger le coup avec mes chasseurs. Ils n'avaient pas banqué pour se faire insulter, pas vrai ?

Maki a approuvé :

— La vie, c'est une charcuterie. Les gros mangent les petits, et pour finir, c'est le contraire.

Admettons. Fallait revenir sur terre. J'ai demandé :

— Et tes gendarmes, dans tout ça ?

— J'y arrive. Tellement que ça tirait, ils ont cru que des charlots s'entraînaient à la petite guerre. Des fois, tu tombes sur trois ou quatre fascistes en train de vider des chargeurs dans un coin paumé, ça leur rappelle le bon temps j'imagine... Donc, ils ont débarqué. Tu les connais, ils ne s'énervent jamais. Ils voient un mur, avant de passer au travers, ils essaient de faire le tour.

Nous avons approuvé.

— Ils ont prétendu que la chasse était fermée depuis minuit. Les autres soutenaient que non, qu'ils en avaient pour jusqu'à minuit. Une histoire de sourds. Inclus, pas inclus...

Maki a coupé :

— Finalement, qui avait raison ?

Le Grand n'en savait trop rien.

— C'est pas évident, y a plusieurs dates, le gibier d'eau, les oiseaux de passage... Il semblerait pourtant que pour le faisan, ce soit bien fini. Mes massacreurs ont pris un air, je te dis pas. Ils pleuraient presque. Plus comédiens qu'eux, tu meurs, ils ont fait valoir que leurs poulets, c'était de l'élevage, hein. Quasiment de l'animal de compagnie, élevé au biberon. Ils ont offert à boire. Les gendarmes se sont laissé attendrir. C'est comme ça qu'en les écoutant, j'ai su qu'ils te cherchaient, collègue. Et que même ils comptaient venir par ici. Quand je les ai quittés, mes zigotos étaient en train de bourrer leurs képis de faisans. Ils ne devraient quand même pas tarder.

J'ai demandé à Maki :

— Tu risques quoi ?

— Correctionnelle. Le violon, j'en ai déjà eu fait.

— Ah bon. Tu ne te contentais pas des œufs de caviar ?

— Pas seulement. Je t'ai pas dit ?

Cet automne, il bricolait avec son alambic, aux Issargues. Tranquille... Une camionnette s'est pointée, avec deux touristes à bord, genre tristounet. Maki n'a fait ni une ni deux, il a renversé l'alcool en train de cuire, cassé les bonbonnes, et s'est esbigné par-derrière.

Pendant que les types s'émerveillaient devant le désastre,

il a fait le tour et foutu le feu au réservoir de leur voiture, avec un chiffon. Puis il a pris le large.

— Sûr, ils ne peuvent pas prouver que c'est moi. Seulement, pour les cadeaux, je repasserai.

— Tu n'avais pas ta voiture ?

— Si, mais je sentais venir le coup, je l'avais planquée deux virages plus haut. Tu vois, si on ne me cherchait pas, on ne me trouverait pas.

La Justice, mère du Crime, tableau de genre... Ceci posé, nous avons réfléchi, posément. A quoi servirait que ce libre entrepreneur aille en taule ? Maki avait raison, le mieux, c'est qu'il se refasse à la première foire venue. L'argent, ça va, ça vient, c'est prévu pour, d'ailleurs. J'ai dit :

— En attendant, tu vas filer chez Jules.

Il s'est inquiété :

— C'est chauffé, ta bergerie ?

— Tu plaisantes ! Huit cents moutons à trente-huit degrés chaque, fais le compte, tu ne mourras pas de froid. Jules, c'est le bon bougre, tu le connais. Il n'est pas trop causant, il ne te cassera pas les oreilles. Une fois la voie dégagée, je t'embarque. On fait comme ça ?

Il n'a pas dit non. Il n'avait pas le choix. Nous l'avons escorté chez Jules, sans oublier un ravitaillement conséquent. Autant passer la soirée ensemble.

Quand les gendarmes se sont pointés, le lendemain, je leur ai raconté qu'ils avaient raté leur cible de peu. Le brigadier a soupiré :

— Ça, c'est pas de chance. Et vous ne savez pas où il serait ?

— En ce moment, il s'intéresse au mouflon.

— Un peu vague. Des mouflons, ils en collent de partout. Il est allé vers la Barre des Dourbes ?

— Non, il m'a parlé de la Corse. Il a un cousin éloigné, par là-bas.

Le gendarme a soupiré :

— Prions le Ciel que ce soit vrai.

J'ai fait semblant de mal le prendre :

— Vous mettez ma parole en doute ?

— Pas du tout, s'agit pas de vous. Mais des clients de son espèce, on s'en passerait volontiers.

J'ai dit :

— Ne vous inquiétez pas. Dès qu'il refera surface, vous le saurez, ce n'est pas le genre à passer inaperçu.

Le brigadier en a convenu. Nous nous sommes quittés les meilleurs amis du monde. Au fond, nous sommes tous du même côté. Nous ne jouons pas le même rôle, mais nous le jouons dans la même pièce. Ce qu'ils appellent la loi ne nous sépare pas. On trouve toujours moyen de s'arranger, entre gens de bonne compagnie.

Toujours est-il que tout se passe bien, peu que peu. Nous y mettons du nôtre. Sûr que si mon fils était quelqu'un de convenable, je veux dire, si je pouvais compter sur lui, je ferais des projets, au lieu de me contenter de surnager d'un jour sur l'autre, comme un vieux gamin avec de vieux gamins. Je ne me fais pas d'illusions. Une fois l'ornière tracée, la route suit. Alors, que la vie ait un sens ou pas, les journées ont toujours autant d'heures.

20

D'habitudc, la météo, ce n'est pas sorcier. Tu prends leurs prévisions, tu obtiens le contraire. Ça provient de leur idée stupide d'annoncer à tout prix le temps du lendemain. S'ils se contentaient de celui de la veille, ce ne serait déjà pas si mal.

Mais cette fois, le grand jeu. Nous sommes en plein dans la Dépression, avec un grand D. La gadoue, tagada, l'horreur... Comme ça ne peut pas être pire, je me dis que ça ira forcément mieux.

Du nanan. La tête dans le coton et les pieds imbibés. Des tas de ruisseaux se réveillent à la file, sans parler de celui qui colonise ma cave. Enfin, assez pleuré. Maki ne s'est pas éternisé au milieu des moutons. J'ignore s'il a rétabli sa situation. Oh, il la rétablira, jusqu'à la prochaine java. Ce type ne peut vivre que dans un climat de faillite. Au fond, ce n'est pas plus mal, on ne s'ennuie pas.

Avec un temps pareil, à part se noyer, il ne reste pas grand-chose à entreprendre. Je ne suis pas philatéliste. J'ai filé chez Polin, retrouver l'arrière-ban des sabreurs de mouches. Pour une fois, il y avait foule. Et, en évidence, Sa Majesté Sociolisante en train de tricoter une théorie. Il expliquait à l'assistance que pour bien comprendre un endroit, il faut y passer au moins une année, voir défiler le cycle des saisons et tout ça. Cet oiseau de volière ose vanter les mérites de la permanence. Et à qui ? A des rochers... Je lui en collerais, des cycles...

Lui, sa saison, qu'elle soit sèche ou le contraire, le chèque éclôt toujours en temps voulu.

Comprendre ! Bon Dieu, j'y ai passé ma foutue vie, dans ce boxon, je n'ai toujours rien pigé. Enfin... J'ai rejoint l'ami Max. Nous causion, plan-plan... Histoire de causer, quoi...

Et puis Socio s'est esbigné. Ce n'est pas que nous lui faisions l'épaule froide, Max et moi, mais il aurait été taillé dans un bloc de Cellophane, nous n'aurions guère vu la différence. Nous étions là, tranquilles, quand voilà que Polin prend ses parts. Et en avant... Ce type, on avait beau dire, ses idées laissaient à penser, etc.

Il commençait à me bassiner. J'ai dit :

— Quelles idées ?

Il a écarté les bras, comme pour une histoire de pêche.

— Tu le sais parfaitement. Je te cause de ces histoires de lotissement. Nous y avons repensé, avec Albert. Que tu le veuilles ou non, c'est la bonne combine, et je ne vois pas qui ça peut gêner. Du terrain, nous en possédons à revendre. En plus, toi, vu que tu restes au pégal, tu ne t'en rendrais même pas compte.

C'est reparti... Discuter ? A quoi bon... Dans ces coups de temps, j'ai plutôt envie de flinguer. Ce type ne voit pas plus loin que son tiroir-caisse. Il vendrait son âme immortelle et le corset de sa moukère pour quatre sous. Ame de mercenaire, mentalité de rapace... Je vous prends le parti qu'il collectionne ses rognures d'ongle, crainte de laisser perdre quelque chose, le chien !

Je me suis maîtrisé, je n'ai pas le choix. Si je ne vais plus chez lui, reste quoi ? J'ai demandé :

— Ton lotissement, tu le collerais où ?

— Aux Lombards, bien sûr. C'était convenu comme ça.

Toujours le même endroit. Ils tiennent vraiment à nous défigurer, ils n'ont pas bronché d'un millimètre. Il a dit :

— Attends !

De dessous son bar, il a sorti un infâme cahier. Il m'a montré un croquis. J'ai admiré :

— Hou, c'est joli ! C'est quoi au juste, une exposition de cartons à chaussures ?

— Mais non, crétin, le lotissement ! Tu vois, tu espaces un peu en décalant, ça donne plus de relief.

C'était plus moche que la mort, oui. J'ai approuvé :

— C'est pas mal. Original, surtout. On sent qu'il y a de la

recherche. Tu ajoutes du grillage, et tu as tout de suite un clapier impeccable.

Il l'a mal pris. Il est reparti sur son dada, hardi petit. Les impôts locaux, qui retombaient sur eux, pauvres couillons de petits commerçants, toujours à travailler comme des jobastres, alors que nous, les paysans, passions notre temps à tondre des subventions, tout le monde sait ça. Et allez donc !

J'ai dit :

— Les paysans, laisse-les de côté. On ne parle pas de ce qu'on ignore. Mais je te préviens, et c'est valable pour tout le monde, le jour où tes boîtes à chaussures sortent de terre, toi et les ahuris de ton espèce, vous y descendrez. Pigé ?

Il s'est rebiffé :

— Tu me menaces ?

— Non. Je t'avertis.

— De quel droit ?

— Du droit que j'ai de vivre dans un endroit qui me plaît parce qu'il est beau, le voilà mon droit. Je ne veux pas finir mes jours dans n'importe quel foutoir. Si tu veux faire des pâtés, tu prends un seau, une pelle, des taraïettes, et tu files te chercher un tas de sable. Mon village, je t'interdis de le saloper.

— Par exemple ! Je voudrais voir ça ! Nous sommes en démocratie.

— Je sais, et je le regrette tous les jours. Alors, tâchez de vous décider dans le bon sens, parce que je vise juste. Je n'ai encore jamais raté un cochon, je ne commencerai pas par toi.

Là, lou Max m'a fait remarquer que j'y allais peut-être un peu fort. J'ai reconnu :

— Ecoute, Polin, ce sont des paroles verbales. Je ne t'en veux pas d'être un abruti, ce n'est pas ta faute. Je t'en veux parce que tu es un monstre.

Il dégustait un pastis. Du coup, il a avalé de travers, j'ai cru qu'il s'étranglait. Il est devenu écarlate comme un coucher de soleil une veille de mistral.

— Un monstre ! Rien que ça ? Pauvre de moi !

— Parfaitement. N'importe quel animal raisonnable essaie au moins de protéger l'endroit où il crèche. Il n'y a que des malheureux de ton espèce pour vouloir s'acharner à défigurer leur milieu. Tu arriveras à te le mettre dans la tête un jour ? Même une enclume le comprendrait.

Plus je lui parlais gentiment, plus il se fâchait. Ce n'est pas facile de se faire entendre, même avec de la mauvaise volonté. Cette fois, il n'a pas tenu. Il a lâché :

— Sors de là !

Je me suis retourné, pour voir à qui il s'adressait. Il s'est excité :

— Toi, Romain ! Je te cause ! C'est à toi que je dis de sortir !

— Je vois. Mais tu ne peux pas.

— Je ne peux pas ? Par exemple ! Je suis chez moi, non ? A quelle heure je pourrais pas !

— C'est un lieu public, ce bar. Tu es tenu de rester à disposition des clients qui ont la bonté de te faire vivre, mon bon. C'est la loi. Elle a tout prévu, la loi, même des zombies de ton espèce.

Lou Max a remarqué :

— Il a raison, t'es pas un club privé.

Le Zèph, qui se croit malin, s'y est mis :

— Ou alors, il est privé d'autre chose, c'est moi qui vous le dis, hé hé...

C'est là que ça a démarré. Nous nous sommes un peu empoignés, un peu chiffonnés. Quelques bouteilles ont valdingué. Le grand miroir qui fait la fierté de l'établissement s'est retrouvé étoilé par une canette. Le vrai western.

C'est le moment qu'a choisi Albert pour se présenter. Il nous a séparés comme il a pu. Il a tenté de nous raisonner. Polin lui expliquait que j'étais juste bon à enfermer à la Tour, avec les chroniques et tutti frutti.

J'ai protesté :

— Parlons-en, le vrai coupable, c'est pas toi, abruti de mastroquet. Tu as les méninges rongées par les vapeurs d'alcool. Le coupable, c'est ce jean-foutre qui se prétend notre maire.

Eberlué, l'oiseau. Il a protesté :

— En quel honneur ?

— Tu parleras d'honneur le jour où tu admettras que ce village n'est pas un sac poubelle, tu entends ? C'est un être vivant, oui monsieur ! Ce n'est pas un poulpe non plus, on ne lui colle pas l'anus au milieu de la figure, comme tu comptes faire.

J'ai pris le croquis, les cartons à godasses.

— Regarde cette saleté que tu comptes installer chez nous. Et tu oses encore te faire voir ? Tu n'as pas honte ? Pas seulement un tout petit sursaut ?

Il s'est redressé, il a déclaré, dignement :

— Romain, ton tempérament excessif t'emporte, comme toujours. Mais je ne t'en veux pas.

— Monsieur est trop bon. Moi oui, je t'en veux. Et pas qu'à toi. Je sais que vous êtes trop bêtes pour inventer des insanités pareilles. Avoue-le, c'est ton sociologue qui te pousse au crime.

— En effet, j'ai eu des échanges fructueux avec ce garçon. L'ennui, vois-tu, Romain, c'est que tu ne t'es jamais écarté du derrière de tes brebis. Alors forcément tu manques d'éléments de comparaison.

— Et toi, tu parles comme un cul de poule, mais tu as moins de cervelle, pauvre dépendeur d'andouilles. J'ai assez baroudé pour te dire une chose : toutes les villes, tous les villages que j'ai vus quand j'étais gamin, tous ont été bousillés, tu m'entends. Avec des saletés dans ce genre, des trucs moches en parpaings. Tu donnes un coup de pied à travers, tu vois le jour. On n'oserait pas y mettre des cochons, ce n'est pas assez costaud, en plus, ça leur collerait l'envie de se suicider. Il n'y a qu'ici que nous y avions échappé. Tu ne t'es même pas rendu compte que ton village est resté beau comme... Mais pourquoi je me fatigue à parler ? Ecoute, les discours, c'est fini. Préviens ton conseiller de laisser ses conseils où ils sont. Parce que lui, un jour, il repartira. Et moi, je reste, ça fait toute la différence.

Pas nerveux, Albert, il a déclaré :

— Je reconnais ton point de vue. Tu as toujours eu un côté nostalgique, Romain, et c'est bien sympathique. Seulement, au lieu de vitupérer, tu devrais essayer de te mettre à la portée des autres.

— A portée de flingue, tu veux dire ? Ça va venir, si vous touchez à cet endroit. Allez bâtir vos cochonneries ailleurs, si vous y tenez tant que ça.

— Tu pourrais au moins essayer de discuter posément.

— Surtout pas. C'est comme ça que tu te fais entuber. Aux paroles, je n'y crois pas. Aux manches de pioche, oui. J'ai aussi un vieux bull et un fusil, avec ça, je suis prêt à discuter quand vous voudrez. C'est clair, Albert ?

— Tout à fait. Je tiens compte de ton tempérament. S'il fallait te prendre au tragique, tu serais à l'ombre depuis longtemps.

— Venez-y, je vous attends.

Et voilà ! C'est un monde, tu entres boire un coup, en voisin, et tu te retrouves à proférer comme un ayatollah. J'ai respiré, à fond :

— Albert, j'ai de l'estime pour toi.

Il a bredouillé je ne sais quoi.

— Laisse-moi parler. Cette estime, tu n'en es pas digne. Tu es un minable. Si tu te contentais de te vautrer dans ta crasse, comme la plupart, je t'en voudrais moins. Mais tu es prêt à accepter n'importe quoi pour ne pas déplaire à n'importe qui. Voilà le fond de la question. Sur ce, messieurs, je vous salue.

Je suis sorti, suivi d'un seul, Maxou. Il a remarqué :

— Romain, note bien, je reste d'accord avec toi. Mais au lieu de t'empailler chez Polin, pourquoi ne pas régler la question une bonne fois devant le conseil municipal ?

— Pourquoi ? Nous l'avons déjà fait. Les types ont un double discours. Quand tu les alignes en face, dans le collimateur, ils penchent tous dans ton sens. Et puis après ce serpent sociologique les reprend en main.

— D'après toi, ils sont fous ?

— S'agit pas de ça, c'est une question d'image. Tu comprends, il cause bien l'animal, il représente la civilisation, comment je pourrais t'expliquer ? Tout ce que nous rêvons vaguement d'être et que nous ne serons jamais, parce que nous restons juste des paysans. Alors, avec ce type, c'est comme de la magie. En enfilant ses idées, ils se croient aussi d'enfiler sa personnalité, de devenir un peu lui. Tu vois, ils naviguent entre deux pôles. Tant que ce fils de sa mère restera dans le coin, rien ne sera réglé.

Max, ça l'a rendu pensif. Il a reconnu :

— Je me demande si tu n'as pas raison. C'est vrai, j'en ai

vu plus d'un changer d'avis. D'ordinaire, ce ne sont pas des valseurs.

— Ben oui, ce gars sait parler. Il vendrait des rosaires à des mantes religieuses.

— Alors, on fait quoi ?

— On patiente. C'est trop instable en ce moment. Ce rigolo, si je l'empaille de front, il risque de gagner. Pas parce que j'ai tort. Mais c'est toujours les violents qui perdent, dans une discussion.

— C'est vrai. Dis-moi un peu, quel intérêt il a, dans l'histoire ?

— Je ne le crois pas vénal, ce n'est sûrement pas une question de gros sous. Ça se joue à un autre niveau.

— Explique.

— Si je comprends bien, il est devenu le bon Dieu, ici. Il provoque des réactions. Il envoie un pavé, puis il mesure les vagues, c'est son boulot. Plus nous nous empoignerons, meilleur ce sera pour lui. Il nous étudie, l'empaffé, pas seulement le côté carte postale. Il essaie aussi de nous pousser à craquer, à réagir. Tu vois ? En plus, il s'amuse comme un pape.

— Un peu comme s'il étudiait des fourmis, alors ?

— Tout à fait. La fourmilière, il la connaît. Alors, il balance un coup de pied dedans pour voir la suite. Les baraques en carton, il s'en fout pas mal, il ne vivra pas avec. C'est le barouf que nous menons autour qui l'amuse.

Max en était tout secoué :

— Mais alors, c'est une ordure finie, ce charognard, Romain !

J'ai soupiré :

— Pas vraiment, Max, je te l'ai dit, il fait son travail. Selon moi, il le fait bien. Il est doué. Il a de la chance, nous ne sommes pas mal non plus. Cela devrait donner... Comment il appelle ça, déjà ? Une bonne étude de communauté... Plus nous dramatiserons, meilleur ce sera.

Max n'en revenait pas. C'est un simple, un pur.

— Pourquoi ne vas-tu pas le trouver, pour t'expliquer avec lui ?

— Bonne question, mon vieux Max. Parce que nous ne sommes pas sur la même planète. C'est comme si un rocher essayait de discuter avec l'ingénieur qui va lui poser la cartouche de dynamite dans les gencives. L'ingénieur, les angoisses des rochers, il s'en fout.

— Alors, il n'est pas humain.

— Ah, mais si... Seulement, pour lui, nous sommes une espèce d'humains parmi d'autres, dans son microscope. En dehors, on pourrait peut-être avoir d'autres rapports, je ne dis pas le contraire. Enfin, je n'en sais rien, j'imagine.

Max n'était pas convaincu, ça lui paraissait trop énorme. Il doit lui manquer la case sociologique. Il parvient mal à penser l'impensable. Je n'ai pas insisté. Par chance, j'avais mesuré le danger, je connaissais l'enjeu. Il me fallait naviguer en fonction. Eviter l'irréparable. Essayer de rameuter un noyau dur qui n'écouterait pas les sirènes. Parce que mes petits camarades sont bien braves, mais au bout de trois pastis, tu as vite fait de les persuader de la nécessité d'une chose et de l'urgence de son contraire. Seulement, une fois qu'une résolution est votée, elle est votée.

Je ne gardais aucune illusion. Si les cartons à godasses ne s'étaient pas encore imposés, c'est parce que le chat s'amusait toujours avec la souris. Fallait pourtant reprendre l'initiative, et le plus tôt le mieux.

J'ai dit :

— Oh, collègue, on ne va pas passer la saison dessus, pas vrai ? T'en fais pas, on en verra d'autres.

— J'aimerais autant pas. Salut.

Nous nous sommes quittés. J'avais bien pensé l'inviter chez moi, mais je commençais à saturer. Ça m'arrive rarement de barjaquer de cette façon. Un peu ça va.

Cent mètres plus loin, je suis tombé sur Anne. Toujours aussi belle, cette petite, avec son sourire. Elle m'a dit gentiment :

— On ne te voit plus, Romain.

— C'est vrai, c'est la saison qui veut ça. J'hiberne. Dis-moi, et ton tendron ?

— Mon tardon, tu veux dire. Il est devenu énorme, maman se plaint qu'il ravage le jardin, elle voulait t'en parler. Ça ne t'ennuierait pas de le reprendre ?

— Pas de problème. Ecoute, je passerai un de ces soirs avec la camionnette. On fait comme ça ?

— D'accord. Viens nous voir, ça nous fera plaisir.

— Sûr. La bise à ta maman.

Elle s'est approchée pour m'embrasser. Jésus, cette tiède odeur, dans l'air glacé... Passer les voir, hein ? Ce serait volontiers. A part que je n'avais aucune envie de buter dans l'autre fifre. Non, monsieur. Et puis un éclat de couleur inattendu m'a tiré l'œil. J'ai mieux regardé.

Cela venait du monument aux morts. Valentin avait refait le fusil. Je me suis approché. Il paraissait un peu gros, mais mieux vaut faire envie que pitié. Vu de près, l'engin prenait une jolie teinte bleu métal... Par exemple ! Je rêve... En mettant le nez dessus j'ai découvert un tube de fusil sous-marin, vaguement crépi. Avec la pluie, son camouflage se défilait. Manquait que ça... Bah, après tout, à la guerre comme à la guerre.

21

C'est fabuleux ; moins je travaille, plus je me sens épuisé. Cette histoire me ronge, ça tourne à l'obsession. Pourtant, elle ne me regarde pas, ou si peu. En d'autres temps, je m'en serais soucié comme d'une guigne.

Si tu pensais à autre chose ? Je ne pense qu'à ça. L'eau s'est pas mal écoulée, serait temps de t'y remettre. Une bonne séance de tracteur, tu verras, tu te sentiras mieux. Tu redeviendras un homme, mon fils. D'autant que ce ne serait pas de luxe, nous voici début mars.

Je suis allé inspecter mon engin. Dis donc, ce sera bientôt la belle pièce de musée, écoute un peu ! Il a un souffle au cœur, ton dinosaure, il va te claquer entre les doigts un de ces quatre. Ça tombe à pic, je suis déjà dans le rouge. Jamais la banque ne m'avancera de quoi. Comment nous procédons ? Vendre une autre parcelle ? Si encore c'était du terrain à bâtir, mais tes bois ne valent pas la corde pour s'y pendre. Nous nous débrouillerons avec, mon brave.

N'empêche, tu ne fais que retarder l'échéance. Nous savons. Tu vois une autre solution ? Tu peux toujours coller une annonce dans *Le Chasseur français*. « Agriculteur bien sous tous rapports cherche... » Cherche quoi ? « Cherche débile potelée bourrée de fric comme pas permis. »

J'ai pris le tracteur, accroché la herse, enfin, j'ai essayé. J'ai manqué me recevoir la barre d'attelage sur les pieds. Tu serais joli, avec un panard en bouillie... J'en ai eu froid dans le dos. Aussi, si tu avais un peu plus la tête à ce que tu trafiques...

Je m'y suis collé. Ton moteur, il faudra lui donner des Strepsil. Pour tousser, il tousse. J'ai vérifié. Tout va bien, à part unc solidc fuite d'huile. Faut changer les joints, d'urgence. Tu l'as dit.

Je suis redescendu téléphoner au concessionnaire. Ben, il m'enverra un sous-fifre, mais pas avant trois jours, il est débordé. Comment ça, trois jours? J'ai protesté. Il a prétendu que je ne suis pas seul... Justement si. Bon, il va me trouver un engin pour me dépanner.

— Passe au garage, je t'arrange ça. Seulement, coco, ton antiquité, va falloir que tu te décides à la changer. Vous êtes tous les mêmes. Enfin, je te fais une fleur, j'espère que tu t'en souviendras.

Tu parles d'une fleur, il a peur que je passe chez Fiat, oui. Au fond, pourquoi pas? Sous Mussolini, les trains arrivaient à l'heure, faut pas l'oublier. Je verrai les crédits qu'ils consentent, ces mécènes.

Au dépôt, le patron m'a accueilli comme un chef. Un ancien paysan, un bon bougre, il a l'impression d'avoir échappé à la noyade à temps. Il m'a montré la chose. Sûr qu'il ne s'agit pas de l'avant-dernier modèle, faut pas rêver. Il l'a fait tourner. Ça allait, à part qu'il n'est pas très puissant. Enfin... Ma voiture? Je repasserai la prendre, avec un collègue.

Je suis reparti avec le monstre, obligé d'emprunter la nationale. Les coups de klaxon, je ne te dis pas, on aurait juré un samedi de mariages. Il faudra pourtant que je me décide à en aligner un, une bonne fois, juste histoire de faire réfléchir les autres. Ils branlent quoi, tous ces glandouilleurs, toute la sainte journée dans leurs foutues voitures? Ils s'activent, coco. Ils vendent des trucs inutiles à des gens qui n'en ont pas besoin.

C'est vrai, l'autre stakhanoviste t'appelle coco. Pourquoi je l'ai supporté? Tu n'as pas le choix, coco. La dignité, il faut en avoir les moyens. C'est cher, coco.

J'ai quitté la nationale avec soulagement. L'avantage du tracteur, c'est la vue. Tu es perché, le paysage t'appartient. Et c'est vrai que tu rencontres de plus en plus de terrains en friche.

Pas tant par chez nous, d'ailleurs. Nous résistons encore.

Les gens s'obstinent, c'est de la bonne race. Dès qu'une parcelle est à vendre, quelqu'un de la communauté la rachète. C'est bien. A part ça, avec le monstre que tu tiens, ou tu vas aux escargots, ou tu en profites pour charrier du bois, parce que tu ferais du sale travail. La terre, lourde comme elle est, tu risquerais juste de l'égratigner.

J'ai pris la remorque, deux tronçonneuses, et je suis allé réquisitionner mon Jules. Il avait sorti les bêtes. En ce moment, l'herbe donne, de ce côté tout va bien. Jules, tronçonner ou repeindre la girafe... Un peu d'animation, il n'a rien contre.

Il m'a demandé des nouvelles de Maki, chemin faisant. Ce bonhomme, c'est son dieu. Jules, c'est simple, il n'achèterait pas une épingle de nourrice tout seul. Alors, l'autre matamore, avec ses combines farfelues... Jules en bave.

Nous avons gagné les bois du Défend. Maki ? Pas de nouvelles, signe que tout va bien. Il devait entuber quelque part, à longue distance. Sa réputation n'est plus à faire, dans les foires locales, tant vaut qu'il prenne du champ. C'est ça la rançon de la gloire... Bon, nous pouvions attaquer.

Au dernier moment, j'ai eu un remords. Je n'ai pas confié de tronçonneuse à Jules, un exploit suffit. J'ai coupé, élagué le plus gros. Il coltinait les troncs dans la remorque. Ça roulait. Jules, ce n'est pas un rapide, mais bon, avec lui, je fatigue moins. Nous avons fait plusieurs voyages avant de manger. J'avais préparé la daube.

Je le regardais engloutir. On dirait qu'il alimente une chaudière. Il bourre des morceaux dans la cavité qui orne le bas de son visage, puis il mastègue placidement. Il avale un coup pour faire descendre. Et il recommence. Fascinant. Si jamais je ferme boutique avant lui, Dieu garde, qu'est-ce qu'ils vont en faire ? Laissez-les vivre.

Ce type est heureux. Il a repéré une bonne fois où était sa bouche, il n'en démord pas. Tu n'as pas encore atteint ce niveau de sagesse. Ta bouche, tu t'en sers surtout pour proférer. Tu penses trop, coco.

Jules a fini son repas. Il a sorti un Opinel, a entrepris de curer son râtelier. A sa façon, il rumine, rien ne se perd. Et moi, je me tiens un joli coup de barre...

Autant ne pas faire la sieste, les jours sont courts, et jouer de la tronçonneuse dans le noir, mieux vaut pas. Nous nous y sommes remis. Il ne se débrouille pas trop mal, mon stropiat. Au fait, il a fait son service ? Tu sais bien que non. Pourquoi demandes-tu ça ? A cause de sa vie sentimentale. Qui sait si c'est encore une vraie jeune fille, Jules ? Tu pourrais l'emmener promener un jour, lui offrir une de ces biquettes en tablier qui font les délices des auberges montantes... Un peu gênant. Ce n'est pas dit qu'on me l'accepte, mon pauvre berger, avec sa dégaine et ses mains. On dirait des pinces mal bricolées.

Pourtant, ce n'est pas un mauvais chasseur. Tu vois un rapport ? J'en vois des tas, et à la nuit tombante, je l'ai raccompagné. Je me sentais mélancolique. J'avais envie très fort de voir Mireille, et pas seulement de voir... Mais pas envie de discuter. Les femmes ont le génie pour trop parler. Une muette, ça devrait pouvoir se trouver...

Alors, je ne sais pas, ça s'est passé comme si on m'avait poussé par les épaules. J'avais récupéré ma voiture. Le lendemain, j'y suis allé, à leur fameuse auberge, celle de la route des Trois-Pins. Maki m'en avait parlé. Il maquillait je ne sais quelle combine avec la patronne, je pouvais me recommander de lui. Surtout pas. Je m'en suis bien gardé.

Pas foule. Une salle quelconque, elles se ressemblent toutes. Du routier, du représentant de commerce. Je n'avais pas faim. La bavette-échalote, une autre fois. J'ai regardé les filles, elles ne cassaient pas trois pattes à un canard, malgré leurs jupes trop courtes. Ou à cause... J'ai pris la première, ça ou autre chose. Nous sommes montés à l'étage. C'est pas une chambre, c'est un tiroir. Elle a commencé à se déloquer. Je le jure, j'ai cru voir Anne. J'ai eu un sentiment d'horreur, je suis sorti.

J'atteignais le bas des escaliers quand j'ai entendu la cavalcade. C'était la fille. Elle avait remis son tablier. Vexée comme un papou, pardi. Elle m'a demandé si je me sentais bien, où je me croyais, si j'étais fou, des questions variées. J'ai dit :

— Excusez-moi, je suis végétarien.

Ça ne devait pas être la bonne réponse. Elle a empoigné une bouteille sur le comptoir. Je n'avais pas envie de réagir. J'ai bloqué la bouteille dans le plexus. Alors, j'ai descendu la fille. Juste une solide gifle. C'est à partir de là que ça s'est animé, j'ai eu droit au videur maison et à deux ou trois routiers bénévoles. J'ai pris ma pâtée, bien tassée. Je ne leur en voulais pas, les distractions sont rares.

Dehors, l'air frais m'a ravigoté. J'ai continué, j'ai roulé. Je n'avais pas mal, pas encore. Juste un goût salé dans la bouche. J'ai tâté mes dents, du bout de la langue. Une incisive avait du mou. Bah...

J'ai vu un café, je me suis arrêté. J'ai carburé. Bière et gnôle. Pas bon, les mélanges, la guerre, gros malheurs. Puis je suis reparti. Si je comprends bien, j'ai dû commencer ma sieste. La voiture en a profité pour escalader un arbre. Enfin, elle a essayé. Je me suis réveillé à l'hôpital, ils m'avaient coincé avec des quantités de plâtre, les vaches. Tu vois, dès que tu as le dos tourné, ils en profitent.

22

Neige en novembre, Noël en décembre. Pourquoi dis-tu ça, nous sommes toujours en mars. Et après ? Dès que j'ai récupéré, j'ai évalué les dégâts. Un aileron emplâtré, le gauche. Des bandes autour du torse. Et quand tu remues, c'est pas la joie. Ce sont les côtelettes, tu as dû en pourfendre quelques-unes. Le choc contre le volant, ça ne pardonne pas.

J'étais seul, dans la chambre. A côté, un lit inoccupé. Je n'allais pas attendre qu'ils me collent un grabataire. J'ai sonné. Pas de réaction. J'ai insisté.

Au bout d'un moment, il s'est amené un machin en blanc, taillé dans la masse, avec des lunettes. Les verres m'ont fasciné, drôlement épais. Du coup, les yeux, on aurait juré des poissons dans un aquarium. Faudra que j'achète des daphnies... J'ai dit :

— Z'arrivez encore à voir avec ça ?

— Oui. Plutôt.

— Ça tombe bien, trouvez-moi mes amis, je veux dire mes habits, je sors.

— Le docteur a dit...

— Rien du tout. Je viens de lui parler, il m'a conseillé de dégager. Z'allez pas aller contre, quand même ?

Elle est restée figée, quelque part entre le vide et l'étonnement pur. C'est quoi, ce genre de moujikette, une mystique ? Je me suis levé. Je portais une chouette liquette qui bâillait dans le dos. J'ai repéré une armoire métallique avec mes fringues. Hou là, les côtes... J'ai dit à Daphnie :

— Si vous ne pouvez pas m'aider, essayez au moins de me chanter *la Paimpolaise.* Vous connaissez ?

Elle est sortie en courant. Si ça se trouve, elle n'aime pas les Bretons. J'ai laissé tomber ma liquette. J'essayais de plonger dans mon T-shirt quand la porte s'est ouverte. Je me suis dit, c'est Palomar, elle a des remords. Quelqu'un m'a pris dans ses bras. J'ai reconnu l'odeur. C'était Mireille... J'ai dit :

— J'ai failli attendre.

— Idiot !

— Pourquoi es-tu là ?

— Pour te remercier.

Alors, là, je nageais. Elle a expliqué. Paraît que dans une vie antérieure, nous lui avions livré du bois, en son absence. Elle était passée me régler. Ne me voyant pas, elle avait poussé jusqu'à la bergerie. Jules lui avait appris mon accident.

— Mireille, tu tombes bien, tu vas m'aider à sortir.

Une fois habillé, je me suis senti un autre homme. J'ai commencé par descendre une carafe d'eau, j'avais très soif. Puis c'était sa présence. Je n'en revenais pas. Si j'avais su, je me serais offert un arbre plus tôt. Une forêt, même. Je me demandais si ça ne dérapait pas quelque part. Des visions, ça s'est vu, après un accident.

Nous avons pris le couloir. Le hall... Tu régleras les détails plus tard. Nous sommes partis gentiment, sans rien demander à personne. Pareil du côté ennemi. Au passage, j'ai reconnu l'hôpital de Digne. Une fois dans la voiture, Mireille a constaté :

— Tu es dans un sale état.

— Moi, c'est rien. Tu verrais l'arbre...

Elle n'a pas commenté. Nous avons roulé, nous nous sommes retrouvés devant chez elle. J'ai remarqué :

— Il y a erreur.

Elle a souri.

— Pas du tout, mon gros père, je vais m'occuper de toi, tu en as besoin.

J'ai protesté :

— Pourquoi ferais-tu ça ?

— On se tait. On est sage. Anne, viens voir la surprise !

L'autre est arrivée en courant. Elle m'a fait la bise. Selon elle, ça piquait. Ma chambre était prête. Elles m'ont soutenu, je me suis senti un coup de faiblesse. C'est la tension, camarade. Tu tiens jusqu'au bout de ton Messerschmitt, puis arrivé à l'extrémité de la queue, tu tombes.

Je ne voulais pas que ce soit dit, j'ai envoyé des tas d'influx dans mes périphéries. La carcasse n'a pas réagi. Alors, en galère, je me suis laissé faire.

La chambre, je la connais. Elle était repeinte en rose à présent. Ce doit être celle de la gamine. J'ai eu droit à du bouillon, de la compote, de la tisane. J'ai pensé à Daphnie, abandonnée dans sa blouse blanche. Et j'ai dormi.

Quand je me suis réveillé, c'était la nuit. Je ne savais plus trop laquelle. Mireille me tenait par la main. J'ai dit :

— Enfin, pourquoi ?

— Chut ! Tu viens de faire le tour de cadran. Tu as faim ?

— Drôlement !

— Attends, je t'apporte ton repas.

Cette fois, j'ai eu droit à du rôti, sans arêtes, délicieux, avec de la purée. Une reinette. Si je voulais du vin ? Non, du café. Comment je me sentais ?

— J'ai l'impression de revenir du fond de la mine. Sinon, ça va.

J'ai voulu me lever. J'ai piqué du nez. Apparemment, tu as un problème avec ton centre de gravité… Pas grave.

Mireille a constaté :

— Tu vois bien… Recouche-toi.

— Faut qu'on cause.

— Je t'écoute.

L'ennui, c'est que je ne savais comment présenter le catalogue. C'était confus. J'avais envie de hurler et de cogner, toujours mon côté câlin. Ça, c'était clair. Mais l'argumentaire restait sec.

Mireille a ri :

— J'ai compris, tâche d'en faire autant. Je ne pouvais tout de même pas te sauter au cou, quand je suis revenue, tu admettras. Pas avec ton comportement de macho. Tu ne m'as jamais fait de cadeau.

— Tu veux une croix avec des petits brillants ?

— Idiot ! Je ne parle pas de ça.

J'ai haussé les épaules. Elle a insisté :

— Je te connais, Romain. Je sais que tu aurais souhaité agir autrement, je sais bien. Avec ton orgueil imbécile, tu n'as pas pu. Tu es un infirme, dans le fond. Je ne t'en veux pas. Et puis, je ne pouvais pas savoir comment ça se passerait, à la maison. Après, j'ai appris que tu m'avais soutenue.

Intéressant. Je n'ai pas pu me retenir, j'ai dit :

— Et l'autre ?

Elle a souri :

— Il est parti, il doit présenter son travail à son directeur de thèse. Tu lui en veux tant que ça ?

J'ai serré les mâchoires. Elle m'a caressé le front.

— Mon pauvre Romain... L'autre, comme tu dis, c'est un garçon intelligent, et ici, les rues n'en sont pas pavées. Cela faisait du bien à Anne de le rencontrer, et à moi aussi, pour ne rien te cacher. Tu n'as aucun motif d'être jaloux, pas plus de lui que d'un autre. Les hommes, j'en ai soupé.

Je me suis tu. Elle a repris :

— Ni aucun droit.

Je savais. Je ne voulais pas discuter. C'était inespéré d'être là. Un miracle, c'est comme une bulle de savon, il vaut mieux ne pas trop secouer. J'ai dit :

— Parle-moi de ta fille.

Elle est têtue. Elle veut être infirmière.

— C'est bien, non ? Dans le coin ?

— Surtout pas. Elle souhaite aller en Afrique.

— Ah oui. Tu en dis quoi ?

— Rien. C'est sa vie. A un moment, je me serais volontiers retrouvée en brousse, moi aussi.

— Pourtant, ici... Rien. Ne fais pas attention.

— Tu vas prendre ta température. Nous allons te retaper.

Oui, et après ? Il n'y a pas d'après. Si le programme ne te plaît pas, tu peux rejoindre ton arbre, tu sais, le dernier. Cette fois, tu essaieras la face ouest.

Fallait que je me secoue. Je me sentais inerte comme une brouette de fumier. Faux. Le fumier, au moins, ça respire. Je me suis lancé :

— Dis-moi, ça ne manque pas, les misères à soulager dans

le secteur, pour en revenir à ta petite. Je peux te dresser une liste. En plus, tu es au courant, j'allais oublier.

Elle était d'accord :

— Je sais, Romain. Seulement, ici, c'est gris. Elle veut vivre, voir d'autres horizons, d'autres urgences. Chez vous, rien ne ressemble à rien, excuse-moi.

J'ai reconnu :

— Sûr qu'au point de vue famine, nous ne faisons pas le poids.

— Je ne parle pas de ça, il s'agit d'une question de mentalité. Tout le monde se méfie de tout le monde. Elle a besoin de...

J'ai pris sa main.

— Je comprends.

Comme elles, j'avais rêvé d'un monde plus large, un monde au-delà de l'ennui. Le rêve, ça passe après, il faut vivre. Je suis resté rivé. Je ne regrette pas. L'aventure est un livre d'images, j'imagine. Une fois les pages tournées, tu te retrouves à la case départ, avec une pincée de souvenirs. Et un rien de palu en prime. C'est ça, vivre ? Va savoir...

Je ne sais pas. Si, j'allais m'en sortir, enfin. J'avais trouvé le bout du fil, cette fois la pelote allait suivre. Puis j'ai dû en rabattre. Mireille ne chantait pas la même chanson. Ça s'est produit, d'un coup. Pour un peu, elle aurait mordu. Elle a attaqué :

— A quoi bon s'occuper de vous ? Votre misère, vous la cherchez, vous en redemandez. Ne me dis pas le contraire, Romain, je vous connais. Vous vous complaisez dans votre saleté. Vous êtes comme vos cochons, vous avez besoin de vous vautrer dans la boue.

J'ai réagi. Trop, c'est trop. Au diable l'avarice, j'ai dit :

— Parce que tu nous vois sur le tracteur en costume trois-pièces ? Tu rêves. Nous n'expliquons pas le monde à distance, nous autres. Nous nous bagarrons avec.

Elle a ricané :

— Bravo pour la dignité. L'ennui, c'est que tu n'as rien compris. Bien sûr, vous travaillez, comme les bêtes que vous êtes. Du moment que cela vous justifie, vous ne cherchez pas plus loin. Vous n'avez jamais rien compris à rien. Vous êtes tout juste bon à subir.

Foutaises.

— Comprendre quoi ? Subir quoi ?

Elle a soupiré :

— On ne s'entendra jamais. Votre attitude ne va pas. Vous vous accrochez au passé. Vous en êtes resté aux pièces de 25 centimes, en nickel, celles avec lesquelles vous cloutez vos ceinturons. Je parie qu'en cherchant bien, tu en retrouverais une pleine cachemaille, dans un coin.

Effectivement. Même sans chercher. J'ai dit :

— Je ne vois pas le rapport.

— Je sais, Romain. Les choses ont changé. Tout a changé, mais pas vous. On n'a plus besoin de votre travail. On n'aura bientôt même plus besoin d'ouvriers. On n'a plus besoin de vous, voilà. Mais vous, vous continuez votre train, vous...

— Tu ne m'apprends rien.

Je devais être pâle. Elle est allée me servir un verre d'orangeade.

— Excuse-moi, je ne voulais pas te blesser. Comment savoir avec toi, tu ne parles pas !

— Ce n'est pas mon métier.

— Très juste. Ton métier, c'est de rentrer dans tout ce qui te dérange, pas vrai ?

J'ai ri :

— Il y a de ça.

Bon. Jusqu'ici, la situation restait sous contrôle. Je me sentais une violence pas croyable. Expliquer la vie, facile. C'est juste du pipi de chat. Mais te fourrer le portrait dedans, je n'en raffole pas. Ma vie vaut ce qu'elle vaut, pas grand-chose. Je n'ai pas eu peur de me casser le cul. Je reste prêt à crever sur mon tracteur. Personne ne me le demande, soit. Moi non plus, je ne vous demande rien, vu ?

Nous étions sur la ligne de partage des eaux. Je souhaitais une chose, basculer vers Mireille, basculer tout entier. Qu'elle m'accepte tel que je suis, bon sang. Puis merde, elle a continué. Les poulets, faut vachement faire attention à la poche de fiel, quand vous les videz. Elle a dit :

— Vous êtes indécrottables, vous rentrez dans la vie à reculons.

Belle image. Elle a fait tilt. Association d'idées, ils appellent ça, dans leur jargon. Ça m'a échappé. J'ai lancé :

— Et dans toi, hein ? On rentre comment ?

J'ai réalisé. Ce coup-là, mon camarade, tu as fait fort. Ce n'est pas demain que tu le rattraperas. J'ai dit :

— Pardonne-moi.

Elle s'est levée, elle a quitté la pièce. J'ai entendu le bruit d'un moteur. Voilà, c'est fait. J'ai évacué le lit, récupéré mes habits. Les côtes me lançaient toujours. Sur le dessus de la cheminée se trouvait une photo de Mireille, avec Anne serrée contre elle. Elles étaient très belles. J'ai eu du mal à la sortir du cadre, ma vue se brouillait. J'ai gardé la photo, j'ai pris la porte.

Dehors, l'air piquait. Au juste, on est en quelle saison ? La saison des amours. Le froid m'a réveillé. Hypoglycémie, coco. Je suis parti. L'impression du prisonnier qui rentre au village, la guerre finie. Tellement finie que les gens l'ont oubliée, sa putain de guerre. Et lui avec.

Une pensée héroïque m'a effleuré les méninges. J'ai dit, à haute voix :

— J'en ai rien à foutre des leçons d'une salope, non mais !

Très con. Je me suis arrêté de penser. Enfin, j'ai essayé. J'en avais à foutre, justement, de cette fille. Je me retrouvais là, le cœur gros, les mains vides. J'ai mis le cap vers la base arrière. Nous autres, sous-mariniers, il nous faut retrouver la rude amitié de nos camarades. J'ai atterri chez Polin.

23

J'ai dû me soûler. Ce n'est pas une supposition, oh que non. Une certitude. Je me suis cuité contre cette chiennerie de vie. Contre moi. Avec les copains. Ils m'ont posé tout l'arsenal de questions d'usage, à propos de l'accident, où ça s'était passé, le comment, le pourquoi... Je leur ai expliqué que c'était pour éviter une grande femme toute nue, enfin presque, plantée au mitan de la route.

— Je dis presque parce qu'elle portait des bas noirs.

Cette fois, ils étaient allumés. Mon accident, ils s'en tamponnaient. Une femme nue, attention les yeux ! Polin a bredouillé :

— Des bas noirs ?

— Justement non, des blancs. C'est elle qui était noire.

L'autre idiot a ricané :

— Comme toi ! T'es sûr que c'était pas un petit homme vert, ta grande bonne femme ?

Enfin, vous voyez le niveau. Tant que je pataugeais avec eux, je n'étais pas ailleurs, je ne pensais pas à autre chose. Toujours ça de gagné.

Je me serais bien cuité une saison ou deux. J'aurais demandé à Polin de me brancher un hamac au-dessus du comptoir, près des rangées de bouteilles. Juste la main à tendre. Pour une fois, j'aurais dominé la situation.

Puis je me suis répandu, j'ai tourné de l'œil. Ils m'ont d'abord installé sur une chaise, pour cuver. Lou Max s'est inquiété :

— Il a peut-être disjoncté. Faut voir.

Ils ont appelé notre bon Dr Hippolyte. Il est venu, m'a palpé. Il s'est indigné :

— Comment se fait-il qu'il ne soit pas à l'hôpital ?

— Il en sort.

— Voyez-moi ça. Je vais leur téléphoner.

Je vous raconte l'histoire comme on me l'a racontée, je ne me souviens de rien. Ils m'ont véhiculé vers la civilisation urbaine. Quand j'ai refait surface, j'ai reconnu ma chambrette, celle aux deux lits. Pas possible, mes rêves bégayaient. J'ai laissé courir, piqué du nez.

Au réveil, on m'a collé une séance de radios... Bougez pas... Respirez plus... A la suite de quoi un autre toubib bien rasé m'a expliqué... Je dis bien rasé parce que, comme il était très rose, ça faisait très nu, il aurait dû porter un slip ou au moins une barbe, par décence... M'a expliqué que ça n'allait pas :

— Vous avez des vertèbres lésées, dans le cou.

Il a même prononcé les noms, l'atlas, l'anti-atlas, des trucs dans ces eaux. Ça paraissait sérieux, dis donc. Son assistante allait me confectionner une minerve. Attention, je devais éviter les efforts, les secousses, tout le tremblement.

J'ai dit :

— Même le tracteur ?

— Surtout le tracteur, malheureux !

Il s'imagine que j'ai le choix. L'assistante m'a essayé la minerve, une sorte de vaste faux col. Elle sentait la violette. Pas la minerve, l'assistante. J'ai constaté :

— C'est un joli nom, minerve.

— Tout le monde le dit, mais personne ne supporte.

Ben oui. Ça m'a fait penser à Mireille. Hippolyte et le Grand m'ont récupéré. Mon vieux docteur m'a sermonné.

— Romain, j'espère que tu vas être raisonnable. On ne joue pas avec sa santé.

— Enfin, docteur, vous me connaissez !

— C'est pour cette raison que je m'inquiète.

Ils m'ont déposé devant chez moi, ni plus joyeux ni plus fier, seul comme un ténia. Voilà pourquoi ça marche, la Légion, finalement. Parce qu'il se trouve toujours une crème d'adjudant pour te tenir la main.

J'ai constaté une chose, ma bonbonnière était crado.

Salement crade, même. J'avais bâti cet endroit pour mon petit, dans les temps. Au départ, c'était coquet, propret. A présent, un cochon décent n'en voudrait pas. Le carrelage s'encroûte. Pour compenser, le plafond s'écaille. Entre les deux, le foutoir. Je ne rentre pas dans le détail, ce serait fastidieux. Les trucs s'accummoncèlent, on ne sait plus à quoi ils servent, et eux non plus. Un vrai marasme, seulement ils occupent l'espace, et ça finit par faire moche.

A force, je ne voyais plus rien. De loin en loin, je virais un coup de fourche pour éclaircir un brin. Mais suppose que tu invites quelqu'un, hein ? Tu imagines ? Certes. L'ennui, c'est pour nettoyer à fond. A la grenade quadrillée ? Il vaudrait mieux une roquette.

Je m'y suis mis. Evitez les efforts qu'il disait, l'autre pantoufle. Surtout entre les repas... Je me suis offert une bonne suée pour dégager le plus gros. Je n'ai pas tellement trié. C'est comme le cancer, les choses, tout ça vous envahit. Faut couper.

Après, j'ai soufflé, pris une douche. D'après le calendrier, nous étions début avril. D'après le temps, toujours dans la mouscaille. Et d'après moi, ça n'avait guère d'importance. Parce que le temps, inutile d'en parler tant qu'on n'arrivera pas à le coincer. A l'immobiliser une bonne fois, ne serait-ce qu'un siècle ou deux. Mais bon, c'est une autre question.

J'ai filé chez le droguiste. Nous en détenons encore un, le père Gustave, parce que s'il fermait boutique, il ne saurait plus où caser Clemenceau, son chat, un énorme gouttière, la gloire de son magasin. Le jour où Clemenceau cassera sa pipe de chat, le bazar, il faudra se le chercher à Montlaur.

Je serais de Montlaur, j'installerais un village de tentes, ou des petits pavillons, tout autour du parking. Les gens perdraient moins de temps. Quitte à y passer sa vie, autant s'installer. En attendant, j'ai fait le plein, peinture, pinceaux, térébenthine. J'ai ajouté un racloir et du mastic. De la cendres-lessive Saint-Marc. Enfin, les bricoles rituelles.

Le père Gustave a commencé à s'émouvoir. Il a dit, pour dire :

— Alors, Romain, c'est le nettoyage de printemps ?

— Exact. Je rapproprie ma bicoque.

Du coup, nous avons parlé chasse. C'était une fine

gâchette à une époque, le Gustave, faut pas croire. Les cochons, il en a eu sa part. Seulement, un jour qu'il s'en revenait, il a cru entrevoir quelque chose de pas catholique, dans un fourré. Ça soufflait, ça grognait... Son chien est tombé en extase. Alors il a tiré. Il ne s'agissait pas tout à fait d'un cochon, mais de deux. Enfin, deux amoureux, la grande Fabienne et son petit ami du moment. La Fabienne en a réchappé, pas le gosse. Le missionnaire, ça ne pardonne pas, pour celui du haut. Normal, l'apostolat mène au martyre. Cela fait bien vingt ans, mais depuis Gustave a raccroché son fusil.

La chasse l'intéresse toujours. C'est devenu pour lui quelque chose d'idéal, si vous voyez. Un peu comme les romans de gare par rapport à l'amour en vrai. Reste l'idée, pas les tripes.

Clemenceau paraissait d'accord. Je les ai quittés. En voiture, Simone... J'en ai mis un coup. Rien que pour récurer le carrelage et récupérer les murs, je ne vous dis pas. Après j'ai laissé sécher. Plus dur à dire qu'à faire... J'ai collé un radiateur électrique et fait une flambée, sinon nous y serions encore. Du temps, j'ai cassé la croûte, je me suis offert une petite sieste. Et puis rebelote. J'ai blanchi, en commençant par le plafond.

Je m'étais collé une serviette autour du crâne, comme un corsaire, sinon tu te retrouves avec une tignasse monobloc. Quand je balance la tête en arrière, ça fait bizarre. Je vois des petites mouches brillantes... Exact et tant mieux. Faut mener une vie dangereuse, coco. Faudra surtout passer deux couches.

J'étais crevé. J'ai repris une douche, à cause de l'odeur. Je... Je quoi ? Je ne sais plus. Si je me souviens, je te ferai un dessin. Ah oui... Tu peux me dire à quoi rime cette débauche ? Tu fais ça pour quoi, au juste ?

Au juste, c'est justement la question que je préfère ne pas entendre. Disons, pour qui voudra. Prépare ton nid, et la chardonnerette... Que veux-tu que je te raconte ? Je fais pour ne pas devenir fou.

Je croyais avoir sommeil. J'avais. En même temps, je me sentais tendu comme une grenade dégoupillée. De frais. Comme j'allais m'endormir, j'ai entendu cogner. Bon sang de bois, c'est pas vrai... J'ai regardé l'heure. Il n'était pas si tard, si on réfléchit. J'ai ouvert. Le Grand est entré comme un bolide dans l'arène. Il n'a proféré ni quoi ni qu'est-ce ni bonjour. Il a dit :

— Tu sais pas ? Ce sont des dégueulasses !

— Absolument, collègue. Un café ou une tisane ?

— Te fous pas de moi.

J'ai sorti le rouge et deux verres. Je n'ai pas posé de questions. Pas la peine, ça coulait tout seul. Il en voulait à ses chasseurs locatifs. Les tartares lui avaient laissé sa ferme chérie dans un état pittoresque :

— Tu peux pas imaginer. Rien, ils respectent.

Ainsi, dans la chambre se trouvait une couronne de fleurs d'oranger, sous globe. Dans les temps, cela se pratiquait. On ne conservait pas forcément sa virginité, son symbole, si. Pour les fromages, on préférait les garde-manger en fil de fer. A cause des mouches.

— Tu devineras jamais ce qu'ils ont osé faire avec !

— Une infusion ?

— Non, ils ont collé des préservatifs tout autour de la couronne de ma grand-mère, les pourris !

J'allais dire : elle a dû en voir d'autres... Je me suis retenu à temps. J'ai remarqué :

— Attention. Ils les avaient peut-être juste mis à sécher. Mettons tu les laves, après, il faut bien les poser quelque part, non ?

Non. Il paraissait buté. J'ai dit :

— Au fait, la chasse, cela va faire trois mois qu'elle est bouclée. Tu t'en aperçois seulement ?

— Oui, je n'y étais pas retourné.

— Et tu veux quoi, au juste ?

— Un conseil, Romain. Ces types, je les tue ou pas ?

— Tu peux. Seulement je ne sais pas si leurs veuves reprendront la location. Une chèvre morte, c'est pas évident, pour la traire.

— Quel air tu me chantes ?

C'était clair, pourtant. J'ai demandé :

— Le pognon, ils te l'ont donné ?

— Je veux.

— Et tu en veux encore ?

— Parfaitement.

— Et ils comptent revenir ?

— Ces saligauds ? Je pense bien, ils étaient ravis. Ils en rêvent en plein jour.

— Alors, où tu vois un problème ? C'est déjà dégueu, ça ne risque plus rien. Tu prépares la facture, qu'ils ne te prennent pas pour une bille. Tu augmentes la note.

Il a râlé encore un coup. Je l'ai laissé lâcher de la vapeur. J'ai profité d'une accalmie, j'ai dit :

— C'est tout ?

— Non. Ils ont foutu le feu à la cheminée, d'un peu la baraque cramait.

— Excellent. Porte-le sur l'addition. Rien d'autre ?

— Tu trouves que ça ne suffit pas ?

— Je n'ai rien à trouver, sauf que tu es extraordinaire. Enfin, quoi, tu tombes sur des types assez amoureux de ta foutue ferme pour la traiter comme ils n'oseraient pas traiter leur propre maison. C'est pas beau, ça ? Mais c'est une mine d'or, favouille. Fais-les cracher sans hésiter. Ils ne demandent que ça, mon collègue.

Il est resté un moment à supputer. Il s'est gratté le haut du crâne. Il a fini par lâcher :

— Merci. Je vais procéder comme tu dis.

— Surtout, laisse-les venir. Attends qu'ils te contactent. Sinon, tout va bien ?

— C'est à toi qu'il faut le demander.

J'ai un peu parlé de mon carambolage. Si on ne causait pas pour ne rien dire, le silence vous rendrait sourd. Jacquou s'est frappé le front :

— Au fait, j'oubliais, lou Max vient de perdre sa femme.

— C'est pas vrai ! Je l'ai vu pas plus tard que... Je sais plus. En tout cas, il ne m'a rien dit.

— Il devait te croire au courant.

— Comment il s'est débrouillé ?

— C'est elle. Elle s'est pendue.

— Tiens donc... Pourtant, c'est le gros brave, Max.

— Oui. Mais à part les copains et les cochons, il ne faut pas lui demander la lune.

C'est vrai qu'elle, on ne la voyait pas souvent. Un bout de femme rétrécie. J'ai demandé :

— Elle a laissé un mot ?

— Rien, pas ça. Elle s'est pendue proprement, comme on étend le linge.

— Il en dit quoi ?

— Tu le connais, c'est pas le type contrariant. Il a toujours respecté les décisions des autres.

— Il ne lui a quand même pas donné un coup de main ?

— Je ne saurais pas te dire, mais je ne crois pas. Lui, c'est plutôt le fusil ou le couteau, son style. Les femmes, les armes à feu, elles n'en raffolent pas. Leur genre, c'est de t'empoisonner... Enfin, je ne veux pas déparler, parce que la mienne...

— Ben dis donc, dis donc... Ou alors, peut-être bien que c'était juste pour le contrarier.

Le Grand n'avait rien contre. Avec les femmes, on n'est jamais fixé. Elles ne savent qu'inventer pour se faire remarquer. Quand même...

J'ai pensé à Mireille. Imagine, tu rentres et tu vois ça qui pendouille, accroché à la suspension. Ça fait désordre. La bouteille était vide. J'en ai pris une autre. J'ai constaté :

— Elle devait être dévariée.

— Tu sais, pas forcément. La vie, des fois...

— Je sais. Pas une raison pour se pendre, on manquerait de branches.

C'est drôle, la mort. En un sens, c'est positif. Je parle de la mort des autres. Ça aide à voir le vrai poids des choses. A voir que finalement, ce n'est guère la peine de s'exciter comme des pucerons, parce que... Pas la peine d'en faire une tartine. Et puis, il paraissait si peu marié, Max.

Il m'a signalé aussi le retour de Maki. Il avait fini par payer son mauvais coucheur. Avec quel pognon ? Quelle importance, un trou chasse l'autre. Pour le moment, il se tenait au vert, il se faisait petit. Et puis Jacquou a plissé le museau :

— Ça sent la peinture, chez toi.

24

Cette nuit, j'ai enfin dormi, un bon bloc de sommeil, au lieu de cette mêlée confuse, tu as soif, tu transpires, tu t'agites, tu rêves des films pas possibles, enfin la soupe... J'avais tout de même la tête comme un tambour. Ça, c'est la peinture, coco. L'aurait fallu aérer massivement. Aérons.

Je me suis préparé un café. Des tartines ? Pas envie. Je repensais à l'histoire du Grand. La suspension... Imagine le contraire, Maki se pend, et la femme de Max revient. Ce serait plus contrariant, parce que Maki, c'est un bon collègue. En fait, c'est une branche pourrie, mais il garde un côté dingue qui me plaît bien. Il voit d'abord le versant marrant des choses, le reste il s'en cogne. C'est rare. Remarque, je le verrais assez se pendre, il ne doit pas en être à ce détail près.

L'air m'a fait du bien. Dis donc, ces temps, tu t'es pas mal agité. Sur place. Je ne te comprends pas, tu t'es démené comme un possédé. Juste pour brasser de l'air, oui. Tu n'as rien de plus intelligent à... ?

Sûr. Faudrait que je replante une partie de mon lavandin. Que je taille mes arbres une bonne fois... Hé, oh, je te signale que c'est trop tard, pour cette année. Tant mieux, que je jette un œil à la clôture du parc à moutons, ce n'est pas la ligne Siegfried. Un de ces quatre, elle va se répandre. Du travail, j'en ai jusque-là.

Hop, au turf. On commence par quoi ? Le plus urgent, le lavandin. Toujours pareil, je bute sur cette question de tracteur. L'autre farceur, tu l'as vu venir retaper ton engin ? Ben non. Comme tu ne lui as pas secoué le grelot, il n'y a rien de fait. Race de parasites... Et celui qu'il m'a prêté, si je m'en sers pour de bon, je le casse.

J'ai empoigné le téléphone. Dès que ça a décroché, j'ai mis le paquet. Il a eu son compte, sans bavures, l'autre, je tenais la forme. Quand j'ai repris mon souffle, j'ai entendu une voix acidulée :

— Je vous le passe.

La secrétaire... Après tout, elle est payée pour. Elle n'a qu'à faire une besogne honnête. Le patron a prétendu que son esclave était passé sans me trouver.

— L'engin était là, non ?

Si. Mais il a déjà eu affaire à de mauvais coucheurs, il préfère que le proprio soit présent. Nous avons pris rendez-vous. Ce qui me tue, c'est le temps perdu pour la moindre combine. Dément...

En attendant, j'ai pris un sécateur, une petite scie, je suis quand même allé voir mes pommiers. Si c'est trop tard, tant pis pour eux. Et puis le printemps a été froid. J'ai fixé une échelle sur le toit de ma guimbarde, et en voiture Solange.

J'ai ramé. Le travail avant tout. J'ai évité mon monde, je n'ai pas mis les pieds chez Polin. Boulot, boulot, pas d'états d'âme. Tu es quoi, d'abord, pour te le permettre ? La veuve de Félix Potin ? Bosse, mon petit. Tu n'en seras pas plus riche, mais tu auras ta conscience avec toi.

Le temps s'est remis au doux, et re-gadoue. Il a plu. Un petit coup de chaud là-dessus, les prés sont devenus somptueux. Bientôt, il faudra s'occuper des moutons. D'accord. D'abord, je souffle un coup. Ça va, je me suis repris en main. Rien de grave, de loin en loin, le terrain s'effondre. Comme je suis solide, je finis toujours par remonter. Le travail, ça soutient. Tout juste, coco, mais faut pas abuser.

Les collègues ne sont pas venus. Ils doivent le sentir, quand tu as besoin de t'isoler. De vraies sensitives. Du coup, j'ai fait un saut chez Polin. Il est resté saisi, à me voir. Il s'est exclamé :

— Par exemple ! La tête que tu te trimbales !

— Me fatigue pas.

— Heureusement que je te connais, on dirait le vrai déporté. Tu te sens bien ?

— Arrête ton cinéma et envoie un demi.

Il a pris l'assistance à témoin. Il insistait à peine, le bougre :

— A toi seul, tu parais le siège de Leningrad !

Un peu ça va. J'ai pris la direction de la sortie. Il m'a rappelé :

— Te fâche pas ! On peut rien lui dire. Il est là, ton demi, je te l'offre.

J'ai pris ma bière. Ils parlaient de quoi ? Des touristes. L'année s'annonçait mal. Il y avait du mou dans les locations. Nous n'aurons pas foule. Alors, ils cherchaient les raisons. Polin ne comprenait pas :

— Où tu veux être mieux qu'ici, je te le demande ? Tu as le calme...

Il partait pour la belle envolée sur le bon air et le reste. Le Grand Jacques lui a coupé le sifflet :

— Hé, ho, ton calme, ils en ont jusque-là. C'est juste le contraire qu'il leur faut, du boucan, de la foule, la vie, quoi !

Polin s'est rebiffé :

— D'où tu sors ça ?

— Ouvre les yeux. Ici, ils sont enterrés vivants. Eux, ils veulent des planches à voiles, de l'animation. Ils ont envie de s'étourdir, pardi. Pas de compter les pattes des mouches.

— Et avant ? La plage, elle existait ?

— Je ne te dis pas le contraire. Ils faisaient leur petit pipi dans l'eau pendant que les gosses trafiquaient des pâtés de sable. Mais maintenant, attention, tu trouves du sein nu à la tonne, et en plus c'est gratuit. Comment tu veux lutter contre ?

Le gros Calu a ricané :

— C'est quand même pas les Folies-Bergère !

Le Grand a haussé les épaules :

— Peut-être, mais nous, c'est carrément zéro.

De fait... Justement, trois de nos paroissiennes descendaient le cours. De braves femmes, la veuve du Titou, la Berthe et la femme d'Albert. Nous les avons regardées, nous sommes partis de rire. C'était comique de se les imaginer avec juste une ficelle dans la raie. Maki a conclu :

— On retarde d'une génération.

J'ai protesté :

— Comme ça, du jour au lendemain ?

— Sûr que ça ne date pas d'hier, seulement, un jour, ça se déclenche. Les gens suivent la mode, et nous, nous ne bougeons pas.

Polin a dit :

— Même on voudrait, on peut faire quoi ? Impossible d'aller contre, pas vrai ? On peut survivre, c'est déjà beau.

Les autres paraissaient d'accord. Et encore, survivre, c'est vite dit. Leur génération, peut-être, parce que nos jeunes préféraient ne pas rester moisir sur place. Polin le comprenait.

— Se taper des années de tracteur pour des clopinettes, faut en avoir envie.

J'ai eu envie de le moucher. Lui, ce n'est pas l'overdose de tracteur qui lui disloquera les vertèbres. A quoi bon ? Tu lui feras de la peine, alors qu'il est de notre bord. Sûr. Comme la tique avec le chien.

Quelqu'un est entré. Au regard des collègues, j'ai compris qu'il s'agissait d'une femme. J'ai vérifié. C'était Anne. Elle a demandé si on avait déposé un colis pour sa mère. Non. Elle ne s'est pas éternisée.

Curieux. Elle a changé. Elle commence à se banaliser, on dirait, à devenir comme nous, moins coquette, moins vive... Ou alors c'est toi qui dérapes. Le paysage dépend de l'œil qui regarde. Attends... C'est Polin. Il profère quoi ? Il s'adresse aux foules :

— Vous êtes bien d'accord ? Celle-là, ce sera pas la peine de lui coller la taie d'oreiller sur le portrait, au moment de...

Il a eu un geste alternatif des avant-bras, comme les gosses qui jouent à la locomotive. Il y a eu ce bourdonnement dans mes oreilles, et une sensation de froid. J'ai entendu les collègues approuver, comme si le son me parvenait à travers une grande épaisseur d'eau. J'ai avalé ma salive. Une voix, à côté de moi, a dit :

— Espérons qu'elle prendra la relève de sa mère. Je m'inscris de suite.

Je ne savais pas de qui ça venait. Mon poing est parti. Le type aussi, en arrière Je me suis tourné vers Polin :

— Tu me redonnes un autre demi ?

Le décor s'est animé. On a relevé l'autre taré. J'ai reconnu le fils Bertoin, il revenait du service. Polin m'apostrophait, comme quoi j'étais devenu fou, et où je me croyais...

J'ai dit :

— C'est rien, un réflexe.

Ils étaient tous en train d'aboyer. Sauf Maki. Lui a pris mes parts :

— Si vous crachez contre le vent, vous étonnez pas si ça vous revient dans la gueule !

Sylvain, le gendre du vieux Miro, a tenté de pinailler :

— Enfin, quoi, on peut plus faire une remarque ?

— Attendez les touristes, elles sont là pour ça.

Le jeune n'avait rien de cassé. Salement vexé, par contre, ça se croit des hommes, à cet âge. Je me suis excusé, pas tant pour lui, pauvre... Pour les collègues. J'ai reconnu que j'étais nerveux, j'avais des problèmes. Polin a admis que ça pouvait arriver :

— Tout de même, Romain, surveille-toi, je te le demande gentiment. Là, c'est bon, ça se passe entre nous. Mais fais ça à un étranger, tu te retrouves au frais.

J'ai plaisanté, payé une tournée. L'ambiance est revenue. Le pire, c'est que je ne comprenais pas, ça n'a pas de sens. Avec Mireille, c'est fini. Avec Anne, il n'y a rien. Alors ? Alors, tu as encore du tonus, toto.

Maki m'a demandé des nouvelles de Jules :

— Ça roule. Il s'est acheté une Mobylette, une vieille. Il s'exerce dessus en ce moment. Vous n'allez pas tarder à le voir.

— Oh, malheureux ! Il compte venir au village avec ?

— Je crains que si.

— Le premier camion qu'il croise, c'est pour lui, il va se faire esquicher. Et sa main ?

— Ça ne s'arrange guère. Deux ou trois doigts ne réagissent plus. Et comme il ne fait rien...

— Ça va pas l'empêcher de chasser ?

— Lui ? Je ne crois pas. S'il fallait, il tirerait avec les dents.

— Alors, c'est le principal.

Il m'a pris par le bras, m'a entraîné à l'écart :

— Pas mal, ton direct, Romain. Tu me fais faire du souci.

Ton énergie, c'est par là qu'il faut la mettre. Ça te dirait qu'on aille bringuer un coup tous les deux, un de ces soirs ?

A peu près autant que de me faire passer au tire-comédons. J'ai dit oui, il ne faut pas décourager les bonnes volontés. Nous avons repris une bière. Peu que peu, à partir de la troisième, on se sent mieux, faut reconnaître. Sinon, à froid, je me demande toujours ce que je trafique. Eux, je les comprends, ils sont exactement ce qu'ils sont. Moi pas. Je ne colle pas, comme un moteur qui a tourné au-dessous de son régime. Je garde l'impression que je triche, que je vis n'importe comment, sans savoir au juste quel est l'enjeu. Au fond, je ne tiens pas à le savoir. Il n'y a pas de réponse. Il y a juste cette énorme insatisfaction noyée dans la routine des jours.

J'ai réglé Polin. Nous deux Maki, nous sommes partis manger dans cette pizzeria, sur la route de Digne, après le croisement des Bessons, à main droite. Je n'avais pas envie de me morfondre entre mes quatre murs. Ça passera ; t'affole pas. Même les dinosaures ont du vague à l'âme.

Et puis ça m'a frappé, cette impression monstrueuse d'être abandonné. De ne plus être accepté. Comme une cassure entre les autres et moi. Tu plaisantes, tu es ici depuis toujours. Qui parle d'accepter, tu fais partie du sol. Ceux qui racontent que ces histoires d'appartenance, c'est comme la roséole, juste une histoire de souvenirs d'enfance, je les plains. Notre connivence plonge tellement plus profond... Et là, je sentais comme un décollement. Tu rêves...

J'ai vu une main s'agiter, en face de moi. C'est quoi, ce truc, un film d'horreur ? C'était Maki. Exact. Il veut quoi ? Il prétend que tu ne l'écoutes pas. Je n'y peux rien, nous avons été coupés. Bah, tu n'as pas perdu grand-chose.

Il paraissait perplexe :

— Tu es sûr que tu te sens bien, Romain ?

— Tout à fait. C'est le palu.

— Oh ! Quel palu ?

— Si. Je suis des cours par correspondance, je t'ai pas dit ?

— Des cours de palu ?

— De maladies tropicales. Non, je plaisante, excuse-moi. Tu disais quoi, au juste ?

La séance a repris. Il m'a parlé de ses combines à la mords-moi l'... Rien de vraiment grandiose. Maki, si c'était Napoléon, ça se saurait. C'est fou à quel point nous reprenons toujours la même petite histoire. C'est vrai, camarade, chaque jour la vie se fait plus quotidienne. J'avais l'impression d'être sous un de ces ciels d'orage qui n'en finissent pas de ne pas avorter. Faut attendre... Et en attendant ?

J'ai pensé à la femme du Max. Il a fallu qu'elle meure pour qu'on s'aperçoive de son existence. Peut-être qu'elle non plus ne supportait pas les orages.

25

Une fois passé le coup de grisou, je m'étais recentré sur mes rails. Arbeit, je ne connais que ça. La petite arbeit qui monte qui monte, comme disaient les Frisés. Le fifrelet du garage est passé arranger le tracteur, il me l'a remis comme neuf. Pas croyable... Si. Comme le patron voit bien que tu n'as pas le pognon en ce moment, il te le retape. Sinon...

Tu crois vraiment ? Ben pardi, la combine fonctionne à la tête du client. Il vaut mieux avoir l'air pauvre et con que le contraire, retiens bien ça, coco.

Coco est venu à bout de ses lavandins. Je m'y suis pris tôt. Encore une riche combine, parce que l'extrait, ceux de Grasse ne te l'achètent plus. Une chance, ça se stocke, ça ne tient pas de place. Avec deux collines, tu remplis trois petits bidons, un peu comme si tu avais des lingots. Si jamais tu vends, tu te fais un joli tas de pognon. Sinon, tu peux rêver, le produit n'est pas coté en Bourse. Mais nous, la Bourse...

Et puis les brebis. L'a fallu les engrosser en série. De cette façon, elles accouchent toutes dans un mouchoir, c'est plus facile. Pauvres bêtes, si tu réfléchis, il ne leur reste plus tellement de satisfactions. Les fiançailles, terminé, tout à la seringue. Sûr qu'ils procédaient sans trop de délicatesse, les camarades béliers, mais tu me diras, les collègues, avec leurs femmes... Ne mélangeons pas tout.

Question brebis, heureusement que Jules est là, pour un coup. Pour plus de sûreté, je lui ai saboté son vélomoteur, discrètement. Ce n'est pas le moment qu'il se pourfende, l'animal. Jules, roi de la vitesse, on aura tout vu. Il s'est même affublé d'un vieux casque allemand d'époque, il en jette. Son engin, je ne l'ai remis en état qu'une fois la dernière bête passée à la casserole, après la deuxième série de gâteries. De ce côté, on pouvait souffler.

La montée en alpage, je verrai plus tard, avec Chloé, dès qu'il se repointera. Ça ne saurait tarder. Il tient bon la rampe, celui-là. Imagine, s'il se mettait à écrire ses mémoires, ou à se lancer dans le rock-bizness, tu serais joli. En plus, tout est possible, nous vivons l'époque du miracle non-stop.

Puis j'ai dû couper la luzerne, la mettre à sécher, prier pour qu'il ne tombe pas un bon orage. Voilà le travail... C'est toujours pareil et toujours différent. Mais ça, j'imagine, c'est vrai pour tous les boulots. Seulement, quand tu grimpes sur ton tracteur, c'est autre chose, avec toute cette puissance. Ça nous a changé la mentalité. Nous disparaîtrons plein pot.

De nouveau, les troupeaux sont sortis. Leurs sonnailles égaient le paysage. Tant que nous les entendrons, rien ne sera fini. Plus tard, quand nous ne serons plus là, ils passeront le bruit sur magnétophone, comme pour les cloches. Tu auras aussi tes cassettes de chants d'oiseaux, et des petits flacons qui sentiront la crotte de bique et le tilleul en fleur. Extra...

Juin a filé comme un rêve. En juillet, il a fait très chaud, un vrai coup de barre. Nous avons moissonné tôt. Les moissonneuses, à présent, ce sont des monstres, il faut élargir les chemins, surtout les virages. Elles te font tout. Un de ces quatre, elles te donneront du pain ou des biscottes, au choix. Tu n'auras qu'à appuyer sur le bouton. Mais enfin, cette année, le blé a bien rendu. Je pourrai honorer mes traites, ou presque. C'est le bon système, finalement. Tu as toujours la corde au cou, mais ils te maintiennent les nasoles hors de la vase. Merci pour tout.

Ensuite j'ai ramassé la sauge. J'aurais salement eu besoin d'un coup de main, je sens comme une tension du côté des vertèbres. Genre corde qui ne demande qu'à lâcher, et pas le temps de m'écouter. Tomber malade reste un luxe. J'ai laissé Jules monter les bêtes à l'alpage. Ça m'aurait fait plaisir de l'accompagner, pas le temps. Quand je descendais de mon engin de mort, j'en avais encore pour un bon moment à bourdonner en me massant le cou. C'est ça, la drogue.

Et après il a fallu récolter les graines des plantes fourragères. Elles ne poussent pas toutes seules, et j'ai ramassé presque autant de sauterelles qui sautaient à n'en plus finir dans la remorque. Et puis... Et puis faï tira, nous n'en voyons jamais le bout. Je n'ai pas eu de pépins, pas d'accidents, un vrai miracle. J'ai pu souffler. Drôle de cirque quand même. J'ai l'impression d'être un acrobate sans public et sans filet. Si tu réussis ton numéro de voltige, tout le monde s'en fout. Et si tu t'écrases, pareil. Un acrobate qui travaille juste pour lui. C'est ça, les professions libérales, coco.

Pas de doute, nous sommes les meilleurs. Un jour, on le reconnaîtra. On dressera même une statue :

AU PLOUC, LE PAYSAGE RECONNAISSANT.

Je veux dire, on dressera la même statue un peu partout. La campagne sera devenue un vaste terrain de manœuvres pour 4 × 4, et les gens brouteront des molécules tirées du pétrole. Si tu arrêtais un peu tes conneries, papi ?

Il faisait une rudement belle journée. Nous étions début automne. Déjà ? Je te promets. Pourtant, cette année, je l'ai connue toute petite, je ne l'ai pas vue passer. Ce n'est qu'un début. A ce rythme, tu vas y laisser ta vie. Un jour, tu te croiras sur ton tracteur, tu te retrouveras dans une petite chaise roulante en train de faire vroum-vroum... Je t'en foutrai, des vroum-vroum...

L'a fallu redescendre les bêtes de l'alpage. Je ne dis pas qu'elles avaient de belles joues roses, mais enfin, elles avaient profité. Chloé, toujours égal à lui-même, un vrai plaisir. J'ai peur qu'il se marie ou qu'il file dans les hussards, une catastrophe dans ce genre. Mais non, il est mordu.

Cet été, je l'ai négligé. Remarque, il s'est mis à la marmotte. Le tout, c'est de bien les laisser mariner dans le vin, avec pas mal d'herbes aromatiques. Il m'a fait goûter, une fois. Question d'être goûteux, c'est goûteux. Faut tout de même s'accrocher, tudieu !

La saison de la chasse est revenue. C'est bizarre, elle reste encore tolérée. Oh, des ennemis, nous n'en manquons pas, ils finiront par y arriver... Tous ces écolos de gouttières, allez les verts, allez jouer avec votre bébête et laissez-nous tranquilles. Si vous insistez, faudra organiser quelques solides barrages routiers, au moment de la neige.

En attendant, je me suis retrouvé à poste, mon flingue à la main, par un froid sec, en dessous du col de Mounis. J'ai entendu les chiens couiner avec un bel ensemble. Ils venaient de lever tout un troupeau. J'ai aperçu les cochons dans un passage à découvert, hors de portée, qui déboulaient serrés comme à la manœuvre. Un peu plus tard, les flingues ont donné. Encore une fois, c'était pour les collègues. J'ai beau changer, c'est toujours pour les autres, et...

Ecoute, un chien gronde. J'ai reconnu la voix de Galapiat. Il doit être en arrêt devant une bestiole. Il s'est ramassé une chevrotine, la saison passée, depuis il traîne la patte. Jules ne veut pas entendre parler de véto. Du moment que ça ne l'empêche pas pour les moutons... Je ne comprends pas, le véto, je le paierais, mais pas moyen de discuter avec cette tête d'os. Après tout, en galère, c'est son chien.

J'ai décidé d'aller voir. Les grognements provenaient de ce saillant, sur la droite, à cinq cents mètres. Un bloc de rocaille blanche et de l'éboulis pourri. Remarque, il est peut-être tombé sur un blaireau, ton Galapiat, c'est caffi de terriers dans les creux.

Je m'y suis rendu à flanc, sans redescendre dans le vallon. Regarde... Un terre-plein, l'entrée d'une grotte et le chien qui râle. Il se tient à distance du trou. Pourtant, c'est un sacré loulou, d'habitude il y va, au charbon. Je me suis approché, doucement. Qu'est-ce que ça peut bien être? Pas un mammouth, je prends le pari. Comment nous faisons?

A ce moment, j'ai entendu crier :

— Eh! Romain!

Je me suis retourné, comme un imbécile. Ça s'est passé très vite, une trombe m'a renversé. J'ai dégringolé le talus. Galapiat hurlait. J'ai entendu tirer, à rien, je me suis retrouvé tête en bas, ahuri. Le temps de me relever, on a encore tiré. J'ai aperçu Socio, et, à ses peids, un monstre. Un énorme cochon couché sur le flanc. Il tressaillait encore. Sur son échine, une coulée de poils blancs...

Ton cochon. Et il a fallu que ce soit ce charlot, entre tous... Je me suis épousseté. C'est quoi, ce truc qui coule? Tu t'es ouvert la main dans les cailloux, pas grave. Une chance que tu ne te sois pas pris la décharge dans les tripes. Je suis allé féliciter l'artiste. Et merde, tu fais le boulot, l'autre encaisse. Dans ces cas-là, quitte à être cocu, autant avoir l'air content. J'ai dit :

— Bravo ! A toi le pompon.

— Vous en avez déjà tué, des comme ça ?

J'ai convenu que non. Je me suis forcé pour avoir l'air guilleret. C'est lui qui m'a tué, il trimbalait un chic petit carnier en suédine, avec des franges. Il en a tiré un appareil photo, il m'a demandé de le prendre. Comment donc... Toute une série de poses, avec le pied sur l'animal, sans pied, accroupi, etc. Saint Socio et le pourceau. Galapiat regardait, moyennement intéressé.

Joli, mais il fallait évacuer la bestiasse. Pas question de la remorquer, vu le poids et le terrain. D'un coup, j'ai senti comme un coup de barre. J'ai dit :

— Tu vas chercher un véhicule, tu veux bien ? Je souffle un moment.

Il a filé. Le chien est resté. Il s'est mis contre moi, on aurait juré qu'il comprenait. Ce cochon, j'évitais d'y penser, par superstition. Je savais que je le reverrais. En effet... J'ai gratté la tête de Galapiat :

— Hein, mon chien, on s'est fait avoir. Tu es un bon toutou. On ne pouvait pas deviner, pas vrai ?

Non. Mais voilà, on te siffle, et monsieur se retourne. Je te jure, tu es trop beau... Doucement. Cet abruti n'avait pas à m'appeler. Et après ? Tu savais qu'il y avait du louche, dans ce trou, tu ne devais pas broncher. Prends-le comme tu veux, c'est bien fait pour ta pomme. Surtout qu'on ne te resservira pas le plat, coco. En plus, tu n'es pas passé loin, c'est le cochon de ce pauvre Spahi. Vexé ? Oui. Il a fallu que ce soit l'autre empaillé qui le foudroie, pas pensable. De quel droit ?

Je me sentais liquéfié. J'en aurais chialé. Tu l'as peut-être manqué, l'animal, mais les copains ne vont pas te rater. Pas sûr. J'ai une solide réputation de mauvais coucheur. Sur ce coup, je ne broncherai pas. Tant qu'il ne s'agit que de moi, ils peuvent y aller. Monsieur est trop bon.

La Lada de Calu est arrivée. Ça ne vaut rien, ces mécaniques, ça suce et c'est pas cher. De vraies putes de parking. Il l'a eue d'occasion. Avec cet engin, mon ami, il se sent quelqu'un. Enfin... Il était avec lou Max, Socio et le Grand. Ils sont descendus admirer le fauve. Ça leur en a bouché un coin. Max s'est contenté de siffler. Le Grand a rejeté sa casquette en arrière pour se gratter l'occiput. Il a reconnu :

— Boufre, c'est quelqu'un ! Il doit faire dans les cent dix, cent vingt... Chapeau !

Ils n'ont pas demandé de détails. Socio les a fournis. Une bête sortie de nulle part qui lui tombait dessus. Il avait tiré, par réflexe, comme un pur Tarzan bas-alpin.

— Je n'en revenais pas, je n'ai même pas eu le temps d'avoir peur.

Exact. L'affaire se joue à pile ou face. Et dire qu'il y a seulement un an, il ne savait pas distinguer la crosse du canon. D'un peu, ce cochon doublait son tableau de chasse. Je parle du sanglier, bien sûr. Tu l'aurais retrouvé plus tard... Faut pas rêver.

Jacquou s'est inquiété :

— Ce n'est pas la bête de ce pauvre Spahi ?

J'ai fait celui qui n'en sait rien. Max a dit qu'on ne pouvait pas dire. En plus, il valait mieux, parce que manger du cochon assassin, ça vous a un petit côté cannibale, si on réfléchit.

Assez joué. Nous avons collé la dépouille à l'arrière de la Lada. Il tenait tout juste. Après, il a fallu l'exhiber aux collègues. Rebelote. Socio a refait son numéro. Les fifres l'écoutaient à peine. Le film, ils connaissent. Tu tires d'abord, tu calcules après, si tu ne veux pas avoir tes tripes comme cache-nez. Ils préféraient examiner la bête. Maki s'est penché, il a dit :

— Regardez-moi un peu ça.

Il a écarté les poils, sur le flanc droit. On voyait une belle balafre. Pareil sur la cuisse, du même côté. D'ailleurs, elle paraissait atrophiée, par rapport à l'autre. Il a marmonné :

— Pourvu que...

Nous l'avons compris. Pourvu que cet animal ne nous joue pas le même tour de cochon que celui de... De qui, déjà ? J'ai la tête comme un gruyère en ce moment... Celui à la viande noire que nous avons dû jeter. Enfin, nous verrons.

Ils ont tout de même gratulé notre fine gâchette. Faut ce qui faut. Miro a remarqué :

— Çuilà, je l'aurais pas raté, risque pas !

J'attendais qu'ils me prennent à partie dans la foulée. Mais non. Les collègues, ça leur faisait deuil, comme à moi. Comme s'il leur tombait quelque chose d'injuste sur le paletot. Et c'était exactement ça. Socio n'avait rien à foutre là. L'an passé, nous l'avions laissé débarquer pour ne pas contrarier Mireille. Il nous semblait inoffensif, de toute façon. Nous ne nous attendions pas à le voir revenir. Si ça se trouve, il n'est même pas inscrit. En plus, il n'est pas là pour chasser, juste pour observer l'indigène, bordel ! Qu'est-ce qu'il fout avec un fusil ?

Voilà ce que nous pensions. Personne n'a pipé. Ce n'était pas le moment de lui chercher pouilles. Après un coup de cette envergure, tu as l'air de quoi ? D'un gros jaloux, pas plus. Nous nous sommes écrasés. Nous avons plaisanté, nous restons réglés comme l'almanach Vermot, notre partition, nous la possédons. Seulement, le cœur n'y était guère. Nous avons repris nos véhicules, destination la ferme du Grand, pour écorcher la bête. Je suis monté avec lui et Maki. D'un coup, Jacquou nous a sorti :

— Un seul cochon nous manque et tout est dépeuplé !

Nous sommes partis à rire comme des bossus. Ça nous a soulagés. Pas la peine d'épiloguer, nous étions branchés sur la même fréquence. Tout de même, l'instruction, ça paye ! Maki a remarqué :

— Il l'a vraiment bordé de nouilles !

La Mélie nous espérait avec l'eau bouillante et tout. Elle s'est extasiée sur la merveille :

— Dites, à ce train, vous allez bientôt nous ramener des éléphants. Je vous félicite bien, monsieur Alain.

L'autre modeste se rengorgeait. Des brontosaures, oui, au diable l'avarice... Il a fallu s'y mettre, ébouillanter, racler, toute la gamme... Sauf que cette fois nous opérions pour quelqu'un d'autre.

Maki a vérifié les blessures. Effectivement, l'animal avait dégusté. Il tenait bel et bien une cuisse atrophiée ; à cause d'une blessure. En plus de ça, une balafre dans les côtes, une dans l'arrière-train, et gonflé comme une outre. Quand il lui a fendu le ventre, c'était comme s'il crevait une poche de gaz, ça a sifflé, mon ami... Il a vidé l'estomac, bourré de pommes à moitié fermentées. La tripaille fumait dans l'air froid.

Marrant, ces pommes... Mais non, normal. Blessé comme un vieux grognard, mon cochon avait installé ses invalides dans cette grotte. De là, il partait se goinfrer de golden qu'il revenait cuver à l'abri. A part ça, la chair paraissait saine. Nous l'avons pesé : un peu plus de cent dix kilos. Il aurait dû marquer davantage, mais à cause de ses blessures, il n'était pas au plein de sa forme.

Nous avons repris des photos. Socio s'est inquiété de faire naturaliser la tête. Max connaissait un dermato. Enfin, un empailleur, vers Embrun. Socio tenait à organiser une bamboula pour marquer le coup, gros repas, arrosage à volonté. Il régalait. Dans ces coups de temps, les copains ne sont pas racistes, ils ne crachent pas dans l'abreuvoir. Personne ne s'est proposé pour prêter sa chaumière. Le mieux, ce serait donc la Salle des Fêtes. Dans deux jours, lundi soir, ça allait ? Parfait. Puis Socio s'est frappé le front :

— Après tout, il fait beau en ce moment, non ? A midi, on a même chaud. Si on organisait un pique-nique, près du pont des Thomas ? Il y a une belle prairie, on serait bien, pas vrai ?

Nous, là ou ailleurs... Calu a remarqué que cela changerait. Exact. Quant au matériel, il faudrait voir Polin, c'est lui qui assure, pour la fête du village et autres noubas. Pas besoin de tables ni de chaises, juste les couverts et les plats. Socio invitera qui il voudra, à lui de jouer.

Et voilà, mon camarade. A présent, ce farceur organise les réjouissances. Un peu gros, non ? Il est censé nous observer, pas nous materner. Cela va faire combien de temps qu'il nous honore de sa présence ? Bientôt trois ans, ou je rêve ? Dis donc, il va nous pondre un catalogue. Ou alors rien du tout, si ça se trouve, il joue les Pénélope.

Alors, je ne comprends pas, à quoi bon nous chanter ce tango ? Pose-lui la question. Moi ? Jamais. Je m'interroge, c'est tout. Et c'est trop, je commençais à l'oublier, je ne m'attendais pas à le retrouver dans nos jambes, ce matin. Imparable...

A tous les coups, il invitera Mireille et Anne. Soit. Tu y peux quoi ? Eviter de tirer ta tronche, et d'une. Qui sait, les choses vont peut-être s'arranger. S'il reste ici, il finira par se mettre à travailler. Je veux dire un vrai travail, un travail debout. C'est vrai qu'il nous manque une boucherie chevaline... Je ne te suis pas. Quel intérêt, qu'il travaille ? Son temps sera pris, farceur.

Et s'il... Tu veux dire Mireille ? Mireille ou Anne, il est jeune, il se tient entre les deux... Tu n'y peux rien, coco. C'est légal. Achète un mouchoir, tu le colleras par-dessus. Avec un peu de chance, tu vas te retrouver garçon d'honneur. Nous n'en sommes pas là... Tu n'en sais foutre rien, il ne te fait pas ses confidences, et Mireille non plus.

J'avais décollé. Il se passe quoi ? Les collègues étaient en train de se beurrer au grog. Maki m'a tendu un bol.

— Attention, c'est chaud.

— Merci. Sida transit Gloria Lasso.

Il m'a regardé, inquiet :

— Oh ! Tu dis la messe ?

— Non, c'est du chinois, une pub pour les rouleaux de printemps.

— J'aurais pas cru... Bois un coup, mon beau, ça te passera. Tu te sens bien ?

— Mieux que ça.

J'ai regardé. Les autres plaisantaient. L'alcool finit par vous dégivrer. J'ai demandé à Maki :

— Ça te dit, cette fiesta ?

— Pour lundi ? Et comment ! Moi, du moment qu'on arrose, je ne m'inquiète jamais de qui tient le tuyau. L'important, c'est la cuite.

Il s'est trouvé drôle, il s'est esclaffé un bon coup :

— Et même, je dirai mieux, la cuite dans les idées. Elle est bonne, celle-là !

J'ai cru qu'il allait s'étrangler de joie. Il m'a tapé sur l'épaule :

— T'affole pas, Romain, on en viendra à bout, de ton farceur.

J'ai joué les innocents :

— De quoi tu parles ?

— A d'autres ! De la même chose que toi, collègue. Il a beau être sucré avec ses manières, l'autre oiseau rare ; son sucre, il se le morflera dans les gencives en fin de course.

— Ah bon ?

— Oui, et retiens bien. Il n'en a pas pour longtemps, je te le dis.

J'ai ri, nerveusement. J'ai demandé :

— Tu me comprends ?

— Si je ? Un peu ! A Paris, il serait quoi ? On n'en voudrait pas pour découper le gorgonzola. Ici, c'est le roi. Au pays des borgnes...

— Enfin, Maki, depuis le temps, c'est ridicule. Il devrait nous savoir par cœur.

— Doucement. Quand tu as trouvé le bon coin, tu y restes. Ça prouve qu'il n'est pas si fou.

— Alors ça risque de durer ?

J'ai vu ses yeux se plisser :

— Selon moi, non.

— Pourquoi donc ?

— Je ne saurais te dire, mais je le sens. Ne me demande pas d'explications, j'en ai pas. Tu verras si je me trompe.

Que le ciel l'entende. Nous avons siroté notre grog. Nous sommes allés nous resservir.

26

Pour ce pique-nique, le cadre collait à merveille ; une grande prairie encadrée par des bois, des taillis. Le chemin d'accès traverse la Serre, une de nos rivières, à sec en permanence l'été. En ce moment, ça va, elle donne. De quoi se mouiller les chevilles. Mais ici, l'eau, nous ne crachons pas dessus.

Le curieux, c'est ce pont des Thomas, un pont véritable, avec deux arches, alors que l'on peut parfaitement passer à gué. Il ne date pas d'hier. L'ancien curé prétendait que c'est un édifice romain. Pourquoi pas ? Il ne sert guère, le chemin va se perdre dans les bois, et les bois, nous n'en manquons pas. Inutile d'entreprendre une autoroute pour les exploiter.

Nous avions un temps magnifique, un soleil du feu de Dieu. J'ai retrouvé toute la raille, Socio avait ratissé large. L'animal s'est fait bien voir de tout le monde, depuis le temps, à force. Il traite les gens comme s'ils existaient. Tu paries que si jamais il se présente au conseil municipal, il passe des deux mains ? Je ne parie rien. Pour moi, il s'est trompé de cible. Il pouvait prétendre à tellement mieux... Qu'est-ce que tu en sais ?

Je m'étais placé à l'écart. Il faut. Je surveille mieux le troupeau. Li sian... Manquait personne, je n'en revenais pas. La daube réchauffait dans une énorme marmite, sur un feu, calée par de grosses pierres. Nous en étions à la cérémonie de l'apéro, pastis, Martini et amuse-gueule. Les gens picolaient, plus c'est gratuit, plus ils aiment boire. Cela donnait un gentil brouhaha. J'ai reconnu Mireille. Elle parlait avec Albert et une autre brèle. Et Anne ? Elle s'amuse, elle rit au milieu d'un troupeau de jeunes veaux.

Voilà le travail. Tout se passe exactement comme ça doit C'est pourquoi ce genre de sortie ne m'intéresse pas. Sauf avec les collègues. Eux tiennent un grain, alors à un moment, le programme dérape, forcé. On ne sait jamais ce qui va dégringoler. Là, au mieux, ce ne sera jamais que du patronage.

Je m'étais mis au rosé. Je suis allé me resservir, sourire scotché sur la face. Surtout, qu'on ne me reproche pas de ne pas participer. J'ai échangé des poignées de mains :

— Ça va ?

— On fait aller.

Les collègues ? Noyés dans la masse. Ah bon, je pensais qu'ils se regrouperaient. Et Socio ? Il s'en donne. Il surveille la daube, passe les assiettes de cacachuètes, distribue des mots aimables, recueille des compliments. La vraie demoiselle de bonne maison... J'ai regagné mon poste, je l'ai regardé procéder. C'est fou, il ne nage pas n'importe comment, admire. Ses évolutions décrivent des pétales dont la marmite serait le pistil.

Tu galèjes ! Pas du tout. Un véritable ballet floral. De cette façon, il ne rate personne. Toi, tu resteras trois heures dans ton coin, si on veut te voir, il faut vouloir. Lui se répand sur tout le monde, comme la rosée sur les fleurs du couscoussier.

J'en suis resté bleu. C'est inné ou ça s'apprend ? Disons qu'il est doué. Tu veux lutter contre ? Non. Je suis évacué d'avance.

Nous sommes passés aux choses sérieuses. Des assiettes en carton ont circulé. Une bonne âme a ramené un tombereau de pommes de terre en robe de chambre, un seau rempli de couverts. Les gens ont pris des patates, fait la queue pour la daube. Socio servait avec une louche. Je n'avais pas faim, je garde en travers une sorte de gêne. Mais je me suis mis à la file comme les autres. Ça sentait bon à vingt pas. C'est fou, on voyait même quelques moucherons danser dans le soleil. Dès qu'il fait beau, ils ressuscitent. Tu es sûr qu'il ne s'agit pas d'un peu de poussière ?

Le bon peuple s'est installé à sa convenance. Je me suis

posé à côté des Albert. Il expliquait à son épouse que ce pont, si on voulait, il attirerait le touriste à la pelle. Seulement, il faudrait un meilleur chemin. Madame approuvait. Ce que j'en disais ?

— Vaudrait mieux le rebâtir à l'entrée du village, ce serait moins cher que de refaire l'accès.

Albert n'est pas rassuré avec moi. Il se demande toujours si je plaisante. En fait, je m'en bats.

Oui, c'était parfait. La daube et le rosé se marient impeccable. Dommage que le soleil soit en rase-mottes, d'ici une heure il va s'enfoncer dans les bois. Mireille se trouvait avec Socio et un joyeux groupe. Il tenait le crachoir. Coup de chance, je reste hors de portée, il peut parler de longue sans fatiguer, et... Et j'étouffe. J'ai soupiré un bon coup. Albert s'est inquiété :

— Ça va pas, Romain ?

— Si. Seulement, chaque fois que je tombe sur de la daube, je pense à la mort du maréchal Ney.

— Par exemple !

— Oui. Ils l'ont tiré comme un lapin.

Les Albert m'ont fixé. Madame m'a proposé une aspirine. J'ai refusé. J'ai dit :

— Ce n'est pas ça qui le ressuscitera.

Je m'en suis voulu. Meilleur que ces gens, tu ne trouveras pas, et il faut que tu sèmes la confusion. Tu te crois malin ? Pas vraiment. J'essaie de penser à autre chose. Je n'ai rien à voir ici, et je suis bloqué. Si je m'en vais, je me colle tout le monde à dos. Pas gênant. Pour toi, d'accord, mais tu gênerais les autres.

Les voraces ont repris de la daube. Tu en trouves, ils s'empiffrent comme au Moyen Age, quand ils tiennent un repas, ils ne lui laissent aucune chance. Après, il y a eu la salade, celle de Montlaur, en sachets, avec des raclures de noix rances. Un régal. Puis le fromage, du chèvre local. Puis un gâteau. Mieux, une apothéose ! Valentin et Calu l'ont apporté sur un brancard. Un machin énorme, une génoise recouverte de crème verte et marron, censée représenter la pampa. Au-dessus, un sanglier badigeonné en chocolat, une bestiole époustouflante, on aurait juré un bison, avec d'énormes défenses.

Il y a eu un « Ah ! » d'émerveillement. Nos gens ont applaudi à tout va. Je reconnais, pour en jeter, ça en jette. Socio a encore pris des rafales de photos. On en parlera dans un siècle, de cette nouba, coco.

Ils ont posé la splendeur sur une table improvisée avec quatre troncs et des planches. Socio a tendu un couteau à Anne, pour qu'elle découpe. Elle a essayé. Pas évident. Un carnage, oui. Il lui a pris les mains pour la guider, j'ai déjà vu ça cent fois dans les téléfilms. J'ai détourné la tête. Les crétins ont encore applaudi. Patience, ce n'est qu'un foutu moment à passer. Une fois le gâteau réparti, nous avons eu droit au mousseux, cette saleté acide, avec des bulles. C'est Byzance...

Tout arrive, le peuple est repu. L'avantage de la bombe à neutrons, c'est qu'elle ne déglingue pas le décor, il paraît. Ça manque encore dans les centres Leclerc. En attendant, l'excitation est retombée. Quelques braves ont profité du restant de soleil pour s'offrir une sieste. Les autres discutent par petits groupes. Albert s'est répandu sur Socio, et sur la chance que nous tenons d'avoir un pingouin de son calibre. J'ai approuvé sans commenter. Je n'avais pas le cœur à vanner.

De toute façon, il ne suivrait pas, alors...

Alors j'ai tiré ma révérence.

— Albert, faut pas m'en vouloir, je me sens un peu ensuqué. C'est le rosé.

— Tu vas faire la sieste ?

— Je pense, oui.

J'ai regagné mon poste. Paysage après la bataille. Des corps répandus, des assiettes en déroute... Et ce tas d'estrasses, là-bas, dans ces buissons, c'est quoi ? Jules. Il doit en tenir une solide. Pour le biberon, il ne craint personne. Pas la peine de te leurrer, le perdant, c'est toi. Un joli perdant, il n'y a jamais eu affrontement, tu t'es laissé évacuer gentiment. Tu n'as rien vu venir. Pourtant, si... Je ne sais plus, quel intérêt ? Je sais que je ne supporte pas.

Tiens, Anne discute avec notre bienfaiteur. Elle veut aller à la rivière se rafraîchir. Il objecte que l'eau est trop froide. Elle trépigne, il ne s'agit pas de prendre un bain, voyons. Les voilà qui descendent. Elle dit qu'elle a peur des serpents, il lui prend la main. Ah bon... Et Mireille, que fait cette mère admirable ? Elle se repose au pied d'un peuplier, enveloppée dans un plaid à carreaux. Elle dort.

Des acharnés jouent aux cartes. D'autres font une partie de boules dans le chemin. Parfait. Sinon, ça sieste pas mal, y compris les collègues. Tu les repères, éparpillés un peu partout. Normal, picoleurs comme ils sont... Et si tu en faisais autant ? Pas possible, je me sens tendu, je préfère regarder. Un sommet pareil, ce serait dommage d'en laisser perdre.

Peur des serpents, hein ? Je suis allé me resservir un fond de rosé. Quelle horreur, ce mousseux... Je déambule, le vin ne passe plus. Tiens, ton tas d'estrasses a disparu. Bon vent... Je... Enfin, qu'est-ce qu'ils fabriquent ? Cela va faire vingt minutes qu'ils sont descendus. Et si... Pas question, tu ne bouges pas. Mireille dort toujours, bravo.

Tout de même, Socio daigne remonter. Seul. Il se tamponne le visage avec un Kleenex. Il semble écorché. Bon Dieu... Et Anne ? Les joueurs de boules lancent une clameur. Mireille se réveille, elle cherche sa fille du regard, ne la voit pas, la réclame. Ses voisins la rassurent, elle est allée promener, pas loin. Même qu'elle était avec Alain. Justement, il est là. Mireille s'inquiète. Le Grand lui dit de ne pas s'affoler :

— Reste ici, je vais voir, je te la ramène.

Il descend à son tour. Le silence nous tombe dessus comme une nappe de brouillard. On entend juste la voix du collègue :

— Anne ! Réponds, ta maman te demande !

La voix s'éloigne. Il doit remonter la rive. Puis plus rien. D'un coup, j'ai la gorge sèche, et ce n'est pas la soif.

27

Le Grand est remonté, pâle comme la mort. Il a dit :

— C'est pas possible...

Je ne l'avais jamais vu secoué à ce point. Ce n'est pourtant pas une mauviette. Je me suis rassemblé. Terminé. J'y suis allé. Je courais. Anne, mon bébé...

Je l'ai trouvée, sur la berge, pas très loin. La rivière s'élargissait. Une plage de galets s'étendait sous un saule dépouillé. La gosse gisait là, en chemise, les jambes entravées par ses jeans baissés. Des balafres zébraient son dos. Des coups de griffes. A côté, un bâton taché de sang. Je n'ai pas pu supporter, je l'ai pris, je l'ai balancé. Je n'ai pas osé regarder son visage. Mon Dieu, Anne, entre toutes...

Ne rien toucher, attendre la police... Tu parles. J'ai retiré mon anorak, je l'ai jeté sur les galets. J'ai saisi Anne à bras le corps. Elle était souple, encore. Je l'ai posée sur le vêtement, j'ai remonté ses jeans. Et son pull ? A dix mètres. J'ai réussi à le lui passer, maladroitement. Je ne voulais pas que Mireille la voie dans cet état. Puis j'ai respiré à fond, j'avais bloqué mon souffle. J'ai enfin pu la regarder. Elle avait l'air étonné, pas davantage. De la terre maculait sa joue. Je l'ai retirée, doucement.

Je l'ai emportée. Je levais l'épaule. Sa tête s'appuyait contre mon cou. Ce qu'elle était légère... Très lourde aussi, toute la saloperie du monde pesait sur cette pauvre gosse. Je suis remonté. Je ne ressentais rien. Le vide...

Les autres m'attendaient au débouché du chemin. Mireille se tenait là, voûtée, poings au visage. Il y a eu ce hurlement, puis elle s'est affalée. Le Grand l'a retenue. Avant tout, sortir Anne du milieu... Les autres ne m'intéressaient pas. Ils se sont écartés, j'ai atteint ma voiture. On va où? A la gendarmerie, où veux-tu? De toute façon, il faudra en passer par là. Et les collègues? Qu'ils crèvent. Anne, ils ne la toucheront pas.

Au lieu de tourner sur la route, j'ai continué tout droit, vers le talus. Je voyais le film, mais je ne réagissais plus. Un camion s'amenait, un mastard. Une chance, j'ai calé. Il m'a évité en faisant un crochet. Le chauffeur a hurlé je ne sais quoi. Vont pas se mettre à tuer les morts, tout de même? Et si tu te réveillais? Fameuse idée. Voyons... Rétrograder. Au juste, on va où? Au village, on a déjà décidé. Ah oui... C'est sur la droite, en principe. Ne garde pas ta seconde, essaie de faire mieux. Nous y sommes.

Je me suis garé en biais devant la gendarmerie, le plus près possible de la porte. Elle se situe à l'entrée de Mélans, un bâtiment neuf sur une placette, ou plutôt un parking amélioré, semé de graviers. Je prends la petite? Attends. Va d'abord voir. Auguste, le brigadier, est un bon zig. Il n'a pas inventé le parapluie, il sait s'en servir. Il se trouve bien chez nous, il cherche tout sauf des histoires. Il est coulant comme un fromage à pâte cuite. Son gendarme suit le mouvement, une forte absence de personnalité. Avec eux, il faut vraiment en vouloir pour trouver.

Je suis entré. Auguste disposait des allumettes sur un sous-main vert. Attention, certaines neuves, d'autres pas. Ça tenait pas mal d'espace. Il ne s'est pas dérangé. A côté de son coude gauche, un livre ouvert, retourné. On fait quoi? J'ai dit bonjour, histoire de prendre date. Il a répondu :

— Fontenoy.

Le gendarme ne bronchait pas non plus, il observait son chef qui ventilait ses allumettes. Il s'appelle Alex, le gendarme. Albert, qui a des lettres, l'appelle Duralex, et je commençais à trouver le temps long. Auguste a lâché ses bâtiments, il s'est levé :

— Ah, Romain, quel bon vent? Excuse-moi, je refais la bataille de Fontenoy, elle est simple, vois-tu. Je la trouve même trop simple, mais ça reste un classique.

Ma foi, il pouvait essayer Dien Bien Phu. Avec un pot de chambre, cuvette oblige. J'ai dit :

— J'ai quelqu'un pour toi.

— Fais-le entrer.

— Vaut mieux que tu viennes. C'est dans ma voiture.

Il s'est rembruni, a pris son képi. Nous sommes sortis, suivis d'Alex. Auguste s'est penché, a jeté un œil, claqué la langue :

— Boudiou ! Manquait que ça ! Où l'as-tu trouvée ?

— Doucement. On la laisse là ?

— Non. Tu as raison.

Nous l'avons rentrée, installée sur une banquette. J'ai raconté l'histoire à Auguste, le peu que j'en savais. Il a dit :

— L'aurait mieux valu la laisser.

— Je n'ai pas pu.

— Je comprends. Va, ça ne fait rien. Je vais prévenir le légiste et les autres. Comment nous procédons ? Alex, garde la boutique, je file constater l'état des lieux.

J'ai dit :

— Tu connais le chemin.

— Comment ça ? Tu viens avec moi, bonhomme.

Ça ne m'emballait pas. Si, tu dois voir Mireille. Nous avons pris leur R4 bleu roi. Roule... J'étais parti depuis combien ? Je ne sais plus, dix minutes ?

Nous avons retrouvé nos pèlerins en pleine action, une sorte de mêlée tournoyante. Au centre, le Grand en train d'étrangler Socio. Les autres essayaient de le lui arracher pour l'écharper. Ça cognait au petit bonheur. Le Grand se déplaçait pour garder son mannequin. Socio ne réagissait plus. Allons bon.

Auguste a bondi. C'est le genre lourd à bras courts, mais il sait manœuvrer. Il a bousculé son monde à coups d'épaules :

— Voulez-vous bien ! Lâchez-moi ça ! Non mais, on se calme.

Son képi a voltigé. Quand le Grand a vu l'autorité, il a pris un air dégoûté, il a jeté Socio contre Auguste. L'autre l'a saisi à bras-le-corps. Cela faisait un rien dernier tango, en plus burlesque. Socio a ouvert le bec, comme un poisson qui cherche l'air. Tant pis. Ou tant mieux, le Grand n'aura pas d'ennuis.

Et Mireille ? J'ai demandé à Albert.
— Elle cherche sa fille. Elle a couru chez elle, je crois.
Tant mieux. Cela nous laissait un moment de répit. Et arrête de dire tant mieux, il n'y a vraiment pas de quoi. Auguste essayait de maintenir Socio sur pied. Pas évident. Avec Albert, ils l'ont traîné jusqu'à la R4. Auguste l'a installé à la place du mort. Il a dit à Albert :
— Sois brave, tu me le surveilles. Je ne lui passe pas les bracelets, pas la peine. Et empêche tes administrés de le finir, je vais me rendre compte. Qui vient avec moi ?
L'accompagner ? Pas envie, je sors d'en prendre. Le Grand s'en est chargé. Je n'avais pas parlé du bâton. Je suis allé m'adosser contre le véhicule d'Auguste. La fourmilière restait en effervescence, tous à discuter comme des perdus. Tous à parler de faire la peau à Socio. Dis donc, il ne tenait plus la cote. A un moment, trois ou quatre ont eu l'air de vouloir passer à l'action. Calu les a stoppés. Je ne lui savais pas ce côté légaliste. Il a dit :
— Déconnez pas, les gars, en faites pas une victime de ce pourri.
Leur discussion ? La peine de mort, qu'il fallait ressusciter. La justice trop molle. Dans dix ans, le fumier serait dehors, il recommencerait, pardi. Tout ça... Du neuf et du raisonnable. Je les regardais sans vraiment les voir. Polin m'a apostrophé :
— Alors, toi, tu ne dis rien ?
Doux Jésus...
— Vous voulez quoi ? La messe en latin ? Vous n'avez pas besoin de moi pour proférer vos conneries.
Un type m'a interpelé, un jeune :
— Tu te crois supérieur, pas vrai ?
D'où ça sort encore, ça ? Je n'ai rien répondu. Qu'est-ce qu'ils cherchent ? A se défouler, pardi. J'ai haussé les épaules. Je me sentais plus vieux que le monde. J'ai regardé le bleu. Il a grommelé je ne sais quoi, il s'est écarté. Peuple français, peuple de braves. De braves charlots.
Auguste est revenu. Il n'a pas fait de commentaires. L'agitation est retombée comme le lait quand vous coupez le gaz. Et Socio ? J'ai regardé. Ça va, il récupère. Il se tenait penché, tête basse. Ça, il avait morflé. Joue tuméfiée, les

yeux pareils. Du sang plein les lèvres, Auguste était arrivé à temps. Il m'a dit :

— Tu m'accompagnes ?

— Non, merci. Je dois trouver Mireille.

— C'est moi qui te remercie. Bon, faut que je fasse mes appels. Ça ne fait que commencer, le cirque.

Albert lui a proposé un coup de main pour... Il a désigné Socio. Il ne semblait guère redoutable, Fleur-des-pois. Auguste a dit non. Puis il s'est ravisé :

— On ne sait jamais. Monte derrière, avec lui.

Ils ont filé. Les collègues m'ont fait signe de les rejoindre. Ils voulaient des détails, j'imagine. Qu'ils crèvent eux aussi. Je les ai salués de la main. Je suis parti. J'ai pris le sentier de l'Aubade, après avoir remonté la route sur cinq cents mètres. Pour aller chez Mireille, c'est le plus direct.

Je l'ai croisée, à peine engagé. J'ai dit :

— Ta fille est à la gendarmerie.

— Pourquoi ?

Il ne s'agissait pas de l'endroit. Elle parlait de l'acte.

— Qui peut savoir, Mireille ?

— Ce n'est pas possible que ce soit Alain.

Nous y étions. Et qui d'autre ? Je n'ai pas répondu. Elle a dit :

— Je veux voir Anne.

Je n'ai pas discuté. Nous avons pris le chemin de la gendarmerie. Le sentier est étroit, j'avançais derrière elle. Je l'ai vue s'affaisser, je l'ai retenue. Je me suis assis, je l'ai allongée, j'ai posé sa tête sur mes genoux. Pauvre Mireille, ce doit être... Elle respire ? Je me suis penché, mes cheveux l'ont effleurée, elle a secoué le visage :

— Tu me chatouilles.

Cette fois, les larmes sont venues. Je l'ai serrée contre moi, fort. Une crise l'a secouée, son corps vibrait comme une lame, il fallait que je la retienne. Elle s'est calmée. Je l'ai bercée. Au bout d'un moment, j'ai demandé :

— Gendarmerie ?

Elle a fait signe que non. Je comprenais. J'ai proposé :

— Si tu veux, tu viens chez moi en attendant, il y a de la place. Ça me ferait plaisir.

— Tu es gentil.

Ça signifie quoi? Rien. Je suis tout, sauf gentil. Je l'ai accompagnée, l'ai installée dans ma chambre. J'avais changé les draps la veille, c'était potable. Potable? Somptueux, tu veux dire. Elle voulait quelque chose? Une tisane? J'ai préparé un tilleul avec une bonne dose de Tranxène.

— Repose-toi, je vais voir où ça en est.

J'ai regagné le village. Tu as raté quelque chose, la gendarmerie avait les carreaux cassés. Au sol, on voyait des pierres, des débris de verre. Dis donc, c'est le Far West, frère... Auguste avait reçu des renforts. Un petit paquet de gendarmes avec casques et mousquetons montaient la garde. Ils ont vite fait, je n'ai pourtant pas vu de parachutes. Les mobiles de Digne, probable. Tu vois, toi qui pensais que ça ne servait à rien, ces petites bestiasses budgétivores... Ça sert à défendre le képi d'Auguste. Tiens, sens-moi donc ce parfum de lacrymos, on s'y croirait.

Les assaillants s'étaient regroupés devant chez Polin. Ils discutaient encore sur la terrasse malgré le froid. Cela faisait plein de petits nuages de vapeur. Stratégie ou tactique? Même pas, toujours la même rengaine, la peine de mort. En fait, c'est un peu court. Une fois ton guignol refroidi, reste quoi? Il faudrait pouvoir tuer plusieurs fois, jusqu'à ce que mort s'ensuive.

A l'intérieur, j'ai retrouvé les collègues en train de s'absorber des grogs. Pas si fous... Polin m'en a tendu un. Mes braves essayaient de comprendre. Quel intérêt? Maki s'excitait :

— Enfin quoi, c'est simple comme bonsoir, il était bourré, il a voulu tremper le biscuit, elle a pas voulu, pas la peine d'aller chercher au pégal.

Pas d'accord, Max :

— Toi, peut-être, parce que tu n'es qu'une bête, mais lui, doucement. Ça ne peut pas être lui, ce n'est pas son genre.

Maki a manqué s'étrangler. Il s'est tourné vers moi :

— Enfin, dis-lui, à cet emmanché. Dis-lui que j'ai raison.

J'ai haussé les épaules. Il s'est étonné :

— Quoi? Toi aussi tu ne veux pas comprendre?

— Comprendre quoi?

Le Grand s'en est mêlé :

— Il a raison, ça ne fera pas revenir la petite.

Toute vérité première peut en cacher une autre. Une clameur s'est élevée. Elle venait de la gendarmerie. Nous sommes sortis en débandade. Un fourgon faisait mouvement pour s'éloigner. Les pierres pleuvaient. Les gendarmes ont chargé. Pas mal... Le fourgon a pu filer, il emmenait Anne, j'imagine. Et Alain. Le gros des frondeurs a reflué sur le bar. La foire... Ils le tenaient, leur jour de gloire. Nos grandes gueules se sentaient fières, pour un coup.

Pourquoi, tu n'es pas d'accord avec eux ? Je ne sais pas. Je n'ai pas envie d'en parler. Mireille doit dormir. Nos héros se sont mis à écluser, la kermesse héroïque, en plus sonore. Et futés avec ça, ils avaient tout pigé. S'il s'était attardé si longtemps, l'autre tordu, c'était pour se taper la fille après la mère, tiens ! Un gros malin, mais nos petits roublards ne s'y étaient pas laissés prendre. Ils se méfiaient. Ces types trop sympas, on sait ce que ça cache, pas vrai ?

Il manquait Socio. Dommage, ça l'aurait intéressé. Qu'est-ce que tu chantes ? Ah, c'est vrai... Manque personne. En fait, je me sentais vaguement honteux. Il se passait ce que j'avais souhaité, sans oser le formuler. Les saloperies, on peut en rêver, ça ne mange pas de pain. Sur ce coup, j'avais l'impression d'avoir attiré le malheur. N'exagère pas. Socio, tu en étais peut-être jaloux, mais tu n'as rien tenté contre.

Bon sang... Et si tu essayais de... Pour les collègues, emballé c'est pesé, l'occasion, le larron, point. Un rien simpliste. Parce que ce type savait se contrôler, son métier voulait ça. Puis il avait du charme, on ne vole pas le gâteau que l'on peut avoir gentiment. Mais si. On vole pour voler ; n'importe quel klepto te le confirmera. L'ivresse alors ?

Il n'a pas bu ou très peu, trop occupé à veiller au bon déroulement. C'était son apothéose, n'oublie pas. Alors ?

Alors, qui te dit que c'est lui ? Parce que c'est gros comme une HLM. Ils partent à deux, il revient seul, visage griffé. Il te faut quoi ? Certes. Mais tu l'as vu faire ? Non. Je n'ai pas eu cet honneur. Mieux vaut repartir à zéro, en supposant que ce n'est pas nécessairement lui.

Tout le monde lui tombe sur le poil. Cela nous arrange bien. Toute notre saleté sur l'étranger, hop. C'est fait pour, un étranger. Les collègues, fallait les entendre, avant, la façon dont ils parlaient de Mireille et d'Anne. Et encore, ils se retenaient, devant toi. Il ne s'agissait pas de la carte du Tendre. Il s'agissait de cartonner. Tu veux que je te dise ? Ce crime, c'est exactement ce dont tout le monde rêvait.

Un détail encore, coco, le bâton ensanglanté. Tu sais à quoi il a servi ? Oui. Faut être malade pour procéder de la sorte. Tes fifres, pas besoin de bâton, ils ont tout ce qu'il faut. Et Socio ? Là, je ne sais pas. Je ne peux faire que des suppositions. Nous ne l'avons jamais aperçu avec une fille, ici. Et je n'ai jamais osé demander à Mireille si... Pas le moment de lui poser la question. Mais Socio, dans son allure, rien n'indiquait le violeur, le tordu... Parce que tu t'imagines qu'ils portent une petite corne mauve sur le front ? Le violeur, c'est tout le monde. L'impulsion.

Tout autour, la ruche vrombissait. Les tournées succédaient aux tournées. Polin resplendissait. Je refusais de tendre mon verre, poliment. Sale ambiance. Un moment qu'ils ne cherchaient plus à comprendre, ils voulaient tout juste lyncher. Ils s'en tenaient aux châtiments à infliger, avec variantes. Du gargarisme imbibé. Intéressant quand même, tu les retrouvais soudés comme un seul homme. Ils se vengeaient d'un coup de tout un arriéré de mesquineries, d'humiliations. La revanche des cloportes.

Non, je ne les méprise pas. Je... En galère. C'est ça une religion, camarade, il faut patauger dans le sang de l'autre si tu veux que le ciment prenne. C'est l'ordre des choses. Socio voulait le changement, c'est-à-dire le désordre. On ne change pas les hommes. On vit avec, si on peut.

Je vais plus loin. Suppose, il n'est pas présent, à la fête, et on retrouve le cadavre de la gosse. Alors là, tout se complique, tout le monde se retrouve dans le bain. Avec Socio, pas de problèmes. Un corps étranger, c'est parfait.

Je ne me sentais ni plus avancé ni plus satisfait. J'ai pris la direction de la sortie. Un bras s'est tendu pour me stopper. Jules. Tiens, il n'a pas rejoint mes moutons ? Ça frise la désertion. Il a constaté :

— T'en fais une tête, patron. Toi, t'es jamais content.

— Content de quoi ? Tu trouves qu'il y a de quoi ?

Maki a ricané :

— Laisse tomber, Jules, c'est le gros malheureux notre Romain des bois. Il aurait dû faire curé.

Polin était d'accord. Il en a rajouté :

— Missionnaire, oui, chez les Zoulous. Et te sauve pas sans payer, farceur.

J'ai réglé mon compte. Eux réglaient le mien avec des astuces originales, genre broyer du noir, etc. Je leur ai fait un grand sourire. Braves bêtes... Au fond, je les aime bien. Ils ne feraient pas de mal à un tigre.

Je suis rentré retrouver Mireille. Doucement, pour ne pas la réveiller. J'ai poussé la porte de la chambre. Elle n'avait pas bougé. Elle ne dormait pas. Elle m'a regardé, calme, comme si elle venait de passer de l'autre côté de la douleur.

— Ça va, ma grande ? Tu as soif ?

Elle m'a fait signe que oui. Il restait de la tisane. Je lui ai tendu le bol. Elle a manqué le laisser échapper. Je l'ai aidée à boire. J'ai retrouvé son odeur d'herbe tiède. Quelque chose d'amer, aussi. Bon, nous n'allons pas rester comme des santons, il faut bien en parler. J'ai dit :

— Alors, Mireille, tu t'y retrouves ?

Elle a haussé les épaules. Ça voulait dire non. Ou ça voulait dire : rien ne peut me surprendre. Ça voulait dire : nous sommes tous des loups.

J'ai hoché la tête :

— C'est un beau gâchis.

Gâchis, un peu faible. A quoi bon cette tentative ? S'agissait bien de ça. Quelque chose me travaillait. J'ai fini par sortir :

— Tu vois, Mireille, je m'en veux. Je voulais tant vous protéger, toi et Anne. N'importe quelle bête protège ses petits, et moi... Ta gamine, j'aurais aimé que ce soit ma fille.

Voilà, c'était dit. Elle m'a tendu la main. J'avais les joues mouillées. Je me suis essuyé, du dos de l'autre main. Quelques tonnes de malheur commençaient à me dégringoler des épaules, et puis on a frappé à la porte. Je suis allé voir. Auguste soi-même, képi à la main. Je l'ai fait entrer. Il paraissait en avoir sa claque.

— C'est fait, Romain. Tant vaut qu'ils soient à Digne, pas vrai ? Dis donc, si je m'attendais ! Qu'est-ce qui leur prend, à tes collègues ?

J'ai dit :

— Fontenoy.

Sur le coup, il est resté stupide. Puis il a protesté :

— Plaisante pas, Romain, je t'en prie. Je ne joue pas. Heureusement, cette affaire, plus limpide, je vois mal. On n'aura pas besoin de retourner le pays dans tous les sens, pour une fois.

Oh oui. La pêche aux vagabonds, aux gitans, aux pauvres bougres. La chasse au faciès, une autre fois. On avait tout, le clafoutis et la pelle à tarte. Du nanan, que désirer de plus ?

— Il me faudrait le témoignage de Mireille, on m'a dit qu'elle se trouvait chez toi. Elle est en état ?

— Je vais voir.

Mireille était d'accord. Autant s'en débarrasser. Auguste est entré dans la chambre. Ce ne sont pas des yeux qu'il a, ce sont des palpeurs. Il a tout balisé, le bol de tisane, les souliers de femme au mitan... Une chance, Mireille n'avait pas quitté ses habits. Pourquoi une chance ? Auguste a sorti un carnet. Pas pour grand-chose. Parce qu'au moment du drame, Mireille était assoupie. Quand elle s'est réveillée, tout était terminé.

Auguste a levé son Bic. Et des soupçons, elle en avait ?

— Non.

Il a formulé autrement :

— Ce drame, vous vous y attendiez ?

— Qui pouvait s'y attendre ?

L'inspiration a quitté notre brigadier. Il a rengainé son carnet. Il a dit :

— Si jamais quelque chose vous revient, faites-moi signe. Et excusez pour le dérangement. La justice suit son cours.

Bonne continuation. Je l'ai raccompagné. Il a lâché, sur le pas de la porte :

— Je te jure, Romain, dans des moments pareils, j'en viens à regretter de n'avoir pas fait les Douanes, plutôt. Aux colonies, ça ne doit pas être si mal.

— Il n'y a plus de colonies.

— Mais si, tu vois ce que je veux dire, en Martinique, si tu préfères. Les palmiers, les doudous. Ou alors à Saint-Pierre-et-Machin... Tu imagines ?

J'ai rectifié :

— Saint-Pierre, c'est plutôt les morues.

— Je sais, je sais. Toi, il faut toujours que tu la ramènes, pas vrai ? Surtout que tu n'aurais jamais dû toucher au corps. Pas la peine d'être si malin. Enfin, passe me voir, je te tiendrai au courant.

— Merci.

— Les colis sont partis, c'est le principal. Mais tes collègues, je les retiens. Vous ne rigolez pas, quand ça vous prend.

Il a filé. Je suis retourné près de mon invitée Visage enfoui dans les mains, épaules secouées, elle sanglotait sans bruit. C'est bien. Si ça pouvait la soulager…

A part ça ? J'ai inspecté mes réserves. Si tu aimes les patates, parfait. Si tu veux un peu de variété, faut te bouger. J'ai prévenu à haute voix :

— Mireille, je vais à Montlaur. Repose-toi. Il te faut quelque chose ?

— Des affaires pour la nuit, ma trousse de toilette.

— J'irai te les prendre en rentrant.

Elle m'a passé ses clefs. Pas mal, le téléphone arabe. A Montlaur, on ne parlait que de l'histoire. Les morts vont vite. Les vivants aussi. Et toi, dans ton genre, tu restes le meilleur. J'avais commencé par acheter du saumon, du jambon cru, et je me dirigeais vers les champagnes. La présence de Mireille, c'est la fête, pas vrai ? Ce que je peux être con, parfois…

J'ai gardé le jambon.

28

Le lendemain, en fin de matinée, Mireille est retournée chez elle. Je n'ai pas insisté. C'était déjà beau d'avoir retrouvé sa confiance. Elle paraissait calme. Tu es sûr que c'est prudent de la laisser seule ? Je ne peux pas l'attacher.

De mon côté, le Grand-Guignol, un peu ça va. Je ne m'en sentais pas pour me vautrer dans cette horreur. J'ai évité le village. Quand ils seront fatigués, ils passeront à autre chose. Le tout, c'est de s'occuper, sinon tu rumines. Je me suis lancé dans la maçonnerie.

J'avais envie d'une serre. Une idée pure, parce que je ne savais trop quelles plantes y coller. Une serre, c'est bien. Il va te falloir une montagne de vitres. Plus tard. Pour le moment, il s'agit des fondations, il te faut juste du ciment et des cailloux. Il ne gèle pas dans la journée, tu peux t'y mettre. Et surtout, ne t'affole pas, si tu comptes faire durer le plaisir. Nous voici en novembre, les journées sont courtes, de toute façon.

J'ai une vieille bétonneuse, dans un coin. J'ai fait une virée en ville, pour le ciment. Je suis allé trier des galets dans le lit de la Bléone, ce n'est pas ce qui manque. Tout cet ouvrage en un après-midi, pas mal. Des fers à béton ? Pas la peine, il ne s'agit pas d'un blockhaus. Remarque, un blockhaus ne serait pas à dédaigner, tu pourrais y coller des champignons... De couche.

Lou Max s'est pointé le lendemain matin, il avait envie de me voir. Il a voulu me brancher sur l'affaire. J'ai renâclé :

— L'affaire Dreyfus, tant que tu veux, Max. Sinon, je n'y tiens pas.

Il ne s'est pas vexé. Il a regardé mes préparatifs avec gourmandise :

— Tu mijotes quoi au juste ? Un sauna ?

Pas bête comme idée. Sauf que la crasse, on a beau dire, ça vous conserve son homme. Le sauna, c'est comme le sida, c'est la porte ouverte aux enzymes gloutons.

— Non, une serre.

— Ça alors ! Tu comptes obtenir quoi ?

— Des dattes, des bananes, des merguez, tout.

— Tu veux un coup de main ?

— Tu es bien bon, ce n'est pas de refus.

— Tu sais, depuis ce qui est arrivé à ma pauvre Yvonne...

Quoi, sa pauvre Yvonne ? J'ai failli le lui demander. L'histoire m'est revenue de justesse. Elle s'est pendue, sa pauvre Yvonne. Je croyais que c'était celle de... On finit par se noyer dans les détails, à force. J'ai dit :

— Je sais. La vie, c'est une tartine de merde.

Une tartine longue comme un jour sans pain, fils. Max s'est plongé dans le concret :

— Tu comptes la situer plein sud, ta serre, pas vrai ?

— Vaudrait mieux.

Il n'y avait pas trente-six emplacements. Je devais la coller d'équerre avec la maison, plutôt en retrait, à cause de la route. La vitre attire le caillou comme le député les fausses factures.

Nous avons discuté du tracé. Puis Max a eu un remords :

— Et si tu te construisais une véranda, plutôt ? L'hiver, c'est drôlement bien, tu profites du soleil. Ça fait comme une serre, mais c'est toi la plante. Et les économies de chauffage, je te dis pas.

— Non, j'ai envie d'avoir des palmiers. Il y a peu de chance que je m'installe chez eux. Autant que ce soient eux qui se dérangent.

— C'est toi le patron. Les palmiers, on dirait un peu des balais à chiottes, tu m'excuseras. Et puis tu imagines la hauteur...

Pour la véranda, j'avais refusé sans réfléchir. Si tu commences par tout accepter, tu te retrouves marié, avec un fils borné, un petit-fils débile et tout à l'avenant. Pourtant, une véranda, c'est le luxe absolu. Tu es à la fois dedans et dehors, ta bulle d'Afrique en plein cœur des Basses-Alpes. Seulement, tu la disposerais comment ?

J'ai demandé à Max de me laisser réfléchir. La maison est un rien basse, comme toutes les maisons nouvelles. On fait des boîtes d'allumettes à présent. Une véranda ras du sol, ce sera toujours plein de boue, autant coller une crinoline à une vache. A moins de mettre ta baraque sur pilotis. Diable...

Le copain s'était roulé une cigarette. Nouveau, ça. Il m'a expliqué que sa regrettée Vovonne lui faisait la guerre, avant, quand il fumait à la maison.

— Elle prétendait que c'est mauvais pour la santé. Pour ce qu'elle a fait de la sienne...

Si ça continue à ce train, autant entreprendre un Mur des Lamentations. J'ai dit :

— On y va. La véranda, hop !

Nous avons établi le tracé à la pioche, devant la façade, décroché sur une profondeur de trois mètres. Trois ou quatre... Max était d'accord :

— Les jours de brouillard, tu te croiras sur un paquebot, mon ami.

Du brouillard, nous n'en avons pas des masses. Un détail. Tu as une idée du prix que ça coûte ? S'agit pas de coller du verre à vitres. Il en faut du spécial, avec des panneaux en alu. Je préfère ne pas le savoir. Il vaudrait mieux établir les dimensions en fonction, non ? Non. Tout doit se tailler sur mesure. Regarde le Constellation. A un moment donné, ils ont rajouté une tranche de carlingue au milieu, ça a donné le Super-Constel. Ce n'est pas plus compliqué.

Sûr. En avant, soldats du Christ. Nous avons creusé, coffré, coulé. C'est plaisant de bâtir. Ce que tu fais, tu en as d'abord plein les mains, puis tu le vois pousser au fur et à mesure. Et à la fin des fins, il reste quelque chose. Alors que si tu te contentes de trafiquer dans la barbe à papa...

Exact. Il faut bâtir, même si ça ne sert pas forcément. Prends le mur de l'Atlantique, il n'a quasiment rien arrêté. Pourtant, il a dû leur donner pas mal de satisfactions, aux Chleuhs.

Max s'en donnait. C'est là que tu vois que le travail, c'est vraiment la liberté. Plus tu te défonces, mieux tu gamberges. Et gamberger, il ne s'en privait pas. Au fond, je le connais mal. Dans les relations de groupe, tu passes toujours à côté de tout le monde. Normal. On se croit obligé de bouffonner, on joue un rôle. Là, j'ai découvert un bonhomme avec un cœur de... Pas d'enfant, bien sûr, il n'y a rien de plus cruel qu'un gosse. Avec un brave cœur. Il ne se rendait même plus compte de ma présence, il soliloquait. Il revenait sur l'affaire. Il ne comprenait pas, l'Autre devait être soûl, mais même... On ne l'avait jamais vu avec une femme. Tout ça, je connaissais. Max trouvait que ça n'avait pas de sens. Ou alors, il se piquait, notre Socio. Mais même, tu ne deviens pas pour autant un tueur.

Je l'écoutais. Je revivais la scène du pique-nique, après le repas. Attends... Les copains jouaient aux cartes, ou alors ils regardaient. Sauf Jules. Lui, je m'en souviens parfaitement, je revois sa veste, son béret... Parce que tu savais que c'était lui. En fait, tu as vu un peu de couleurs, de loin. Sûr. En général, c'est ce qui se produit, sauf dans les films en noir et blanc.

A quoi bon penser à Jules ? Le pauvre... Il reconnaîtrait tout juste son pied gauche de sa main droite. Et puis l'affaire est réglée. A la télé, ils ont dit que le monstre avait avoué. Certes. Les aveux, ça se trouve. Une nuit ou deux sans dormir, avec un gros câlin derrière les oreilles, de temps en temps, à coups de bottin... Tu as vite fait d'être d'accord.

Alors ? Rien. Ce n'est pas net. Cette affaire me laisse un sale goût, et j'ai demandé à Max :

— Oh, l'artiste, tu n'as pas soif ?

— Je boirais bien un petit coup.

— Pastis ou autre chose ?

— Pastis. C'est pas la saison, tu me diras.

— Il n'y a pas de saison pour les braves.

Nous nous sommes installés au soleil. J'ai sorti l'eau, des cacahuètes, un bout de saucisson. Pas la peine de se laisser dépérir, pas vrai ? Les glaçons, le pastis...

— Alors, Max, en forme ?

— Alors ça fait du bien de s'arrêter. C'est comme de tout.

— Ben oui.

Nous avons trinqué, vidé nos verres. J'ai proposé :

— Encore un ?
— Y'a intérêt.
Je le sentais soucieux. Inutile de le harceler. Le plus rapide, c'est de laisser l'autre venir. Il a soupiré un bon coup. Il a dit :
— Tu sais que c'est l'enterrement de la gamine, après-demain ?
— Non.
Bête brute que je suis. A force de vouloir faire le vide.. Je dois y aller, ne serait-ce que pour Mireille.
— A quelle heure ?
— Le capélan montera dire la messe à onze heures.
Je sentais mon Max hésiter. Il a fini par se décider :
— J'ignore où tu en es, Romain, mais moi, plus ça va moins je m'y retrouve.
— Explique.
— Bon, ce type, je ne demandais qu'une chose, c'est qu'il dégage. Nous nous sommes tous un peu monté le bourrichon avec lui. Quand même, ce n'est pas son genre, cette saloperie.
— Tu crois qu'il faut un genre ?
— Attends. Quand je suis descendu, j'ai trouvé un bâton plein de sang, à l'écart. Je n'ai rien dit, je ne voulais pas qu'on en parle. Pour la petite, à cause de l'image, tu vois ?
— Je vois.
— Attends. Ce type, c'est un type de la ville. Le sang, ils ne savent plus ce que c'est, l'odeur que ça a. Tu les imagines, en train de couper la tête à un canard, avec le jet qui gicle, ou de retirer l'œil du lapin à la pointe dc l'Opinel, ou d'égorger le cochon ? Ça hurle, un cochon, ça te pourfend les oreilles. Et le sang, pardon, tu as tôt fait d'en remplir un gros poêlon. Tu me suis ?
— Tout à fait, Max.
— Ce genre de gonzesses ne supporteraient pas d'écraser une chenille avec les doigts. Tuer, ils peuvent, mais à distance, avec le pistolatche. Et encore... Mais pas au contact, à la main. Tu es d'accord ?
— Remarque, on ne le connaît pas. Il a peut-être fait une petite guerre dans un coin ?
— Quelle ? Le Tchad, c'est fini, puis ça concernait quatre

pelés. Un coupable, il en faut un, je veux. Lui ne fait pas le poids, tu m'excuseras.

— Admettons. Tu sais où ça nous mène ?

— Je sais. Si on le met de côté, on n'a pas fini de rigoler. Remarque, il peut s'agir de quelqu'un de l'extérieur, quelqu'un qui n'était pas au pique-nique.

— Je ne crois pas.

— Enfin, vé, c'est pas tout. Si on s'y remettait ?

Je me suis levé. Le pastis m'avait cassé les jambes. Nous avons repris le collier. C'est fou ce que ça marche vite, à deux. En plus, les fondations ne vont pas chercher très loin, pas la peine. J'ai pris une bonne suée, ça fait du bien. Un coup de froid par-dessus, et tu attrapes la mort. Oui maman, on lui dira.

Nous avons ménagé des trous, avec de petits coffrages, pour l'armature. Ça pèse, le verre. Finalement, ce sera joli, cette véranda. J'ai proposé à Max de manger avec moi.

— Ce n'est pas de refus. Au fait, tu as demandé un permis de construire ?

— Pour cette bricole ? Tu plaisantes ?

— C'est tout de même une construction.

— A quelle heure ? Tu vois tout à travers, pas besoin de permis.

— Où tu as été chercher ça ?

— C'est évident. Bon, des pieds-paquets en bocal, ça te va ? Ils viennent du village.

— Alors on peut y aller.

Pieds-paquets, rosé, fromage... Max dévorait de bon cœur. Son veuvage ne lui a pas coupé l'appétit. Nous n'avons pas beaucoup causé. Le seul sujet intéressant, nous en avions fait six fois le tour, et nous n'étions pas plus avancés.

Après le repas, le collègue a voulu s'y remettre.

J'ai protesté :

— Pense à demain, gari. Je deviens quoi si on liquide tout le premier jour ?

— On trouvera bien quelque chose chez moi, t'inquiète.

Une véranda... Ce n'était pas si bête... Ça peut te servir de pépinière, non ? Et de piscine couverte, si tu installes un bassin. C'est tout ?

29

Le lendemain, Max n'est pas venu. J'ai épluché le Bottin, pour la véranda. Le mieux, c'était une boîte, à Manosque. On y va. Attends, et si tu téléphonais avant, pour avoir une idée des prix ? J'ai eu... De Dieu, ce n'est pas donné. Après, tu vas pleurer misère pour ton tracteur. De féroces créanciers se pointeront et squatteront ton paillasson. Et ils verront quoi, les féroces ? Une somptueuse véranda. De quoi décourager les vampires, coco.

Et puis, honnêtement, tu te vois en train de manger sous verre ? On pourrait t'observer de la lune. Pas question, l'intimité avant tout.

Alors, ces fondations, j'en fais quoi ? Des plates-bandes. Tu les laisses. Une fondation a le droit d'exister pour elle-même. Tu es un imbécile, camarade. Pas du tout. Je sais reconnaître mes erreurs à temps. J'aurais fait un dictateur sympa.

Je suis passé à la bergerie, voir si Jules n'avait besoin de rien. A peine s'il m'a répondu. Jules, il vire à l'huître fossile. Il couve peut-être quelque chose... J'ai insisté. Tout allait bien, ou tout comme. Sauf Galapiat. Envolé, le chien d'élite. Jules n'était pas inquiet :

— Il doit être en vadrouille derrière une chienne en chasse. Il les sent de loin.

Exact. A des départements de distance, je dirais. J'avais monté du ravitaillement. Bizarre, la vie de ce type, cette façon de rester seul... C'est la meilleure, et toi ? Tu patauges en pleine communauté ? Non, mais moi, je me tiens compagnie. Jules, je vois mal ce qu'il peut avoir à se raconter. Tu m'en diras tant...

— Au fait, tu es au courant pour l'enterrement de la petite, Jules ?

— Oui, ils en ont causé à la radio.

— Je passe te prendre ?

— Pas la peine, si j'y vais, j'irai en vélomoteur.

J'ai inspecté l'étable. Dis donc, l'odeur... Tu en prends un bon coup. Les bêtes paraissaient en forme. Jules est consciencieux. Il n'en fait pas plus que le nécessaire, mais on peut compter sur lui.

Cela m'a fait penser à une histoire de moutons. Attends. Un bouquin sur un maréchal d'Empire, Marmont, duc de Raguse. Après avoir trahi le bandit corse, ce tigre mou s'était lancé dans l'élevage des brebis, avec des idées originales. De peur que les bestioles ne prennent froid, il leur collait des touloupes. En peau de mouton, justement. Elles crevaient de chaleur. Il y en a, je te jure...

J'ai laissé Jules, je suis retourné bricoler. J'ai renforcé le grillage de mon poulailler. J'ignore comment les poules se débrouillent, mais tu en trouves toujours une ou deux en liberté. Je suis même tombé sur un joli paquet de plumes, à vingt mètres du poulodrome, derrière la haie. Le renard ? Il a bon dos. N'importe quel chien errant peut faire l'affaire.

Anne était passée, une fois, ramener un bouquin. Elle avait jeté du grain aux bêtes. Je la revois, ce geste gracieux qu'elle avait. Je la revois et je m'en veux.

Tu ne pouvais pas deviner. S'agit pas de ça. Tu sais, deux femmes seules, à cent kilomètres à la ronde, tous les tordus de la région gambergent sec. Surtout deux femmes pareilles. Les tordus et les autres, coco. J'admets. J'y pouvais quoi ? Mireille ne voulait pas de moi. M'installer dans un trou individuel pour monter la garde devant chez elle, la nuit ? Tu m'amuses. L'horreur s'est produite en plein jour, pratiquement sous nos yeux. Personne ne peut rien pour personne, jamais.

J'ai ramassé les œufs, tant que j'y étais. Comme je ne le fais pas chaque jour, j'en retrouve pas mal de vidés. Ces saletés de poules consomment leur propre descendance. Offre-leur des hamburgers pour changer.

Les œufs ne me disent rien, en ce moment. Pas seulement eux, la viande, n'en parlons pas. C'est depuis ? Oui. Pourtant, je ne suis pas sensible. Ou alors, il me faudrait manger avec un copain, l'autre t'entraîne. Ecoute, on va enterrer la petite, la page sera tournée. Encore un peu de temps, et on pensera à autre chose.

Tu sais quoi ? Tes fondations, à partir d'elles, tu pourrais cimenter un espace. Tu veux dire un parking ? Voilà. Parce que dès qu'il tombe trois gouttes, tu t'enfangues. Tu peux même ajouter une allée jusqu'au chemin. Du ciment, du ciment, je n'en raffole pas. Autant me faire livrer un camion de gravier, je l'étalerai.

Au fait, cet enterrement, tu y vas comment ? Comme je suis, quelle question ! C'est bien ce que je craignais. Tu sais, tu fais crade. D'accord, tu te sens bien dans tes vieilles fringues, tu détestes les magasins, mais à force, regarde-toi. Bon, et après ? Je ne suis pas un mannequin. Tout le monde te l'accordera des deux mains. Ta vieille veste kaki a un très bel accroc dans le dos, et tes jeans ne vont pas tarder à te lâcher. Sans parler de ton blouson de cuir. Une vraie réclame pour épouvantails !

Je n'ai jamais eu besoin d'autre chose. Soit. Seulement, si ta belle-fille te tire la gueule, elle n'a pas tout à fait tort. On dirait que tu en rajoutes. Et merde ! Je ne me mêle pas de la tenue des gens. Certes. Tu n'as pas non plus à leur imposer la tienne. Plus ça va, plus tu te laisses aller. Mets-toi propre, fais-le pour Mireille.

Bien reçu. Il est quelle heure ? Bientôt midi, papa. Bon, cet après-midi, je fais un saut à Manosque, je mc sape comme un demi-dieu. Costume-cravate ? Doucement, n'exagérons rien, je n'en suis pas là. Disons une veste en gros tissu, du tweed peut-être, si ça existe encore. Ou du velours. Et un pantalon à l'opposé. Je veux dire, si la veste est en tissu, le pantalon sera en velours. J'avais compris. Et prends-en deux, ça s'use plus vite, les pantalons.

Il te faut des souliers aussi, les tiens sont encroûtés, je ne vois pas d'autre terme. Tant qu'à faire, un saut chez le coiffeur ne serait pas de luxe. Tu es assez mignon, dans le genre sanglier.

Exécution. Le coiffeur en premier. Pour les fringues, j'ai

juste eu envie de tuer le premier type qui s'est occupé de moi. Il devait se croire avec un gorille en cavale. Monsieur faisait de l'ironie, bouche pincée. Je lui écrase son cul-de-poule ? Ce serait un plaisir, mais imagine la suite. A partir d'un geste, les gens te montent un feuilleton. J'ai préféré changer de crémerie.

Chez le tailleur suivant, tout s'est mieux passé. En fin de parcours, je me suis regardé dans un triple miroir, je n'en revenais pas. C'était moi et ce n'était plus moi. De fait, je n'étais pas si mal... La valeur du bonhomme ne devrait rien avoir à foutre de l'emballage. Cause toujours...

Il fallait une retouche aux pantalons, le type m'a demandé une heure. J'ai eu le temps d'acheter godassons et chaussettes. Et des chemises, une chose en entraîne une autre. Dis donc, tout ça pour un enterrement.

De retour chez le tailleur, j'ai endossé ma nouvelle tenue, autant s'habituer. Je suis allé prendre un verre sur le boulevard, près de la porte Saunerie. Ça marche, personne ne s'est évanoui en me voyant. Apparemment, les consommateurs me trouvent normal. Et en plouc ? Ça marche aussi. Sauf que tu restes à peu près le seul de ton espèce. C'est fou ce que les gens s'habillent, surtout les filles. Les minettes doivent se coller tout ce qu'elle gagnent sur le dos, et au-delà. Si ça se trouve, il doit s'agir d'un des plaisirs de l'existence. Tu crois vraiment ? Un peu. Un magasin sur deux vend des fringues et l'autre des saletés inutiles, des machins décoratifs. Où allons-nous ? Nulle part. Nous y sommes depuis kala-kala

J'ai fait durer. J'ai repris un demi. J'écoutais mon monde. Pas tant ce qu'ils disent, mais la façon. Curieux, ils vivent un ton au-dessus, ils rient trop fort, tout pour la galerie. Ce doit être fatigant, non ? Oh, une question d'habitude.

J'ai repris ma caisse. Dis donc, Cendrillon, ta citrouille tient une drôle de dégaine. Elle attendra.

Ça dure combien, une messe ? Une demi-heure, j'imagine. Je n'avais pas envie d'y assister. Le lendemain, j'ai attendu à la sortie de l'église. Je n'étais pas le seul. Les collègues m'ont appelé, depuis chez Polin, ils buvaient un coup à l'intérieur. Ils ne m'ont pas fait de remarques sur ma tenue. Eux, demande-leur comment le type qu'ils viennent de quitter est habillé, tu n'en tireras pas grand-chose. Ils te répondront : comme d'habitude. A moins d'un détail vraiment extraordinaire, un casque à pointe ou des ballerines. Sur ce coup, comme ils se trouvaient endimanchés, je ne déparais pas le lot.

Ils paraissaient calmés, à force. Ils s'étaient cotisés pour une couronne. Polin avait avancé ma part. L'inscription du ruban leur avait causé du tintouin : « LES JOYEUX CHASSEURS DE LA VALLÉE » ou « LES VÉRITABLES AMATEURS DE PASTIS », c'était pas mal, mais pas indiqué. Ils s'en étaient tirés avec : « SES AMIS ». Ben oui...

Je les écoutais. Anne, ils l'aimaient bien. Ils en étaient fiers, elle était comme une belle fleur à la boutonnière du village. De ce côté, nous ne sommes pas gâtés. Anne avait une autre classe. Tant que tu vis, ça peut te porter tort, ce n'est jamais bon de se détacher du lot. Une fois mort, parfait, tu donnes une victime de première.

L'église a commencé à se vider. Je n'imaginais pas tant de monde. Il en était venu de toute la Vallée, à cause du battage à la radio et à la télé. Le drame, nos populations adorent. Si par chance cela se passe dans la région, elles se sentent partie prenante. Tu ne peux pas les refouler... Hein ? Moi si. Mais je n'ai pas la parole.

Il y avait deux ou trois photographes, et une équipe avec une caméra. C'est quoi, ces charognards ? Des charognards. C'est leur boulot, fils. Un beau crime, c'est un événement. Saloperie...

Mireille est sortie en dernier, tout en noir, visage fermé. Ils l'ont filmée. Elle n'a pas réagi, comme s'ils n'existaient pas. Le cortège s'est formé, derrière le fourgon. En tête, Albert, avec le conseil municipal et Mireille. Polin m'a dit :

— Tu ne les rejoins pas ?

— Pas envie.

Je me suis placé dans l'arrière-garde. Une belle foule, dans les trois cents personnes. Je ne me souviens pas d'avoir jamais vu tant de monde, chez nous. Les gens étaient graves, comme une famille qui enterre un des siens. Je ne m'y attendais pas, Anne débarquait d'à peine. Quelques femmes pleuraient. Quoi, sur quoi ? Cette fille, ils ne la connaissaient pas, ou si peu. Et les mémères, naguère, si elles avaient pu lyncher Mireille... A présent, ils nous jouaient l'enterrement d'une saintc. Exact. Une foule représente toujours davantage que l'ensemble des individus qui la composent. Tu as trouvé ça où ? Dans *Pif le chien ?* Non, mais ce meurtre, ils l'ont battu en neige. Ce n'est plus un fait divers, c'est devenu un deuil national.

Ecoute, tu ne vas pas leur en vouloir de sympathiser. Je vais me gêner. Ce sont des voyeurs, ils se donnent en spectacle. On se calme, sourire d'avril.

Le cortège a pris le chemin du cimetière. Il faut remonter le cours, passer devant la fontaine, puis emprunter un chemin étroit, entre des vieux murs bombés par le temps. Le fourgon se faufilait de justesse. Il a fallu décrocher des couronnes.

Bon. C'était là. Les collègues ont placé le cercueil sur leurs épaules. On aurait dit une barque. Nous nous sommes rassemblés près de la fosse. Trop de monde... Il y a eu un début de bousculade. Les croque-morts ont descendu la boîte à l'aide de cordes. Albert a attendu que le calme revienne. Il a prononcé un discours gentil, taillé en plein bois de sapin. La fin était bien :

— Nous ne renonçons pas à être une terre d'accueil. Je vous demande de ne pas désespérer.

Quelqu'un a applaudi, ce crétin de Jules. Tiens, je ne l'ai pas vu arriver. Mme Albert avait préparé un grand panier d'œillets blancs. Nous avons défilé devant la fosse, jeté un œillet. Mireille se tenait trois pas plus loin. Les gens lui serraient la main, bafouillaient leurs condoléances. Ça m'a étonné qu'elle soit restée. Puis non, c'est son style, elle ne se defile pas. Je me trouvais dans les derniers. J'aurais voulu qu'elle dise :

— Attends-moi.

Rien. A la sortie, un étranger offrait une pétition à signer. Pour rétablir la peine de mort. Il remportait son petit succès. Par chez nous, les gens sont d'accord : tu as fauté, tu dois payer. La mort, ils vivent avec, ils n'ont rien contre, ils n'en font pas un fromage. Ils ne se trompent pas.

La mort n'est qu'un raccourci. Finalement, la prison doit

être mille fois pire. Mais pour le type qui a massacré Anne, alors oui. Sûr qu'il fallait l'abattre.

Quand même... Profiter de cette gamine pour racoler à chaud, non. Il devrait y avoir les limites. Je me suis approché. Le type m'a tendu sa feuille. Oh, un type banal, avec des lunettes, genre fonctionnaire amélioré. Un féroce à sang pauvre. Je l'ai prise, je l'ai froissée, jetée à terre. Je l'ai bien regardé, j'attendais. Il a juste bougonné deux mots. Je suis parti.

Ce que je crois, mais alors profond, c'est que la justice, c'est à toi à te la faire. La tienne. Il n'y a pas à discuter. Pour les autres, tu ne peux pas juger.

Du coup, je n'ai pas vu Mireille s'éloigner. Avec les copains, nous nous sommes retrouvés devant chez Polin, pour changer, comme une bande de premiers communiants attardés. Nous étions plutôt comiques, beaux comme des astres, à part que la fête était finie. Drôle de fête... Maki a lancé :

— Alors quoi, vous attendez la pièce montée ?

Je ne sais qui a proposé une partie de boules. Cela nous réchaufferait. Polin en tient toujours une caisse à disposition, inutile de courir chez soi, en cas de besoin. Le Grand s'est inquiété :

— Vous croyez que c'est correct ?

Maki l'a rassuré :

— Et comment ! La petite, ça lui ferait plaisir de nous voir. On va quand même pas rentrer au couvent, pas vrai ?

J'ai participé. Je faisais équipe avec Calu. D'après lui, je me défendais comme un manche. Je n'avais guère la tête à jouer. Pour la première fois, j'appréhendais de me retrouver seul. C'est ce coup de Mireille, son silence. Tu voulais qu'elle t'enlace sur le cercueil ? Je ne veux rien.

Le lendemain matin, je suis passé la voir, lui demander si elle avait besoin de mes services. Porte close, volets fermés... C'est parfait. Prends-toi une nounou, elle te préparera du tapioca, mon grand. Je suis rentré. J'avais juste envie d'aller me pendre. Tu aurais pu te débrouiller avec la femme de Max. A deux, ce doit être plus marrant.

J'ai repensé à ce crime imbécile. A Spahi aussi. A Socio, notre coupable en titre. Lui, pas lui, on pouvait en discuter.

Je n'étais pas mécontent de sa disparition. Pas par méchanceté. Mais tu vois, il y a une sorte de justice immanente. Ce type a bouleversé un ordre. Cela ne pardonne pas.

Je te trouve excessif. Il n'y a pas eu désordre, sauf dans ta tête de mule. Ah bon ? Tous les collègues sentent comme moi, peu que peu. Cela prouve que vous êtes aussi butés les uns que les autres. La revanche des cailloux...

30

J'ai repris la vie comme avant. Comme avant Mireille. Comme avant Anne. Comme avant l'Autre, le magicien d'occasion qui pourrissait en taule.

Je savais par le brigadier qu'il se trouvait à Digne, dans leur prison de poche. Il n'y est pas resté longtemps. Il a fallu le transférer, ses congénères insistaient pour lui faire la peau. Je ne savais au juste où il était. Aucune importance.

Oui, la vie comme avant, en gros et en détail. Nous avons recommencé la chasse, crac-boum... Je fonctionnais comme un coucou, je parle des bidules suisses, bien sûr. En surface, je tenais. A l'intérieur... Oh, le vide. Une caverne grise, sans échos.

Rien de surprenant, j'ai laissé une grande place à Mireille et à sa fille. Pas en vrai. Dans ma tête. Je refusais leur absence. Je me sentais comme une boussole qui vient de perdre sa petite langue de métal bleu. J'étais paumé. Paumé sur pied, sur mon territoire, dans mes habitudes. Je tenais debout, d'accord. Je n'avais plus goût à rien. Comment dire ? La séance continuait, le film ne m'intéressait plus. Je vivais comme si j'étais déjà de l'autre côté de ma putain de mort. Je jouais les prolongations. Un vrai zombie... Bloqué, le temps. J'en étais au point où j'aurais voulu ressentir une vraie douleur, une belle vacherie bien cuisante, n'importe quoi, mais que ce soit vivant. Macache.

J'ai essayé d'en parler au Max. Ce n'était pas sa tasse de Banania, il n'a pas vraiment saisi. Pour lui, suffit de se secouer :

— Trouve-toi une belle petite, Romain, tu verras, ça te réveillera.

Une petite ? La seule idée de devoir supporter quelqu'un me rendait malade. D'ailleurs, les petites, à voir ma tête, auraient plutôt envie de détaler.

Ton sort est entre tes mains, coco. C'est bien ce que je lui reproche. Et surtout, tu m'épuises. Te supporter n'est pas un cadeau. Exact. Mon numéro d'imbécile malheureux ne m'amuse pas tellement. Et j'y peux quoi ?

Mais si. Tu vois une solution ? J'ai eu envie de tout plaquer, de laisser Jules en charge des bêtes. Les terres, je dis à Max d'en tirer ce qu'il peut, le bois pareil. Et je file. Où donc ? A la Javie ou à Kalamazoo ? Bonne question, parce que je vais te préciser, te déplacer déplacera les problèmes, sans plus. Autant rester, il n'y a qu'ici que je peux vivre.

Doucement. S'il te fallait inventer ta vie minute après minute, tu penserais à autre chose, bien obligé. Non. Ma vie cicatrisera en temps voulu, si elle veut. Sinon, qu'elle crève.

Je revoyais Anne. Cela me prenait en pleine nuit, d'un coup. Je revoyais son corps sur les galets, son dos strié de balafres. Je me réveillais en hurlant, draps trempés de sueur. Des calmants, tu y penses ? Pas question, ça passera. Ou alors, gagner les bois, vers le col de Fontbelle, vivre comme un sauvage. Petit farceur, va. Tu ne tiendrais pas trois jours. Pourtant, rayon sauvagerie, tu ne te défends pas si mal. Comment diantre font les gens ? Ils ne se posent pas de questions.

Enfin vinrent les neiges... Un matin, en poussant mes volets, j'ai vu cette blancheur. J'ai retrouvé cette impression de première fois qu'elle me procure toujours. Tant de beauté, tant de calme... Je me suis préparé un café, je suis parti marcher. Anne et Mireille se tenaient à mes côtés. J'étais heureux, je venais de passer de l'autre côté. De nouveau, la vie a coulé. Ma vieille énergie est revenue, avec l'impression qu'il ne pouvait plus rien m'arriver. Ce qui s'est produit, je n'en sais rien. Je me tenais en main. Belle, la vie ? Mieux que ça, vivante. Je n'en revenais pas.

J'avais décollé, comme si j'étais ivre. J'ai marché jusqu'au bout de la fatigue, sans m'inquiéter. Cela fait une sacrée trotte. Je me suis retrouvé dans une clairière, près d'une vieille baraque. La porte n'était pas fermée. A l'intérieur, quelques nippes, accrochées à des clous... J'y suis. Tu as fait une jolie virée. Cette cabane servait aux charbonniers, durant la guerre, quand ils préparaient leur charbon de bois.

La neige tombait toujours, douce, lente, silencieuse. J'ai vu quelque chose flotter, à hauteur d'homme, une forme blanche qui dérivait. Le corps d'Anne, porté par un courant invisible. J'ai fermé les yeux. Quand je les ai rouverts, elle n'était plus là. Pas grave, elle n'est pas morte. Pas pour nous qui pensons à elle. Vous disparaissez quand disparaît la mémoire, pas avant.

Je me sentais tout neuf, léger, lavé de frais. C'est la faim, mieux vaut rentrer. La neige continuait, sale coup pour la chasse. Tu n'en as pas assez de tuer des cochons ? Ils n'ont qu'à se défendre, tiens. J'ai eu envie de retrouver les collègues, ils se sont montrés drôlement patients, je reconnais. Dieu que j'ai dû ennuyer mon monde. Ils sont gentils, les fils de garce. Et si j'organisais une fiesta ? Autant leur offrir le restaurant, cela nous fera une sortie.

Faudra attendre. Avec la neige, les routes sont de vraies savonnettes, en ce moment. Ben oui, on n'est pas grand-chose... Surtout moi, j'étais fourbu, les pieds gelés. La neige pénétrait dans mes chaussures, en fondant, je ne te dis pas. Et dire que les types sont revenus de Moscou à pied. La bande au bandit corse ? Justement, ils n'en sont pas encore revenus, pour la plupart. Les survivants sont partis conquérir les Berbères. Pas eux, leurs gosses. Pas question de répéter l'erreur de papa. Qu'est-ce que tu racontes ? Rien. Fais-moi penser à acheter des dattes, c'est bourré de phosphates.

J'ai fini par regagner ma bauge. Tudieu, un peu de chaleur, c'est bon. J'ai allumé un feu, mis mes pieds à rissoler, installé devant la cheminée. Je me suis offert un grog soigné, puis j'ai pris la radio. Je suis tombé sur la fin des infos. Tiens... Qui-tu-sais venait de revenir sur ses aveux. Ils l'appellent le Monstre de Mélans, on se demande où ils prennent de pareilles trouvailles.

Revenir, voyez-moi ça. Et ça change quoi ? Tout, parce que question preuves, c'est léger. Attends, je ne sais plus où, j'ai lu qu'Anne avait des débris de peau sous les ongles. La peau de qui ? Pas celle du Socio, toujours, sinon ils auraient déclenché les grandes orgues. Ou alors, c'est le secret de l'instruction, je n'en sais rien. L'instruction, ce n'est pas mon métier. Je sais que s'ils innocentent leur Monstre, nous nous retrouvons le bec dans la panade. Le salopard, c'est au milieu de nous qu'il faudra le trier. Le chiendent...

Attendre et voir venir. Notre justice, on ne peut pas lui reprocher de s'affoler, la comédie commençait à peine. D'ici à ce qu'elle s'achève, tes agnelles ont le temps de devenir grand-mères. A part ça, personne ne t'empêche de t'intéresser à la question. Lou Max n'a pas tort, Socio, plus le temps passe, moins je le vois dans cette peau du Monstre. Alors qui?

Je te signale une chose, si tes collègues en sont au même point que toi, ils peuvent aussi bien te coller l'affaire sur le poil. Tu t'es tenu constamment à l'écart. Tu fais un suspect présentable.

Autre question, pourquoi Mireille est-elle partie? A ton avis? Tu te vois rester au milieu de cette congrégation de charlots, à te demander si le boucher de ta fille ne va pas t'offrir un bon sourire au prochain tournant?

Je tenais un drôle de creux. Il reste un quignon de saucisson et des chèvres. Parfait. Et du pain extra-dur. Colle-le deux minutes au four. Vin à volonté. J'ai avalé deux bouchées, terminé. Mireille, selon toi, où peut-elle en être? Socio, elle le pratiquait, tu penses qu'elle le croit coupable? Je vais te dire, le vin, avec le chèvre, c'est super. Pour Mireille, j'ai eu tort de ne rien lui demander. Elle avait peut-être des éléments sur la personnalité du Monstre. Qui pourrait avoir son adresse? Je parle de Mireille. La poste, pour faire suivre le courrier? Bonne idée.

J'ai mis des bottes, sur deux paires de chaussettes. Autant y aller à pied, Simone ne tiendrait pas. Tu feras des courses, tant que tu y es. La postière, beau temps que je la connais. C'est la grosse brave, plus grosse que brave, d'ailleurs, une vraie peau de pipelette, curieuse comme un spéculum Les histoires de lit, elle en redemande. Bizarre qu'elle ne se soit pas mariée, un traitement de fonctionnaire, ce n'est pas négligeable. Suffirait de lui coller un sparadrap à la maison. Le lui retirer pour les repas...

L'adresse de Mireille?

— Sincèrement, Romain, je ne la sais pas. Si je la savais, je ne devrais pas te le dire.

— Tu me l'écrirais ?

— Sûrement, oui.

— Elle a reçu du courrier ?

— Une enveloppe bleue, une feuille d'impôts. C'est marqué Ministère des Finances. Attends.

Elle a farfouillé dans un carton à chaussures, en a tiré la fameuse enveloppe. Bleu sale. Me l'a tendue. Côté face, sous la fenêtre en papier cristal, il y avait l'ancienne adresse, 17 bis, impasse Michel-Setboun. Noté. A Alès... Côté pile, la dernière, celle d'ici. J'ai dit merci, rendu l'enveloppe.

— A part ça, Romain, tu deviens quoi au juste ?

— Je me suis décidé, je vais ouvrir une boucherie chevaline.

— Par exemple ! Comment vas-tu faire, des chevaux, on n'en trouve pour ainsi dire plus.

— Facile, je vendrai de la viande de bœuf.

— Mais dis ! C'est pas le même goût.

— Parce que tu t'attends à ce que tu manges. Prends de l'homme, par exemple, ça a exactement le goût du cochon.

— Tu me fais marcher. D'où tu sors ça ?

— Enfin, Fernande, tu vois une différence entre un homme et un cochon ? A ton âge ?

— Sauve-toi, fondu, au lieu de déparler. Tu me fais perdre le fil.

Je suis passé à l'épicerie. Un peu tard, les mémés avaient tout cycloné, à croire qu'on leur avait annoncé une guerre, à la télé. Restait quoi ? Un chou grisâtre, des carottes pas fraîches, de la Maïzena, quand tu me serres dans tes bras... Non, là, tu confonds avec Tino. Et des Malabar. Ben dis donc... Ah, du hollande. Lui, c'est une vieille connaissance, cela fait un moment qu'il traîne en montre.

La Charlotte trônait au milieu de ces trésors. J'ai dit : « Bravo ! »

Elle m'a lancé un sale œil. Une vraie teigne, elle en veut aux gens d'être ce qu'elle est, un boudin sur pattes. Sa camelote lui ressemble, ou plutôt le contraire. Pas fraîche, pas appétissante. Je veux dire, elle ressemble à sa camelote. Tout se tient, en fin de compte, ce que tu vends, c'est toi.

Parfois, des racontars circulent, bien répugnants. Le nid, à tous les coups, c'est son épicerie. Une giclée de lance-flammes là-dedans, ce serait de la salubrité, un peu ! Et penser que Dieu nous a créés à son image... J'ai expliqué, gentiment :

— Ecoute, tu mettrais quelques boîtes vides, ça suffirait, tu es sûre d'avoir le premier prix.

— Quel ?

— Le premier prix de pénurie organisée. Enfin, à quoi ça ressemble, ton souk ? Ça te fatiguerait d'avoir un stock correct ?

Elle a démarré au quart de tour. Et de quoi je me mêlais, et pour qui je me prenais, patin-couffin. J'ai ajouté encore un peu d'huile, au diable l'avarice :

— Ce sont des irresponsables comme toi qui sont cause de la mort de la petite épicerie. Ta camelote, c'est moche et hors de prix. Et en plus, il n'y a rien. On devrait te boucler.

Elle a détaillé ce qu'il serait juste de me faire. Pas mal... Je l'ai félicitée :

— Charlotte, tu perds ton temps. Au lieu de t'enterrer derrière tes paquets de Bonux, écris donc voir des bouquins pornos. Dans six mois tu roules en Rolls.

Elle s'est mise à pleurer. La rage, le dépit ; allez savoir. Je me suis trouvé tout bête, je n'en demandais pas tant. Du coup, j'ai acheté le chou. Et du riz. Avec du riz, tu peux tenir un siège. Et du Négrita, du lait Nestlé. Tu te feras du riz au lait, trésor. Imbibé. Tchao, Charlotte, tous mes vœux. Au tabac, j'ai pris le canard local. Puis j'ai atterri chez Polin. Il n'y avait pas foule. Il a dit :

— Cocagne, voilà le plus beau. Alors ? Tu as encore le courage de sortir par ce temps ?

— Obligé. Personne ne va me livrer une pizza à domicile.

— Puisque tu es là, ça te dit de manger avec moi ? J'ai des bocaux de sanguins, tu m'en donneras des nouvelles, et un restant de gigot.

— Que demande le peuple ?

— Ça le regarde. Moi, tout ce que je souhaite, c'est que ça continue comme ça. Si j'avais trop de pognon, je me ferais du souci.

— Polin, tu es un sage. Et je pèse mes mots.

— Toi, ça semble aller mieux.
— C'est vrai, rien que de te voir, je me sens requinqué.
— Blagueur ! Un pastis ?
— Je me demandais quand tu allais te décider.

Ça fait du bien, les copains. Pour traverser le désert, le chameau, on n'a encore rien inventé de mieux. Nous avons parlé de choses et d'autres. Plutôt d'autres, d'ailleurs, c'est plus varié. Nous sommes retombés à pieds joints dans l'Affaire. Polin n'était pas ravi :

— Ecoute, l'enquête, l'instruction, appelle ça comme tu voudras, ils sont en train de piétiner. Tu sais ce que je vois venir, gros comme une maison ?
— Dis toujours.
— C'est que ce type, ils vont le relâcher. Et alors, ils vont se mettre à chercher pour de bon.
— C'est pas bête ce que tu dis, pour une fois.
— Comment, pour une fois ? Tu oses prétendre que d'habitude je cause pour ne rien dire ?
— C'est toi qui le dis.
— Tu veux quoi ? Que je te chante *Minuit, chrétiens* ? C'est vrai que c'est bientôt Noël.
— Ne m'en parle pas. Rien que l'idée de revoir mon fils et sa femme, j'en suis malade.
— A ce point ? Qui t'oblige ?

L'idée m'a foudroyé. En effet... Polin a enfoncé le clou.

— Tu vois, tu leur fais la surprise. La surprise, c'est que tu ne fais rien. Et voilà... C'est pas beau ?
— Splendide. Je peux toujours essayer.

Fameux, ses sanguins, croquants, avec une pointe d'ail... Paraît que les champignons possèdent un système circulatoire, un cœur et tout. Drôles de bestioles. Quant au gigot, un régal. J'ai félicité Polin. Il est allé préparer le café. Ce qui me tirait souci, ce n'était pas tant Noël. C'était cette idée qu'ils risquaient de relâcher l'Autre. Auquel cas, le coupable, le vrai, il faudrait le repérer avant. Avant leur prétendue justice. Parce que s'il n'y a plus de coupable, Socio, il faudra bien qu'ils se le gardent.

Attends, tu as dû prendre un raccourci, je ne te suis pas. Tu penses à quoi ? A l'honneur du village ? Si tu veux. Je pense qu'il y a eu assez de tintouin. J'ai envie de calme. Sans ça, Mireille ne reviendra pas. Et je veux surtout qu'elle ne sache rien, si les choses devaient tourner autrement. Ni elle ni personne. Qu'on en finisse.

Quand à mon fils, c'est décidé, je n'irai pas. Qu'il crève. Qu'ils crèvent tous, et joyeux Noël. Pas mauvais, le café, pour une fois. J'ai demandé à Polin s'il avait changé la marque. Au fond, si tu réfléchis, un bar, c'est pas mal. Mais c'est une niche, pas plus. Tu restes à l'attache, à attendre les toutous du secteur. J'ai gardé cette intéressante découverte pour moi. Je ne veux pas que Polin s'effondre. Pas après un gigot pareil, ce serait de l'ingratitude.

31

La neige n'a fait que passer. Il est arrivé un coup d'air doux par-dessus, dommage. Mon moral tenait. Les fêtes, terminé. Je n'avais pas bronché, le petit n'avait pas téléphoné. Match nul. Je me trouvais mieux dans ma peau. Je ne sens plus cette impression d'urgence sans objet. D'autant que les urgences en vrai ne manquent pas. Par exemple, je n'avais jamais fait ramoner la cheminée. Elle s'est mise à ronfler juste ce soir, alors que je dormais à moitié. Elle a pris comme une brassée de fagots. On joue à quoi ? Le temps de trouver une échelle, d'emplir des seaux, de grimper sur le toit, elle va éclater comme une pipe en terre.

J'avais un vieux matelas, dans la soupente. Je l'ai tassé contre le débouché du conduit. Le feu s'est étouffé. Dans la bagarre, mes jeans ont roussi. Tu vois, on ne s'ennuie pas. Le matelas fumant a giclé par la fenêtre.

Dehors, quelqu'un a protesté :

— Dis, Romain, c'est une façon d'accueillir les gens ?

C'était quoi, cet oiseau ? La mère Lemaire, la propriétaire de Mireille. Elle, son petit vélo, c'est la famille royale d'Angleterre. Elle connaît leur pedigree sur le bout des ongles. Anne, tout le portrait de sa mère à son âge, et Charles détient le menton de son tonton. Elle en sait plus sur eux que sur sa propre famille. Ce genre de folie douce ne dérange personne.

J'ai demandé :

— Et Margaret, où elle en est ?

— Ne m'en parle pas ! Elle me fait faire du souci. Que veux-tu, elle ne s'est jamais remise de son gros chagrin.

J'ai eu droit aux derniers exploits de Margot. De fait, elle attigeait royalement, la princesse triste. Elle, sa petite cheminée, question ramoneurs, c'était plutôt l'embouteillage.

J'ai dit :

— Tu vois une solution ?

— Avant, oui, elle aurait pu rentrer en religion. A présent, avec le relâchement, ils en arrivent à de mauvaises fréquentations, ils ne savent plus garder leurs distances.

Elle a baissé le ton :

— Figure-toi, le prince Androu, il fréquenterait des colles.. Enfin, tu sais, ce genre de pouffiasses qu'on appelle par téléphone.

— Oh, pauvre ! Des call-girls ?

— C'est ça même. Il les fait venir en douce au palais. La reine, ça ne lui plaît pas, tu penses.

— Je me mets à sa place. Qu'est-ce que je peux faire pour elle, tu as une idée ?

Du coup, la brave dame s'est réveillée.

— S'agit pas de ça. Voilà, Mireille, en partant, elle m'a laissé les sous du mois à courir. Seulement, elle ne m'a pas prévenue si elle revenait. Comme j'ai trouvé à louer, je me demandais si tu ne pourrais pas récupérer ses affaires.

— Hou là, c'est délicat. Tu as l'autorisation ?

— T'inquiète, je le prends sur moi. En plus, il y a juste deux ou trois valises de linge, quelques bricoles, pas plus.

— Pourquoi tu ne t'en charges pas ?

Elle a levé les bras :

— Tu verrais le fourbi que c'est à la maison ! J'ai toutes les estrasses de mes deux filles, je suis envahie.

— Bon.

— Ah, il reste aussi un ou deux petits meubles et une malle, j'ai tout posé au milieu de la cuisine. Tu veux les clefs ?

— Donne toujours. Tu as des nouvelles ?

— Je crois qu'elle est retournée à Alès, j'en sais pas plus.

— Vous n'étiez pas amies ?

— Tu sais, je la trouvais spéciale. Elle était fière, fallait voir, elle gardait ses distances. Par moments, elle me rappelait la duchesse de Kent, quand elle...

J'ai eu droit à une autre tranche de la royale saga. Rien ne pressait. Et puis, c'est intéressant, le témoignage des spécialistes. Enrichissant, même.

Elle a levé le siège. J'ai pris Simone, rabattu la banquette arrière pour avoir de la place, et en voiture. Cela m'a fait un drôle d'effet de reprendre le chemin de chez Mireille. La nostalgie, plus tard. Contente-toi de déménager, coco.

Tiens, la maison sentait déjà le renfermé. J'ai trouvé mon butin entassé dans la cuisine. Va te falloir deux voyages, pas tant le poids, mais le volume. Deux fauteuils en osier, une petite table et une malle, ça encombre. Tu comptes coller ça où ? La cave, j'ai peur de l'humidité. Le mieux, c'est encore la grange, je mettrai un morceau de bâche par-dessus.

En attendant, cette malle... J'ai une pleine boîte de vieilles clefs, je te parie que je l'ouvre en moins de deux. Est-ce vraiment correct ? S'agit pas de correction, il s'agit de mieux connaître l'ennemi. Si tu y tiens... Note, je réprouve. J'y compte bien.

Une fois à destination, j'ai ouvert. Rien de bouleversant. Des rideaux, pliés, ceux du séjour. Un dessus-de-lit. Ces trucs entre deux eaux qu'on ne se décide pas à jeter, deux ou trois vases. Un chat japonais qui lève la patte vers l'oreille. Je le reconnais, il trônait sur la cheminée. Une boîte de cigares, vingt-cinq Coronas major, made in Havana, Cuba.

J'ai ouvert. Banco. Des photos, en vrac. J'ai reconnu Anne tout bébé, puis plus grande, tous âges confondus. Un gars qui devait être le père, l'air de l'étudiant professionnel. Il tient quelque chose d'Anne, le front, l'arête du nez... Une mèche de cheveux, très clairs, dans une enveloppe de cellophane. Un vieux carnet d'adresses. Du papier à cigarettes, je ne connais pas la marque. Enfin, le fourbi ordinaire.

J'ai repris les photos, posément. Curieux. Aucune de Mireille, et même, sur certaines où elle devrait figurer, le cliché était mutilé. Ah, regarde, un portrait de toi, en soldat. Où l'a-t-elle pris, ce n'est pas moi qui le lui ai donné, ma tête à couper.

Je l'avais oublié, celui-là. Un tirage pas très net, assez pour reconnaître ton air buté. Je me trouvais dans l'armée de l'air, calot engagé dans la patte d'épaule, raide comme un manche. Je me souviens... Comme j'avais de l'instruction, ils m'avaient lâché sur Japy. Je tapais des états dans les bureaux du commissaire, rien de passionnant. Mais glander dans une cour de caserne l'est encore moins. Je faisais mon boulot. J'aurais pu rempiler. Tu parles... J'aurais pu pas mal d'autres choses.

Du coup, j'ai rabattu le couvercle, je me suis assis. Au lycée, ça marchait. Par moments, j'avais l'impression de me trouver devant... Devant un autre espace, un territoire neuf, à explorer. Je suis tombé sur des textes qui m'ont accroché. Le problème, c'était la médiocrité crasse des profs. Ou ils étaient nuls, ce n'est pas grave, on peut se passer d'eux. Ou alors ils te méprisaient, ils se jugeaient supérieurs au niveau de la mer. Ça les aurait déshonorés de s'arracher, les chiens. Le pire, c'étaient encore les bons profs. Eux m'ont vraiment dégoûté des études supérieures. Parce que si leur système aboutit à ça, à ces espèces de larves coupées du monde, alors... Alors, on ne tire pas sur les ambulances.

Oui, j'aurais pu me lancer dans des études. Pour aboutir où ? A la ferme, je me plaisais. J'avais du respect pour mon père, et je n'étais pas le seul. Les paysans du coin l'estimaient bien. Je ne demandais qu'à lui ressembler, ce n'est pas évident, être un bon paysan. Je sais qu'il comptait sur moi. Je pensais que j'avais le temps. Puis, comme j'étais en terminale, il a eu cet accident. Une mauvaise chute, les reins en ont pris un coup. Il pouvait toujours travailler, bien sûr, ce n'était pas le genre à s'écouter. Seulement, il ne pouvait plus tout faire. Il avait besoin de moi. Je n'ai pas demandé de sursis. J'ai fait mes trois petits tours militaires, je suis revenu aider papa. Je ne l'ai jamais regretté.

Je ne me vois pas faire autre chose. Impensable, il me faut de l'air, de l'espace. La vie de mon père, je la ressens comme un texte juste, un de ceux qui m'avaient secoué, avant... Il vivait en accord avec cette terre, je ne peux pas mieux dire. Alors que, pour en revenir aux profs, il m'a semblé qu'ils nageaient en pleine imposture. Qu'ils usurpaient leur savoir. Au fond, je m'en moque. Seulement, quand tu es jeune, tu peux te laisser fourvoyer. Après, c'est dur pour remonter. Tu vis une vie qui n'est pas la tienne.

OK, pays, bien reçu. Je tenais toujours la photo. L'important, ce n'est pas où elle a pu la trouver. C'est qu'elle soit là. Il te faut un dessin ? Elle devait tenir à toi, Mireille. Et toi... Nous savons. Tu t'es comporté comme un porc. Comme tout le monde, je ne suis pas un extra terrestre. Le jour où ce sera une excuse, tu me feras signe. C'était une fille formidable et tu es passé à côté.

Je sais, je sais, épargne-moi. Ta sérénade me fatigue. Remballe tes jérémiades, coco, passe l'éponge. Ça sert à quoi, tu peux me le dire ?

Non. Trop facile. Monsieur avait de la vergogne. Il ne voulait pas des restes des copains, pas question. Enfin, il ne crachait pas dessus, mais on n'épouse pas une pute, pas vrai ? Même si elle vaut davantage à elle seule que le restant de la taupinière. Je connais, arrête... Tu veux quoi, que je marche à genoux sur des pois chiches crus ?

Je ne veux rien. Je retrouve ce bon vieux vide. Mireille, j'aurais souhaité la connaître. J'ai essayé, posé quelques questions. Elle ne donnait jamais suite. Faut croire que tu n'as pas su poser les bonnes.

J'ai rangé le bazar, placé la bâche. Il faudra trouver un autre emplacement, ici, c'est à la portée de tout le monde. J'avais son adresse. Je lui ai écrit un mot. Voilà, les affaires, le propriétaire... Je pouvais lui envoyer son bien par les messageries. Ou si elle préférait passer, à sa guise. Au village c'était toujours du pareil au même. Et elle ?

L'appât est dans la souricière. Plus qu'à attendre. C'est encore ça le plus difficile.

J'aurais voulu envoyer une lettre gaie, une chouette lettre. Pas moyen. Je me sentais aussi léger qu'une enclume, et presque aussi drôle. Enfin, tu as fait ce que tu as pu. J'ai posté. J'attends encore la réponse. Au bout de deux semaines, j'ai envoyé un autre mot. Même résultat.

A quoi bon insister, Mireille, tu ne l'auras pas à l'usure. Alors, faire un saut ? Harceler son monde, c'est encore la meilleure recette pour se faire jeter. Bon, tu vas la chercher. Dis-moi, que comptes-tu lui offrir ? Ce n'est pas une paysanne. Le boulot de la ferme, il faut s'y être collé tôt pour supporter. Surtout, tu vis seul. Ton paradis, pour elle, ce serait un sacré purgatoire. Tu y penses ?

Autrement dit, tu as peur d'un refus. Donc, tu ne bouges pas. Tant qu'il ne sera pas formulé, tu pourras bercer ton rêve, pas vrai ? On peut présenter les choses de cette façon. Oui, on peut. Seulement, comprends, si je me jette à l'eau et qu'elle me refuse, je suis lessivé. Alors que tant que tu ne bouges pas, tout reste possible, pas vrai ? Réveille-toi. Les alouettes ne tombent pas du ciel. Ne me bouscule pas, coco. Il ne s'agit pas d'un coup de tête. Il s'agit de s'impliquer, ce n'est pas facile.

Je vais te dire, la réflexion, ça vous assèche son homme. Pour une fois, je ne me sentais pas de rester seul. J'ai rejoint le repaire des hommes libres. Tiens, il faudra que je suggère à Polin de changer d'enseigne.

32

Nous avions connu un moment de flottement après le drame, tant les uns que les autres. Les copains, ce sont de vieilles couennes, n'empêche, cette histoire les avait secoués. On peut tuer quelqu'un, ça arrive. Vos comptes, si vous y tenez vraiment, vous finissez par les régler. Suffit d'attendre l'occasion ou de la savonner un peu. Mais le massacre d'Anne ne passait pas. Il leur a retiré le goût du cochon pour un moment, c'est dire. Et puis, en ce début janvier, le temps n'était pas terrible, c'est rare pour la saison. Ensuite, il s'est arrangé, froid et dégagé. Dieu existe.

Nous avons remis ça, une belle battue, dans les bois au-dessus de la Malière. Les Zozéforêts venaient de tracer un coup de bull en plein milieu, autant en profiter. Fallait voir le travail... La technique du coupe-feu discret, droit comme une règle, large comme une autoroute. Le terrain n'était pas du tout-cuit, semé de ravins, avec du taillis touffu. Et puis, un coupe-feu, c'est dégagé, d'accord, mais c'est vite franchi. Enfin, fallait faire avec. Si c'était trop facile, la chasse, on jouerait à autre chose, depuis le temps.

Tout s'est déroulé correctement. Les chiens ont aboyé comme un seul adjudant, et j'ai fini par avoir ma bête. Une engeance convenable, dans les quatre-vingts kilos. Foudroyée. Je préfère, je n'aime pas les entendre gueuler.

Le Grand m'a rejoint, il a constaté :

— Pas mal...

Il a soulevé la tête de l'animal, avec sa botte

— Regarde un peu.

Mon cochon portait un bouton en plastique jaune à l'oreille. Pas par coquetterie. Non, il avait été lâché par une autre société. J'ai regardé. J'ai lu : Sagnes, 8822.

— Sagnes, c'est pas tout près. C'est déjà la belle route.

— Il ne se trouvait pas bien, là-bas ?

— Faut croire. Ils ont plus de résidences secondaires que nous, il n'a pas dû supporter.

Un sauvage, mon cochon. Le Grand ne voyait pas les choses sous cet angle.

— Penses-tu ! Un sale étranger qui venait encore se taper nos petites cochonnes, oui. Ça devient une manie.

Sur le coup, je n'ai pas compris. Le temps de réaliser, c'est parti. J'ai étendu le Grand, juste un coup dans l'estomac. Il est tombé à genoux. Je l'ai aidé à se relever. Il avait du mal à retrouver son souffle. Il a protesté :

— Enfin, tu es fou ! Ça te reprend ? Tu es malade !

J'ai bredouillé que oui. Mon palu...

— Quel palu ?

— L'Indo...

— Te fous pas de moi, tu n'as jamais fait l'Indo.

— Oui, mais j'en ai rêvé.

L'Indo, au diable. L'astuce de Jacques m'avait renvoyé Mireille en plein cœur. Un réflexe, c'est tout. Pas bête, le Grand, il a dit :

— Je comprends, Romain, je ne t'en veux pas. Quand même, fais attention, j'ai beau être ton collègue, tu n'es pas marrant, avec ta manie.

Je n'ai rien ajouté. Il avait raison, et moi aussi, et nos sangliers, quand il nous arrive d'en lâcher, nous ne leur mettons pas de boutons, en plastique ou pas. Non, monsieur. Nous nous contentons de leur fendre l'oreille.

La suite a suivi, comme sur un tapis roulant. Collègues bredouilles, plaisanteries habituelles et séance chez moi. Cette fois, la bête semblait intacte, pas de cicatrices, pas de balles enkystées, parfait. Faut dire que jusqu'au coup de bull, son district restait calme. J'ai fait un saut à Montlaur, le temps qu'ils dépouillent. Je manquais de réserves pour une fiesta. C'est sympa, ça aide à retrouver une vie normale.

Quand je suis revenu, mes tarzans discutaient, savoir s'il valait la peine de tanner la peau. Evidemment non. C'est rêche, glissant, de grands poils raides. Comme descente de lit, on peut trouver mieux. Pas question d'en tirer un manteau non plus, ce n'est pas chaud et ça pèse. Ni des portefeuilles ni des gants.

Par contre, d'autres peaux offraient de vastes possibilités. Je vous épargne la liste et les détails. Les copains tenaient le moral. J'avais rapporté de la charcuterie, du pain, des amuse-gueule, du fromage. Ils ont dévoré comme des féroces, chanté leur répertoire le plus raide. La bonne ambiance.

Je ne me sentais pas dans le coup. Parce que... Oh, normal, la vie reprend. L'affaire va être réglée. Je veux dire que Socio va en prendre un max, tout le monde sera content. Le placard une fois refermé, on oubliera l'histoire. Et toi, tu resteras avec tes doutes.

Tu n'es pas seul. Polin aussi croit que tout n'est pas dit. Mais il n'en dit pas plus, et moi, je ne vois pas... Je n'arrive pas à me décider. Pourtant, tu pensais retrouver le vrai coupable, s'il existe.

Bravo. Tu as fait quoi au juste, pour y voir clair, depuis le temps ? Le temps, n'exagérons rien. Pas de quoi s'évanouir. Non, mais à ce train, dans deux siècles tu en seras au même point. Il faut tout reprendre, je te dis. Sers-toi de ta tête, je te croyais de la mémoire. Et c'est quoi ce raffut ? Ils étaient en train de taper sur la table en criant : « A poil ! »

A poil, quoi ? A poil, Jules. Maki voulait le tatouer avec une vieille plume sergent-major et de la suie délayée dans de la gnôle, je te demande un peu ! Lui tatouer quoi ? Une nénette sur le... Parfaitement. Alors, dès qu'il..., elle se déploierait gracieusement.

Calu a ricané :

— Ça risque ! Vous perdez votre temps, il trique pas. Dis-leur, Jules, que tu es un volcan éteint.

Mon berger est devenu pâle. L'ennui, avec les zèbres, c'est le sens des limites. Ils ne connaissent pas. Maki, pour une fois, a sauvé la situation :

— Foutez-lui la paix, vous voyez bien que vous le perturbez. C'est malin ! Surtout que vous, les cartouches à blanc, vous devez en avoir votre compte. C'est toujours ceux qui gueulent le plus qui en font le moins.

C'est reparti pour un tour. J'ai offert du café, de la poire. Reprendre l'affaire... Ça t'amuse ? Je ne dis pas. Ça m'amuse encore moins de rester dans le schwartz. Je regardais les collègues. Ce sont des gamins. Pas des enfants de chœur, mais foncièrement, il s'agit de braves types. Je les croyais capables de pas mal de combines, pas de cette boucherie.

Faudrait voir à te décider, camarade. Si ce n'est ni Socio, ni eux, restent les petits hommes verts. Pas la peine. Ce qui ne va pas, c'est dans ta tête. Tu évites de chercher par crainte de ce que tu pourrais trouver. Tu es comme les autres, tu as beau protester, cela t'arrange que Socio se soit fait gauler. Vive la Gaule ! Mais comprends, ça n'a rien d'incompatible. Que ce beau parleur soit en taule ne t'empêche pas d'essayer d'en savoir plus long. Tu l'as dit, Mimi.

Des idées, les copains n'en ont pas des masses, mais ils s'y tiennent. Maki a remis l'essentiel sur le tapis. L'autre soir, en revenant d'Entrevaux, il s'était arrêté aux Blanchards, un relais routier qu'il ne connaissait pas.

— Ecoutez, je suis tombé sur une gonzesse, une serveuse, elle en avait des comme ça... Je vous jure. J'en ai louché un moment.

Avant-bras tendus, mains ouvertes, il avait l'air de soutenir une rude paire de pastèques. Le vieux Miro salivait :

— Alors, tu y es allé, à la manœuvre ?

— Pas cette fois, mais je compte y retourner. Celle-là, mon ami, il faut que je me la paye.

Lou Max a essayé de lui casser la baraque :

— Il n'y a qu'à toi que ça arrive. Si ça se trouve, en plus, c'est de la gonflette. Maintenant, les rombières, elles s'injectent des tas de saletés dans les boîtes à lait pour que ça paraisse plus gros. C'est la faute aux Ricains tout ça.

Et c'est reparti. La Grande Illusion, trente-sixième épisode, lolos à gogo... D'un coup, Maki a tapé sur une bouteille avec son laguiole :

— Dites, les gars, si on y allait ? Hein ?

L'idée leur a plu. Pourtant, c'était au diable vert. J'ai protesté :

— Enfin, quoi, ça vous prend souvent ? Vous ne savez même pas si elle monte.

Maki m'a toisé :

— Pauvre minable ! Je sais reconnaître une pute quand j'ai la chance d'en voir une. Ceux qui ne se dégonflent pas, levez le bras.

Hop, ils se sont exécutés. Sauf Jules, mais ses voisins le lui ont fait dresser de force. Pour le vieux Miro, c'est le contraire, ils le lui ont rabattu. Ils ne tenaient pas à se retrouver avec un infarctus sur les bras.

Nous étions combien ? Huit, pas plus. Deux voitures, ça irait. Parce que tu marches dans la combine ? Je marche. Ce n'est pas en me tenant à distance que j'apprendrai quelque chose. Tu t'imagines que la vérité va jaillir des pastèques ? Au diable tes courges. Ce sont mes glandeurs qui m'intéressent, pas les glandes. Et je n'imagine rien, je verrai. Vamonos.

Les copains sont d'abord allés pisser en plein air, en gueulant comme des chacals. Le cycle de l'azote... De petites colonnes de buée bucoliques montaient dans l'air glacé. C'était beau. Puis nous nous sommes enfournés dans la Lada de Max et la vieille Volvo de Maki. J'ai choisi la Volvo.

Il existe un dieu pour les ivrognes, aucun doute. L'air frais les a dégivrés. Pas de barrages gendarmesques. Nous sommes arrivés aux Blanchards entre chien et loup, le service du soir n'avait pas commencé. Quand nous sommes descendus, Max a dit :

— Impeccable, les gars, tout le terrain pour nous. Tâchez de bien vous comporter, hein. Et boutonnez vos braguettes.

Nous sommes entrés. La patronne paraissait ce qu'elle était, un croisement de maquereau et de peau de vache, une splendeur oxygénée. Elle a demandé si c'était pour manger. Maki a dit que non, pour consommer.

— Votre serveuse est là, au moins ?

Il a eu un geste explicite des mains. La patronne a appelé :

— Véronique ! Arrive un peu !

Les copains se sont étranglés de rire. Véronique, fallait le faire. Calu a remarqué :

— C'est pas un nom, c'est un programme.

Maki leur a fait signe de mettre un bémol. Ladite Véro s'est amenée. De fait, elle possédait de robustes avantages.

Une vraie réclame pour Totalment. Et gracieuse comme une escalope surgelée. La patronne nous a désignés du menton :

— Alors ?

Pas froid aux yeux, Pastèques. Elle a dit :

— Au premier de ces messieurs.

Il y a eu un rien de flottement dans les rangs. Plaisanter, c'est une chose. Aller au charbon, surtout avec une mignonne de ce calibre, c'en est une autre. Personnellement, ça me donnait l'impression de subir une visite médicale. Pastèques a ricané :

— Ne vous battez pas. Quand vous voudrez.

Calu s'est décidé.

— Tout de suite. Je vous ouvre le chemin, les gars.

Voilà un brave... L'autoroute, oui. Et pas inaugurée de la veille. Nous nous sommes installés au bar pendant qu'il faisait sa petite affaire. Les copains ont continué au rhum ou au whisky. J'ai pris un Fernet-Branca. Calu ne s'est pas éternisé. Le temps de cuire un œuf dur, et il est redescendu, tout faraud. Un autre a pris la suite. Maki continuait à bouffonner. Il se forçait. L'ambiance n'avait rien de bouleversant. La patronne l'a senti, elle a branché le juke-box. Nous avons récolté *La Danse des canards,* un tango dynamique.

La séance a continué sur sa lancée. Une fois l'excitation du début retombée, ça tournait au pari stupide. S'agissait plus de rigoler. S'agissait de ne pas se dégonfler, de prouver qu'on en avait dans le calcif. Ben voyons...

Très peu pour moi. J'ai laissé passer la foule. Dis donc, elle vous épongeait son mâle en moins de rien, Pastèques. Cinq en trente minutes... Restait qui ? Lou Max, Jules et moi. Lou Max est monté à l'assaut comme en 14. C'est bien, nous commençions à en voir la fin. Quand il est revenu, j'ai dit à Jules :

— A toi l'honneur.

— Non. J'irai pas.

Maki l'a mal pris :

— Comment, t'iras pas, sagouin ! Elle serait assez bonne pour nous et pas pour toi ? Je rêve !

Max lui a balancé une bourrade :

— Allez, ouste, ça te changera de tes moutons. Tu ne vas pas nous faire croire que t'es puceau ?

Jules a protesté de sa virilité. Maki l'a secoué :

— Alors ? De quoi tu as peur, hein ? Elle va pas te manger. Faut y aller à la manœuvre, mon petit. Tu es un homme ou une couille molle, dis ? C'est pas compliqué, bon Dieu, il suffit de viser au bon endroit.

En effet... Jules s'est décidé, pas fier. Il y a mis le temps. Le Grand a remarqué :

— Ce Jules, ce serait plutôt le genre Diesel. Il est lent au démarrage.

Il est réapparu, encore plus pâle qu'au départ. A mon tour... L'idée de faire floc-floc après toute l'escadrille ne m'enchantait pas. La fille m'attendait, peignoir ouvert, près du lavabo. La pesanteur sans la grâce.

— Allez, viens mon lapin, viens laver Popaul.

J'ai sorti cent francs :

— Une autre fois, tu veux ?

Elle a pris l'argent, m'a offert une cigarette :

— Comme tu voudras... Au moins, toi, tu n'essaies pas de faire semblant.

— Ah bon ?

— Comment il s'appelle, le zouave qui vient juste de sortir ?

— Jules.

— Des clients pareils, je m'en passerais. Ton Julot, il m'a sauté dessus comme s'il n'avait jamais rien vu. Et pourquoi faire ? Pas ça ! Une vraie lavette. Sans compter, il pue drôlement le bouc.

— C'est son métier, il est berger.

— Il est enragé, ton berger. Regarde.

Elle a fait glisser son peignoir, m'a présenté son dos. Des zébrures rouges se détachaient sur sa peau trop blanche.

— T'as vu ? La prochaine fois, je l'envoie promener. Enfin, quoi, ce n'est pas du travail. Si vous vous imaginez...

Je ne l'écoutais plus. Je regardais ces marques. J'en revoyais d'autres dessiner le même tracé, sur un autre dos. Les mêmes écorchures...

33

J'ai repris le collier, les labours, tout le train. Le temps, convenable, un froid sec. Depuis son dernier carénage, le tracteur tenait le choc. Touche du bois... J'en ai débité, sans Jules, je préférais le voir le moins possible. Je n'arrivais pas à tirer les conséquences de... Quelles conséquences ?

Soit, Pastèques était griffée. D'une, tu n'es pas forcé de la croire. Cela venait peut-être d'un zigoto antérieur. De deux, rien ne ressemble plus à un coup de griffe qu'un autre. Enfin quoi, c'était le même tracé, trois balafres à gauche, deux à droite... Et après ? Tu crois, tu n'en sais rien. Sur ce coup, tu as eu un flash, ce n'est pas une preuve. D'autant que Pastèques, sa peau du dos, tu as oublié de la tanner. En fait, ce n'est pas ça qui coince. Jules, ça reste un copain, voilà.

Nous avons fini la chasse en beauté. Toute une bande de cochons liquidés dans notre coin favori, en dessous de Mounis. Comme à Gravelotte, une hécatombe. Nous en avons donné la moitié à l'hospice troisièmâge, autant qu'ils crèvent la bouche pleine. Le printemps s'est décidé, je me suis mis aux céréales précoces. Fin mars, la justice a procédé à la reconstitution du crime. Enfin, elle a essayé.

Y aller ne m'emballait guère. Il faudrait, non ? Toi qui veux tout savoir... Le Grand est passé me chercher. Nous nous sommes retrouvés dans le pré, en face du pont. L'herbe commençait à sortir. C'est fou... Je veux dire, nous partons en lambeaux, jour après jour. Pas les choses, elles ne bougent pas.

Il est venu des gendarmes, trois fourgons, et quelques

voitures de personnalités. Socio est descendu, menotté, encadré par des civils, des flics ou des avocats, ce n'est pas écrit dessus. Il souriait. Je le comprends, cela devait lui faire plaisir de se retrouver au bon air, j'imagine.

Il n'a pas souri longtemps, Jules lui a envoyé une pierre. Il vise bien, il l'a chopé à la tempe. Socio s'est retrouvé au tapis. Les gendarmes ont chargé, recta. Les copains leur sont rentrés dedans. Le gendarme, c'est du bon matériel, sur pied, rien à dire. Seulement les collègues, à force de crapahuter dans les collines au cul des cochons, sans parler du travail, ils ne sont pas pourris. Ça tenait du rugby et du catch. On se serait crus dans un champ de gentianes, avec quelques képis qui voletaient par-ci par-là. Un brigadier, vexé, a fait mine de sortir son calibre. Il s'est fait taper sur les doigts par un gros bonnet. Ce devait être le juge. Il nous a demandé d'être raisonnables, la justice devait procéder...

Maki l'a interrompu :

— La justice, c'est de lui faire ce qu'il a fait, à ce pourri. Si vous n'en êtes pas capables, laissez-le-nous.

Un civil a parlé de scandale et de droits bafoués. On voyait qu'il savait se servir de sa bouche. Il l'ouvrait bien grand, des tas de muscles travaillaient. Rien qu'à le regarder, tu comprenais que causer, c'est un métier. Bref, un avocat, à tous les coups. Il a pris une motte de terre en plein clapet. Un argument concret, avec une touffe d'herbe en prime.

Le dialogue s'est arrêté là. Les gendarmes se sont regroupés, parés pour le match revanche. Nous avons évacué le terrain. Leur reconstitution, qu'ils se la goupillent entre eux, si ça les amuse. Notre réaction n'était pas concertée. Le Grand l'a bien dit :

— C'est l'autre, avec son sourire. Moi, qu'est-ce que vous voulez, je veux bien faire le pantin avec des guignols, mais il y a des limites, pas vrai ?

Dans tout ça, nous avions perdu la matinée. Mireille n'était pas venue. La presse des villes allait encore nous traiter de tribu d'Apaches. Bah... Nous n'allons pas les envahir, nous, alors qu'ils nous oublient.

Pour le coup, c'était raté. Nous y avons eu droit. Des voitures étrangères déboulaient, s'arrêtaient sur place, déversaient leur contingent de familles riquiquis. Les gens venaient boire un coup chez Polin. Ça, d'accord, tant qu'ils voulaient. Ensuite, dès qu'ils essayaient de le brancher sur le folklore, Polin leur expliquait qu'il y avait maldonne. Qu'en fait, leur combine, il s'agissait du nouveau Mélans, sur l'autre versant du col de Fontbelle.

— Pas compliqué, vous reprenez la route, en bas, et vous filez sur la droite, tout droit. Une fois passé le col, vous ne pouvez pas le rater.

Certes. Et comme la route, ça fait un moment qu'elle est retournée à la piste, les bagnoles, ce n'était pas triste. Il s'en est viandé un paquet dans les nids-de-poule. En plus, de l'autre côté, à Authon, pas de garage. Les gars étaient bons pour le camping sauvage. Rien de tel que l'aventure pour vous briser le carcan d'une existence routinière.

Nous en avons discuté, entre abonnés, chez Polin. Maxou était d'avis que les curieux ne nous lâcheraient pas la grappe de sitôt.

— Mieux que ça, vous allez voir, ils vont finir par en faire un film.

Maki a évoqué l'affaire Dominici.

— J'étais tout niston, mais je me souviens, on ne parlait que de ça. C'est drôle, la mentalité des gens, elle ne change pas. Vautours ils étaient, vautours ils restent, la viande morte, ça les attire, c'est fou.

Pour Albert, le mal venait de la télé :

— Les choses, si vous n'en parlez pas, elles n'existent pas. Je vous prends un exemple. Supposez que je distribue un kilo d'or à chaque personne qui se présente chez moi. Si je ne l'ai pas fait savoir, qui va venir ? Personne. La télé nous fait une sale publicité, voilà tout.

Question pub, j'étais d'accord. Du moment que la télé se permettait de saucissonner mes films avec ses réclames débiles, je repérais les produits perturbateurs pour ne pas les acheter. Polin a haussé les épaules :

— Comme si c'était possible. C'est comme si tu pissais dans une fourchette, ça ne sert à rien. La pub, ils en font tous, alors...

Bref, de la belle parlote. Sauf que les copains, c'étaient tout de même des faux culs. Parce que, dès qu'une caméra se pointait, tu en trouvais toujours un pour y aller de son numéro. Cette affaire rendait bien. Je ne sais quel journaleux, à propos de Socio, a lancé la formule Jekyll et Hide. Le public, ça lui a plu. Et puis nous autres ploucs, nous faisons toujours recette. Nous restons des valeurs sûres, un pied dans la préhistoire et l'autre dans la crotte de bique. Nous étions donc repartis pour le feuilleton de la saison, et au-delà, j'en avais peur.

Malgré tout, ce que je trouve bien, chez mes fifres, c'est leur côté imprévisible. Tel jour, ils vont accepter de causer dans le poste. Tel autre, si ça leur prend, ils te bousculeront tout ce qui se présente, vianderont une ou deux caméras. La presse doit être maso. Ce genre de réaction, elle en raffolait. Albert se lamentait :

— Vous allez faire fuir le monde, avec votre comportement de cannibales !

C'était tout le contraire. Polin a constaté :

— Si ça continue, on va se retrouver dans une réserve. Je le sens venir, va falloir se mettre à l'artisanat. Dis, Romain, toi qui es un puits de science, tu n'aurais pas des idées sur la question ?

— L'artisanat bas-alpin, tu veux dire ?

— Ça doit bien exister, non ?

— Je veux ! Dans les temps, on rencontrait une spécialité unique, au fin fond des vallées. Les goitres avec scarifications rituelles.

— Sca quoi ?

— Scarifications... Des entailles, si tu préfères.

— Qu'est-ce que tu barjaques encore ?

— Je te promets. Les goitreux, tu en trouvais comme tu en trouvais, à cause de l'alimentation. Ils pullulaient pire que les lapins. Alors, pour les distinguer, on leur faisait des dessins géométriques, au fer rouge, sur leurs goitres. Des rosaces, des losanges... Ça n'était pas si mal...

— Tu te fous de moi ?

— Pas du tout. Tu n'as qu'à consulter la thèse de l'abbé Moulédous. C'est un monument.

— Et ça s'appelle comment ?

— « Goitre et embellir ».

Il m'a balancé son verre de pastis au visage :

— Romain, tu es une ordure, un fumier. Rien, tu respectes. Tu me...

— Moi, tu me donnes soif. Un pastis, mon brave, et pas dans le portrait cette fois, s'il vous plaît.

N'empêche, cette histoire nous débordait. Nous n'en étions plus maîtres. Nos gens n'étaient plus eux-mêmes, ils endossaient un rôle. C'est forcé, quand on parle de toi, tu finis par exister, tu réponds à la demande. Je n'invente rien. Prends nos mémés, par exemple. Avant, c'était de la bonne mémé tout terrain, sans malice. Elles trottinaient modestement. A présent, elles se propulsent, l'air de dire : « Nous l'avons échappé belle ! D'un peu, c'est nous qui passions à la moulinette »... Incroyable.

Bon, puis ? Toutes considérations à part, si tu te réveillais ? Pour le cas Jules ? Et je fais quoi, je vais le trouver ? Tordu comme il est, il pourrait bien piquer une crise ou se détruire. De sa part, je m'attends à tout. Il faudrait procéder autrement, interroger les autres, cela va faire un siècle que je t'en parle. Je sais. Je me sens gêné.

Je n'ai pas eu à bouger. J'étais en train de passer un coup de badigeon sur ma barrière. J'ai entendu un moteur. Maki a débouché avec un Lada 4 × 4, rouge, beau comme un chibre. Il en est descendu, pas peu fier. J'ai demandé :

— Et ta Volvo ?

— Elle commençait à tousser, j'ai réussi à m'en défaire. Tu en penses quoi, de mon engin ?

— Joli, mais un peu juste. Tu ne colleras jamais vingt bêtes là-dedans.

— Je mettrai une remorque.

J'ai servi le pastis. Maki est tout ce que vous voudrez, mais il ne se dérange jamais pour rien. Là, il s'agissait d'une combine trouble, comme il les préfère. Un troupeau à zoner dans mes bois.

— Allons bon... Quand je te vois venir, les emmerdements ne sont jamais loin.

— Enfin, Romain, tu me connais. Je t'ai déjà mis dans la mélasse ?

— Non, mais c'est pas faute d'essayer. Ecoute, tu te débrouilles comme tu veux, mais épargne-moi les détails, OK ? Tu les amènes quand ?

— Demain.

— Bon. Je ne serai pas là, je rentrerai dans la nuit. Débrouille-toi pour les camoufler dans l'intervalle. Je ne suis au courant de rien.

— Je savais que je pouvais compter sur toi. Tu es une vieille râleuse, mais dans le fond...

— Ho, arrête la pommade. Un autre pastis ?

— Je veux.

Il a pris un air goguenard, celui du petit garçon qui a fait le gros pipi dans sa culotte du dimanche.

— Ecoute, Romain, je vais quand même te dire parce que tu es mon ami. Tu sais, Socio, quand il est revenu de la rivière, il était tout mâchuré, tu t'en souviens ?

— Oui.

— Ecoute ça. Quand je l'ai vu descendre avec la petite, ça m'a plu, mais pas tellement. Alors j'ai coupé droit devant pour arriver avant eux. Je me suis planqué, je les ai vus venir. Coup de bol, juste à ce moment, le Socio a dit à la gamine de continuer, il voulait changer l'eau des olives. Elle a filé. Il a commencé à asperger un gros buisson de mûres. En même temps, il chantonnait je ne sais trop quoi. J'en ai profité, je me suis amené doucement, tout doucement. Et vlan, je l'ai balancé dans les ronces. Il lui a fallu un moment pour s'en dégager. J'étais caché, je le regardais. Il a ramé. Quand j'ai vu qu'il allait s'en sortir, je me suis carapaté.

— Et puis ?

— Et puis je sais pas. Il a dû s'arrêter près de l'eau, pour se rafraîchir le portrait. Du temps, la petite ne l'a pas attendu, alors il est remonté. Parce qu'en faire plus, je ne crois pas, il manquait de jus. Tu l'aurais vu plonger dans les ronces, un vrai sac de patates. Tu en penses quoi ?

— Et toi ?

— Rien. S'il est si malin, qu'il se démerde. Nous, on ne lui a rien demandé.

— C'est un peu salaud, non ?

— Quoi, salaud ? Les risques du métier, pas plus.

— Tu en as parlé à quelqu'un d'autre ?

— Risque pas, pour quoi faire ? Pas la peine de remuer la

vase. Ils n'ont qu'à s'arranger entre eux. Si jamais on me demande quoi que ce soit, je ne sais rien de rien. Tu n'es pas d'accord ?

— Tout à fait.

— Bon, je me sauve. Je compte sur toi, je vais préparer mes bestiasses. Le Toine me prête son camion.

Bon vent... Tu voulais une confirmation, te voilà servi. Mais pourquoi donc cet imbécile a-t-il avoué ? Oh, ce n'est pas le premier... Le choc, les câlins des flics... Et puis, les types, tu ne sais jamais ce qu'ils peuvent garder dans l'arrière-boutique. Ça doit soulager d'être coincé une bonne fois, même si c'est pour une mauvaise raison.

Mais le plus gros est passé. A présent, je suis sûr qu'il ne s'agit pas de lui. Et de qui d'autre ? Patience, nous y venons.

Patience, hein ? Le pire est en train de nous pendre au nez, offert par notre gentil Socio. Lui qui était si malin, il aurait pu s'y attendre, à ce qui s'est produit, un cas de rejet tout ce qu'il y a de classique, j'imagine. C'était couru, non ? Et cela ne vient pas de nous, ne tient pas à nous, n'importe quel organisme réagit de la sorte. Avec les bonshommes, on appelle ça seuil de tolérance, Frantzou. Et le seuil, c'est lui qui l'a poussé. Il prenait trop de place. S'il n'y avait pas eu cette histoire de pique-nique, il aurait eu droit à autre chose. Il n'y coupait pas, en aucun cas. Il a rompu l'équilibre...

Il n'a rien compris. Ce qu'il faisait, c'était une sorte de viol, on ne colle pas son nez dans l'intimité des gens. A part les teckels. C'est lui le responsable. Sans le vouloir, il a monté cette machine à la con. Beau travail : Anne broyée, lui en taule, et à présent, Jules... Mon pauvre Jules. Putain de Jules, ça me fait le cœur gros, lui entre tous, ce pauvre type sans défense... Tu ne dérailles pas un peu ? Je n'en sais rien. Fous-moi la paix ! Je vais te dire, même s'il n'a pas tué cette gamine, c'est normal qu'il paie, Socio.

Reste Jules. Putain de pauvre Jules... Lui, son rôle était autrement plus simple. Il permettait à n'importe quel connard de se sentir moins con, puisqu'il y avait ce bon Jules, justement. Le degré zéro. Le mètre étalon de la connerie... Enfin...

Son crime, j'aurais pu le commettre, ce n'est pas sorcier. Ce qu'on ne possède pas, on ne demande qu'une chose, c'est de le détruire. Seulement, moi, je me serais occupé de Mireille.

34

Ce printemps, parlons-en. Cette année, il fut pluvieux comme pas permis. En avril, il est tombé des arrosoirs, des tombereaux d'arrosoirs. Dans ces coups de temps, tu rencontres toujours un abruti pour te dire :

— Hein, cette fois, vous devez être contents, hein ?

Et comment ! Des champs détrempés, impossibles à travailler. Impossible non plus de sortir les bêtes. Le rêve... Les gens pensent que nous sommes de perpétuels râleurs. Ce n'est pas la méthode Coué qui paiera nos traites. Alors, nous attendons. Pas la peine de se presser, dans notre métier, sinon ton travail, tu es bon pour le refaire. Le temps ne pardonne pas.

J'avais quelques bouquins de côté. Pas question de les lire l'été en bronzant. Nos temps libres, ce sont nos temps morts. Je n'avais pas la tête à me plonger dans de la fiction, en ce moment. La réalité suffit.

Je suis passé voir Polin entre deux averses. Il contemplait son percolateur. Il a lancé, sans me regarder :

— Oh, Romain, ça va comme tu veux ?

— On fait aller. Et toi ?

— Moi, c'est cette saleté de mécanique. Elle a déjà les tuyaux complètement entartrés, mon ami. Pourtant, elle n'est pas vieille.

— Que veux-tu, il faut bien que l'argent tourne.

— Oh ça, je sais. Avant-guerre, les bagnoles, elles avaient des pistons en bronze, tu n'en voyais pas la fin. A présent ils doivent les tailler dans du chewing-gum. Bon, je te sers quoi ?

Il a daigné se retourner. C'est vrai, il faut boire.

— Ce que tu veux.

— Comment, comment, il n'y a rien qui te ferait plaisir ?

— Si, que tu poses des questions intelligentes, mais je ne veux pas te demander l'impossible.

Polin a soupiré :

— Fais du bien à Bertrand ! Romain, je veux te dire, au fond tu es le plus gros malheureux que je connaisse ; et crois-moi, j'en ai vu défiler. Ta mère, c'était sûrement une sainte femme, mais elle a dû oublier de te faire des poutous-poutous de temps en temps quand tu étais niston. Tu as vraiment un caractère de cochon, et je m'y connais...

— Ça ne te ferait rien d'oublier ma mère ?

— Laisse-moi finir. Tu ne t'en remettras jamais, retiens bien. Tu continueras à emmerder le pauvre monde. Et puisque tu ne te décides pas, je te prépare un kir.

— Prends-en un pour toi.

Il nous a servis. Je l'ai vu s'escrimer avec un bout de ficelle et un paquet de journaux :

— C'est quoi, ton colis ?

— Des magazines. Je les ai eu pris pour voir ce qu'ils racontaient de notre affaire. Je vais les porter à la maison de retraite.

— C'était intéressant ?

— Penses-tu, ils délaient. Moins ils en savent, plus ils en rajoutent. De drôles de cocos, les journalistes, ils vont te chercher n'importe quoi pour arriver à vendre leur soupe.

— Tu permets que je jette un œil ?

— Je t'en prie.

Je me suis installé à une table, tranquille. Des anciens tapaient le carton. La fine équipe n'était pas là, j'ai pu regarder en paix.

Bizarre... Aucun doute, il s'agissait de nous. J'ai reconnu le village, les gens, tout. Pourtant, j'avais l'impression que cela se passait ailleurs, dans un pays de fantaisie, le pays de l'actualité ; l'endroit où les choses arrivent. Comme si nous n'étions qu'un décor, un décor en vrai mais un décor quand même C'était ça et ce n'était pas ça, quasiment une autre dimension. Ben, ma vieille...

Et puis j'ai l'habitude de nous voir, mais pas en photo. Nous tenons quand même de drôles de gueules, je dois l'admettre. Comment ça ? Bon, tu prends les vedettes de ciné, ou celles de la pub, ils ont des tronches de poupées Barbie, plus belles que nature. Ou alors, regarde les citadins. Eux, ils sont modelés en pleine mie de pain, mous et gris. Mous comme leurs vies, gris comme leurs villes.

Pas nous. Nous gardons encore nos vraies têtes, des gueules d'indigènes. Nous restons une vraie race au milieu des mutants. Nous n'avons pas changé. Seulement, comme nous sommes passés à sept pour cent de la population en l'espace de trente ans, nous voilà devenus des monstres du temps de notre propre vie. Pas la peine de tricoter une thèse pour s'en apercevoir. Suffit de contempler ces photos...

Polin est venu jeter un œil par-dessus mon épaule. Il en était au même point :

— Tu as vu ce trombinoscope ? Ils ne nous ont pas ratés. De quoi ça provient, de la pellicule ?

— Même pas. Ça vient du fait que nous sommes nature.

— Comment ça, les autres, ils sont quoi ?

— Ils s'arrangent. La beauté, c'est un métier, mon beau.

— Elle est belle, leur beauté !

— C'est pas tant l'apparence leur problème, Polin, c'est la jeunesse. Tu les prends, tous ces charlots, ils sont tous jeunes, obligé. Seulement, ils n'ont pas le même âge. Un vieux, un vrai de vrai, tu n'en trouveras plus, sauf chez nous ou alors au fin fond de l'Asie.

Il est retourné à son perco. J'ai épluché quelques articles. Ils bavassaient dans le mystère. Pour ça, il fallait que Socio soit innocent. On revenait sur les aveux extorqués, le malheureux menotté à un radiateur, les baffes. Son avocat s'indignait, parlait de déni de justice, de grands principes bafoués. Bof... Il voulait quoi ? Les gendarmes, je les comprends. Quand tu crois te trouver en face d'une ordure, sûr que tu ne lui mets pas ses pantoufles à tiédir avant de lui servir sa verveine.

Tout de même, Socio n'avait pas la tête de l'emploi. Nos photos, c'était une autre chanson. Une belle collection d'assassins en puissance, sortis du fond des âges. La presse ne s'y trompait pas. Elle évoquait de vieilles affaires, la séquestrée de Mazan, des gosses disparus, quelques tueries fameuses... Juste ce qu'il fallait pour préparer le terrain. Nous étions tous des coupables en sursis, face à un innocent en taule. Et attention, en douceur. Ils utilisaient de la supposition et du conditionnel, ils ne se mouillaient pas.

J'ai rendu ses canards à Polin, je suis passé voir mon collègue le brigadier. Je l'ai trouvé retranché dans son fauteuil, en train de faire tourner son képi sur ses genoux, trois coups dans un sens, trois coups dans l'autre. Et on le paie ? Il a paru content de me voir.

— Alors, Romain, la culture, ça roule ?

— Ça roule. Et Guadalcanal ?

— Gua quoi ?

— Tu ne les prends pas dans l'ordre alphabétique, tes batailles ?

— Ah, je t'en prie, commençons pas. Laisse-moi travailler en paix.

— Parce que tu prétends que...

— Arrête ! Tes insinuations, j'en ai pas besoin.

— Je n'insinue rien, je me contente de lire les journaux. Paraît que vous l'avez drôlement secoué, notre rat des villes.

— Si on peut dire ! Enfin, tu me connais. On le prend quasiment la main dans le sac, et lui, à peine remis, il nous a fait un de ces cirques... Un hystérique, vé, je ne peux pas mieux te dire. Il a bien fallu l'attacher, je ne voulais pas qu'il se casse l'os-bertrand, après on nous aurait accusés.

— Ils se plaignent surtout que vous...

J'ai serré le poing, je l'ai cogné dans le vide. Auguste a eu l'air peiné.

— Oh ça ? C'est rien. Mais c'est fou ce que ça peut te faire gagner comme temps, des fois. Tu vois, un petit déclic suffit pour décider le client, ça n'a jamais fait de tort à personne. Seulement, cet oiseau rare, tu peux pas t'imaginer. A peine je l'ai eu effleuré, il a tout déballé, on aurait dit que ça le soulageait. J'ai vu le moment où il allait nous remercier, je n'en revenais pas. Et pas moyen de l'arrêter, le pire, il rajoutait toujours des détails. A ce train, il allait nous sortir les bijoux de la Bégum ! J'en étais gêné pour lui. Parce qu'avec vous autres, têtes de mules comme vous êtes, ce n'est pas avec deux gnons que je m'en serais tiré.

— Très flatté, merci.

— Je voulais juste t'expliquer. Au fait, tu désires quelque chose ?

— Rien de précis... Je me demandais où tu en étais, sur ce coup.

— Nulle part, ça ne dépend plus de nous.

— Mais tu en penses quoi ?

— Je ne sais plus trop. Ce crime, ce n'est pas votre registre, personne n'avait rien à lui reprocher, à cette gamine. Au contraire, tout le monde l'aimait bien.

— Et l'artiste ?

— Alors là, je ne vois pas... Tu comprends, je ne le connais pas. D'un côté, je me dis que ce n'est pas son style, de l'autre je pense qu'il a pu avoir une pulsion. Ces gens-là, ce n'est pas des mécaniques comme les nôtres, nous ne fonctionnons pas pareil. Alors je laisse les spécialistes s'en occuper, ils ont de plus grosses têtes que nous, pas vrai ?

— Et selon toi, comment ça risque de tourner ?

— Au mieux, ils le relâcheront. Au pire, ils le proclameront irresponsable, c'est leur nouvelle combine. Tu peux dézinguer père et mère et la concierge en prime, c'est la faute à personne. Tu étais programmé pour, voilà.

— Mais toi, tu le crois coupable ou quoi ?

— Je t'ai déjà répondu, je ne sais pas quoi croire. Tout est possible. Vous, je vous vois vivre. Quand vous avez quelque chose en travers, vous pouvez toujours tuer un sanglier ou autre chose, ça vous soulage. Lui...

— Je te rappelle qu'il en a tué un gros.

— C'est pas de la chasse, ça, c'est de la loterie. Non, ce qu'il nous faudrait, c'est un témoin, un vrai, quelqu'un qui dise : « Voilà, j'étais là, j'ai vu ça et ça... » Sinon, nous allons pédaler dans la choucroute, si jamais ils décident qu'il est innocent. Désolé, Romain.

— Tu as le temps de venir boire un coup ?

— Pourquoi pas ? En service, il ne faut jamais reculer.

Nous sommes retournés chez Polin. Ils se sont mis à plaisanter. Le brigadier trouvait que bistrot, tu as la belle vie .

— Pour une enquête, pas la peine d'user tes godasses. Ils viennent tous se soulager dans ton tablier. Je changerais bien de place avec toi.

Polin n'a pas apprécié :

— Quand tu veux, mon beau. Parce que je vais te dire, je reste pas le cul vissé sur une chaise à attendre, moi. Le chèque me tombe pas tout rôti, mes quatre sous, il faut que je me les gagne un par un.

J'ai dit :

— Tu oublies l'uniforme, Polin. Tu serais mignon avec un képi. J'ai toujours trouvé que tu avais une tête de...

— Une tête de quoi ? Ose le dire !

Enfin, les gamineries d'usage. Malgré tout, Auguste ne perdait pas le fil. Il a demandé si les derniers temps, Socio n'avait pas montré des signes particuliers, de l'agitation, enfin, ce genre de détails... Polin ne voyait pas.

— Tout allait bien pour lui, on ne peut pas dire le contraire.

Tiens, justement, le fameux projet des Lombards...

Là, j'ai dressé l'oreille. Auguste était au courant.

— J'en ai entendu causer. La zone touristique, les pavillons, tout ce chantier...

— Gzactement. Albert avait le feu vert du conseil, il comptait envoyer un bull pour commencer les terrassements. Eh bien, l'idée venait de notre petit chéri. C'est dire.

J'ai protesté :

— Doucement. Tu me racontes que les travaux allaient commencer, et que personne ne m'a prévenu ?

Polin s'est mis à pianoter sur son comptoir :

— Comprends, Romain, tu as une telle tête de bourrique, on a pensé qu'il valait mieux te laisser de côté. Quand je dis : on, je ne suis pas dans le coup. Je parle de tes collègues, ne viens pas me chercher des crosses.

— Et où ça en est ?

— Terminé. Albert, ce drame l'a refroidi, il n'en veut pas d'autres, il a décommandé le bull, il a tout arrêté.

Auguste m'a tapé sur l'épaule :

— Franchement, Romain, moi, je travaille pour l'Etat, ce ne sont pas mes oignons. Mais vu que tu habites au diable, je ne comprends pas pourquoi tu te rends malade pour si peu.

Après tout, quelques maisons coquettes, ce n'est pas désagréable dans le paysage.

Je l'ai regardé :

— Brigadier, juste une question. Tu as déjà eu la variole ?

— Dieu garde, non. Quel rapport ?

— Parce que quelques trous dans la figure, après tout, c'est plutôt mignon. Ça te manque. Ça te mettrait de l'animation dans le faciès, tronche de rat que tu es !

Je l'ai vu rougir. Il a redressé sa courte taille :

— Nous y sommes, tu recommences à déparler. C'est fini, Romain, ne compte plus sur moi pour boire un coup avec toi.

Il est parti, raide, avec la majesté d'un canard en uniforme. Polin s'amusait bien.

— Faut reconnaître, tu as le chic avec les masses, collègue. Tu aurais dû faire de la politique. Avec ton charme, à l'heure qu'il est...

— Toi, ça va.

— J'admets, cette histoire, s'il n'y avait que ce brave Auguste pour la tirer au clair... Moi, je vais te dire, l'explication elle est évidente.

— Ah bon. Je t'écoute.

— L'explication, c'est que c'est la Sicile, ici.

— V'là aut' chose... Rien que ça ?

— Parfaitement. Tu as vu *Le Parrain* ?

— Cette tranche de gorgonzola ? Tu me chantes quoi ? Ça se passe en Amérique.

— C'est pareil. Amérique ou pas, c'est la loi du silence.

— Tu débloques. Socio, il n'a jamais été de la famille de personne, ici.

— C'est pareil, je te dis. D'abord, s'agit pas de lui, s'agit de vous. Tout se passe dans un mouchoir. Quand il s'agit de bricoles, pour tchatcher, vous savez. Dès qu'on commence à toucher à des combines plus sérieuses, alors là, fini. Le mur. Tu ne me le sortiras pas de l'idée, Romain, l'assassin, vous le connaissez. Seulement, il fait partie de votre bande de tordus. Alors vous vissez vos clapets.

Il a fait un geste, avec les doigts en bec de canard.

— Merci pour nous. Parce que toi, tu ne sais rien ?

— Hé, ho, je ne bouge pas de mon secteur, comment veux-tu que je sache ?

— Tu y étais, au pique-nique.

— Et après ? Ça s'est préparé de bien avant, crois-moi. Je reste persuadé que vous en savez plus long que vous voulez l'admettre, toi le premier.

— Comme tout le monde, mon mignon. J'ai des soupçons, pas des preuves.

— Les preuves, les preuves... Quand on veut vraiment, ça se trouve. J'irai encore plus loin, Romain. Le coupable, ça n'a aucune importance que ce soit Pierre ou Paul ou Sosthène.

— De mieux en mieux.

— Parfaitement. Parce que coupables, vous l'êtes tous. Vous vous donnez la main. Depuis que Mireille est revenue avec sa fille, la pauvre, vous n'avez tous rêvé que d'une chose. Et vous l'avez assez hurlé sur les toits.

— Tu oses ! Tu es gonflé, l'ami. Enfin, tu es fou, il n'a jamais été question de tuer.

— Oui, bon, vous êtes bien braves, mais vous restez surtout de braves brutes. Vous ne connaissez pas vos limites. On commence par serrer quelqu'un d'un peu près, on finit par lui serrer le kiki. Terminé. En toute innocence, parfaitement.

Il s'est frotté les mains. J'ai dit :

— As ben parla. Nous ne sommes pas plus avancés.

— Mais, face de... Nous n'avancerons jamais. Le pourquoi, tu le sais. Parce que c'est quelqu'un de chez nous. Il faudra qu'un ange descende du ciel pour le montrer du doigt, sinon nous pouvons attendre cent sept ans, personne ne se décidera.

Il finissait par m'agacer.

— Ecoute, Fleur-de-comptoir, écoute bien. Cette affaire se réglera, et sans paroles.

— Tu te prends pour Nostradamus ?

— Non, pour Louis-Dominique Branly.

— C'est quoi encore, ce pèlerin ?

— L'inventeur de la branlette, pauvre pomme. Tu m'amuses avec ta loi du silence. Tu regardes trop la télé. Cette histoire se réglera et tu n'en entendras pas parler, je maintiens.

— Cause toujours. Tu bouffonnes, comme d'habitude. Si tu étais bon à autre chose, ça se saurait, pauvre jobastre.

J'ai balancé trois pièces sur le zinc. Je suis sorti. Il m'a rappelé.

— Oui ?

— Doucement, l'amnésique, reviens un peu.

— Pourquoi ? Tu as augmenté les tarifs ?

— Non, mais c'est pas moi qui ai invité Auguste. Si tu veux jouer les grands seigneurs, envoie la monnaie.

Il avait un large sourire, Polin. Je l'adore, mais de temps en temps, je lui rétamerais volontiers le portrait à coups de cendrier. Espèce de parasite... On se calme. J'ai dit :

— Polin, sans toi, ce village serait une tête sans slip.

Il a pris l'air inquiet :

— Quelle vacherie tu vas encore nous sortir ?

— Pose-toi la question. Tchao.

De fait, il a raison. Cette affaire, c'est notre affaire. Et la justice ? Ce sera notre justice, mais nous n'attendrons pas qu'un ange se décide.

J'ai repensé à Socio. A lui et à notre histoire, qui est aussi la sienne. Seulement, ce n'est pas pareil, ce n'est plus la même. Les mêmes événements ne pèsent pas le même poids pour chacun. J'aurais dû m'occuper de Jules, je sais. Pourtant, ce n'est pas à lui que je pense. Je revois ce sanglier, le monstre qui a tué Spahi. Socio n'aurait jamais dû le toucher. Pour lui, c'était un coup heureux. Il y connaissait quoi, à la chasse ? Il avait même parlé de s'embusquer de nuit, près du maïs, et de flinguer les bêtes lorqu'elles viennent manger. C'est tout dire...

Alors que moi, je l'attendais, j'en rêvais. C'était un peu moi, cette part de moi-même qui ne se résigne pas. Il ne peut savoir ce que cela représente. Un de mes premiers souvenirs, c'est de m'être trouvé un après-midi à portée d'un cochon. J'étais aux champignons, j'ai entendu fourrager dans les taillis. L'animal est sorti, devant moi, à trois pas. Je le revois... J'étais petit, il m'a paru énorme. Il a hésité. J'ai cru qu'il allait me charger, je me trouvais pétrifié. Puis il s'est détourné, il a détalé. Je suis resté là, cœur battant. Pas de peur. D'émerveillement.

Quand j'ai vu ce monstre pour la première fois, celui à la

crinière blanche, mon cœur a battu de la même façon Il m'a semblé le retrouver. Socio n'avait pas le droit de s'en mêler. C'est pire que s'il m'avait pris une femme. Il n'a rien compris sur ce coup, ça ne l'a même pas effleuré. Je ne peux rien pour lui. Tout ce que je peux, c'est m'occuper des nôtres, pendant qu'il est encore temps.

Planté sur la terrasse, je ne savais plus où j'étais, je devais avoir l'air sonné. Oui, la chasse, c'est cela. Ça ne signifie pas forcément tuer. C'est d'abord une histoire entre soi et soi, où il se joue quelque chose qui ne peut se jouer ailleurs. Pas simplement pan-pan kaputt... Cette bête, Socio ne la méritait pas. Il m'a volé. Le pauvre bougre ne s'est douté de rien, et ça prétend étudier son monde, misère... Il a tournicoté dans notre ruche comme une fourmi sans antennes, le malheureux.

Garde tes larmes. On ne pleure pas les imbéciles.

35

Il fallait en finir, me décider d'abord dans ma tête. C'était fait. Et puis, comprenez, je ne voulais pas avoir l'air de fouiner. J'ai attendu. Je savais à présent qu'il suffirait d'additionner deux plus deux. J'ai observé Jules. Un roc. Toujours égal à lui-même... Il s'occupait des bêtes. Il trafiquait son vélomoteur. De temps en temps, il le démontait, il collait quatre pièces sur un bout de chiffon et les regardait avec une sorte d'extase. S'il avait quoi que ce soit à cacher, il le cachait bien.

Un mercredi où sa mécanique s'est trouvée en panne, je l'ai descendu au village faire des courses. Au lieu de l'attendre chez Polin, je suis remonté à la bergerie, farfouiller dans son fourbi. Vite fait, vite vu : rien. Des bricoles.. Une caisse emplie de fossiles, d'empreintes de coquillages. Une boîte de clous rouillés, de fers à cheval, de ferrailles. Des estrasses. Quelques vieux magazines. Je les ai feuilletés. Ils avaient un point en commun, ils traitaient d'anniversaires de batailles, la Libé, la guerre de 14, ou la Légion à Pétaouchnok. Tiens, il tenait donc une vocation rentrée, notre pâtre ? Toutes les bergères en sont là. Mais rien qui concerne la petite, aucun trophée.

Un truc amusant, quand même. J'ai trouvé dans le lot un canard matrimonial, pour les coups de foudre par correspondance. Quelques annonces étaient soulignées. J'ai lu des échantillons, les types étaient tous beaux, formidables, riches à n'en plus pouvoir, instruits et tout. Les filles, pareil. Einstein plus Brigitte Monroe. On se demande pourquoi des gens de ce calibre ont besoin de passer des annonces. A côté de ces superstars, mon Jules ne tenait pas la route.

Alors, voilà. Une vie, ce qu'il en restait, entre deux collines éparpillées... Entre la guerre et l'amour rêvés. Entre solitude et désir. Comme nous tous, ni plus ni moins. Il faut bien la rêver, c'est tellement long de la vivre. Je suis retourné le prendre, pas plus avancé.

J'attendais. J'espérais une confidence d'un copain, un signe. Ben non, cela ne venait pas. J'accomplissais mon boulot, comme une mécanique. Ce n'est pas malin, si tu n'as pas vraiment la tête à l'ouvrage, l'accident n'est jamais loin. Et comment...

Ça n'a pas raté. J'avais coupé un fayard, un mastard. Les arbres, je les aime, mais celui-là menaçait de s'écrouler. Il était tombé parallèle à la pente. J'avais dégagé le tronc, élagué le plus gros. Je me suis dit qu'avant d'aller plus loin, il vaudrait mieux le caler... J'ai eu la flemme. Des arbres, j'en ai tellement vu. Comme je me retournais pour prendre une hache, j'ai eu un remords, j'ai jeté un coup d'œil par-dessus l'épaule. J'ai vu le tronc commencer à s'ébranler. Mon ami, j'ai plongé, j'ai eu juste le temps de dégager. Sinon, je me retrouvais coincé sous trois tonnes de bois, et personne pour m'entendre.

Le pire, c'est que je le savais, je le sentais venir... Seulement, à force, tu finis par jouer les Zorro. La sécurité, tu n'as plus le temps. Après, on dit : c'était un accident bête. Sûr. Ce sont les meilleurs. Comme en voiture, toujours dans les lignes droites.

Donc, je travaillais. Pas de nouvelles de Mireille. J'avais touché deux mots à Albert de cette histoire des Lombards. Il a fait celui qui tombe des nues, et qu'est-ce que j'allais chercher ? Il s'agissait juste de dégager un peu le terrain, par crainte d'un éventuel feu de broussailles. Ben, voyons. J'ai dit :

— Albert, tu ne devrais pas me prendre pour une bille.

— Je te jure, Romain.

— Tu me déçois, je te prenais pour quelqu'un de franc.

Il a secoué la tête :

— Tu as raison. Autant te le dire, c'est vrai. On allait commencer à... Comment on dit, déjà ? A viabiliser. C'est ce jeune, cet Alain, il avait une façon de te présenter son idée, tu t'imaginais que c'était la tienne.

— Enfin, tu ne t'en rendais pas compte ?

— Si, mais... Je ne saurais pas t'expliquer. Tu vois, il me faisait rêver, il me donnait envie de tout bouleverser. Je crois qu'il aurait fait un bon maire, différent de moi, en tout cas. Avec lui, je me sentais intelligent.

— Ça ne te réussit pas. Tu réalises un peu ce que tu me chantes ? Enfin, Albert, tu n'es plus un petit garçon.

— Hélas non. Tu ne peux pas comprendre, deux mots de lui, tu te retrouvais ficelé. Je te le dis, je constate, je ne peux pas t'expliquer mieux.

Alain le magicien. Pauvre Albert, il me faisait pitié. J'ai quand même demandé :

— Et maintenant, ça en est où ?

— Tu sais, j'avais commandé une maquette, à un cabinet d'architectes.

— Première nouvelle. Ça a dû te coûter bonbon.

— Pas tellement, je me suis arrangé avec le fils d'un ami. Je la gardais chez moi. Elle était drôlement jolie, on aurait dit un de ces villages que tu vois dans leurs publicités. Et puis l'autre jour, je l'ai regardée. J'ai sorti la vieille crèche que j'installe à Noël, quand mes petits-enfants viennent me rendre visite. Leur maquette, à côté, elle n'existait pas. C'était comme une bulle de savon. J'ai répondu à ta question ?

— Tout à fait.

— Alors je l'ai balancée à la décharge. J'ai failli laisser faire une grosse bêtise. Tu m'avais prévenu, seulement je croyais que...

— J'ai compris, Albert, te fatigue pas. Dis-moi, il avait un quelconque intérêt là-dedans, l'artiste ?

— Tu veux dire une commission ? Même pas. Non, ça l'intéressait de nous bouger. Il pensait plus vite que nous. Si tu veux, on ne vivait pas dans le même temps. Tu n'es plus en rogne ?

— C'est passé. Et cette histoire avec la petite, tu en penses quoi ?

— Je n'arrive pas à me faire à l'idée. Je ne comprends pas

Mais comme je n'ai jamais rien compris, que veux-tu, je laisse courir. Bien obligé.

— Ah, au fait, pour le secrétariat ?

— En ce moment, je préfère m'en charger.

Voilà, nous étions revenus à la case départ. L'été nous est tombé sur le poil sans avertir. Il me semble qu'ils sont de plus en plus chauds, je me suis mis à transpirer comme une gargoulette. Avant, je... Avant, les poules portaient des palmes et elles faisaient coin-coin. Il y a que tu supportes moins la chaleur, ça te regarde, mais les degrés ne chauffent pas plus. Si tu le dis...

L'été... Nous avons retrouvé les problèmes d'eau, Polin et ses jérémiades, les discussions sur l'adduction à revoir. Notre énergie, nous la gardons pour discuter des questions pendantes, pas pour les résoudre. C'est ça, la vraie sagesse. Quand on a la chance de tenir un problème solide, autant le conserver, on n'est pas sûr d'en trouver un meilleur de sitôt.

J'exposais cette théorie aux collègues, chez Polin. Eux, ils restent très premier degré. Leur idée de la fine plaisanterie, c'est de retirer la chaise du bonhomme qui se prépare à se poser. Les rois du coccyx fêlé, rigolade garantie. Mais les mots de plus d'une syllabe, attention les yeux... Et en plus, de vraies sensitives, impossible de leur prouver qu'ils sont des abrutis sans les vexer.

Enfin, bref, je les avais lancés, je les écoutais. Polin venait de mettre le poste en sourdine. Il est tombé sur un flash. Notre bistrot a augmenté la sauce. Un meurtre venait d'être commis, dans un bled de la Drôme. Une petite, de l'âge de la gamine. Viol...

Les copains, je les ai vus changer de tête. Je les connais. L'affaire d'Anne n'était pas enterrée, juste mise de côté. J'attendais que quelqu'un dise enfin quelque chose, je veux dire quelque chose de concret. Rien. Ils ont fait les remarques à prévoir, que c'était une saleté, ces tueurs de mômes, que supprimer la peine de mort, voilà à quoi ça nous menait, taga dzim boum boum... Du neuf et du raisonnable.

Des crimes de ce genre, ils en ont annoncé d'autres, dans le courant de l'été. Des gamines, et même des petits garçons. Le massacre des innocents au goutte à goutte. Ces nouvelles tombaient comme des coups sur la peau d'un tambour. Elles nous résonnaient au plus profond. Comme Jacques l'a remarqué, des crimes de ce type, tu n'en relevais pas plus que d'ordinaire. Simplement, avant, nous n'en tenions pas le compte. Ils s'intégraient dans le tableau. A présent, nous les prenions dans les gencives, parce que le nôtre, de compte, n'était toujours pas réglé. Le procès de l'autre n'était toujours pas terminé.

La sentence a fini par être rendue. Elle a eu droit au traitement de première bourre, gros titres et délayage aux infos. Socio venait de ramasser prison à vie.

C'était devant les assises des Bouches-du-Rhône. Nous n'avons pas coupé à la manif, en face du Palais de Justice. Une association de nostalgiques du coupe-cigares. « Légitime défense », ça s'appelait. Un rien à côté de la plaque, parce que légitime défense, ça signifie juste le contraire. Ça signifie que c'est toi qui viens de le tuer, ton assassin. AVANT.

Toujours est-il, ces légitimistes sont allés secouer les moustaches aux CRS. Les autres leur ont offert de la lacrymo plein les nasoles. Le reporter en arrosait son micro en direct. Il disait que c'était la conclusion d'un paisible drame qui avait secoué un horrible village de notre belle Provence. Ils disent la même chose à tous les coups. Question adjectifs, ils ne sont pas radins.

La conclusion, rien du tout. Disons le prologue. Du coup, je me suis décidé. J'ai offert un plein à Simone, je suis parti voir Mireille. J'avais choisi la meilleure période, la transhumance des esclaves. Les embouteillages, un régal. Des caravanes grosses comme des mammouths, rapides comme des cloportes. Des foultitudes de Hollandais. Comment un si petit pays peut-il emmerder autant son monde, on se le demande chaque été. Nom de Dieu, putain de Hollande, ils ne pourraient pas faire le détour par le cap Horn, ces fromages ? Et les gus qui t'offrent des queues de poisson sans prévenir...

J'en suis venu à bout. Alès... Assez croquignolet, dans le genre paysage après la bataille. Je parle de la région. Le charbon avait disparu, les martiens se faisaient attendre, ils vivent de quoi, dans l'intervalle ? Ils vivent comme nous, en sursis, un jour pousse l'autre, et à force de tourner et de me renseigner, j'ai fini par trouver la cachette de Mireille, dans une banlieue à l'écart.

Elle se tenait dans son jardin, un jardinet grand comme une serpillière et presque aussi vert. Elle m'a vu venir. Elle s'est avancée à ma rencontre, elle a constaté :

— Tu y a mis le temps.

— C'est à cause des embouteillages, tu ne peux pas savoir.

Elle m'a offert une bière. J'ai dit :

— Prépare ta valise, je te remmène.

Elle a ri :

— C'est pas mal, comme dialogue. Tu sais, ma valise, je ne l'ai jamais vraiment défaite.

C'est là que tu constates que les paroles, ça sert plutôt à ne rien dire. Les gens sont décidés ou pas. Le reste, c'est de la frisée en sachets. Avec croûtons.

Elle m'a demandé si je voulais souffler, avant de reprendre la piste. Je n'y tenais pas.

— Souffler quoi, Mireille ? Nous aurons le temps à Mélans.

C'est marrant, nous avons trouvé autant de caravanes dans l'autre sens. Si ça se trouve, ce sont les mêmes. Cette fois, elles ne me gênaient pas. J'étais content, j'avais l'impression d'être arrivé. Mireille m'attendait, tu imagines ? Je lui en ai fait la remarque :

— Tu aurais pu me prévenir.

— Pas la peine, Romain. La preuve...

J'ai pris par les gorges de la Nesque, entre Carpentras et Sault. Ça n'allait pas plus vite, mais c'était beau. Oui. Et puis un jour EDF collera un barrage, et ta beauté se retrouvera aux vieilles lunes. Ben oui...

Je ne lui ai pas parlé d'Alain. Lui demander quoi ? Si elle savait ? Ce qu'elle en pensait ? Je m'en doutais, nous devions en être au même point. Nous sommes arrivés à la nuit. Je lui ai laissé mon lit, j'ai dormi sur le canapé. Enfin, j'ai essayé, j'ai compté les noyaux de pêche. Comme nous avions avalé un sandwich en route, elle n'avait rien voulu d'autre. Je me suis levé. J'ai confectionné un somptueux casse-dalle. Je n'y ai pas touché, pas envie. Demain il fera clair.

Effectivement. Une brume de chaleur, mon ami, un régal.

Quand je me suis réveillé, j'ai senti l'odeur du café. Nous avons pris notre petit déjeuner à la cuisine. Elle a plaisanté :

— Question ménage, chapeau ! Ça te gênerait d'en faire un minimum ?

— C'est ce que je fais. Plus minimum que ça, c'est pas possible.

Je l'ai installée dans la petite maison, c'était plus gai. Pour ma part, j'ai réintégré la ferme. Mon déménagement, du vite fait, trois chemises, une brosse à dents. La vieille maison était restée en état de marche, fraîche comme un puisard.

La nouvelle, celle que je venais de quitter, je me suis rendu compte qu'elle faisait plutôt campement. Question meubles, j'avais toujours remis au lendemain. Une porte sur des tréteaux, pour moi, cela vaut toutes les tables. Pour Mireille, je voulais mieux. Nous avons écrémé les brocanteurs. Ce que c'est beau, la patine du temps sur les objets d'hier... L'ennui, c'est que les prix sont du jour, frais pondus. J'ai fait des folies.

Au village, son retour s'est passé sans histoires. Ils ont joué le jeu, un peu comme si elle revenait d'un gentil club. Comme s'il avait fallu la condamnation de Socio pour repartir à zéro.

Cela m'arrangeait de me retrouver chez mes vieux. Je me sentais plus jeune, comme si ma vie allait enfin finir par commencer. Puis il y avait Mireille. Nous voisinions. Elle occupait la place refusée par mon fils et ma femme, et sa femme aussi... Elle était la famille que j'avais ratée, la vie que je n'avais pas su vouloir. Doucement, ne nous emballons pas. Elle vient juste de se poser, Mireille. Certes. Seulement, moi je suis du genre pénible, j'aime prévoir les choses, les organiser à l'avance. L'imbécillité totale. Il arrive toujours ce que vous n'avez pas prévu.

Nous étions tantôt chez l'un, tantôt chez l'autre. Si elle avait envie de rester seule, elle me le disait. Je n'en demandais pas davantage. C'était déjà énorme de la savoir là. Finalement, la sagesse, c'est ça. On commence par s'offrir l'Europe, l'Afrique et la moitié des Russies. Finalement, un petit coin tranquille, dans une île ou sous un bunker, on s'en accommode, bien content...

Je ne l'ai pas... disons, tarabustée. Quel intérêt ? C'était comme ma sœur. Nous nous trouvions bien ensemble. Je ne me sentais plus cette espèce d'avidité maniaque qui me jetait sur les autres, par inquiétude davantage que par nécessité. Tu vieillis, coco, à force de rajeunir. Possible, ce n'est pas désagréable, la paix. Pourvu que ça dure.

Mireille semblait calme. Nous avions les avantages de la proximité sans les inconvénients de la promiscuité. Vivre avec quelqu'un, ce n'est jamais donné.

Les collègues, corrects. Ils sont passés nous voir gentiment. Comme ils me connaissent, leurs plaisanteries, ils les ont gardées pour eux. Moi qui ai toujours pensé à une autre vie, j'avais l'impression de l'avoir trouvée. Sur place. C'est vrai que si je ne vois pas nos collines, le pic d'Oise et la barre des Dourbes, quelque chose me manque. Je reste d'ici.

Pas Mireille. Je me demandais si elle... Enfin, si cette vie lui convenait vraiment. Si elle ne souhaitait pas voyager. Je lui ai posé la question. Elle a ri :

— Pour voir quoi, des cartes postales ? La télé nous en offre assez, ne t'inquiète pas.

— Tu ne voudrais pas que nous adoptions un gosse ?

Elle a posé la main sur mon bras :

— Mon pauvre Romain, tu me suffis parfaitement. Si tu arrêtais de t'inquiéter ?

— Et si la terre s'arrêtait de tourner ?

Elle m'a donné la main. Je parle en vrai. Elle m'a aidé pour la moisson, pour les foins. Ce n'était pas de refus. Elle est robuste, cette fille, le travail, elle en prenait sa part. Cela lui faisait du bien. Bref, nous formions un bon couple. Séparé, peut-être, mais solide. La formule de l'avenir.

Je me laissais vivre. Je laissais venir. J'avais des prudences de chat sauvage. Détendu, oui, mais pas un geste plus brusque que l'autre, je ne voulais surtout pas qu'elle s'envole.

Malgré tout, j'avais peur que sa vie soit vide. Le vide, j'y suis accoutumé, c'est mon pain quotidien. Alors, cette histoire d'adoption, un soir je l'ai replacée sur le tapis. Nous étions à la cuisine, chez elle. J'essuyais la vaisselle, ce n'est pas un gros travail. Elle est venue contre moi, dans mon dos. Elle a passé ses bras autour de ma taille. Elle est restée un moment. Je ne respirais plus. Surtout ne pas rompre le charme. Une assiette est tombée, Mireille a dit :

— Laisse ça, viens.

Je l'ai suivie dans sa chambre. Elle s'est endormie blottie contre moi. J'entendais les grillons au-dehors.

Vers le milieu de la nuit, elle s'est décidée. Ce matin-là, je me suis réveillé tard, le soleil donnait dans la chambre. Mireille dormait encore, allongée sur le ventre. Le drap avait glissé. Je voyais son dos nu. Je n'avais jamais vraiment vu son dos, nous ne sommes pas des fanatiques de la plage, à Mélans. Pas seulement parce qu'il n'y en a pas. Parce que la plage, c'est d'abord la foule et l'étranger.

Je l'ai caressée, doucement. Je me suis penché pour l'embrasser. C'est à ce moment que j'ai vu les marques, fines, blanches, sur ses épaules. Des cicatrices... Les mêmes. Non. Regarde mieux, elles sont équilibrées. C'était donc avant son coup de tronçonneuse...

Une boule sèche m'a bloqué la gorge. Bon Dieu, elle aussi... Mais enfin, ce n'est pas possible, il ne possédait pas son vélomoteur, à l'époque. Tu sais, un chien qui en veut te traverse un département. Mais enfin, elle n'a tout de même pas accepté ! Pas lui ! Si... Un client, c'est un client. Point.

J'ai replacé le drap. Ne me parle plus de coïncidences, veux-tu ? Le moment était venu.

36

Je me suis levé, doucement. Qu'elle dorme. L'interroger, à quoi bon ? Je suis jaloux comme une maladie de peau, son passé, je n'en raffole pas.

Ni café ni toilette. Pas le temps. Cete fois, il fallait que tout soit clair, je ne veux pas rester à me ronger. Alors, tu joues à quoi ? J'attrape le prunier et je secoue, il tombera bien quelque chose.

Je suis passé voir lou Max. Il nettoyait des tonneaux, au jet. Il les avait sortis de son cellier, il barbotait comme une tribu de canards, un vrai chantier. J'ai proposé :

— Je peux t'aider ?

— Pas la peine, je finis de rincer.

— C'est pour ta piquette ?

— Ma piquette, ma piquette, tu ne craches pas dessus !

— Elles donnent toujours, depuis le temps, tes vignes ?

— Je pense bien. Elles ont intérêt, sinon elles passent à la casserole. Dis, l'artiste, tu es venu me tenir la jambe ?

— Un café, ce ne serait pas de refus.

— Tant que tu veux, fils.

Le temps de couper la flotte, nous sommes entrés. Il a mis le jus à réchauffer, a installé le rouge, le jambon, un quignon de saucisson.

— Je vais te dire, Romain, avant tout il ne faut pas se laisser dépérir. Justement, l'autre jour… Tu vois cette communauté hippie, vers Forcalquier ?

— Je ne vois qu'eux.

— L'a fallu que j'y aille récupérer une herse. Ils sont

végétariens. Je ne sais pas si ça leur donne l'haleine fraîche, mais question de cavaler, ils manquent de souffle. Et leurs petites, rien qu'à leur façon de se tenir, tu sens que la viande doit être mouliguasse. C'est du poulet de batterie, pas plus. Remarque, on sait jamais...

Il est resté rêveur un moment. J'ai dit :

— Tu penses à te remarier ou quoi ?

— Non, je ne suis pas en manque. Mais toi ? Ah, c'est vrai, tu es pourvu. J'ai tellement l'habitude de te savoir seul, tu m'excuseras.

— De rien.

Inutile de finasser. J'y suis allé carrément.

— Pour Anne, ce n'était pas le sociologue.

Il n'a pas bronché. Il a fini de mastiquer ce qu'il avait en train, bu une lampée de rouge Puis il a hoché la tête :

— Je sais.

— Quoi au juste ?

— Je ne comptais pas t'en parler, c'est quelqu'un qui te touche de près... Disons, qui te concerne. A un moment, vers la fin du repas, je me suis levé pour pisser un coup. En passant, j'ai cru que le Jules dormait, il y avait son béret, sa veste à moitié planqués sous un buisson. Je lui ai viré un coup de pied, gentiment, histoire de rigoler. Personne, mon ami. Il avait drôlement bien arrangé ses habits. Sur le coup, je n'y ai pas prêté attention. C'est après. Alors là, obligé de penser au rapprochement.

Il a pris la bouteille. J'ai tendu mon verre.

— Je vais te dire, Romain, je n'ai rien dit parce que ça ne se fait pas de balancer un copain. Surtout que Jules, il pouvait aussi bien être parti aux écrevisses, pas vrai ? Des preuves, je n'en ai pas, et flic, ce n'est pas mon métier. Sauf que je mettrais ma tête à couper que c'est lui. Ça t'étonne ?

— Pas vraiment.

Je n'ai pas commenté, ni sorti mes égratignures. Nous sommes restés un moment tranquilles. Une présomption de mieux, oui. Mais toujours rien de tangible. Max a repris :

— Tu comprends, Romain, Jules est spécial, tant que tu veux. Nous ne sommes pas vraiment proches, mais ça reste la famille quand même. Et il y a le village, faut en tenir compte. Si nous leur jetons ce pauvre type, à tous ces salopards qui nous guettent, nous n'avons pas fini. Déjà qu'ils nous prennent pour des ostrogoths...

Juste ou injuste, ma tribu... J'ai quand même objecté :

— Et la justice dans tout ça ?

— Quelle ? La justice, c'est leur justice. Ils en font ce qu'ils veulent. Ta vie, ils s'assoient dessus. J'ai un cousin, au-dessus d'Aix, quand ils ont tracé l'autoroute, ils lui ont coupé ses champs en deux. D'accord, ils lui ont filé un paquet de pognon, il peut s'acheter un pliant en or s'il veut se poser pour regarder défiler les bagnoles. Seulement, sa ferme, elle ne vaut plus un clou, et sa vie, elle est foutue. Ce n'est pas à son âge qu'il va remettre le compteur à zéro. La voilà, leur justice.

— D'accord. Ce n'est pas un crime, c'est l'utilité publique.

— Me fais pas rigoler. Pour moi, c'en est un. Je vais te dire mieux, s'il s'était agi d'un gros bonnet, pas d'un pauvre bougre, l'autoroute aurait fait un crochet. La justice, ils la refilent à la tête du client. Ton Alain passera sa fameuse thèse en prison. Dans dix ans, il est dehors, perpète ou pas, je prends le pari. Jules, il y crèverait, oui.

Tout ça, je le savais. J'ai dit :

— Tu en as parlé aux collègues ? Ils en pensent quoi ?

— J'en ai causé avec le Grand. Il pense pareil. Jules, c'est un tordu. Il pense surtout que ça aurait dû arriver avant. La chance, c'est qu'il reste à l'écart, dans ta bergerie, sinon il en aurait déjà étranglé, des nistonnes... Tu sais, des fois il parle seul. Il marmonne de drôles de trucs.

— Comment tu envisages les choses ?

— Il faut faire le point avec les collègues. Ce n'est pas possible de livrer Jules, c'est exclu. D'autre part, s'il y a pris goût, nous sommes jolis ! Un chien qui a égorgé une brebis, tu ne le tiens plus, il recommencera.

— Tu as raison. Dis donc, il n'est pas si mauvais, ton saucisson.

— Ils y mettent une pointe d'ail, ça fait la différence.

Lou Max a refermé son Opinel. Nous sommes allés disposer les tonneaux à l'envers. J'ai remarqué :

— Tu as du courage de faire encore ton vin.

— Tu n'es pas le seul à me le dire. Je le fais pour le principe, parce que tout devient trop facile, tu n'as qu'à fourrer des cubitainers dans ton coffre. Seulement, si tu commences comme ça, autant réserver ta place à l'asile. Tu amènes tes fraises, ils te fournissent le sucrier.

Dans sa grange, j'ai repéré une table de toute beauté, en chêne. Oh, je la connais, elle sert à éplucher le cochon, après la chasse. Je la connais, mais je ne l'avais jamais regardée. Une fois bien raclée, bien cirée, elle ferait son petit effet, chez Mireille. Je lui ai proposé de l'échanger contre...

Il ne m'a pas laissé finir :

— Rien du tout. Cette table, tu la veux, tu l'embarques, gari. Ce n'est pas les vieilleries qui me manquent. Juste avant de mourir, je ferai tout brûler, zou !

— Merci. Elle va tenir, sur le toit de Simone ?

— Sûr, c'est un tank, ta bagnole.

Il m'a aidé à installer mon butin. Je lui revaudrai ça, d'une façon ou de l'autre. Je ne reste jamais en compte. Nous sommes rentrés boire encore un coup. Remuer donne soif. Nous étions à peine installés que le Grand est passé. Il n'avait pas l'air joyeux. Il est entré dans le vif sans même dire bonjour :

— C'est la Mélie. Ce ne serait pas le mauvais cheval, seulement elle devient pénible, elle critique tout, je ne sais plus quoi faire. Plutôt que d'exploser, je prends la voiture. Comme j'ai vu que tu étais là, Romain, je me suis dit... Vous m'excuserez.

— Tu as bien fait.

Max lui a proposé un coup de rouge. Il a préféré un pastis. Tourne vire, c'était l'heure. Puisque nous le tenions, nous avons reparlé de la situation. Le Grand a soupiré.

— Ces types des villes, ils n'ont pas assez de couilles à mon idée. Eux, mettons, ils vont s'entretuer pour une place de parking, ils te feront ça avec le calibre. Le sang, ça leur fait peur.

Bien joli, mais Jules ? Je lui ai posé la question.

— Jules... Je préfère ne pas trop y penser. Une fois, je ramassais des champignons, je me trouvais sur le chemin des Glanes, pas loin de ta bergerie. Je l'ai vu passer, avec les bêtes. Brusquement, ça lui a pris, il s'est acharné sur un agneau qui boitait, il l'a massacré, à coups de talons. Tu aurais vu ça, il trépignait comme un possédé, il a fini par l'achever avec une pierre. Sur le coup, je suis resté saisi, j'en étais malade. A mon idée, ça reste le bon bougre. Seulement, c'est comme une bombe à retardement. Tu ne sais pas quand il risque de t'exploser à la gueule.

Très gentil, mais nous faisons du surplace. J'ai constaté :

— Nous ne pouvons rien. Nous ne tenons toujours pas de preuve.

Le Grand a fait signe que oui. Max a levé la tête

— Comment ça ?

— Je ne voulais pas en parler, mais puisque nous y sommes... Voilà... Causer avec les gens, ce n'est pas son truc. Alors il a une manie, pour se donner une contenance, il s'occupe à quelque chose. Juste au début du repas, je l'ai vu tailler un bâton. Il dégageait l'écorce pour dessiner un serpent. Puis ça n'a pas dû lui plaire, il a tout sabré. Je n'y ai pas prêté cas. Sauf que ce bâton, je l'ai retrouvé, trois jours après. J'étais repassé faire un tour, à l'endroit du carnage. Il était à vingt mètres, tanqué dans un bosquet de saules. J'ai cru que c'était une branche coupée. Machinalement, j'ai tiré dessus.

Il a fait la grimace.

— J'ai reconnu les entailles, dans le bois. Et l'autre bout était noir de sang. Alors...

J'ai dit :

— C'est moi qui l'avais jeté. A cause de la gamine, je ne voulais pas... Enfin, à cause des gens. Il était...

Pas la peine de préciser. C'est vrai, ces entailles, maintenant qu'il en parlait, je les revoyais. Bon sang...

Le Grand a secoué la tête. Max nous a resservis. Nous sommes restés silencieux un moment. Puis Max s'est décidé :

— Va falloir s'en occuper.

J'étais d'accord. Le Grand a proposé :

— Le mieux, ce sera quand la chasse va reprendre. On en touchera un mot aux collègues.

Nous avons parlé d'autre chose.

37

Je ne crois pas aux miracles. Mireille, je l'attendais au tournant. Elle m'avait fait une fleur, soit. Et après ? J'ai donc fait comme si de rien n'était, je ne tenais pas à ce qu'elle m'envoie aux pelotes. Et puis non... Je n'entre pas dans les détails, mais... Enfin, cela s'est bien passé. Rien de programmé, surtout pas. La séance du samedi soir, après le grand film et avant la camomille, merci.

Nous nous entendions gentiment, nous ne nous affichions pas, ce n'est pas notre genre. Nous y trouvions chacun notre compte. Nous étions aussi écorchés l'un que l'autre. Et c'est vrai que cela facilite les rapports, deux maisons séparées. Pour garder un rien de désir, il faut pouvoir se retrouver.

Je me sentais plus calme, depuis que le cas Jules paraissait au clair. Pas question d'en parler à Mireille. Avec les collègues, nous avons décidé de garder notre certitude pour nous. Polin, chez lui, c'est la foire aux nouvelles, tout le pays serait au courant en moins de deux. Maki ? Faut voir. Quand il a picolé, il parle et il déparle. Le vieux Miro, une vraie pipelette. A son âge, il n'a plus guère que les plaisirs qu'il peut tirer de sa mauvaise langue. Calu ? Il est tellement fin qu'on voit tout à travers...

Cette affaire, si on en causait, elle nous échapperait. Les gendarmes alpagueraient Jules, et adieu Berthe. Procès, rebelote et tout le tremblement. Notre village se serait retrouvé mouillé jusqu'aux amydales. Les gens des alentours ne diraient pas : « C'est un berger dingue. » Ils proclameraient : « C'en est un de Mélans, naturellement ! »

Ça, nous ne le voulions pas. Sûr, on pouvait toujours lui régler son compte avant l'ouverture, ce n'était pas un problème. Seulement, cela relancerait la machine. La question se poserait : « A quoi rime de supprimer ce pauvre type ? » Parce que les gens ne sont pas fous, même avec un bon camouflage, autant lui mettre un écriteau au cou, à Jules.

Alors qu'au moment de la chasse, cocagne. Chaque année, les bonshommes se font dézinguer par paquets de douze, un vrai plaisir. D'une, ils se camouflent, faut voir. De deux, ils se planquent dans des trous à musaraignes. Et surtout, tu trouves toute une bande de tueurs de limaces qui tirent sur tout ce qui respire. Ils te flingueront un gus à dix mètres en disant :

— Parole, j'aurais juré un oiseau-mouche !

Et je ne parle pas de tous ceux qui oublient que les fusils, ça tue. Qui ne les cassent pas pour franchir des haies, etc. Nous y serions encore à Pâques. Lisez les faits divers si vous ne me croyez pas.

C'est pour toutes ces raisons que nous préférons les battues. Nous savons qui est qui, et où nous sommes, pas de surprises. La chasse libre, c'est chacun sa peau, à savoir la peau de l'autre. Régler ses comptes à cette période, un vrai bonheur. C'est exactement la guerre, en mieux. Vous savez quand elle démarre, quand elle se termine. Vous connaissez le terrain, l'armement de l'ennemi, et le petit nom de sa femme. C'est à vous de décider. C'est propre, ça se déroule au grand jour et le permis reste accessible.

Donc, nous avons attendu.

J'avais accompagné Jules pour monter le troupeau à l'alpe. Chloé tenait ferme la rampe. Je me disais, un beau gars comme ça, ce n'est pas possible. Une épicière lubrique va me la piquer, un de ces quatre. Elle lui offrira du roudoudou à la pelle, il succombera. Ou alors, les CRS... Je parle de l'uniforme, de la grande ville, des copains. Etre payé pour matraquer droit devant, quand on est jeune, ce n'est pas à dédaigner. Ça permet de se dépenser avec la bénédiction de papa.

Mais Chloé restait berger dans l'âme. Du coup, j'ai bien failli l'augmenter. Puis j'ai calculé que trop de pognon risquait de me le perturber. Mieux vaut adapter ta vie à tes revenus que le contraire. C'est la clef de voûte de la sagesse.

Lui aussi en tenait une bonne. Au moment du repas, un moment sympa pourtant, je l'ai vu se replier comme un Opinel. Il se tenait voûté, bras gauche enroulé autour de l'assiette. Il nous tournait carrément le dos. Il n'a pas desserré les dents, sauf pour manger. Allons bon... Tout ça parce qu'il y avait Jules. Oh, il l'aime bien, mais trop c'est trop. Il ne supporte personne, juste ses moutons sous son ciel. Jules ne s'est rendu compte de rien.

Au cours de cette expédition, je me suis aperçu de son évolution. Plus d'assurance, une façon de se poser plus carrée. Un peu le modeste héros qui ne dira rien, tout en connaissant sa valeur. Ou alors, le puceau qui vient de se faire décapsuler, et qui en reste encore tout ébaubi. Même si je n'avais rien su, je pense que ça m'aurait alerté. Parce que Jules, les occasions d'accomplir des exploits, il n'en a pas des tonnes à portée.

Il n'en était pas à se vanter, il n'est pas fou. Il digérait un gros morceau de contentement. Je le voyais jubiler intérieurement. Anne, il ne devait même plus y penser. Ce qui surnageait, j'imagine, c'est la satisfaction d'avoir niqué son monde. Pas simplement ce village qui le tolérait en le tenant pour un minus, mais l'étage au-dessus, presse, police, justice... Il avait mis au tapis le Grand Sociologue, lui, l'infime Jules. Il était devenu quelqu'un d'autre, une sorte de Robin des biques, un héros à compte d'auteur.

Un moment, j'ai eu peur qu'il parle, qu'il plastronne... Imagine la tentation. Mais non, vivre enfermé, il ne tolérerait pas. Il n'est pas fou, il sait ce qu'il risque.

Là où il m'a tué, c'est quand il m'a demandé une augmentation. Il dispose de tout le nécessaire et je lui donne son argent de poche. J'ai dit :

— Doucement, Jules, le pognon, je ne le fabrique pas. Tu veux en faire quoi ?

— Lire les journaux, pardi.

— Mais je te passe déjà *Le Provençal* !

— Ton *Provençal,* tu peux te le garder. J'en veux des vrais, avec plein de photos.

Le malheureux *Paris-Match* avait parlé de lui. Même si

c'était au milieu de la multitude, il ne s'en remettrait jamais. Il a ajouté :

— Puis je trouve que je marque mal. Je veux un blouson de cuir.

J'en avais un vieux, marron. Je le lui ai proposé.

— Non. Il m'en faut un noir, avec des fermetures Eclair dans tous les sens.

— Enfin, Jules !

Un blouson noir ! Manquait que ça. Il voulait faire avorter les brebis. Oh, en galère, je lui ai donné une bonne pincée d'argent. Après tout, qu'il en profite, il n'en a plus pour si longtemps.

De fait, il se l'est achetée, sa merveille. Avec zippers, passages cloutés et tout. Il l'a enfilé par-dessus son gilet vert. Il s'est procuré un béret rouge, avec deux étoiles dorées. Nous n'avons pas eu droit à la guitare, ce sera pour une autre existence. Tel quel, il jetait déjà un sacré jus. Ne manquait que la barbe, il aurait fait un Che présentable.

Au village, il a obtenu son succès. Les gens se sont contentés du côté caramantran, ils n'ont pas cherché plus loin. Les déguisements, nous n'en sommes pas privés, l'été, avec les vacanciers et leur mode à la mormoil. Une année, ça leur prend, toutes les bonnes femmes se retrouvent en kaki, mon ami, comme si nous avions été envahis dans la nuit. Je vous jure, je l'ai eu vu. Ou alors, elles se... La mode, une autre fois.

Jules, je le couvais. Une fois redescendus, j'ai commencé par saboter son vélomoteur. Pas de sucre dans l'essence, non, ça roule quand même. J'ai sectionné le fil qui part de la bougie, et j'ai recollé tout bien, avec de l'Héraldite. Jules a changé sa bougie. Ensuite, il a démonté le moteur, il devenait chèvre. Du temps, il restait sur place. Je ne voulais surtout pas qu'il effectue une percée, qu'il tombe sur une femme seule ou une gamine. Cette fois, je serais responsable.

Cette panne l'a rendu malade. Il m'a d'abord réclamé du blé, pour un nouveau vélomoteur. Je lui ai demandé d'attendre un peu. La raison de ses ennuis, il allait la trouver De plus, il se plaignait de mal dormir :

— Tu comprends, patron, ça me contrarie. J'aime bien de bouléguer un peu, surtout que les soirées sont longues.

Jc lui ai proposé un somnifère, léger. Il a accepté. Je lui ai collé de l'Halcyon. Avec ça, j'étais tranquille. J'ai rajouté du Valium, pour la bonne bouche. Je lui ai monté des packs de bière. Mon Jules, plus de problèmes. Tranquillisants et alcool, vous tenez la recette de décollage vertical. Le soir, il planait comme une buse. Pour lui, rien à voir avec de la drogue, cela restait du médicament. Il y a pris goût, il est resté sur place, je n'en demandais pas davantage.

Je faisais attention à moi aussi. Pas la peine de me casser une patte ou autre chose avant le... Enfin, avant. Avec les collègues, nous nous sommes revus, bien sûr. Nous n'avons pas épilogué, pas la peine. Nous attendions.

Tout de même, Jules me faisait pitié. Il avait mal fait, soit, sans le vouloir. Sans préméditer. Bon, puis? Une branche pourrie ne prémédite rien non plus. Si tu veux sauver l'arbre, tu la coupes.

Mireille n'est pas folle, elle sentait bien que je gardais une idée par-devers moi. A la fin d'un repas, un soir, j'étais en plein vide. Ou plutôt, je me trouvais perché très haut.

Je voyais Anne étendue, au bord de la rivière, et en même temps Jules s'écrouler en pleine colline, et... Elle m'a secoué le bras :

— Romain!

J'ai sursauté.

— Romain, réveille-toi. Qu'est-ce qui se passe?

— Rien. Je me demandais...

— Quoi donc?

— C'est simple. Si les Allemands étaient passés par l'Espagne pour attaquer Gibraltar, et d'une, et si les Japonais avaient attaqué Pearl-Harbor, au lieu de...

— Mais ils l'ont attaqué!

— Je voulais dire Port-Arthur...

— Romain, tu te moques de moi.

— Pas du tout. Tu sais, des études d'histoire, ça m'aurait plu. Ça m'intéresse toujours. Et je vais te dire, je pense que les historiens se plantent, avec leur côté rationnel. La guerre, ce n'est jamais que du bricolage accompli par des malades.

En plus, je le pense. Elle a dit :

— Avec toi, on ne sait jamais. On te croit là, et puis...

— Normal. Je te le rappelle, l'homme est un animal des lointains. Vous, femmes, vous ne pouvez pas vraiment comprendre. Vous restez trop le nez collé dans vos tampons Gex.

Elle s'est mis à me bourrer de coups de poing.

— Je vais t'apprendre, animal, tu vas voir.

Je devais me surveiller. Elle me trouvait trop souvent fourré avec Jules.

— Qu'est-ce qu'il a de rare, ton berger? Tu t'es mis à le couver, je ne comprends pas.

— Il est rare tout court. Tu sais combien je le paie? Les bergers, c'est fini, le moule est cassé. Bientôt il faudra demander le contingent pour garder les moutons.

— Tu exagères.

— Rien du tout. Le premier chien coiffé qui lui offre cinq cents francs de plus, il met les voiles.

— Qui t'empêche d'en faire autant?

— S'agit pas de ça. Jules, s'il a l'impression que je le prends pour une bille, il risque de se vexer, je ne le revois plus.

— Et de quoi vivrait-il?

— Il trouverait. Il vivrait.

Cette année, la sauge a bien donné. Le lavandin, pareil Ça ne s'est pas mieux vendu, mais on ne peut pas tout avoir, le beurre et l'argent du beurre, pas vrai? Question d'être beurrés, nous l'étions. On finit pas s'y faire, on ne peut passer son existence dans les transes. On se dit que le vent tournera, forcément. Avec l'Europe. Ou avec le Japon, ou le diable. Ou alors, on trouvera de l'uranium, je ne sais pas. Hier non plus, ce n'était pas rose. Si nos vieux sont partis conquérir l'Algérie ou s'installer au Mexique, ce n'était pas forcément par amour des cactus.

Nous trouverons, forcément. Ou alors, on nous trouvera. Il nous reste le plus beau ciel d'Europe, et notre terre n'est pas si mal. Pas question. Plutôt crever que de voir ce pays devenir un torche-cul à touristes.

Bon. S'agissait pas de refaire le monde, des tripotées d'experts s'en chargent. Il s'agissait d'attendre l'ouverture sans provoquer de vagues. Nous y étions presque. L'automne avançait, peu que peu. J'ai aidé Max à vendanger.

Ça vous casse les reins, ce boulot. Sûr. Le vrai travail, tu le sens passer. Max s'est redressé, il s'est étiré un bon coup :

— Tu vois, Romain, le pourquoi je l'ignore, mais pour nous, quelque chose déraille, tu ne me l'ôteras pas de l'idée.

— Je pense pareil, mon beau.

— Nous sommes là, pas vrai, à ramasser ce raisin. Voici cinquante ans, mon grand-père ne s'inquiétait pas. Il savait que son petit-fils ferait de même. Et son grand-père, pareil. Et moi, dans cinquante ans... Qu'est-ce que je dis ? Passé les dix ans à venir, je ne réponds de rien.

Il a tapé la terre, du pied.

— Si ça se trouve, ici, tu marcheras sur du plastique. Pourtant, je ne peux pas bosser davantage. C'est comme si le courant de la vie s'était inversé. Tu vois, tu as l'impression d'être resté le même, et tu es devenu un papou, un cas social, un truc qu'on traite dans les sphères.

— Je sais. Ça nous empêche de boire un coup ?

Il a ri :

— Romain, tu es le meilleur.

L'automne est passé. J'ai ramassé quelques pommes, pour m'en faire une provision, au grenier. Je pourrais aller les vendre au marché, pardi. Des tas de paysans font ça, sur Digne et ailleurs. C'est pittoresque. Un jour, il viendra plein de Japonais les prendre en photo. Ils se régaleront, chez nous, les bridés. Du néolithique pur sucre. Quand ils en auront soupé de leurs châteaux de la Loire à la con, nous y aurons droit. En attendant les Pékinois.

D'un temps, ils appelaient ça les grandes invasions. On a fini par faire avec. Exact. On déroule même le tapis rouge. Autrefois, on s'accrochait au sol. Tu te vois accroché à un terminal d'ordinateurs ? Parce que pour finir, ce sera lui, le terreau. Passe à autre chose, tu me donnes le bourdon.

Tout de même, quand j'y pense, Socio, ils l'ont sucré. Perpétuité, c'est le tarif pour la peau d'un flic, d'ordinaire. Exact.

Souviens-toi, au moment de son procès, il y avait plein de grèves d'étudiants, avec manifs, tout le bataclan.

Des casseurs ont cassé cinq ou six vitrines. Le verre brisé, ça porte malheur, messieurs les jurés n'ont pas apprécié. Sociologues, agitologues, tout ça c'est bonnet blanc et rouges tabliers, il a payé pour ses petits camarades. Tu penses vraiment ? Un peu. On appelle ça l'exemple.

Et je me cramponne pour ne pas... Pour éviter de poser des questions à Mireille. Savoir si avec son Alain... La jalousie, c'est pire qu'une rage de dents, vous n'avez pas de remèdes. Pas la jalousie du futur, je m'en moque, je peux tomber du tracteur dans la minute qui vient. Non, celle du passé. Contre elle, tu ne peux rien, ce n'est pas rejouable. Le cinéma gluant des images... Je pensais qu'avec le temps, cela s'arrangerait. Patience. C'est le premier siècle le plus long.

Le curieux, c'est que je n'en voulais pas aux collègues. J'en voulais à Socio, alors que pour lui je n'étais pas sûr. Pourquoi ? Je ne me l'explique pas. C'est comme une moitié d'ombre, et je devais la garder pour moi. Rien n'y pourra rien changer, pas même la mort.

Pourtant, je devais faire bonne mine. Le joyeux laboureur, gai comme une vache en tablier. Pas de raison d'offrir une sale trombine aux autres. Une question de politesse, mon brave, nous tiendrons.

J'ai tenu, à coups de travail. Au moins, tu as une excuse, tu es abruti à la tâche. S'il n'y avait pas eu Mireille, c'est sur la bibine que je me serais rattrapé. Puis même, cette fille, un jour, tu t'ennuieras avec elle, c'est couru. J'espère qu'elle s'ennuiera avant. Mais elle, il lui reste sa fille. Hein ? Excuse-moi, par moments je dérape.

Tiens-toi, tâche de te cramponner jusqu'à l'ouverture, il n'y en a plus pour longtemps. Après ? Oh, après, ce sera comme d'habitude. Le rythme des saisons, mon petit pinson. Après, il te faudra décider à investir dans ta vie. Personne ne le fera pour toi.

Sinon, le temps restait correct, sans excès. Ce qu'il faut de pluie, pas de gelées précoces. Un conte de fées... Une fois n'est pas coutume, parce que les saisons... Je m'en fous bien Les jours raccourcissent. Le moment approche. Nous allions pouvoir tirer un trait.

38

Pour l'ouverture, un temps parfait. Je préférais. Devoir remettre l'opération ne m'aurait pas enchanté.

Trois jours avant, nous avons tenu chez moi une réunion, avec les collègues au courant, plus Maki. Pas la peine d'élargir le cercle. Et même, le Grand n'était pas chaud, au sujet de notre maquignon.

— Et si jamais il parle ?

— Qu'il parle. Ce sera la parole d'un fondu contre celle de gens raisonnables.

Sur un coup pareil, je pensais qu'il fermerait son clapet. Il serait mouillé comme les autres.

Donc, nous nous sommes retrouvés en petit comité. Nous avons commencé par informer Maki au sujet de Jules. Il n'en revenait pas :

— Jules ! Ce n'est pas possible, enfin !

— Et pourquoi ?

— Parce que... Parce que c'est quelqu'un comme moi.

Lou Max, ça lui a échappé. Il a lâché :

— Justement.

Ça n'a pas plu à Maki. J'ai vu le moment où ils s'empaillaient. Il s'est calmé. Bon, il lui arrivait de sauter d'abord sur l'occasion, de réfléchir ensuite. Ce qui le gênait, au fond, c'est ce qui nous gênait tous. Jules restait un frère. Si son histoire s'ébruitait, nous serions éclaboussés, tant les uns que les autres. Le Grand a déclaré :

— Au fond, ça ne lui plairait pas que le village pâtisse à cause de lui.

Il n'avait pas tort. Nous formions bloc. Sans cela, il y a beau temps que nous serions digérés. Nous formions blonc, ce n'était plus la religion qui nous tenait, ou le patois. Les vieilles balançoires avaient lâché. Nous gardions encore une sorte de morale pourtant, une image de nous-mêmes. Certaines choses, banales à présent, nous révulsent. Je prends un exemple, pas la peine d'aller loin.

A Digne, dès les premiers beaux jours, tu vois rappliquer des espèces d'hirondelles. Avant, on appelait ça des hippies. Ils se plantent sur le Gassendi ou devant la poste, et ils tendent la main. Ils sont jeunes, entre vingt et trente berges, en bonne santé. Surtout, ils n'ont pas honte. Voilà le travail...

Nous autres, nous avons beau le voir, ça reste impensable. Nous préférerions crever que de leur larguer un kopeck. Que des hommes valides aient aussi peu de vergogne, nous ne pouvons l'admettre. Bon Dieu, le monde est vaste, il y a autre chose à vivre, non ?

J'en étais où ? Ah oui, la morale. C'est vrai que tout se barre. Ne parlons pas de patrie, nous voilà devenus européens, il paraît. Sympa ; leur Europe, un de ces quatre ils vont y ajouter la Turquie.

La famille ? Papa, maman, terminé, fiston. Tu trouves cinquante combines maison pour fabriquer des gosses, à présent, et j'en passe. Je ne parle pas kamasoutra, je parle d'éprouvettes, de congélation, de trayeuses, de donneurs, de tout ce que vous pouvez imaginer. Des recettes, on en découvre tous les jours.

Alors, il nous reste le travail, c'est notre drogue à nous. Nous ne travaillons même plus pour le plaisir, nous travaillons pour nous endetter, qui dit mieux ?

Quel rapport avec Jules ? Oh, une question de dignité. Nous vivons en marge, nous le savons. Dans la tête des autres, des citadins, nous portons encore des sabots et des fourches, vous n'avez qu'à regarder les dessins prétendus amusants, dans la presse. Pourquoi pas des sabots fourchus ? Il nous faut faire très attention. L'image des tarés qui se reproduisent entre eux et qui se massacrent à tout va reste tangente. Nous n'en voulons pas. Les généralisations vont vite.

Et puis Jules, en cabane, au milieu d'une bande de ravachols des villes, non. Il ne l'aurait pas belle, le malheureux. Et puis... Bon, c'est comme ça. Il fallait le faire.

Nous étions d'accord. Restait à procéder. A cinq, en comptant mon berger, nous restions loin de compte pour une battue. Jules risquait de tiquer. Le Grand a proposé :

— On lui racontera que nous partons plus tôt pour nous positionner plus loin, et que les autres rejoindront.

Maki a ricané :

— Vous vous cassez bien la tête. Dis-moi, Romain, ton enfant de chœur, il se méfie ?

— Je ne crois pas.

— Alors pas la peine de faire de salades. On l'embarque et voilà.

Restait le principal. Lui régler son compte ? Pour Max, ce serait mieux que Jules accomplisse le travail lui-même. S'il ne voulait pas, on verrait. Maki avait des doutes :

— Tu vas lui dire : « Sois brave, écoute, petit, flingue-toi... » Tu ne crains pas qu'il commence par nous flinguer ?

Bonne question. D'autre part, l'abattre de sang-froid, ce serait pas drôle. Max avait raison. Le Grand pensait pareil. Le tout sera de convaincre notre oiseau.

Autre chose, et le restant de l'armada ? Ils allaient trouver l'opération bizarre, non ? On fait bande à part et on ramène notre pantin refroidi. Emballé c'est pesé. Un peu gros, non ? A moins que... J'ai dit :

— Voilà, nous opérons demain. Nous expliquons à Jules que nous sommes sur un coup, un petit hors-d'œuvre avant la date. Une fois qu'il sera mort, nous ferons comme si nous avions découvert son corps. Jules a le droit de se suicider, pas vrai ?

Ça se tenait. Autant ne pas laisser traîner. Commencer par choisir un endroit isolé. Difficile... Tu restes à la merci d'une surprise. Notre garde en vadrouille, ou un parapentiste dénicheur de fossiles, impossible de tout prévoir. Le mieux serait encore de ne pas s'éloigner. J'ai dit :

— Ecoutez, cet été, avec Jules, nous avons repéré une compagnie de perdreaux dans le vallon, au-dessus de la bergerie. On lui raconte qu'on va se les payer. Dans ce coin, il ne passe jamais personne. Vous en pensez quoi ?

Ils étaient d'accord. Nous nous sommes donné rendez-vous chez moi pour le lendemain matin. Inutile de prévenir Jules. On le prendrait en passant.

Dans la nuit, il est tombé un peu de neige. Rien de gênant. J'ai mal dormi. Je pensais à mon berger ; à cette espèce de vie qu'il avait menée. Tous les hommes naissent égaux, il paraît. Prendre le départ à moitié débile, fils de personne, dans un trou perdu, vous vous retrouvez égal à vous-même. Il vous manque juste un bec-de-lièvre pour faire un malheur. Jules s'en était tiré, pourtant. Oh, il n'avait pas bouleversé de créatures bouleversantes. Il s'entendait avec ses brebis. Il avait mené une vie à son échelle, une sorte de songe éveillé, j'imagine. La solitude rivée aux épaules comme un grand manteau froid. Merde... Et que faire ? Il venait de déjanter, notre Jules. Puis il y avait Anne. Je revoyais ce corps de jeune fille, étendu près de la rivière, dans la clarté de l'hiver. Je sais, notre opération ne la ressusciterait pas. J'aurais préféré un autre assassin. Les collègues aussi. Tes préférences, tu peux les remiser.

C'est long, une nuit à ressasser Trouver une autre combine ? Laisser courir, expédier Jules en Australie, avec un contingent de mérinos ? Tu le vois vivre ailleurs ? Non, franchement. Alors, il n'y a pas d'alternative. Une corvée, on s'en débarrasse. Nous ne pouvions pas continuer à vivre avec ce cadavre au milieu de nous.

Pourtant, ça restait injuste. Et après ? Après, tu n'es pas vraiment passé loin. Jules, c'est ton cousin, je ne parle pas du sang. Vous avez mordu dans la même tartine, le même sol, la même vacherie. Bon, toi, tu as tenu la rampe. Lui a lâché. Nous savons. Il faut quand même faire le ménage. Ça a trop duré.

J'ignore si les collègues se trouvaient au même point. J'aurais voulu en parler. Le Grand, pas question de le déranger, avec sa Mélie. Plus je la vois, plus j'ai envie de rester célibataire. Mireille ? Une chance qu'elle vive dans sa maison et moi dans la mienne, sinon imagine le carnage pour expliquer notre petite cuisine...

Juste une seconde. Qui va garder la boutique, je veux dire les moutons, une fois Jules... ? J'aviserai en temps voulu. En tout cas, inutile de compter sur Chloé. Cette fleur rare ne descendra jamais de son alpage. Et Galapiat ? Jules l'adore, et c'est réciproque, Galapiat, plus tard. Ce que je devrais faire, c'est voir si ce brave Max arrive à dormir. Tel que je le connais, ça m'étonnerait.

J'ai pris une bouteille de gnôle et Simone. Trois heures du mat', Mireille va t'entendre. Surtout pas, tu descends au point mort jusqu'au pont, tu mettras le moteur sur la lancée.

Max, à vol d'oiseau, c'est la porte à côté. En voiture, on doit compter dix minutes. J'ai vu de la lumière derrière ses volets. Il a reconnu le bruit de Simone, il est venu ouvrir.

— Romain, c'est marrant, j'avais envie de passer te voir. Pas moyen de dormir.

— Moi pareil, mon beau.

— Figure-toi, cette histoire me travaille. Je sais, nous devons, mais ça me reste en travers. Tout à l'heure, j'étais d'accord, et maintenant, s'il existait un autre moyen...

— J'en suis au même point.

— Alors ?

— J'ai bien calculé, je ne vois pas d'autre solution.

Il a préparé du café. Nous avons entamé un bocal d'anchois. La gnôle et les anchois, ça se marie bien. Nous avons encore retourné notre histoire dans tous les sens. Nous étions coincés. Max l'a reconnu :

— Tu vois, Romain, si nous ne nous décidons pas, cette affaire se décidera sans nous, d'une façon ou d'une autre. Ce serait pire.

J'étais d'accord, bien obligé. Les anchois, extra, seulement attention la soif ! Nous avons continué au rosé, nous n'avons pas vu le temps passer. A un moment, il a fait jour. J'ai dit :

— Bon, faut y aller. Laisse ta voiture, je te raccompagnerai.

Près du pont, nous avons attendu Maki et le Grand. Ils se sont amenés en convoi. Une fois débarqués chez moi, ils ne paraissaient pas très frais non plus. Maki s'est mis à rire :

— On aurait mieux fait de se payer la bonne java, tant qu'à faire. En parlant de ça : l'autre jour je suis repassé voir Pastèques. Elle a disparu.

Je leur ai offert du café, des rillettes. J'ai préparé une omelette. Pastèques ? Max avait sa petite idée :

— C'est des oiseaux de passage, ces beautés. Elle doit éponger les Syriens à Beyrouth, à l'heure qu'il est.

— Ou les Libanais à Abidjan.

Pute, finalement, c'est une vie enrichissante, nous sommes tombés d'accord. Tu vois du pays, tu te fais plein de relations. Tu finis par avoir de l'entregent. Un autre avenir que dans l'agriculture, tout bien posé. Fallait bien causer, pas vrai ? Autant parler des belles de nuit. Bon, c'était le moment. J'ai dit :

— Jules, je connais son fusil. Je lui donnerai une balle, ça devrait suffire. On y va ?

La neige avait tenu. Pas de verglas. Le jour était net comme une lame. Son éclat vous perçait le cœur. Un beau jour pour vivre. Nous avons pris le chemin de la bergerie.

39

C'est moins drôle de partir chasser quand on sait d'avance ce qu'on va ramener. Nous n'avons guère plaisanté, en chemin. Une chance, c'était la porte à côté.

Nous avons pris Jules au débotté, pas rasé, frais comme un épouvantail. Il se tenait devant l'enclos, Galapiat à ses côtés. Il a dit :

— Tiens, v'là les touristes. Les champignons, c'est plus la saison.

Je pensais, il va se méfier, réagir... Rien. Il nous a vus descendre avec nos flingues. Le Grand a dit :

— Salut, Jules. Paraît que tu connais des perdreaux dans le coin, on est passés leur rendre visite.

— Et les autres ?

— Laisse-les où ils sont. Ce coup-ci, ça se goupille en famille.

— Moi je veux bien, mais c'est pas le bon jour. Vous vous amenez trop tôt.

— Bah, on n'est pas obligés de l'afficher. Tu viens avec nous ?

— Pourquoi pas ?

Il est allé prendre son fusil. Il est revenu affublé d'une casquette camouflée, flingue à la bretelle. Avec son blouson trop neuf, il payait... Il a remarqué :

— Vous n'avez pas pris les chiens ?

— Le tien suffira. Tu les as vus où, dernièrement, tes oiseaux ?

— Des deux côtés du vallon de la Ginestre. Ils aiment bien se tenir là.

Nous sommes partis. Je ne tenais pas la forme. Jules trottait sec. Il nous a distancés, il s'est arrêté pour nous attendre. Notre mine a dû l'intriguer.

— A quoi vous jouez ? C'est pas l'heure de la sieste.

Dans le vallon, en contrebas, une bande de pies sautillaient sur la neige. Elles sont parties se poser plus loin. Nous avons rattrapé Jules. Inutile de prolonger cette comédie. Maki a dit :

— On ne joue pas, Jules.

Cette fois, il a compris. Je l'ai vu pâlir. Il nous a jeté un coup d'œil, le regard vide. Galapiat est venu se serrer contre ses jambes. Le chien grondait. Jules s'est penché pour le caresser.

— C'est rien, mon chien, c'est rien.

J'ai dit :

— Passe-moi ta cartouchière.

Il l'a dégrafée, me l'a tendue. J'ai vérifié : du petit. Normal. Je lui ai fait signe de me tendre son fusil. Il n'était pas chargé. Je le lui ai rendu. Il nous faisait face. Il paraissait indifférent, avec son air de tous les jours, son air de brave type borné. Il attendait.

Nous nous trouvions sur le plateau. Ensuite, le chemin tourne, disparaît dans un vallon caché par un épaulement. Il va buter contre une barre calcaire, malaisée à franchir, avant d'atteindre une pente assez douce, visible d'où nous étions.

Nous n'avons rien dit. Jules n'a rien demandé. J'ai pris une de mes balles, je la lui ai tendue. Il a levé la main :

— Ça te ferait rien de m'en passer deux ?

J'en ai rajouté une. Le Grand s'est raclé la gorge, comme pour parler. Il s'est tu.

Jules est parti, Galapiat sur les talons. Le chien aurait dû filer en éclaireur, vingt mètres devant. Nous les avons vus s'éloigner. Le Grand a craché par terre :

— Saleté...

J'avais les tripes nouées. Maki a sorti une gourde. Il a bu une rasade, nous l'a passée. Ça n'était pas de la chartreuse. Trois corbeaux ont traversé le ciel, en ramant lourdement.

Max a entrepris de rouler une cigarette. Pas moyen. Il a tout balancé.

Jules était parti depuis combien de temps ? Deux minutes, même pas. Une éternité, oui. Maki s'est redressé, a jeté un œil aux entours :

— Faudrait quand même pas...

Le Grand a haussé les épaules. Max a proposé :

— Si on allait voir ?

Nous avons suivi la trace, c'était facile sur cette pellicule neigeuse. Les grosses empreintes de Jules, les traces légères du chien... Il s'était porté à côté de son maître. Nous avancions lentement. Les collègues tenaient leur fusil sous le bras, cette fois. Je les sentais tendus. Avec un animal acculé, on ne sait jamais. Maki marchait en tête. Il s'est arrêté, juste avant de déboucher dans la combe :

— Vous m'excuserez, mais moi, le tir aux pigeons...

Nous avons entendu la détonation, la voix tremblée de l'écho, un jappement de chien... Une deuxième a suivi. L'écho n'en finissait plus. J'ai avalé ma salive. Le Grand a esquissé un signe de croix. Max a retiré sa casquette. Il a soupiré. Maki est reparti.

Nous les avons trouvés sous un pin, Jules allongé sur le ventre, l'arrière de la tête éclaté, le fusil sous lui. Du sale travail... Le chien s'était traîné contre son buste. Un filet de sang se détachait sur la neige. A cent mètres, la barre rocheuse.

Le rouge du sang, le noir du blouson, ce blanc... C'était net. Nous n'étions pas là pour le tableau. Maki a proposé :

— Bon, les gars, le plus simple c'est de raconter qu'on est montés faire un tour. Pas de Jules. Alors nous sommes partis à sa recherche, et voilà. Vous êtes d'accord ?

Max a demandé :

— On fait quoi ? On le redescend ?

— Surtout pas. Faut que les gendarmes constatent qu'il s'est supprimé. Sinon on est partis pour les embrouilles.

Le Grand n'était pas d'accord :

— Ce n'est pas un animal. Et les corbeaux, tu y penses ? Puis si on l'avait tué, on laisserait quelqu'un d'autre le trouver. Allez, on l'embarque.

Nous avons bricolé un brancard, avec des branches de pin

et des blousons. Je ne pensais à rien. C'était fait, c'était fait. Arrivés près de la bergerie, j'ai entendu la rumeur des bêtes. J'ai dit :

— Juste un moment.

Une fois tirés les battants, l'odeur chaude du troupeau vous collait un choc. J'ai ouvert les portes, cassé la mince couche de glace de l'abreuvoir, sorti des bottes de paille. Les bêtes se sont tassées dans l'enclos, au soleil. Gestes de la vie courante...

J'ai rejoint les collègues. Ils m'attendaient près des véhicules. Tiens, nous avions oublié Galapiat. Je m'en occuperai plus tard. Jules reposait de tout son long, un mouchoir sur le visage. Drôle d'ouverture... Nous l'avons casé dans le coffre de Maki. J'ai dit :

— On déposera les armes chez moi avant d'aller voir les gendarmes, ça vaut mieux.

A la ferme, je leur ai proposé un café, ce n'était pas du luxe. Pendant que l'eau chauffait, j'ai pensé à Socio. Ils ont la radio en prison, la télé, tout ça... Il apprendra la nouvelle. Il fera peut-être le rapprochement.

Je ne lui en voulais plus. En fin de compte, c'était un... Je cherche le mot... Pas un imbécile, mais pas loin. Quelqu'un qui s'imagine connaître son monde, d'avance. C'est terrible, parce que vos idées sur les choses et les gens vous empêchent de les approcher en vrai. Oui, c'est terrible. Dans vos livres, les personnages jouent leurs rôles. Vous savez où vous allez. Dans la vie, jamais. Les autres restent imprévisibles, même si vous les croyez proches. Les histoires du réel, vous ne pouvez pas les raconter, elles ne sont pas vraisemblables. L'innocence, la culpabilité, ça n'existe pas. Ce qui est clair, c'est que rien ne l'est.

J'ai retourné mes quatre idées, comme autant de galets. Par exemple : si Maki n'avait pas balancé Socio dans les ronces, ce viol, il l'aurait peut-être commis lui-même, qui sait... A condition que Jules fasse la sieste. La vie est un billard déglingué. Oui. Bon. Tu sais que ton eau frémit ? Laisse-la frémir.

Socio s'imaginait qu'il existe des règles. Après-coup, peut-être. Avant, jamais. La prison lui fera du bien. Il aura le temps d'apprendre qu'il n'y a rien à apprendre. Sauf à ne pas se mêler des affaires des autres. Point. Et qu'il vaut mieux rester éveillé, le dos au mur. Lui qui aime les études de communauté, il va se régaler. Il a intérêt quand même à garer ses fesses.

Je ne désespère pas, ce n'est pas fini. Nous aurons droit à un cinéma quelconque, un de ces jours. Un Comité de défense, une demande de réouverture de l'enquête, une rumeur d'erreur judiciaire. Une de mieux... Nous sommes parés, nous avons fait le ménage. Les collègues ne parleront pas.

Non, Socio, je ne le plains pas. Tout apprentissage se paie. D'accord, c'est cher. C'est injuste. Et après ? J'ai remis de l'eau dans la casserole. La justice, parlons-en. Quand vous êtes une sorte de prince, beau, doué, instruit et tout, est-ce que c'est juste de venir parader chez des culs-terreux qui ne vous ont pas sifflé ? Votre seule présence est une insulte, mais ça il n'a pas su le comprendre. Alors, vous vous retrouvez évacué du paysage, forcément... Surtout, ne me parlez pas de justice, j'ai les lèvres gercées.

Nous, nous sommes en train de devenir des fossiles de notre vivant. Elle est où, votre justice ? Ça n'existe pas. Il existe une règle du jeu, pas forcément évidente. Et puis, brusquement, un fait divers éclate. Le rapport, personne n'est obligé de le voir.

Un jour, un étranger tue une de nos filles. Un de nos bergers se suicide, un autre jour. L'étranger est en taule, le berger en terre ou tout comme. Chacun à sa place. Restent les moutons et je vais m'y coller. Voilà, tout est dans l'ordre.

A part ça, j'ai comme une sacrée envie de remonter à la montagne, à la saison, avec le troupeau. A force, j'étouffe. Plus ça va, plus je comprends Chloé. Nous verrons. Chaque chose en son temps.

D'abord, le café... Je l'ai préparé, posément. Quand je l'ai ramené, Maki est allé prendre la bouteille de gnôle, il ne perd pas le nord. Il nous a servis. Il a levé son verre :

— Bon, ben, à la nôtre quand même.

Nous avons trinqué.

Cet ouvrage a été composé
par l'Imprimerie BUSSIÈRE
et imprimé sur presse CAMERON
dans les ateliers de la S.E.P.C.
à Saint-Amand-Montrond (Cher)
en mars 1992

N° d'édition : 5985. N° d'impression : 767.
Dépôt légal : janvier 1992.
Imprimé en France

[redacted]